Transidentität
Transsexualität
Transgender
Trans*
???

Gleiche Chancen für alle

1. Auflage
Stand Dezember 1999

Autor: Helma Katrin Alter
Gestaltung: H.K. Alter
Verlag: KatrinLive SV
Gesamtherstellung: Libri Digital Services, Norderstedt
ISBN: 3-89811-043-5

Inhaltsverzeichnis:

0. In eigener Sache 9

0.1. Wer bin ich? 9
0.2 Warum ein Sachbuch und keine Biographie? 11
0.3. Was es zu sagen gibt 13
0.3.1 An die Experten und Expertinnen 13
0.3.2 An die Transidenten 14
0.3.3 An alle anderen Leser 15
0.4. Aufbau und Inhalt 16

1. Erziehung, Moral und Gesellschaft 19

1.0. Vorbemerkungen 19
1.1. Gesellschaftlicher Hintergrund 21
1.1.1 Bilder und Realität 21
1.1.2 Menschenbilder 22
1.1.3 Wissenschaft und Macht 23
1.2. Moralischer Hintergrund 25
1.2.1 Moral und kulturelle Entwicklung 25
1.2.2 Moral und Gesetz 26
1.3. Erziehung und Mensch 28
1.3.1 Erziehungsfähigkeit 28
1.3.2 Erziehungsmuster und Verdrängung 29
1.4. Zusammenfassung der allgemeinen Aussagen 32
1.5. Transidenten, natürlicher Teil unserer Gesellschaft 33
1.5.1 Einteilung, hoffentlich keine Ab- oder Ausgrenzung 33
1.5.2 Transidenten und ihre Kindheit 34
1.5.3 Persönlichkeitsentwicklung und Gesellschaft 37
1.5.4 Das "Coming-out" 39
1.6. Transidenten und "Helfer" 42

2. Das Machbare 45

2.0. Ein Wort an Transidenten 45
2.1. Die soziale Integration 49
2.2. Rechtliche Möglichkeiten 53
2.2.1 Gesetzliche Regeln 53
2.2.2 Gesetzliche Spielräume 58
2.2.3 Gesetzliche Schranken 64
2.3. Medizinische Möglichkeiten 69
2.3.1 Hormonelle Behandlung 69
2.3.2 Chirurgische Maßnahmen 74

2.3.3 Heilmaßnahme oder Schönheitsoperation? ... 81
2.4. Hinweise auf aktuelle Informationen ... 83

3. Psychologische Begleitung und Behandlung ... 85

3.0. Analyse, Begleitung, Therapie- Grundsätzliches ... 85
3.1. Identität und Identitätsentwicklung ... 87
3.1.1 Lebensstrategie ... 88
3.1.2 Prägung und Verdrängung ... 89
3.1.3 Modifikation ... 91
3.2. Entwicklungsmodelle ... 95
3.2.1 Individuum und Konformismus ... 95
3.2.2 Individuum gegen Konformismus ... 97
3.3. Psychologie - Leistbares und Grenzen ... 99
3.3.1 Anamnese, der Weg zum ICH ... 100
3.3.2 Körperwahrnehmung ... 102
3.3.3 Realität und Spiegel ... 103
3.3.4 Akzeptanz und Veränderung ... 104
3.4. Transidentität - Probleme der Diagnose ... 107
3.5. Zusammenfassung ... 111

4. Eltern und Kinder ... 113

4.1. Rückblick ... 113
4.1.1 Was wir von Transidenten gehört haben ... 113
4.1.2 Was uns Experten sagen und verschweigen ... 115
4.1.3 Reflexionen durch die Gesellschaft ... 116
4.2. Erwartungen und Ängste von Eltern ... 118
4.2.1 Das vergessene Wissen ... 118
4.2.2 Wunschdenken und Realität ... 119
4.2.3 Verwandte und Nachbarn ... 120
4.3. Abschnitte der Erziehung ... 122
4.3.1 Ab in den Kindergarten ... 122
4.3.2 Der Übergang in die Schule ... 124
4.3.3 Beginn der Pubertät ... 125
4.4. Begegnung mit den Experten ... 127
4.4.1 Der Kinderarzt ... 127
4.4.2 Erzieher und Lehrer ... 127
4.4.3 Der Kindertherapeut - Schulpsychologe ... 129
4.5. Empfehlungen an die Eltern ... 130
4.6. Auftrag an Wissenschaft, Politik und gesellschaftliche Institutionen ... 133

5. Spielregeln ... 137

5.0. Probleme der begrifflichen Verwirrung ... 137
5.1. Arzt und Krankenkasse ... 142

5.1.1 Diagnose und Verordnung 145
5.1.2 Kostenübernahme 149
5.1.3 Mitwirkungspflicht 154
5.2. Sachverständiger und Gericht 157
5.2.1 Antragsverfahren 161
5.2.2 Das Gutachten 166

6. Standards of Care 175

6.0. Heilungsphantasien, für wen? 175
6.1. Standards der Begutachtung und Diagnose von Transidenten 179
6.1.1 Die Begutachtung 179
6.1.2 Die Diagnose 180
6.2. Standards der psychotherapeutischen Begleitung 186
6.2.1 Qualifikation des Therapeuten 187
6.2.2 Frequenz und Dauer der psychotherapeutischen Begleitung 187
6.2.3 Therapeutische Begleitung, Indikation und Begutachtung 187
6.3. Standards der Indikation somatischer Behandlungen 189
6.3.1 Indikation zur Hormonbehandlung 189
6.3.2 Indikation zu transformationschirurgischen Maßnahmen 190
6.4. Standards der somatischen Behandlung 194
6.4.1 Standards der Hormonbehandlung 194
6.4.2 Standards der chirurgischen Geschlechtsangleichung 195
6.5. Standards der sozialen Integration 201
6.5.1 Standards im Umgang mit Transidenten 201
6.5.2 Standards für das institutionalisierte Umfeld 204
6.5.3 Standards für das berufliche Umfeld 211
6.5.4 Abschlussbemerkungen 212

Anhang 215

Gesetze und Grundsatzurteile 216
Grundgesetz für die Bundesrepublik Deutschland 217
Personenstandsgesetz - Vorbemerkungen 227
Auszüge aus dem Personenstandsgesetz PStG 229
Freiwillige Gerichtsbarkeit (FGG) - Rechtspflegegesetz (RPflG) - Kostenordnung (KostO) 240
Gesetz über die Angelegenheiten der freiwilligenGerichtsbarkeit 242
Rechtspflegegesetz 246
Gesetz über die Kosten in Angelegenheiten der freiwilligen Gerichtsbarkeit (Kostenordnung) 247
Erster Teil. Gerichtskosten 247
Zweiter Abschnitt. Gebühren in Angelegenheiten der freiwilligen Gerichtsbarkeit249
Zivilprozeßordnung 251

Grundsatzurteile 258

Vollzug der Personenstandsänderung nach § 8 TSG 259
Grundsatzurteil des Bayrischen Oberladesgerichtes 259
Abschlussbemerkung der Verfasserin: 264
Im Namen des Volkes 266
Einleitender Kommentar 266
wörtlich aus dem Urteil des BVG 266
Kommentar von Helma Katrin Alter, Köln 268
"Soziales Geschlecht" 268
Leitsätze aus Grundsatzurteilen 270
Urteile zum TSG 270
Urteile zum Behandlungsanspruch für gesetzlich Versicherte 273
Urteile zum Behandlungsanspruch für Privatversicherte 277

Literaturhinweise und Quellen: 279

Einrichtungen der Transidenten- und Intersexuellenbetreuung 280
Deutsche Gesellschaft für Transidentität und Intersexualität e.V. 280
Weitere Ansprechpartner, Gruppen und Vereine, sortiert nach Postleitzahlen: 281

0. In eigener Sache

0.1. Wer bin ich?

"Gleiche Chancen für alle ! ?"

Geboren 1945, auf der Flucht von Schlesien nach Bayern, musste ich es immer wieder erleben, dass dies zwar eine legitime Forderung ist – die Umsetzung in die Praxis ist aber selten gegeben. Schon kurz nach der Einschulung erlebte ich, dass es keine Chancengleichheit gibt. Selbst als Linkshänderin geboren erfuhr ich Gewalt, denn - verständlich nur aus der damaligen Vorstellung der Erziehenden - es galt der Satz: "Linkshändig schreiben verdirbt den Charakter". Körperliche Einschränkungen wurden durch die Nachkriegszeit nicht erkannt. So galt ich als phlegmatisch, bis im Alter von etwa 10 Jahren festgestellt wurde, dass ich ein Hüftleiden hatte.

Später, in meiner Jugend, vor allem der beruflichen Laufbahn, setzte ich mich oft für Außenseiter und ausgegrenzte Menschen ein. So arbeitete ich fast 15 Jahre im Bereich der beruflichen Rehabilitation körperlich und psychisch Behinderter.

Schon Mitte der 70er Jahre unternahm ich, bezogen auf mein Gefühl Frau zu sein, erste Versuche, Hilfe zu bekommen. Ich konnte in dem Spannungsfeld zwischen der von mir geforderten Realität, Mann zu sein, und dem eigenen Empfinden, dass dies nicht so sei, nicht mehr zurecht kommen. Ich erfuhr, dass es Transsexualität tatsächlich gibt. Seither beschäftigte ich mich mit der Thematik, und überprüfte immer wieder für mich, ob dies auf mich zutreffe und lebbar sei.

In den fast dreißig Jahren meiner beruflichen Laufbahn, im Bereich Aus- und Weiterbildung im gesamten Spektrum der Elektrotechnik, Elektronik und Computertechnik, aber auch der psychologischen und sozialen Begleitung von Jugendlichen beim Übergang ins Berufsleben, kam es durch die von mir entwickelte Sensibilität, die im Erscheinungsbild "Mann" oft nicht erwartet wurde, zu Verwirrung in der Umwelt. Erst als ich 1994, von einem auf den anderen Tag, auch nach außen lebte, was ich schon immer fühlte - "nicht Mann zu sein" - laut unserer gesellschaftlichen Definition dann also Frau - verschwand diese Irritation in meiner Umwelt.

Da ich meine Kraft nicht mehr dafür vergeuden musste, zu verleugnen, wer ich bin, kann ich mich seither der psychosozialen Beratung und Betreuung von Transsexuellen, deren Partner, Eltern und Kinder widmen. Daneben betreibe ich intensiv Informationssammlung und Informationsverbreitung und bin auf dem Gebiet "Transsexualität" auch als Referentin u.a. bei Ärzte- und Psychologenkongressen tätig. Meine beruflichen Erfahrungen und das über Jahrzehnte angesammelte Wissen zum Thema "Transsexualität" kamen mir dabei zugute.

Wenn ich heute in meiner Freizeit auf kommunalpolitischer Ebene als gewählte Vertreterin in der Arbeitsgemeinschaft sozialdemokratischer Frauen AsF und dem

Beschwerderat Psychiatrie der PSAG Köln tätig bin, so spielt es keine Rolle, dass ich jahrelang als "Mann" gelebt habe und glaubte, es auch so zu schaffen. Es kommt mir und der Arbeit aber sehr zugute, dass ich dadurch Insiderwissen der Männerwelt erworben habe.

0.2 Warum ein Sachbuch und keine Biographie?

Im Laufe meines Lebens saß ich oft an Schreibmaschinen, später am Computer, um Essays, Gedichte, Artikel, einmal sogar ein Fachbuch zu schreiben. Seit einigen Monaten bin ich nun wieder dabei, ein Buch zu schreiben. Ich wollte eigentlich über *Mein (fast) normales Leben, so wie es sich heute gestaltet,* berichten. Ich begann, mich mit meinem Leben auseinander zusetzen. Dabei erinnerte ich mich an frühere Gedanken und Taten, aber auch an Entwicklungen, die mich zum Heute geführt haben. Dabei beschrieb ich auch das "Unbeschreibliche" - **Transidentität**. Mediziner, Psychologen und Juristen sprechen von Transsexualität, was aber unglücklicherweise meist den Eindruck erweckt, es hätte etwas mit Sexualität zu tun - und damit nur einen (meist geringen) Teil des Problems beschreibt. Es geht nämlich um Geschlechtsidentität, abweichend von der biologischen Zuweisung und den sich daraus ergebenden sozialen Rollen und Zwängen.

Doch dann kam alles ganz anders. Ich werde sicher jenes Buch fertig schreiben, aber ich habe die Arbeit daran vorübergehend unterbrochen. Sowohl von Fachleuten auf dem Gebiet "Transsexualität", als auch aus Kreisen der Transidenten selbst, wurde ich aufgefordert, ein Sachbuch zu schreiben. Es gibt einige von Transidenten geschriebene Bücher über deren Leben und die Entwicklung, die sie durchlaufen haben. Einige haben darüber hinaus auch Bücher geschrieben, die teilweise Sachbücher sind. Es gibt Veröffentlichungen von wirklichen und selbsternannten Experten. Was kann ich also Neues oder Anderes vorlegen? Wieso glauben Menschen, dass gerade jetzt ein neues Sachbuch zum Thema erscheinen sollte? Und wieso habe ich mich in Anbetracht dieser Fülle von Büchern überzeugen lassen?

Es ist wichtig, gerade jetzt ein neues Sachbuch zur Verfügung zu stellen, das geschrieben wird von einem transidentischen Menschen selbst, einer "Expertin aus eigenem Erleben". Ich bin Frau mit männlicher Vergangenheit, ich bin Mensch in meiner Weiblichkeit.

Und während ich mir dies nochmals verdeutliche, wird mir auch bewusst, warum gerade jetzt das Thema neu behandelt werden sollte. Ich rekapituliere, was mich gerade seit Anfang 1995 im Bereich der Publikationen gefreut oder gestört, manchmal sogar geärgert hat, gleichgültig ob ich den Bereich Fernsehen, Rundfunk oder Printmedien betrachte. Die Masse der Publikationen brachten vieles, was in Ordnung schien, durcheinander. Es hängt doch sehr vom Zufall ab, wie Hintergründe zu einer Geschichte, gleichgültig ob für eine Talk-Show oder einen Rundfunkbericht, einen Zeitungsartikel oder ein Buch, recherchiert werden. Wer sollte es Journalisten, Redakteuren oder auch mitwirkenden Transidenten verübeln, dass sie nur einen Ausschnitt sehen oder auf ein bestimmtes Problem fixiert sind?

Den letzten Ausschlag dafür, dass ich nun ein neues Sachbuch schreibe, gab die Veröffentlichung von Clement/Senf *Transsexualität - Behandlung und Begutachtung,* im Spätsommer 1996 (das ich persönlich für sehr gut halte). In ihm schreiben acht Experten und Expertinnen zu ihrem Spezialgebiet, und es entsteht dadurch der Eindruck, dass hier der "Wahrheit letzter Schluss" veröffentlicht sei; doch dem ist nicht so. Die Herausgeber betonen zwar in ihrem Vorwort, dass es sich um eine Darstellung der Einzelautoren aus deren Sicht handelt, doch kein Leser, mit dem ich bisher sprechen konnte bestätigt, dies so erkannt zu haben. Eine besonders schlimme Folge (keinesfalls nur) dieses Werkes, so wie ich es in der Beratungs- und Betreuungsarbeit erlebt habe ist, dass sich alle möglichen Menschen und auch Vertreter von Institutionen (ich spreche ausdrücklich auch von Krankenkassen und medizinischem Dienst) aus dem Buch gerade die Stellungnahmen heraus gepickt haben, die ihnen am besten in den Kram passen. Spätestens wenn Sie, liebe Leser und Leserinnen, hier das Kapitel *Erziehung, Moral und Gesellschaft* gelesen haben, werden Sie verstehen, warum ich bezogen auf manche Wahrheiten so kritisch bin. Dieses Kapitel (das ich schon für andere Zwecke meiner Arbeit fertig vorliegen hatte) war es auch, das Herrn Professor Dr. Louis J. G. Gooren, den Inhaber des Lehrstuhls für Transsexualität an der freien Universität Amsterdam, veranlasste, mich zu bestärken das vorliegende Buch zu schreiben.

0.3. Was es zu sagen gibt

Ein Wegweiser für ungeduldige Leser

Ein Sachbuch soll informieren. Es stellt sich natürlich die Frage: *Wen?* – Die Leser und Leserinnen, die erfahren haben, dass es in unserer Gesellschaft mehr als nur Mann und Frau gibt? Transidenten oder Menschen, die noch nicht wissen, ob sie transidentisch sind? Ärzte, Psychologen, Technokraten des Gesundheitswesens oder sonstige Verantwortliche in unserer Gesellschaft?

Ich kann es heute, da ich meine in Jahrzehnten gewachsenen Erfahrungen erst zu Papier bringe, noch nicht wissen. So wende ich mich an den Interessierten schlechthin, den sogenannten Fachmann ebenso wie den Laien, und an den Transidenten, ob er in der ersten Erkennungsphase steckt oder schon vor Jahren seinen Weg gegangen ist.

0.3.1 An die Experten und Expertinnen

Manche Sexualmediziner, Wissenschaftler, Ärzte, Psychologen und Juristen mögen einwenden, dass doch bei uns in Deutschland alles geregelt sei. Es gibt das **Transsexuellengesetz**, und es gibt Verordnungen und Grundsatzurteile, welche die Rechte und Pflichten der Transidenten ebenso regeln wie die der Allgemeinheit, Sozialversicherungen und Behörden. Die Würde des Menschen ist unantastbar, auch die der Transidenten. Wenn also ein Mensch, geboren als Frau, glaubt ein Mann zu sein, dann braucht er doch nur die Spielregeln einzuhalten; dann kann ihm auch geholfen werden und er kann als Mann leben (oder umgekehrt). Dieser Mensch soll sich gefälligst entscheiden, eindeutig. Dann kann ihm auch geholfen werden. Wenn dann alle Erwartungen der Gesellschaft und das äußere Erscheinungsbild gegeben sind, dann ist der Transident glücklich (oder hat es zu sein) und die "normalen" Menschen auch.. *"Wir Fachleute wissen was er braucht, was ihm zusteht und wie er zu behandeln ist. Wir sind in der Lage ihm zu helfen, wenn wir ihn schon nicht heilen können, diesen* transidentischen *Menschen."*

Manche Transidenten glauben, dass den "Halbgöttern in Weiß" das Handwerk gelegt werden sollte. Doch so einfach ist es nicht. Manchen muss einfach geholfen werden, damit sie ihr Wissen, das zweifellos viel Gutes bewirkt hat, richtig einsetzen können. Es muss ihr Horizont erweitert werden, oder ihr Blick wieder auf den verloren gegangenen Horizont gerichtet werden. Experten sind nicht Gegner, sondern Partner. Es ist eine durchaus menschliche Erfahrung, dass sowohl über das Ziel hinaus geschossen wird, als auch Erstarrung eintritt. Es muss klar gemacht werden, dass wir uns immer wieder von Vorstellungen trennen müssen, die zunächst neue Einsichten vorbereitet haben.

0.3.2 An die Transidenten

Den meisten transidentischen Menschen wird, entgegen dem biologischen Geschlecht, ihr Nichtmännlich-Sein oder Nichtweiblich-Sein zu einem Zeitpunkt bewusst, zu dem sie die Tragweite dessen noch gar nicht einschätzen können. Sie merken schon sehr früh, dass sie Junge oder Mädchen sind, entgegen der biologischen Zuweisung. Jedoch die Menschen in ihrer Umwelt und ihre körperliche Entwicklung signalisieren ihnen das Gegenteil. Die anders empfundene geschlechtliche Identität, der sich das Kind langsam bewusst wird, wird dann als kindlicher Wunsch oder fixe Idee bezeichnet.

Fatal ist dabei, dass es sich nicht um einen Wunsch handelt (weswegen auch das Wort "Wunschgeschlecht" unsinnig ist), sondern um eine unabänderliche Tatsache. Transidenten suchen sich ihr Schicksal nicht aus - sie werden so geboren. Wissenschaftler gehen heute davon aus, dass das Identitätsgeschlecht allerspätestens am Ende des 3. Lebensjahres unverrückbar festgelegt ist, also zu einer Zeit, in der geschlechtsspezifische Erziehung und Einordnung, jedenfalls aus der Sicht der Erwachsenen, noch keine wesentliche Rolle spielen. Die Probleme treten dann auf, wenn die Zuordnung männlich/weiblich in das Erleben des Kindes eingreift.

Bevor ich nun weiter auf die Zusammenhänge eingehe, möchte ich eine wichtige Feststellung machen. Ich werde immer wieder von der Seele sprechen, im Zusammenhang mit Geschlechtsidentität. Natürlich verlasse ich dabei den Boden gesicherter wissenschaftlicher Erkenntnisse. Es gibt Forschungen, die deutliche Anhaltspunkte dafür liefern, dass die Geschlechtsidentität sich in unterschiedlichen hirnorganischen Entwicklungen nachweisen lassen. Mir erscheint es jedoch nicht ausreichend zu sagen: *Geschlechtsidentität ist ein Zustand im Gehirn.*

Da Körper und Seele nicht zusammenpassen, kommt es in vielen Fällen zu Verdrängungen und als Folge davon zu Störungen in der Entwicklung. Viele Transidenten versuchen zunächst, ihre Seele dem Körper anzupassen. Dieser Versuch scheitert jedoch früher oder später. Ein anderer Weg ist, dass der transidentische Mensch sich von vornherein den Erwartungen seiner Umwelt entzieht und "mit Gewalt" versucht so zu leben, wie er sich fühlt. Doch auch dies führt zu Konflikten.

Wenn Transidenten dann irgendwann erfahren, dass es die umgekehrte Möglichkeit gibt, den Körper der Seele anzupassen, setzen sie für das Erreichen dieses Zieles oft ihre gesamte Lebensenergie ein. Sie starren nur noch auf das Ziel, lassen sich dabei auf die verrücktesten Dinge ein, oft in einer unheiligen Allianz mit Experten. Plötzlich wird das Warten auf den nächsten Termin, der wieder einen Schritt auf dem Weg zur körperlichen Veränderung bedeutet, zur unerträglichen Zeitspanne. Alles dreht sich nur noch um die Frage: *"Wann bin ich endlich fertig?"* - Denn die unausgesprochene Prämisse ist, dass man erst glücklich sein kann, wenn man "alles durch" hat - und es dann auch zu sein hat.

Vielleicht finden transidentische Menschen, die unterwegs zu ihren neuen Leben sind, durch dieses Buch ein wenig Ruhe und Gelassenheit. Sie sollen aber auch die Chance bekommen, Einsichten in ihr eigenes Verhalten zu bekommen. Natürlich werde ich auch auf Fragen der Behandlung eingehen. Dabei kommt es nicht in erster Linie darauf an, welche medizinischen Standards zur Zeit die besten sind. Wollte ich hierzu detaillierte Aussagen machen, dann wäre das Buch schon überholt, bevor es erscheint. Ich werde aber auf grundsätzliche Fragen, Probleme und Lösungsmöglichkeiten eingehen und darauf verweisen, wo jeweils die neusten Informationen eingeholt werden können.

In erster Linie sind Transidenten ganz normale Menschen und Sozialpartner in unserer Gesellschaft –, wenn man sie denn lässt. Dazu müssen sie sich aber auch selbst als solche verstehen. Erst in zweiter Linie sind wir transidentisch und damit in unserer nur auf *Mann und Frau* ausgerichteten Gesellschaft anders.

0.3.3 An alle anderen Leser

Ich möchte eine Bitte vorausschicken: **Versuchen Sie nicht zu verstehen, was Transidentität ist – wir verstehen es selbst nicht. Aber versuchen Sie für Transidenten und ihre besonderen Probleme Verständnis aufzubringen.**

Weder dieses Buch noch irgend ein Experte kann Ihnen erklären, was Transidentität ist. Wir können es als das Gefühl beschreiben *fremd im eigenen Körper zu sein*, so wie es Cornelia Klein, die Gründerin des Transidentitas e.V., einmal ausgedrückt hat.

Aber vielleicht hilft Ihnen ein anderer Gedanke weiter: Können Sie verstehen, warum sich ein Mann als Mann fühlt und eine Frau als Frau? Wenn Sie über diese Frage nachdenken, dann werden Sie sehr schnell darauf kommen, dass alle Erklärungsversuche an Äußerlichkeiten hängen bleiben. Wenn Sie zu sich selbst ehrlich sind, dann haben Sie nur Antworten auf die Frage gefunden, woran Sie als Mann oder Frau erkannt werden, nicht aber warum Sie sich so fühlen. Und das wird den meisten Menschen genauso gehen.

0.4. Aufbau und Inhalt

Der große Irrtum der Menschen in unserer Kultur und Gesellschaft besteht darin, dass wir glauben, es gäbe nur zwei Geschlechter - männlich und weiblich - folglich auch nur Männer und Frauen; und diese seien klar voneinander abgrenzbar. Um dieses Bild aufrecht zu erhalten wird alles, was ihm widersprechen könnte, als krank oder unnormal definiert.

Auf welch wackeligen Füßen diese Vorstellung steht, sollte jedoch sehr schnell klar werden, wenn über den Begriff "Geschlecht" nachgedacht wird. Das Wort ist ein Sammelbegriff für ganz unterschiedliche Aspekte des Menschseins, die wir automatisch nur in einer Konstellation zulassen.

Der Mensch hat ein biologisches Geschlecht, eine geschlechtliche Identität, eine sexuelle Orientierung und ein soziales Geschlecht.

Nach unserer (heutigen) Vorstellung ist es eine Tatsache, dass die Biologie eindeutig zu sein hat und sich auch eindeutig entwickeln muss, in Richtung Mann oder Frau. Wenn dies nicht der Fall ist, dann wird das Baby als behindert oder krank eingestuft. Experten "helfen" dann, ohne zu fragen ob der Mensch überhaupt Hilfe braucht, oder in welcher Richtung geholfen werden soll. Wie sollte der Mensch auch gefragt werden, als Baby, Kleinkind oder Kind? Die Experten wissen schon was gut für das Kind ist. (Ich meine dabei nicht lebensbedrohliche Anomalien, sondern Formen intersexueller Abweichungen von der Norm, mit denen das Kind durchaus leben könnte, bis es in der Lage ist selbst über sein Leben zu entscheiden.)

Das heranwachsende Kind wird sich bis zur körperlichen Pubertät seiner geschlechtlichen Identität bewusst, meist jedoch nur dann, wenn diese nicht zum biologischen Bild passt. Geschlechtliche Identität darf natürlich nicht mit dem meist sozial ausgelösten Wunsch verwechselt werden: *"Wenn ich ein Junge wäre, dann ..."*.

In der Pubertät wird dem heranwachsenden Jugendlichen seine sexuelle Orientierung bewusst. Obwohl sich hier schon einiges verändert hat, wird der Jugendliche in den meisten Fällen auf eine Erwartungshaltung treffen, die von ihm eine heterosexuelle Orientierung verlangt. Wehe dem Transidenten, der diese Erwartung erfüllt, er gilt dann nämlich, wegen des anderen Erscheinungsbildes, als lesbisch oder schwul. Homosexuell wäre er, wenn er sich einem nicht transidentischen, biologisch gegengeschlechtlichen Partner zuwendet. Doch das sieht dann wiederum die Gesellschaft nicht, da das Bild stimmt: Biologischer Mann liebt biologische Frau. Bei Transidenten führt der Konflikt zwischen eigenem Empfinden der Sexualität und der Erwartungshaltung der Gesellschaft dazu, dass sie häufig Sexualität für sich grundsätzlich verneinen oder unterdrücken.

Das soziale Geschlecht ist eindeutig kulturell geprägt. Was bei uns typisch weiblich ist, kann in anderen Kulturen männlich sein oder umgekehrt. Für Transidentinnen, Frauen, die einen männlichen Körper haben, ergeben sich in der westlichen Welt vor allem

Schwierigkeiten durch die Zuweisung von Bekleidung. Tragen sie weibliche Kleidung, so werden sie begafft, belächelt, verspottet oder sogar beleidigt und angegriffen.

Will ich die ganze Vielfalt menschlichen Seins berücksichtigen, dann muss ich nicht nur die verschiedensten Kombinationen von Biologie, Identität, Orientierung und Rolle zulassen, sondern auch die Tatsache, dass es in jedem der einzelnen Bereiche noch gleitende Übergänge gibt.

Das Schubladendenken über Mann und Frau hat ausgedient. Der Versuch es, durch weitere Schubladen zu ergänzen schafft höchstens neue Ab- und Ausgrenzungen, aber keinerlei Klarheit. Wollte man nur für den Sammelbegriff "Geschlecht" ein brauchbares Erklärungsmodell schaffen, in dem alle Menschen eingeordnet werden können, dann müsste dies, graphisch gestaltet, bereits mindestens in der 5. Dimension angesiedelt sein, also außerhalb unserer Vorstellungskraft.

Damit der Leser Einblick und Einsicht in die Probleme und das Leben von Transidenten bekommen kann, werde ich zunächst versuchen, Einsichten in das Leben der Menschen allgemein zu geben. Schwerpunktmäßig geht es mir dabei um die Begriffe Erziehung, Moral und Gesellschaft und ihren Einfluss auf die Entwicklung des Menschen und den Umgang miteinander.

Im nächsten Kapitel gehe ich auf das Machbare ein, zunächst im rechtlichen Bereich, danach im medizinischen. Bewusst verzichte ich dabei weitgehend auf Bewertungen. Natürlich enthält dieser Teil auch Aussagen dazu, was nicht geht, noch nicht geht oder im Rahmen unserer geltenden Gesetze nicht erlaubt ist.

Einen breiten Raum wird der Bereich der psychologischen Begleitung und/oder Behandlung einnehmen. Ich betone jedoch schon hier ausdrücklich, dass das Ziel einer Behandlung niemals die Heilung von Transidentität sein kann oder darf. Wenn auch unsere Wissenschaft noch nicht sehr viel über Transidentität weiß (oder das vorhandene Wissen darüber durch fehlenden Austausch von Informationen nicht oder nur unzureichend zur Kenntnis nimmt), so sind folgende Punkte doch eindeutig klar und Stand der medizinischen Wissenschaft: Transidentität ist nicht heilbar und Transidentität ist nicht ansteckend. Kein Mensch kann durch andere Menschen zum Transidenten werden, also verleitet oder "über den Tisch gezogen" werden. Es kommt allerdings tatsächlich vor , dass psychisch und - selten - auch körperlich Kranke transidentisches Verhalten zeigen können, Transidentität sich also als Ausweichsyndrom herausstellt. Bei der Frage nach Ursache und Wirkung, vor allem diese nicht zu verwechseln, sind die Experten in einem sehr hohen Maß gefordert, in ihrer Fachkompetenz und in ihrem Verantwortungsbewusstsein.

Transidenten sind natürlich am Anfang Kinder, und ihr ganzes Leben lang die Kinder ihrer Eltern. Transidenten können aber auch selbst Kinder haben, also Eltern sein. Gerade weil es für Eltern von transidentischen Kindern kaum Literatur zu ihren speziellen Problemen gibt, versuche ich hier Hilfen und Denkanstöße zu geben. Einrichtungen der Frühdiagnostik und Elterngesprächskreise kenne ich nur aus den Niederlanden. Die Fragen, die sich für Kinder stellen, wenn ein Elternteil Transident/in ist, werde ich an dieser Stelle nicht behandeln.

Das "Gesetz über die Änderung der Vornamen und die Feststellung der Geschlechtszugehörigkeit in besonderen Fällen" (Transsexuellengesetz - TSG) schreibt für alle Menschen, die es in Anspruch nehmen wollen, die gleichen juristischen Schritte vor. Es betrifft aber nur die Fragen des Namens- und Personenstandsrechtes. Der medizinische, psychologische und soziale Weg ist aber für jeden Transidenten verschieden. Trotzdem gibt es auch hier Grundsätze, die beachtet werden müssen. Obwohl gerade hier, sowohl bei den Transidenten als auch den Experten die größten Uneinigkeiten bestehen, werde ich den Versuch einer Klärung unternehmen. Diagnostik, ärztliche Verordnung, fachärztliche Stellungnahme und Gutachten spielen dabei eine große Rolle.

Im letzten Kapitel unternehme ich den Versuch einen *Leitfaden für Helfer* aufzustellen. *Standards of Care* werden immer wieder von Experten proklamiert. Allen Vorlagen, die ich bisher zu sehen bekam, ist aber eines gemeinsam: Sie sehen den Transidenten isoliert als Patient, dem sorgfältig psychologisch, medizinisch und juristisch "geholfen" werden muss. Sie suggerieren dem Transidenten, dass die Experten schon wissen, was für ihn gut ist, er solle sich doch darauf einlassen. Transidenten sind aber kein Problem, sondern Menschen mit speziellen Problemen, zusätzlich mit solchen, die jeder andere Mensch auch haben kann. Darüber hinaus werden sie mit allen möglichen Problemen durch die Gesellschaft, Ärzte, Behörden, usw. belastet. *Standards of Care* müssen sich deshalb auch an Sprechstundenhilfen, Sachbearbeiter von Krankenkassen, Arbeitsämter und Arbeitgeber, Sozialämter und Wohnungsämter, Juristen und Richter wenden. Besonders wichtig erscheint mir, dass Politiker, Soziologen, Theologen, Erzieher und Pädagogen, Professoren und Dozenten dieses Kapitel nicht nur lesen, sondern auch verinnerlichen. Transidenten werden immer wieder, wenn sie Hilfe suchen, erfahren, dass sie zunächst gefordert sind zu helfen und aufzuklären. Sie müssen sich nicht wegen ihres Andersseins rechtfertigen oder schämen. Sie müssen aber die Bereitschaft zeigen, partnerschaftlich Berührungsängste abzubauen, die Menschen in ihrem Umfeld haben können.

1. Erziehung, Moral und Gesellschaft

1.0. Vorbemerkungen

Die folgenden Ausführungen zum Thema, aus der Sicht einer Frau - selbst betroffene Mann-zu-Frau-Transidentin - die ihren persönlichen Weg gegangen ist und geht, können natürlich weder als vollständige wissenschaftliche Studie noch als allgemeingültiges Bild zur Lage der Betroffenen verstanden werden. Durch den jahrzehntelangen eigenen Weg, die vielen Kontakte in Informations- und Beratungsgesprächen und die Mitarbeit in der Bundesgeschäftsstelle des Transidentitas e.V., beziehungsweise seit 1998 bei der **dgti** - Deutsche Gesellschaft für Transidentität und Intersexualität e.V., konnte ich mir jedoch eine offene und wenn nötig auch kritische Einstellung zum Leben in unserer Gesellschaft erhalten. Dazu haben auch die in fast 30 Jahren gewonnenen Einblicke in die Situation von Menschen, die ich durch die Arbeit auf dem Gebiet der Aus- und Weiterbildung, sowie die Betreuung von körperlich und seelisch behinderten Menschen gewonnen habe, beigetragen. Oft wird die Frage gestellt ob ich mir denn bewusst sei, was ich mir durch meinen Geschlechtswechsel zur angeborenen, aber unterdrückten Identität antue. Meist steckt hinter der Frage die Erfahrung, dass es Männer in unserer Gesellschaft doch viel leichter haben. Meine einfache Antwort darauf lautet: "Es reicht mir, über 30 Jahre in fremden Revieren gewildert zu haben! Ich weiß, wie Männer denken, denken müssen und fühlen sollen! Ich habe es erfahren, weil ich meine eigene Identität nicht begreifen, bzw. durch die Erziehung nicht akzeptieren konnte und deshalb von Männern als Mann wahrgenommen wurde."

Ich sehe die zu behandelnden Themen natürlich durch meine Brille, auch wenn ich um Objektivität bemüht bin. Aber auch der Leser sollte sich bewusst sein, dass er das Gelesene durch seine eigenen Vorerfahrungen und Gedanken gefiltert aufnimmt. Mit diesem Bewusstsein lassen sich viele Missverständnisse vermeiden.

Ein weiterer Hinweis erscheint mir trotz seiner Selbstverständlichkeit wichtig. Erziehung, Moral und Gesellschaft sind nicht als philosophische oder moraltheologische Begriffe zu sehen, sondern als erlebte Realität - und die erlebt jeder Mensch eben subjektiv.

Transidenten sehen sich vor und nach ihrem Coming-out massivem Druck von außen ausgesetzt und versuchen oft die Erwartungshaltungen der Umwelt zu erfüllen. Doch nur das selbstbestimmt gelebte Leben, nicht aber das von anderen geplante hat eine Chance. Auf Dauer wird ein nach Fremdvorstellungen geplantes Leben sich stets selbst in Frage stellen, in die Sackgasse führen oder in der Katastrophe enden. Das trifft übrigens auf alle Menschen zu, nicht nur auf Transidenten.

Das ganze Kapitel ist als "Einstimmung" auf das Thema gedacht. Es soll sowohl Transidenten als auch Experten und interessierten Lesern den Blick für die Entwicklungen und Hintergründe öffnen, auf denen sich ihr Leben abspielt.

1.1. Gesellschaftlicher Hintergrund

Um die grundsätzliche Problematik von Menschen mit abweichender Geschlechtsidentität zu verdeutlichen ist es notwendig, einige allgemeine Trends und Fakten zu be-, vor allem aber zu hinterleuchten.

1.1.1 Bilder und Realität

Menschen leben immer nur in den Bildern, die sie sich von sich selbst, ihren Mitmenschen, der Gesellschaft und ihrer Umwelt machen. Das war schon immer so und wird auch immer so bleiben - es wurde aber von der Mehrheit der Menschen schon immer verleugnet. Wir leben immer nur in unserer Realität, gleichgültig wie wahr sie ist oder wie nahe sie der Wahrheit kommt. Gerade dieser Umstand ist es ja, der den Menschen zu immer höheren geistigen Leistungen und deren praktischer Umsetzung führt. Er führt auch zu mehr Wissen über uns selbst und die Welt in der wir leben.

Das Dilemma liegt nun darin, dass die Bilder in den Köpfen der Menschheit stets einer Korrektur bedürfen, sei es eine Erweiterung oder das Lösen von falschen Vorstellungen. Je mehr Wissen wir uns aneignen und je mehr Erfahrungen wir machen, um so häufiger müssten übernommene Bilder korrigiert werden. Leider aber wollen oder können viele Menschen nicht von ihren liebgewordenen Bildern lassen, weil das oftmals viel zu viele Fragen aufwerfen würde. Also wird die Realität den alten Bilder angepasst, manchmal zu einem hohen Preis. Denn damit tritt oft eine Verhärtung und Erstarrung in uns selbst ein.

Die Entstehung der Bilder ist ein individueller Entwicklungsprozess, ihre Ergänzung und Veränderung dauert lebenslang. Nicht nur das direkte Umfeld, sondern auch die Medien, Politik, Wissenschaft, Kirchen und Religionsgemeinschaften beeinflussen diese Bilder. Sie haben über Generationen die Grundmuster geprägt und können sie verteidigen, oder auf ihre Veränderung bei vielen Menschen einwirken.

Eine wichtige Tendenz, zu beobachten vor allem in den letzten Jahrzehnten, ist die Anonymisierung der Mitmenschen und scheinbare Betonung des Individuums. Ein Effekt dieser Anonymisierung ist häufig die Verengung des Bildes der Menschen auf: Ich und meine Wünsche und meine Rechte. – Gesellschaft und Staat sind die anderen. Für Variationen über das Sein anderer Menschen und deren Erleben der Realität bleibt kaum noch Raum.

Auch das (eigentlich sinnvolle) Vertrauen auf Experten wird so zu einer Wissenschafts- und Expertengläubigkeit, denn die Korrektur durch das soziale Umfeld fehlt oft. Diese

Expertengläubigkeit wiederum macht oft eigenverantwortliches Überlegen und Handeln überflüssig, wenn auch nur scheinbar.

Berühren aber umgekehrt Aussagen von Wissenschaft und Experten plötzlich persönliche Interessen, dann setzen manche Menschen mit allen Mitteln, koste es was es wolle, ihre individuellen Rechte durch. Dies geschieht entweder gestützt auf Expertenaussagen oder ausdrücklich unter Umgehung. Diese Beobachtung kann ganz allgemein, in den verschiedensten Lebensbereichen gemacht werden, nicht nur bei Transidenten.

1.1.2 Menschenbilder

Den Menschen gibt es nur als *Mann* oder *Frau*. Etwas anderes, oder ein dazwischen existieren nicht. Das ist zumindest das Ergebnis von 3000 Jahren europäischer Geistesgeschichte. Das bestätigt die Medizin, und als einflussreichster Vertreter der Psychologie, auch Freud. Er bestätigte auch: "*Mann liebt Frau, und Frau liebt Mann, und alles andere ist unreif oder gar krankhaft*". Wissenschaft, Kirche, und Politik haben dies in einem unheilvollen Bund in den Köpfen der Menschen zementiert. Die fortschreitende Technisierung und die dafür nötige Normierung, führten automatisch dazu, dass auch das Leben und der Mensch normiert wurde. Der Mensch ist in vielen Köpfen entweder eindeutig normal oder aber krank oder verrückt.

Das der heute lebenden Generationen zur Verfügung stehende Wissen und die Möglichkeiten, die sich durch die Medien eröffnen, böten die Chance zur Öffnung der Gesellschaft, zu mehr Toleranz und zur Integration. Das Gegenteil ist aber der Fall. Die Fähigkeit, die eigenen Lebensbilder überprüfen und ändern zu können, ist weitgehend verloren gegangen. Die Menschen haben nur noch gelernt festzuhalten, was sie haben, loslassen ist unmodern. Sie haben Angst, ihre Bilder von der Welt zu überprüfen, sie zu ändern oder eben einfach nur loszulassen. Die "anderen" tun es ja auch nicht; und es ist ja auch viel bequemer so!

Diese Angst führt auch zur Zementierung der eigenen Vorstellung von "*so hat Mensch zu sein.*", die in den meisten Fällen gar nicht die eigene Vorstellung ist, sondern ein ungeprüft übernommenes Bild.

Mensch betrachtet die Öffentlichkeit und die Gesellschaft, als etwas Anonymes, für das die anderen zuständig seien, die ihn nur an seiner Selbstverwirklichung hindern und ja doch tun was sie wollen. Mensch hält sich oftmals alleine für normal, und niemand der anders denkt oder fühlt soll ihm zu nahe kommen. Als Schutzschild wirkt da sehr eindrucksvoll die Behauptung: *"Wir leben in einer freien Gesellschaft, soll doch jeder tun was er für richtig hält, aber bitte nicht hier!"*

Unsere Menschenbilder werden aber auch sehr stark von den Medien geprägt. Es entstehen, je nach Modetrend, bestimmte Frauen- oder Männerbilder, deren Einfluss -

man denke an "Twiggy" und die bei vielen Frauen dadurch mitverursachte Magersucht - sehr groß sein kann. In der Folge scheint "*In-Sein*" manchmal wichtiger zu sein als Mensch zu sein. Die Bilder beeinflussen die Psyche und die wiederum unser Verhalten. Die Realität der Vielfalt wird dem Trend geopfert. Der Typ wird wichtiger als der Mensch.

Welch verheerenden Folgen dies für Transidenten haben kann, Mann-zu-Frau oder Frau-zu-Mann, werde ich erläutern, wenn es um die Frage von "Selbstbestimmung und/oder Fremdbestimmung" bei medizinischen Maßnahmen geht. Gerade in diesem Zusammenhang spielen die Bilder in unseren Köpfen eine sehr große, im Extremfall sogar fatale Rolle.

1.1.3 Wissenschaft und Macht

Unsere Gesellschaft ist für die Mehrheit der einzelnen Menschen in ihrer Struktur nicht mehr begreifbar oder beeinflussbar. Sie fühlen sich ihr ausgeliefert, wenn auch in den meisten Fällen unbewusst. Auf der anderen Seite kompensieren sie dies durch das unreflektierte Folgen von sogenannten Trends. Diese Trends werden von verschiedenen Machtstrukturen ausgelöst und beeinflusst. Überspannen sie dabei den Bogen, so entstehen Gegenentwicklungen, die sich aber sehr schnell neue Machtstrukturen schaffen. Sehr deutlich erleben wir dies zur Zeit am Wechselspiel zwischen Ökologie und Ökonomie. Dabei sind Wissenschaft und Wirtschaft in eine, für den "normalen" Menschen nicht mehr durchschaubare unheilige Allianz verstrickt. Selbst Menschen, die in einem der beiden Bereiche tätig sind, können diese Verstrickung kaum noch erkennen, oder verdrängen ihre eigenen Wahrnehmungen davon.

Ein konkretes Beispiel dieser Allianz zwischen Macht, hier Politik und Kirche auf der einen Seite und Wissenschaft auf der anderen Seite, ist der Umgang mit Homosexuellen, also schwul oder lesbisch empfindenden Menschen.

Die Träger der staatlichen Macht gingen davon aus, gestützt auf "wissenschaftliche Erkenntnisse", dass Homosexualität krankhaft und pervers sei. Entsprechend wurde ein Strafrechtstatbestand formuliert und gesetzlich verankert. Die Bilder vom "Sosein" des Menschen und die "Machtinteressen" der Allianz Kirche und Staat stimmten zusammen.

Die betroffenen Menschen, Männer und Frauen, konnten mit diesem Bild aber nicht frei leben und sich entwickeln. Verstecken, Verdrängen, Selbstverleugnung und Angst bestimmten ihr Leben. Die Entwicklung von Psychosen ist, aus heutiger Sicht betrachtet, eine logische Folge. Jetzt waren diese Menschen wirklich krank. Sie wurden es aber nicht wegen ihrer Sexualität, sondern als Folge der geprägten Bilder.

Es ist gut, dass diese Bilder heute nicht mehr haltbar sind. Es ist aber nicht möglich, sie per Gesetz zu ändern. Von einer besonderen gesellschaftlichen Bedeutung ist dabei, dass gerade die katholische Kirche - aber nicht nur sie - nun in der Pflicht steht, ihre Bilder und deren Gültigkeit zu überprüfen. Dabei nützt es den Homosexuellen sehr wenig, dass Galileo Galilei, der am zu seiner Zeit gültigen Weltbild der Kirche rüttelte, von dieser nun endlich, nach Jahrhunderten des Leugnens, später Schweigens, rehabilitiert wurde. Die Bilder in den Köpfen der Menschen, teilweise geprägt von reinen Phantasien, machen den Betroffenen das Leben weiter zur Qual. Sie müssen fürchten, auch weiterhin in der Öffentlichkeit angreifbar und erpressbar zu sein.

Das Bild über Homosexuelle stimmt nicht mehr mit der Realität, so wie sie zur Zeit gesehen wird, überein. Es hält sich aber mancherorts immer noch und verdrängt die Realität.

Auch wenn ich hier nur ein Beispiel verdeutlicht habe, ist klar, dass es noch weiter Fälle gibt, in denen die Verwechslung des *Bildes* mit der *Realität* gravierende Folgen haben kann.

1.2. Moralischer Hintergrund

Gerade das letzte Beispiel zeigt deutlich, dass es notwendig ist, sich mit dem Begriff "Moral" auseinander zu setzen, seine Bedeutung für Menschen und Gesellschaft zu betrachten. 1995 lautete das Motto des Kirchentages der evangelischen Kirchen Deutschlands in Hamburg: "*Es ist DIR gesagt Mensch was gut ist!*" (Altes Testament, Buch Micha, Kap 6, Vers 8) Und lese ich nun weiter, so steht dort: *"Recht tun, Güte und Treue lieben, in Ehrfurcht den Weg gehen mit deinem Gott."*

Gewählte Politiker sind, so will es unsere Verfassung, nur ihrem Gewissen, im Rahmen von Verfassung und Gesetz, verantwortlich und nicht den Weisungen von Menschen oder Institutionen. Dass ein Großteil unserer Bevölkerung gerade an der Umsetzung dieser Verantwortung des Politikers zweifelt, äußert sich unter anderem in der "Parteienverdrossenheit" in unserer Bevölkerung.

Moral und Gewissen lassen sich aber nicht in starre Bilder und Vorschriften pressen, diese können nur als flankierende Maßnahmen bewertet werden. Moral hat etwas mit uns selbst zu tun und mit Verantwortung - aber wem gegenüber sind wir verantwortlich? Moral und Gewissen konfrontieren uns mit der Frage nach unserem ganz persönlichen Dasein.

1.2.1 Moral und kulturelle Entwicklung

Ich beginne mit der Frage nach dem Einfluss der Moral auf unsere Gesellschaft und unser ganz persönliches Leben, mit einem Beispiel, das sich unserer Moralvorstellung völlig entzieht.

Bei der Beschäftigung mit der Geschichte, Kultur und Religion Indiens stieß ich natürlich auch auf folgenden, im religiösen Weltbild der entsprechenden Bevölkerungsgruppe verankerten Ritus: *Ein alter Witwer macht den Eltern eines jungen Mädchens das Angebot, ihre Tochter zu heiraten. Die Ehe wird vollzogen. Wenige Jahre später stirbt der alte Mann. Seine junge Frau wird, zusammen mit seiner Leiche, bei lebendigem Leibe verbrannt!*

Haben die Eltern des Mädchens moralisch gehandelt, obwohl das Ende der Tochter, bezogen auf das Alter des Ehemannes voraussehbar war? Für uns und unsere Vorstellungswelt ist eine Bejahung dieser Frage unmöglich. Dies liegt aber nicht daran, dass die Moral der Eltern des Mädchens nicht gültig war, sondern an unseren Bildern und Vorstellungen von Moral.

Gerade deshalb aber möchte ich den Versuch unternehmen Denkanstöße zu geben, die unsere Moral dorthin bringen könnten, wo sie hingehört, zu uns und in unsere Kultur! Aufklärung scheint mir wichtiger als die Verteidigung einer kulturell entwickelten Moral. Natürlich strebe ich an, dass eine universelle Moral als Basis des Lebens gefunden und entwickelt wird. Wir sollten aber offen genug sein, um zu erkennen welche Vorstellungen unserer Kultur, und des damit verbundenen Moralbegriffs, Veränderungen erfahren müssen.

Sprechen wir kulturhistorisch von unserem Land, dann benutzen wir den Begriff des christlichen Abendlandes. Betonen wir mehr eine politische und wirtschaftliche Sichtweise, dann zählen wir uns zur westlichen Welt. Zunehmend gewinnt aber auch der Begriff des "Nord-Süd-Konfliktes" an Bedeutung. Alle drei Sichtweisen oder Zuordnungen haben sehr viel mit unserer Moral zu tun.

Lassen Sie mich auf das Motto des Kirchentages zurückkommen. "*Es ist DIR gesagt Mensch was gut ist!*" Was bedeutet diese Aussage für den einzelnen Menschen in unserer Gesellschaft? Ich denke, er ist auf der einen Seite eine Befreiung aus der Bevormundung anderer Menschen, er ist aber gleichzeitig ein Auftrag, die Verantwortung für mein Leben, mein Handeln und mich selbst zu übernehmen. Ob dies alle Besucher des Kirchentages verstanden haben? Ich wage dies zu bezweifeln. Die meisten Menschen werden sich mit dem Begriff der Moral wieder hinter anderen Menschen verstecken. Dazu ein Beispiel zum Bedenken:

Fernsehserien, oft abfällig nur als "Seifenopern" abgetan, übernehmen, weil wir es zulassen, soziale Funktionen. Ihre teilweise erschreckend hohen Einschaltquoten haben meines Erachtens vor allem eine Ursache: Gleichgültig wie ich als Zuschauer meinen Tag erlebt habe, welche "Lumpereien" ich heute begangen habe, gemessen an den Intrigen und dem Verhalten der Figuren in der Fernsehepisode, bin ich doch ein durch und durch moralischer Mensch! Das auf der Mattscheibe vorgeführte Geschehen verschafft meinem Gewissen ein Alibi! So wird der Inhalt der Serien zu einem wichtigen Faktor im Wechselspiel zwischen gelebter Realität und moralischer Wirklichkeit auf der einen Seite und kulturellem Anspruch und moralischer Forderung auf der anderen Seite.

1.2.2 Moral und Gesetz

Es gibt Zeiten, in der Entwicklungsgeschichte der Menschheit, und es gab immer wieder solche Zeiten im Zusammenleben von Menschen, da sind sie in der Lage, über sich und ihr Handeln grundlegend nachzudenken, bzw. bereit zu akzeptieren, dass einzelne Menschen dies im Interesse vieler taten. Das Ergebnis solcher "Denkvorgänge" waren immer Grundsatzerklärungen, Verhaltensmaßregeln oder einfach nur Gesetze. Diese Gesetze spiegelten dann im Normalfall - gleichgültig was nun im Einzelnen darunter verstanden wird - den moralischen Willen der Mehrheit wieder. Wer nicht blind in der Gegenwart lebt oder stets die Geschichte verdrängt, weiß, dass Einzelne oder kleine Gruppen große Veränderungen der Gesetze und der sich darin widerspiegelnden Moralvorstellungen erreichten. Wie stellt sich aber heute, für unsere derzeit in Deutschland lebende Bevölkerung, der Zusammenhang zwischen den Gesetzen und der Moral dar?

Die z.Z. gültigen Gesetze sind ein Spiegelbild unserer Gesellschaft und Moral. Wenn nun beklagt wird, dass deren Dschungel auch für Juristen inzwischen undurchdringbar geworden ist, dann heißt dies lediglich, dass unsere Gesellschaft chaotisch und verworren geworden ist. So verworren ist aber auch unser Begriff von Moral. Passt uns ein Moralbegriff in unser Leben, dann akzeptieren wir ihn, passt er nicht, dann ignorieren wir ihn. Im Zweifelsfall benutzen die Menschen einen ganz einfachen Trick der Selbstlüge: Sie berufen sich auf die Gesetze. Auf diese Art und Weise wird der Spiegel zur Realität!

Es kommt aber auch täglich vor, dass zum Beleg der eigenen Moralvorstellungen, Gesetze aus dem Zusammenhang gerissen und gegeneinander aufgewogen werden. Die Menschen werden sich ihrer dabei praktizierten Doppelmoral nicht bewusst oder verdrängen sie.

In der ersten Jahreshälfte 1997 verkündete eine große deutsche Tageszeitung: "*Vergewaltigung in der Ehe ist jetzt endgültig strafbar.*" Wenige Tage später schreibt ein Leser dazu: "*Nach 20-jährigem Ringen hat es die Frauenriege im Deutschen Bundestag nun geschafft. Vergewaltigung in der Ehe ist fortan ein Straftatbestand.*" Weiter führt er aus, dass es nun blindwütigen Ehefrauen möglich sei, den unbequem gewordenen Ehemann hinter Gitter zu bringen.

Er verweist darauf, dass nach § 1353 Abs.1 Satz 2 des BGB (Bürgerliches Gesetz-Buch) die Ehegatten einander zur ehelichen Lebensgemeinschaft verpflichtet sind und nach herrschender Meinung (und geltender Moralvorstellung) gehöre dazu auch die Pflicht zum ehelichen Verkehr.

Dieser Leser kommt nun zu dem Schluss: "*De jure bestimmt zukünftig alleine die Frau, wann es zum ehelichen Verkehr kommt. Das Begehren des Mannes und nachhaltige Beharren auf dieser Verpflichtung könnte nun de facto schlechthin schon eine Vergewaltigung sein.*"

Für jeden Lebensbereich spielen Moral und Gesetz eine wesentliche Rolle, ließen sich analoge Beispiele aufzählen. Sind sie so offensichtlich, wie der geschilderte Fall, dann wird auch der Mehrheit der Menschen Doppelmoral und Gesetzesmissbrauch klar - hoffentlich. Meist wird aber viel subtiler argumentiert. Es kann nicht Aufgabe dieser Einführung sein, an dieser Stelle weiter zu analysieren oder Belege anzubringen. Die wenigen, vielleicht provozierenden Thesen und Tatsachen mögen genügen.

1.3. Erziehung und Mensch

Erziehung spielt sich immer in der gerade lebenden Gesellschaft ab, auf dem Hintergrund der geltenden Moral. Die Ergebnisse der Erziehung werden aber zwangsläufig erst mit einer generationsbedingten Zeitverzögerung wirksam. So einfach diese beiden Aussagen sind - sie bedürfen keines eigenen Beweises um in ihrer Gültigkeit anerkannt zu werden - so wenig werden sie in vielen Fällen beachtet. Gerade deshalb möchte ich einige dieser "Selbstverständlichkeiten" hier heraus arbeiten und somit die Grundlage für die folgenden Betrachtungen über das Leben von Transidenten in unserer Gesellschaft schaffen.

1.3.1 Erziehungsfähigkeit

Das folgende Beispiel soll zeigen wie ich den Begriff "Erziehung" in diesem Zusammenhang verstehe. Ein Kind wird geboren - es ist körperlich gesund - es ist ein richtiger "Wonneproppen". Im Laufe der ersten Lebensjahre zeigen sich jedoch sehr bald gravierende Auffälligkeiten, es steht fest: *Das Kind ist autistisch!* Dieser Mensch, vollständig, gesund, entzieht sich (scheinbar) all unseren Versuchen der Erziehung, jedenfalls dem, was klassisch darunter verstanden wird. Wir haben in unserer Gesellschaft inzwischen gelernt, dass auch dieser Mensch eine Würde hat, Lebensfreude entwickeln kann und durchaus das Bestreben zeigt, mit anderen Menschen Kontakt aufzunehmen. Es müssen aber völlig andere Methoden der Entwicklungsförderung eingesetzt werden, als im Fall eines gesunden Kindes. Auch das ist Erziehung.

Ich hoffe, Sie werden sofort verstehen, warum ich gerade dieses Beispiel an den Anfang gestellt habe. Der Mensch unterliegt sein ganzes Leben lang Einflüssen seiner Umwelt und anderer Menschen. Im "Normalfall" wird er sich im Widerstreit damit entwickeln, seinerseits Einfluss nehmen, also erzogen und erziehen.. In diesem Spannungsfeld gibt es Zeiten, in denen sich der Mensch ausliefert, weil er es nicht anders kennt, oder ausgeliefert ist, weil er keine Chance hat, sich dagegen zu wehren. Es gibt aber auch Zeiten, in denen er sich bewusst auf das Wechselspiel einlässt.

Der Mensch ist mehr oder weniger "erziehungsfähig". Diese Eigenschaft wirkt sich in zwei Richtungen aus: Zunächst bedeutet sie für mich die Fähigkeit, sich erziehen zu lassen. Sie bedeutet aber auch, erziehend zu wirken. Für die weiteren Betrachtungen spielt dieser zweite Gedanke zunächst nur eine sekundäre Rolle (auch wenn er für die gesamte Entwicklung eines Menschen und der ganzen Gesellschaft eine sehr bedeutsame Rolle spielt). Ich möchte zur Vereinfachung der Betrachtungen, bezogen auf die Erziehungsfähigkeit, eine sehr grobe Einteilung der menschlichen Entwicklung zugrunde legen.

Der erste Lebensabschnitt ist von einer sehr hohen Bereitschaft, sich erziehen zu lassen, gekennzeichnet. Ein Kind ist neugierig, lebt in seine Umwelt hinein, beugt sich ihren Einflüssen. Vor allem im Trotzalter und der Pubertät versucht es zu erfahren, wo die eigenen Grenzen und die Grenzen der anderen Menschen seiner direkten Umgebung liegen. In dieser Zeit, von der Geburt bis zum Ende der Pubertät, werden Lebensmuster geschaffen, Weltbilder geprägt, entsteht die "persönliche" Moral. Diese Zeit ist auch dafür entscheidend, wie ich mit meinen Fähigkeiten umgehe, meinen Verstand entwickle und einsetze, wie sich meine Gefühle entwickeln und welche Einstellung ich zu meiner Seele erhalte.

Den zweiten Lebensabschnitt möchte ich als die Zeit der Bewährung und Abgrenzung bezeichnen. In vielen Fällen habe ich erleben müssen, dass Menschen das "Erwachsensein" auf den Nenner bringen, sich Einflüssen zu entziehen und sich zu behaupten. Dabei merken sie gar nicht, wie manipulierbar sie dadurch werden. Wenn ein solcher Mensch dies durchgängig nicht spürt, dann wird er eben ohne sein Wissen und gegen seinen Willen weiter erzogen. Bei manchen Menschen reicht diese Phase bis in den Tod.

Im dritten Lebensabschnitt können manche Menschen die eingetretene Erstarrung, damit einher gehende Bevormundung, wieder abstreifen. Sie lassen sich auf das Wechselspiel zwischen eigenem Leben und Einflüssen der Umwelt und im Gegensatz zur ihrer Kindheit nun bewusst wieder ein. Damit sind sie aber auch in der Lage ihre eigenen Bilder des Lebens zu hinterfragen und auch zu ändern. Denken Sie an dieser Stelle doch einfach einmal darüber nach warum Großeltern und Enkel oft besser miteinander harmonieren als die Kinder mit den Eltern.

Nur in Zeiten, in denen die eben angedeutete Erziehungsfähigkeit gegeben ist, können auch die eigenen Bilder von unserer Welt verändert oder überprüft werden. In diesen Zeiten sind wir bildungsfähig. In allen anderen Zeiten glauben wir, die Realität zu kennen. Da dem aber nicht so ist, halten wir uns sklavisch an die Aussagen von Wissenschaftlern, Experten, Priestern oder Gurus, Werbefachleuten oder eben an unser erstarrtes Weltbild.

Auf die andere mögliche Auslegung des von mir verwendeten Begriffs, die Fähigkeit zu erziehen, gehe ich hier nicht ein. Sie spielt zwar auch eine Rolle im Leben von Menschen, natürlich auch von Transidenten, ist aber für das Verständnis des Problems Transidentität sicher nicht so ausschlaggebend.

1.3.2 Erziehungsmuster und Verdrängung

Da Transidentität in allen sozialen Schichten auftritt, arbeite ich einige Gedanken allgemeiner Art zum Thema heraus. Die Erziehung läuft, unabhängig von den persönlichen Voraussetzungen, nach Mustern ab, die kulturell geprägt sind. Ein wesentliches Muster ist dabei die Festlegung des Geschlechtes und seine Abgrenzung.

Unser christliches Abendland kennt nur die Form von Mann und Frau. Unabhängig davon haben schon immer Menschen erkannt, dass dem nicht so ist. Diese Erkenntnis spiegelt sich aber weder in den Weltbildern der Kirche noch in den Köpfen der Menschen wieder. Daran kann auch die Tatsache nichts ändern, dass in den letzten Jahren "Transsexualität" zu einem nicht mehr zu verleugnenden Thema geworden ist.

So wie schon gleich nach der Geburt das Geschlecht des Kindes festgelegt wird, durch gesetzlich vorgeschriebenen Eintrag in die Geburtsurkunde, - auch wenn dies selbst in körperlicher Hinsicht widersinnig ist, wie am Beispiel von Intersexuellen zu sehen ist, und sich die juristische Prozedur damit selbst diskreditiert - werden auch andere Bilder ungeprüft und ohne sie zu hinterfragen für die Erziehung zugrunde gelegt. In vielen Fällen sind die Folgen verheerend. Die Erziehung ist ausnahmslos geschlechtsspezifisch ausgelegt. Das Kind lernt freiwillig, oder unter mehr oder weniger großem Zwang, sich rollentypisch zu verhalten.

Auch die Entwicklung der Gefühle und der Umgang mit ihnen erfolgt meist rollentypisch. Entspricht jedoch deren Entwicklung nicht den vorgegebene Mustern, dann wird das Kind automatisch auffällig. Ob die Ursache dieser Auffälligkeit aber erkannt und verstanden wird, hängt davon ab, wie diese sich äußert. Nur im Fall des rebellischen Reagierens besteht eine Chance, rechtzeitig "Andersartigkeit der Geschlechtsidentität" zur Kenntnis zu nehmen, zu akzeptieren und zu fördern. Äußert sich die Auffälligkeit in einer zunehmenden Introvertiertheit, dann kann dies leicht mit "brav" verwechselt werden. Wird sie durch übersteigerten Lerneifer oder "Helfersyndrom" kompensiert, dann wird sie sogar als wünschenswerte Entwicklung gedeutet. Diese Ausführungen gelten natürlich für jede Form der Andersartigkeit, nicht nur für eine möglicherweise vorliegende Transidentität als Ursache.

Ganz entscheidend, und meist übersehen, ist aber der folgende Zusammenhang zwischen Erziehung und Weltbild. Der Erzieher geht von seinem Weltbild aus, grundlegend auf der Basis seiner Generation. Er hat es mehr oder weniger freiwillig, und in den seltensten Fällen bewusst, im Lauf der Zeit angepasst oder verändert. Der Mensch, der erzogen wird, erlebt aber den Widerspruch zwischen alten Weltbildern der Eltern und den veränderten Weltbildern einer "Zwischengeneration", also den Menschen, die nach den eigenen Eltern, aber vor ihm geboren wurden. In Kindergarten und Schule wird er nun Menschen übergeben, die aus dieser Zwischengeneration, der Generation seiner Eltern oder sogar der seiner Großeltern entstammen. Sind nun diese Menschen in ihren Bildern erstarrt und glauben möglicherweise auch noch, ihr Weltbild sei die Realität, ist der Konflikt oder die "Katastrophe" bereits vorprogrammiert.

Häufig entsteht der Eindruck, unserem Erziehungssystem, und den es tragenden Menschen, sei die Fähigkeit zur Vermittlung von Bildung verloren gegangen (die Ausnahme bestätigt dabei die Regel). Die Forderung der Eltern, der Wirtschaft, ja der Gesellschaft schlechthin nach guten Noten und möglichst viel Wissen führen in der Regel zu rein fachspezifischen Prägungen. Zwangsläufig treffen dabei verschiedene Weltbilder ungeprüft aufeinander. Der sich entwickelnde Mensch erhält keine Anleitung die unterschiedlichen Weltbilder zu prüfen. Er baut sich sein eigenes Bild oder übernimmt einfach die Vorgaben. In beiden Fällen aber entwickelt er gleichzeitig die Angst, seine Bilder könnten erschüttert werden. Der Mensch wird unbewusst dazu erzogen, sich an die von ihm übernommenen oder entwickelten Bilder zu klammern und sie mit allen ihm zur Verfügung stehenden Mitteln zu verteidigen. Die Fähigkeit zur geistigen Flexibilität wird nur in den wenigsten Fällen entwickelt. Der Mensch beraubt sich seiner Phantasie, oder sie wird ihm geraubt, und nur noch in bestimmten, sogenannten nützlichen Bereichen des Lebens zugelassen. Überprüft man die sogenannten kognitiven Lernziele von Schule und Ausbildung darauf hin, werden die eben gemachten Aussagen bestätigt – leider.

Der in unsere heutige Gesellschaft hineinwachsende Mensch steht auch vor dem Problem der Informationsflut. Ohne sich dagegen wehren zu können, aber was noch schlimmer ist, ohne Anleitung damit umgehen zu können, sieht er sich ihr ausgeliefert. Dies geschieht unbewusst. Was nicht verarbeitet werden kann, wird aber ausgeblendet oder verdrängt. Die von der Schöpfung vorgegebenen Mechanismen funktionieren auch dann, wenn wir uns dessen nicht bewusst sind. Der sich entwickelnde Mensch wird zum Verdrängungskünstler. Die dabei erlernte Methode der Verdrängung benutzt er auch später, z.B. für alles, was ihm nicht in sein Bild passt. Ob dies für den einzelnen Menschen nun ein Vorteil oder Nachteil ist, braucht hier nicht untersucht werden. Mir kam es darauf an, den Zusammenhang zwischen Erziehungseinflüssen und Verdrängung allgemein deutlich zu machen.

1.4. Zusammenfassung der allgemeinen Aussagen

Mit den bisherigen Gedanken habe ich versucht, eine grundsätzliche Bereitschaft zur Nachdenklichkeit zu erzeugen. Ich glaube, dass sie erforderlich ist, um die Lage von Transidenten in unserer Gesellschaft zu verstehen und zu überdenken. Wenn mir dies nicht gelungen ist, bleiben zwei extreme Positionen übrig.

Die einen werden mit Recht sagen, es sei doch alles aus juristischer, medizinischer und sozialer Sicht geregelt. Die anderen stehen nach wie vor auf dem Standpunkt es könne so etwas wie Transidentität nicht geben und diejenigen, die "sich einbilden" Transidenten zu sein, müssen eben geheilt werden, im Zweifelsfall auch gegen ihren Willen.

Polarisierung hilft aber weder demjenigen, der sie betreibt, noch demjenigen, den sie trifft. Dazwischen wird es wohl noch die Gruppe derjenigen geben, die sich für tolerant halten und sagen, es könne bei uns ja schließlich jeder so leben wie er wolle. Leider sind sich die meisten dieser Menschen nicht bewusst, dass sie diese Aussage oft nur gebrauchen um sich mit Problemen nicht auseinander setzen zu müssen. Tritt dann in ihrer unmittelbaren Umgebung das Problem Transidentität auf, reagieren sie häufig sehr konservativ und hilflos.

Menschen, die bereit waren, sich auf die bisherigen Gedankengänge einzulassen und versucht haben, die Kernaussagen offen zu bedenken, werden verstehen, warum der anschließende Abschnitt, der sich mit den Menschen mit abweichender Geschlechtsidentität, den Transidenten, beschäftigt so kurz ausfällt. Die Zusammenfassung der ersten drei Abschnitte konnte ebenfalls sehr kurz gehalten werden.

Die Menschen sehen sich und ihre Welt nur in ihren Bildern. Diese Bilder prägen die Gesellschaft und die Gesellschaft nimmt Einfluss auf die Bilder. In den Bildern der Menschen spiegelt sich auch ihre Moral. Auf dieser Basis erfolgt Erziehung. Dies gilt für alle Menschen, also auch für Transidenten.

1.5. Transidenten, natürlicher Teil unserer Gesellschaft

Transidenten werden wie alle anderen Menschen in unsere Gesellschaft hineingeboren, ohne sich entscheiden zu können, ob sie dies wollen oder nicht. Damit unterliegen sie den gleichen Zwängen wie jeder andere Mensch und haben scheinbar die gleichen Chancen. Dem ist aber nicht so! Sie haben häufig nicht die Chance zur freien Entwicklung der Persönlichkeit. Das größte Hemmnis gegen eine objektive Chancengleichheit wird bereits durch die Geburt sichtbar, die Polarisierung auf männlich oder weiblich. Bevor ich aber fortfahre, bei allem Respekt vor Forschungsergebnissen und Forscherdrang, möchte ich klarstellen, dass ich davon ausgehe, dass Transidentität weder unnormal noch krankhaft oder anerzogen ist. Ich sehe darin, bestärkt durch die verschiedensten Erklärungsansätze und Erkenntnisse der Wissenschaft, eine Variante der Schöpfung, nicht abgegrenzt sondern fließend.

Die Frage, ob Transidentität überhaupt ein Problem sein würde, wenn wir nicht die Polarisierung auf männlich und weiblich, entsprechend also auch auf Mann und Frau hätten, ist rein hypothetisch, denn wir leben hier und heute, in dieser Gesellschaft.

1.5.1 Einteilung, hoffentlich keine Ab- oder Ausgrenzung

Es gibt Ärzte, Psychologen und Betroffene, die zwischen primärer und sekundärer Transidentität unterscheiden. Es liegt mir fern den Streit, ob eine solche Einteilung notwendig oder möglich ist, zu entscheiden. Damit Sie die folgenden Ausführungen selbst einordnen können, will ich den Unterschied kurz verdeutlichen, der dieser Festlegung zugrunde liegt. (Versuche von Standarddefinitionen, die bei einer Einteilung die Begriffe Homosexualität, Fetischismus, Transvestitismus, ..., mit einbeziehen, möchte ich bewusst außen vor lassen. Im Sinne einer wissenschaftlichen Gesamtschau wäre es sicher wichtig, nicht aber zur Schaffung des nötigen Grundverständnisses.)

Primäre Transidenten erfahren den Zwiespalt zwischen ihrem körperlichen und seelischen Geschlecht mit Beginn ihrer Bewusstwerdung, der Entwicklung ihres Ichs. Der sich daraus entwickelnde Leidensdruck ist stets vorhanden und wird sich solange steigern bis sie sich von ihrem "falschen" Körper befreit haben - durch Suizid oder Operation. Umwege, auf denen sie versuchen, das biologische Geschlecht zu akzeptieren, sind für sie unvorstellbar.

Sekundäre Transidenten, unabhängig davon wann ihnen ihre Andersartigkeit bewusst wird, versuchen zunächst, sich mit dem biologischen Geschlecht und den daraus resultierenden gesellschaftlichen Forderungen, zu arrangieren. Häufig suchen sie einen rollentypischen Beruf, zeugen/gebären Kinder und übernehmen Verantwortung in Familie und Beruf. Sie "reißen" damit andere Menschen in ihre Situation hinein, Partner und Kinder. Sie tun dies solange, bis sie keine andere Überlebenschance mehr sehen, als den Weg zum seelischen Geschlecht zu gehen. Sie lassen eine Geschlechtsanpassung relativ spät durchführen, oft auch nur teilweise.

Transidenten, die nur ihrem seelischen Geschlecht entsprechend leben, ohne sich anpassenden Operationen zu unterziehen, wären nach dieser Definition keine Transidenten. Sie würden von der Schulmedizin als psychisch krank, also heilbar eingestuft. Ihre Umgebung würde sie sicher als mehr oder weniger große Spinner betrachten, dulden oder verspotten. Andere Definitionsversuche würden diese Transidenten eventuell als Transvestiten bezeichnen.

Eine andere Einteilung ist augenfällig und bedarf keiner Erklärung: die Gruppe der Mann-zu-Frau-Transidentinnen und die der Frau-zu-Mann-Transidenten. Sie haben in unserer Gesellschaft viele gemeinsam auftretende Probleme. Da unsere Gesellschaft aber Mann und Frau unterschiedliche Rollen zuweist, treffen die beiden Gruppen auf unterschiedliche Probleme. Die augenfälligste, und trotzdem kaum in die Arbeit mit Transidenten integrierte Gemeinsamkeit ist jedoch die Tatsache, dass Transidenten aus der Sicht der Gesellschaft - die sich ja nur am äußeren Erscheinungsbild orientiert - alle Mann und Frau sind, jeweils wechselnd vor oder nach dem "Coming-out". Sie könnten demnach viel voneinander lernen.

Im Verlauf der letzten Jahre wurden immer wieder die verschiedensten Versuche der Einteilung, beschreibenden Abgrenzung und "Schubladenbildung" betrieben. Diese Vorstöße gingen von Betroffenen und Gruppen ebenso aus, wie von Seiten der Ärzte, Psychologen, Therapeuten und der Wissenschaft allgemein. Allen dabei gefundenen "Wahrheiten" ist jedoch mit äußerster Vorsicht zu begegnen, was einzelne Experten zurecht betonen.

1.5.2 Transidenten und ihre Kindheit

Aus eigener Erfahrung und vielen Beratungsgesprächen wurde mir deutlich, dass es bei heranwachsenden und erwachsenen Transidenten zu einem besonderen "Aha-Effekt" kommt, wenn sie Lebensberichte von Transidenten lesen: *Genau wie bei mir! - So habe ich auch empfunden! - Das könnte meine Lebensgeschichte sein! - usw.* Wären es die Geschichten von Transidenten, die vor 100, 200, 500 oder 1000 Jahren gelebt haben, gäbe es weniger Parallelen, denn diese Menschen hätten in einer anderen sozialen Umgebung und Kultur gelebt. Sie hätten ihre Andersartigkeit also auch anders erlebt, eben in dem damals herrschenden kulturellen und gesellschaftlichen Rahmen.

Unabhängig davon würden jedoch gerade in der Kindheit viele gemeinsame oder transponierbare Auffälligkeiten auftauchen. Die folgende Aufzählung ist natürlich nicht vollständig. Jede Angabe für sich alleine ist noch kein Hinweis auf Transidentität. Entscheidend ist die Summe der Auffälligkeiten und deren Intensität.

Beobachtet man Kinder, die sich "normal" entwickeln, dann werden sie sich, in den verschiedenen Lebensphasen wechselnd, dem eigenen oder dem Gegengeschlecht zuwenden. Kinder, bei denen sich später eine Transidentität herausstellt, verhalten sich in den entsprechenden Entwicklungsphasen meist genau gegensätzlich in ihren Kontaktwünschen zum anderen Geschlecht. Zwei Beispiele sollen hier als klärender Denkanstoß genügen. Der Lebensabschnitt, in dem Mädchen die ersten Erfahrungen mit der Zuweisung der sozialen Rolle Frau machen, liegt meist im Alter von 4-6 Jahren. Im gleichen Alter wird Jungen bewusst gemacht, dass sie einmal Männer sein werden, stark und ohne Emotionen - Männer heulen nicht. Transidentische Kinder werden versuchen Kontakt zu den Kindern zu bekommen, die ihrem seelischen Geschlecht entsprechen. Besonders deutlich wird das "Fehlverhalten" jedoch in der beginnenden Pubertät. Transidentische Jungen werden sich dem "protzigen" Verhalten ihrer Geschlechtsgenossen entziehen. Von Mädchen aber werden sie angenommen, denn sie wollen von ihnen ja nicht das "Eine". Umgekehrt werden transidentische Mädchen kumpelhaft mit Jungen den "Zug durch die Gemeinde" machen, andere Mädchen aber für dumme Gänse halten.

Dieses Verhalten ist für Transidenten eigentlich völlig normal. Der Transident kann sich aber in unserer Gesellschaft nicht normal entwickeln. Dadurch kommen die Kontaktwünsche entweder nur sehr schwach ausgeprägt durch, das rollentypische Verhalten aber fehlt vollständig, oder es kommt schon im Kindesalter zu rollentypisch überzogenem Verhalten, bezogen auf das dem eigenen Empfinden entgegengesetzte biologische Geschlecht.

Beide Verhaltensweisen - unterdrücken oder überziehen - können zu einer Isolierung des Kindes führen, da es von Gleichaltrigen wie auch Erwachsenen, nicht verstanden wird. Daneben können Erwachsene oft beobachten, dass diese Kinder eine für die Altersstufe ungewöhnliche Sensibilität entwickeln. Sie drückt sich nach außen in einem starken Gerechtigkeitsempfinden aus oder kann als sich steigernde Introvertiertheit beobachtet werden. Unterbewusst erlebt das Kind, dass es weder zu den Jungen noch zu den Mädchen gehört.

Mit beginnender, und vor allem fortschreitender pubertärer Entwicklung, kann bei Mädchen im "Normalfall" beobachtet werden, dass sie es kaum erwarten können Frau zu sein. Mädchen mit transidentischer Persönlichkeit werden in dieser Phase extreme Identifikationsprobleme haben. Sie werden ihr Verhalten häufig am Vater oder einem Freund der Mutter ausrichten. Dies kann natürlich leicht mit einer emanzipierten Entwicklung der Tochter, auf die Mutter und Vater stolz sind, verwechselt werden. In einem solchen Fall wird das Mädchen dies zunächst als Entlastung empfinden und ihre Transidentität auf diese Weise auszuleben versuchen. Sie bleibt dann wohl noch einige Zeit unentdeckt.

Bei transidentischen Jungen ist in dieser Zeit zu beobachten, dass sie sich sehr an der Mutter, ihren Tätigkeiten und Vorlieben orientieren, sich aber auch an ihrem Kleiderschrank oder Schminktisch "vergreifen". Bekommen die Eltern von letzterem Verhalten nichts mit, dann wird es auch hier oft zu völligen Fehldeutungen kommen, denn Männer, die sich für Frauenarbeit nicht zu fein sind, sind ja "in". Transidentische Jungen werden in der pubertären Entwicklung oft in übersteigertem Maße Mädchen in

Schutz nehmen, unbewusst sind es ja ihre Geschlechtsgenossinnen. Je nach Einstellung der Eltern, mit Sicherheit aber aus Sicht der Mutter, wird dieses Verhalten begrüßt, die Ursache aber nicht erkannt. Eine weitere, häufige Auffälligkeit ist, dass die sich entwickelnden Jungen mit Mädchen sehr gut auskommen, sich aber völlig asexuelle Freundschaften bilden. Mädchen und vor allem junge Frauen begrüßen es, wenn junge Männer in ihren Kontakten keinerlei Bestrebungen zeigen "gleich zur Sache kommen zu wollen". In der weiteren Entwicklung einer solchen Partnerschaft, kommt es aber zwangsläufig zu Konflikten. Sexuelle Kontakte werden dann entweder zu "Pflichtübungen" oder mehr lesbisch ausgerichtet sein, was natürlich zu Irritationen beider Partner führt. In vielen Fällen wird sich der entwickelnde Transident eher zu Männern sexuell hingezogen fühlen. Schwule Männer aber merken, dass etwas nicht stimmt. Dieser Transident, gefühlsmäßig Frau, biologisch Mann, ist nämlich heterosexuell orientiert. Das optische Bild führt aber nicht selten zum Eindruck von Schwulsein. Solche "pseudoschwulen" Partnerschaften sind auch deshalb sehr instabil, weil in unserer Gesellschaft, trotz Diskriminierungsverbots, schwules Leben nicht akzeptiert wird. Mann-zu-Frau-Transidentinnen können in einer "Männerfreundschaft" selten eine stabilisierende Zwischenlösung sehen, noch seltener eine lebenslange Perspektive.

Für transidentische Mädchen stellt sich das Problem, entsprechend unserer kulturellen Gesellschaftsentwicklung, meist völlig anders. Wird es, entsprechend einer heterosexuellen Orientierung, die Partnerschaft zu einem Mädchen suchen, dann führt dies oft zu einer sehr stabilen Bindung. Die scheinbar "emanzipierte Frau" und ihre feminine Freundin werden von der Gesellschaft kaum wahrgenommen, in so gut wie keinem Fall abgelehnt. Da Erotik und Sexualität nicht nur auf den Geschlechtsakt beschränkt sind, - wir alle wissen es, bei Transidenten möchten es viele jedoch daran festmachen - kann es auch zu einer innigen, sexuell erlebten Partnerschaft kommen. Die Außenwelt nimmt die Beziehung als lesbisch wahr. Die Partnerinnen selbst merken zwar, dass keine von ihnen eine Lesbe ist, stehen aber oft nicht unter dem hohen Druck, dem Schwule ausgesetzt sind. So kommt es m.E. dazu, dass "Mann" und "Frau" zusammenleben, auch wenn die Außenwelt nur zwei Frauen sieht. (Anmerkung: Ich denke, dass solche Beobachtungen zu der m.E. unhaltbaren These führten, Transsexualität sei eine nicht eingestandene Homosexualität. Leider spukt diese Aussage immer noch in den Köpfen von manchen Ärzten. Es wird dabei völlig außer Acht gelassen, dass Transidentität eine Frage der sexuellen/geschlechtlichen Identität ist, Homosexualität aber in den Bereich der sexuellen Orientierung gehört, genauso wie Heterosexualität.)

In unserer Gesellschaft, mit zunehmend Alleinerziehenden und "Ein-Kind-Familien", werden die geschilderten Beobachtungen aber oft nicht vom Erziehungsberechtigten gemacht. Es fehlt sowohl die notwendige Sensibilisierung, als auch die Vergleichsmöglichkeit. Die Früherkennung einer transidentischen Prägung bleibt dadurch dem Zufall überlassen. Sie könnte in Kindergärten oder der Schule sichtbar werden. Doch auch hier sind die Chancen sehr gering. Die am Erziehungsprozess beteiligten Personen sind dafür weder ausgebildet noch sensibilisiert. In vielen Fällen sind sie auch ganz einfach, durch die von ihnen allgemein zu erbringenden Leistungen, überfordert. Ein Kind, später Jugendlicher mit abweichender Geschlechtsidentität, ist in fast allen Fällen auf sich alleine gestellt. Versuche von seiner Seite sich den Eltern, Lehrern oder anderen Erwachsenen verständlich zu machen scheitern in den meisten Fällen. Es wird mit "Peinlichkeit" reagiert, häufig werden Schuldgefühle erzeugt. Auslöser dieser Schuldgefühle sind aber gerade die Menschen, die das Kind lieben und von denen vor allem das Kind geliebt werden will.

Transidenten werden also von Beginn ihrer Entwicklung an Auffälligkeiten bis hin zu Neurosen und Suizidgedanken entwickeln. Sie lernen in einem enorm übersteigerten Maß zu verdrängen oder zu kompensieren. Die Entwicklung der eigenen Persönlichkeit ist in jedem Fall gestört, denn es wird eine geschlechtsspezifische Entwicklung erwartet - wobei auch das betroffene Kind dies häufig erwartet - obwohl eben genau diese nicht zu erreichen ist.

1.5.3 Persönlichkeitsentwicklung und Gesellschaft

Ein Kind wächst nicht nur heran, es wird erzogen und lernt, es entwickelt eine eigene Persönlichkeit. Ohne hier auf alle Faktoren, die zur Persönlichkeitsentwicklung beitragen, oder eben gerade diese verhindern, eingehen zu können, werde ich als Denkanstoß einiges hervorheben.

Um eine eigene Persönlichkeit entwickeln zu können, braucht das Kind einerseits Freiräume, auf der anderen Seite auch spürbare, überprüfbare Grenzen. Das Kind muss erfahren, dass es viel kann - aber nicht alles, dass Vorschriften vorhanden sind, veränderbar sind - aber eben nicht immer. Der "Käfig", und sei er auch behütend gemeint, ist ebenso schädlich, wie die Zügellosigkeit.

Das "sich selbst Kennenlernen" geschieht zunächst durch Ausprobieren. Dies setzt voraus, dass dazu Gelegenheit vorhanden ist und Anleitung gegeben wird. Häufig werden jedoch statt dessen Vorschriften gemacht und Erwartungshaltungen der Erwachsenen auf das Kind projiziert. Das Kind hat den natürlichen Drang, geliebt zu werden und greift diese "Angebote" auf. Zum Ausprobieren gesellt sich bald der Vorgang des Vergleichens. *Du bist wie dein Onkel Theo!* und ähnliche Sätze führen dazu, dass sich das Kind mit dem Verhalten von "Onkel Theo" auseinandersetzt oder sogar identifiziert. Es beginnt sich mit anderen Personen selbst zu vergleichen und ihnen nachzueifern. Das Kind muss aber noch lernen, sich gegen bestimmte Menschen und bestimmte Verhaltensweisen zu wehren.

Das Kind lernt seinen Körper kennen. Es lernt seine Gefühle kennen. Es lernt, dass sein Verhalten und seine Wünsche im Wechselspiel mit seiner Umwelt stehen. Unbewusst bildet sich so die Persönlichkeit des Kindes aus, oder wird eben unterdrückt. Von den Erwachsenen im Umfeld des Kindes wird dies jedoch meist nicht beachtet oder bemerkt. Meines Erachtens sind die meisten Erwachsenen so sehr mit Versorgen, Bewahren, Erziehen und sich selbst beschäftigt, dass für das heranwachsende Kind als eigenständige Person kaum noch Platz bleibt. Erst wenn es auffällig wird, im extrem positiven oder negativen Sinn, nehmen wir von ihm Kenntnis und wundern uns dann meistens.

Ich will es zunächst bei diesen Denkanstößen zur Persönlichkeitsentwicklung lassen. Kritiker mögen sagen, es handle sich doch um Banalitäten, die hier aufgelistet sind. Aber gerade darum ging es mir. Es sind diese Banalitäten, die Transidenten das Leben und ihre eigene Persönlichkeitsentwicklung so schwer machen, teilweise sogar unmöglich.

Transidentische Kinder merken in dieser Zeit der Entwicklung, dass "etwas nicht stimmt". Sie spüren ihre Andersartigkeit, ohne sich entsprechend ausdrücken zu können. Sie erleben keine Vorbilder, in denen sie sich wiederfinden könnten. Sie erleben Vater und Mutter, Bruder und Schwester, Onkel und Tante. Sie werden durch ihre Umwelt auf das Bild Mann oder Frau geprägt. Im Widerspruch dazu steht aber das eigene Gefühl. Aus diesem Widerspruch ergeben sich die Wünsche. Die Wünsche aber erlebt das Kind selbst als irreal und "verboten". Im Kind entwickeln sich Schuldgefühle, weil es nicht so ist wie es sein sollte, wie es alles in seiner Umwelt erlebt. Das transidentische Kind ist dadurch in sich selbst gefangen.

Da eine "gesunde" Persönlichkeitsentwicklung kaum möglich ist kommt es entweder zu einer "Entwicklungsverweigerung" oder zu einem übersteigerten "Lernprozess".

Das Kind lässt sich im einen Fall selbst "fallen", treibt nur dahin. Dies führt zu einer starken Introvertiertheit, im Extremfall hin bis zu autistisch erscheinenden "Krankheitsbildern". Schulversagen, Berufsversagen und die Unfähigkeit zur Sozialisierung sind nicht selten die Folge, ohne die Ursache zu erkennen. Die gesellschaftlichen Folgen kann sich jeder Leser selbst ausmalen.

Im anderen Extremfall wird das Kind versuchen sich, wider die eigene Natur, dem Rollenzwang des biologischen Geschlechtes zu beugen. Es versucht die Rolle, die ihm von der Umwelt aus Unkenntnis der Ursachen zugedacht wird, zu lernen. In den meisten Fällen wird dies überperfektioniert geschehen, denn die sich so entwickelnde Persönlichkeit muss ja, entgegen dem eigenen Empfinden, vor sich selbst bestehen. Der Mensch lernt zwangsläufig, an etwas zu glauben, von dem er in seinem Innersten weiß, dass es nicht stimmt.

In beiden Fällen, sei es durch Selbstaufgabe oder Verleugnung des seelischen Geschlechtes, kann es zu keiner wirklichen Entwicklung der Persönlichkeit oder des Selbstbewusstseins kommen. In beiden Fällen kommt es aber häufig dazu, dass der Staat Ehen zwischen zwei Männern oder zwei Frauen standesamtlich beglaubigt, nur weil das optische Bild stimmt! (Diesen "Fehler" versucht der Gesetzgeber dadurch zu "vertuschen", dass er eine Scheidung vor einer Personenstandsänderung nach dem Transsexuellengesetz verlangt, obwohl es sich auch danach noch um die gleichen Personen handelt, deren Ehe er zugestimmt hat.)

Und noch etwas ist beiden Transidentengruppen gemeinsam. Selbstaufgabe oder Selbstverleugnung führen dazu, dass sich der Mensch eben nicht "normal" entwickelt, schon gar nicht so wie er wirklich ist. Transidenten erleben die Gesellschaft eindeutig aufgeteilt in Männer und Frauen, also polarisiert. Für sie ist kein Platz! Da Versuche das Gefühl - die Seele - zu ändern scheitern, scheint nur der Weg zu bleiben, den Körper dem eigenen Empfinden anzupassen oder, wenn es scheinbar gar nicht anders geht, sich von ihm zu trennen. Dass dabei auch die ganze Person stirbt, wird vom Betroffenen in Kauf genommen. Im Totenschein steht dann meist "Suizid durch Depressionen".

1.5.4 Das "Coming-out"

Es ist sehr modern geworden sich der englischen Sprache zu bedienen. Auch bei Transidenten sprechen viele vom "Coming-out". Sie ersparen sich damit aber vor allem auszudrücken, was denn eigentlich alles dazu gehört, bis ein Mensch soweit kommt. Sie brauchen auch nicht angeben, was denn nun damit gemeint sei. Ich konnte in vielen Gesprächen die Erfahrung machen, dass hier sehr viel Unklarheit herrscht. Wenn ich dies dann anspreche, ist die Antwort oft: *Nun, dass ich jetzt eben endlich zu meiner Rolle stehen kann.*

In der Broschüre "*Unser Kind fällt aus der Rolle*" (über Geschlechterrollen und sexuelle Orientierung; Informationen für Eltern zum Thema: Hilfe, mein Kind ist homosexuell) steht zum Thema Coming-out:

Coming-out bezeichnet den gesamten Prozess der Selbstwahrnehmung der sexuellen Orientierung (für Transidenten abgewandelt: der geschlechtlichen Identität) und das "Herauskommen" oder "Heraustreten" aus dem (unfreiwilligen) Schweigen, der Isolation und dem nur "inneren Geschehen".

Als "inneres" Coming-out wird oft die erste Phase bezeichnet, in der jemand die eigenen Gefühle und Wünsche realistisch wahrnimmt und vor sich selbst anerkennt.

Das "äußere" Coming-out ist die folgende Phase, in der das "Anderssein" zunächst vertrauten Personen und später vielleicht auch einem weiteren Kreis von Menschen bekannt wird. Der "Coming-out Prozess" beginnt häufig in der Pubertät und kann viele Jahre dauern, bei manchen Menschen auch ein ganzes Leben lang. (Quelle: BZgA, 51101 Köln, Best.Nr.: 130 800 00)

Selten habe ich eine so klare und gleichzeitig knappe Definition gefunden. Es geht eben nicht um eine Rolle, die man in der Zukunft spielt, sondern, wenn schon von Rolle gesprochen wird, um eine Befreiung von mehr oder weniger zwangsweise angenommenen Rollen. Bevor ich auf spezielle Probleme zwischen Transidenten und der Gesellschaft eingehe, möchte ich ein "Coming-out" ganz anderer Art darstellen, in der Hoffnung dann eindeutig verstanden zu werden.

Vor einigen Jahren ging eine "Sensationsmeldung" durch den "Blätterwald" der Boulevardpresse: *Sohn reicher Industriellenfamilie steigt aus! Verzicht auf Karriere, Reichtum und Erbschaft!* Was war geschehen? Die verkürzte Quintessenz lautet: Ein Mann, Sohn von wohlhabenden und einflussreichen Eltern, durch diese Umstände seiner Geburt und Erziehung geprägt, hatte keine Chance sich selbst kennenzulernen. Er "wurde entwickelt", wurde zum Karrieremann, zum Macher und Vorzeigemann. Erst an der Aufgabe, das Abwicklungsmanagement für einen maroden Industriebetrieb zu übernehmen, erkannte er, dass er "gelebt wurde", sich selbst diesem Zwang untergeordnet hatte. Damit hatte er aber auch seine eigene Familie diesen Zwängen ausgesetzt. Seine Vorstellung vom eigenen Menschsein konnte er nie verwirklichen, er unterdrückte sie sogar. Erst die Konfrontation mit den bevorstehenden Lebenskrisen der "abgewickelten" Arbeitnehmer gab ihm die Kraft, sich mit seiner eigenen Lebenssituation zu beschäftigen. In einem, für seine Umwelt dramatisch wirkenden Prozess hatte er sein inneres und äußeres "Coming-out", die Presse sprach von "Aussteigerverhalten". Er begann mit seiner Frau und den drei Kindern eine neue Existenz als Landwirt auf einem Bauernhof.

Gleichgültig ob wir über den Industriellen oder ähnliche Fälle, Homosexuelle oder Transidenten sprechen, ihr "Coming-out" hat immer etwas mit Abweichung von gesellschaftlicher Norm und Erwartung zu tun. Je gravierender die Abweichung von der Norm ist, um so mehr wird ihr die Akzeptanz verweigert, um so schwieriger ist demnach auch die Lage der Betroffenen. Diesen Zusammenhang können auch keine noch so guten Gesetze ändern. "Abweichler" entziehen sich scheinbar der Gesellschaft. Es ist eine beliebte Spielregel, ihnen Flucht, Verantwortungslosigkeit oder Spinnerei vorzuwerfen.

Dies ist natürlich auch Transidenten mehr oder weniger bewusst. Sie wachsen, wie alle Menschen, in diese Normen hinein. Sie werden sich mehr oder weniger drängend bewusst, dass diese Normen für sie nicht zutreffen und werden natürlich in vielen Fällen versuchen, so schnell wie möglich wieder in der Norm unterzutauchen. Kommt es aber ohne das "innere Coming-out" zu einem Wechsel von einer Norm in die andere, dann ist es eben doch nur ein Rollenwechsel mit Übernahme aller Klischees, in der alten Rolle gelernt, auf die neue Rolle übertragen. Der Mensch bleibt dabei auf der Strecke. Transidenten die ihre neu gewonnene Geschlechtsrolle nun auch spielen, sich keine Zeit lassen in sie hinein zu wachsen oder nicht merken, dass dies nötig und möglich wäre, stehen eines Tages vor der selben Frage wie am Anfang ihres Weges: "Wer bin ich?"

In vielen Fällen ist dies weder den Betroffenen, noch den Ärzten oder Therapeuten ausreichend bewusst. Jahre nach einer Geschlechtsanpassung wird aber der Mangel an Selbstwahrnehmung immer deutlicher und verursacht ein Unbehagen. Die Ursachen dafür werden im Außen gesucht und natürlich nicht gefunden. Die überwiegende Anzahl von Transidenten passen nicht in die Norm von Mann und Frau, weder vorher noch nachher.

Der Versuch der Verleugnung der eigenen Identität und Anpassung, an die Norm vor dem "Coming-out", scheitert in den meisten Fällen. Die Annahme der eigenen Identität läuft, meist schon lange bevor sie vom betroffenen Menschen bewusst wahrgenommen wird, im Unterbewussten ab. Nicht selten werden in dieser Zeit, dem Spannungsfeld des inneren Wahrnehmens und der äußeren Verleugnung, Krisen provoziert. Diese äußern sich dann in depressiven Einbrüchen, psychosomatischen Erkrankungen oder einem Hang zur Lethargie. Die Krise kann aber auch zu völlig übersteigerter

Leistungsfähigkeit, regelrechter Arbeitswut oder einer überzogenen Bereitschaft zur Übernahme von Verantwortung führen. Für das Umfeld des Transidenten sind beide Entwicklungen oft völlig unverständlich. Der Transident selbst bringt sich unter einem enormen moralischen Druck, weil auch er in einer Gesellschaft lebt, in der gilt, dass *nicht sein kann, was nicht sein darf*.

Nicht selten kommt es dann zu einem selbst provozierten "Outen". Sich Outen oder geoutet werden ist aber ein schwerwiegender Eingriff in die Persönlichkeit eines Menschen. Er wird fast immer als Diffamierung erlebt. Der betroffene Mensch wird durch das Outen von dem einen Zwang befreit aber in neue Zwänge gebracht. Er bringt damit, was sehr häufig vom Betroffenen und Betreuenden übersehen oder zu wenig beachtet wird, sich und sein direktes Umfeld in neue Zwänge. In diesem Spannungsfeld, vor allem wenn seine Bedeutung heruntergespielt oder nicht einbezogen wird, ist eine Neuentwicklung sehr erschwert, unter Umständen kaum möglich.

Ideale Voraussetzung für den Prozess der veränderten Selbstwahrnehmung, das innere Coming-out, wäre ein stabilisierender äußerer Rahmen. Meist aber bekommt das Umfeld, auch sehr vertraute Menschen, von diesem Prozess nichts mit. Wie oben bereits erwähnt, wehrt sich der transidentische Mensch häufig gegen diese neue Selbstwahrnehmung.

Der Prozess der Selbstwertfindung und Selbstwahrnehmung, das innere Coming-out, ist für Transidenten, auf ihre zukünftige Lebensperspektive gesehen, der wichtigste Lebensabschnitt. Je ungestörter und behutsamer dieser Prozess ablaufen kann, um so wertvoller ist das weitere Leben für den Betroffenen. (Hinweis: Auch aus volkswirtschaftlicher Sicht ist dies die beste Lösung.) Der Prozess kann sehr lange dauern, manchmal ein ganzes Leben lang.

In vielen Fällen verläuft die Selbstwahrnehmung aber sehr dramatisch. Es kommt zur "Explosion" der Persönlichkeit. Viel zu häufig endet er an beliebiger Stelle durch Suizid! Ich persönlich betrachte es als eines der vielen, nicht wahrgenommenen Wunder unserer Zeit, dass trotzdem so viele Transidenten überleben.

1.6. Transidenten und "Helfer"

Treffen "Normabweichler", wie Transidenten, auf Menschen, von denen sie Hilfe erwarten, dann kommt es bei der Frage nach Erfolg oder Misserfolg dieser Begegnung sehr darauf an, ob sich diese Menschen ihrer eigenen Identität bewusst sind, unabhängig davon, ob sie in die gesellschaftlichen Normen passen oder nicht. Dies gilt für alle Helfer, gleichgültig, ob es sich um Ärzte, Psychotherapeuten oder betroffene/nichtbetroffene Laien/Experten handelt. Es kommt auch sehr darauf an, ob Kommunikationsbereitschaft und Kommunikationsfähigkeit auf beiden Seiten vorhanden ist. Es ist wichtig, dass beide Seiten wissen, oder unterbewusst akzeptieren, dass Wahrnehmung keine objektive "Sache" ist, sondern subjektiv abläuft.

Was von Transidenten und Helfern oft übersehen wird, ist die Tatsache, dass es nicht "die richtige" Hilfe gibt. Alle Maßnahmen, gleichgültig, ob Gespräch, Medikamente oder Operation auf der einen Seite, Klärung rechtlicher Ansprüche auf der anderen, können immer nur flankierende Maßnahmen und Angebote sein. Den Weg kann nur der Transident selbst gehen, nur er lebt sein Leben. Nur er kann für sich entscheiden. Wird eine Norm nur durch eine andere Norm eingetauscht, dann ändert sich lediglich die Seite, von der aus die Probleme erlebt werden, unabhängig davon, wie perfekt der Seitenwechsel erfolgt. Von der Freiheit, in einem neuen Käfig leben zu können, bleibt bald nur noch der Käfig übrig.

Die obigen Aussagen sind einfach, klar und weitgehend unbestritten. Trotzdem kommt es gerade hier zu den meisten Problemen. Soll eine aktive Hilfe erfolgen, z.B. durch Hormongabe, oder noch nicht? Sollen Rechte eingeräumt werden, um Einsichten zu ermöglichen, ihr Wachsen zu fördern? Müssen Sozialisierungs- und Stabilisierungsmaßnahmen vor der "Behandlung" der Transidentität erfolgen oder können sie erst nach dem Behandlungseinstieg wirkungsvoll greifen? Wären Menschen, hier speziell Menschen mit abweichender Geschlechtsidentität, eine Sache, dann wäre alles ganz einfach. Man könnte Checklisten, Maßnahmenkataloge und Behandlungsvorschriften entwickeln und anwenden. Bei einem Haus baut niemand zuerst den Dachstuhl und später, wenn klar ist wie hoch das Haus werden soll, ein Fundament. Doch bei Menschen funktionieren so simple Prinzipien nicht. Der Mensch ist weder messbar noch wägbar.

Transidenten sind gesunde Menschen, die sich in unserer Gesellschaft selten gesund entwickeln konnten. Erst wenn ihnen klar ist, dass sie nicht krank sind, können sie "behandelt" werden. Der Grad der notwendigen Klarheit ist jedoch individuell sehr verschieden.

Einen Vortrag stellte ich einmal unter den Titel: *Transsexualität, eine Krankheit der Gesellschaft?* und komme dann, logischerweise, zu dem Schluss, dass der Transident "geheilt" wird - also im Rahmen des medizinisch Machbaren an das Erscheinungsbild des empfundenen Geschlechtes angepasst wird, weil sich die Gesellschaft nicht zum Patienten machen lässt.

Doch meines Erachtens ist es wichtig, dass der Gesellschaft ein Spiegel vorgehalten wird, damit sie ihren "großen Irrtum" erkennen kann. Erst dann kann ein Transident für sich erkennen, wo seine Irrtümer liegen. Niemand hat das Recht anderen Menschen vorzuschreiben, wie sie sich fühlen dürfen. Solange Transidenten von der Gesellschaft die Chance zur freien Entfaltung der Persönlichkeit vorenthalten wird, wird diese auch für die Folgekosten aufkommen müssen.

2. Das Machbare

Rechtliche und medizinische Möglichkeiten für
Menschen mit abweichender Geschlechtsidentität
- Transidenten -

2.0. Ein Wort an Transidenten

Will man den Lebensraum Deutschland beschreiben, dann wird man sich der verschiedensten Denkansätze bedienen müssen, je nach den Schwerpunkten, die gelegt werden sollen. Über allen Überlegungen sollten natürlich die Menschenrechte stehen. Sie sind die Basis des Grundgesetzes. Sie sind auch in der Menschenrechtskonvention der Europäischen Gemeinschaft niedergelegt.

Menschenrechte sind aber auch Menschenpflichten. Man kann sie nicht gegeneinander aufwiegen. Ein Verstoß gegen die Rechte darf nicht zur Ignoranz der Pflichten führen oder umgekehrt. Entsprechend verantwortlich zu leben ist ein sehr hoher Anspruch an den Einzelnen. Es ist verständlich, dass sich Menschen immer wieder in der Masse verstecken um aus dieser Verantwortung scheinbar entlassen zu werden.

Um beim eben genannten Grundgesetz zu bleiben, möchte ich aber auf einen weiteren, in unserer kulturellen und gesellschaftlichen Entwicklung begründeten Denkansatz eingehen. In Fortbildungsveranstaltungen für Ärzte und Psychotherapeuten beginne ich stets mit der provozierenden These, dass das Grundgesetz in sich selbst verfassungswidrig sei. Um Nachblättern zu ersparen zitiere ich (in der Fassung seit 27.10.94; BGBl. 13146):

Art.3. [Gleichheit vor dem Gesetz] (1) Alle Menschen sind vor dem Gesetz gleich.

(2) Männer und Frauen sind gleichberechtigt. Der Staat fördert die tatsächliche Durchsetzung der Gleichberechtigung von Frauen und Männern und wirkt auf die Beseitigung bestehender Nachteile hin.

(3) Niemand darf wegen seines Geschlechtes, seiner Abstammung, seiner Rasse, seiner Sprache, seiner Heimat und Herkunft, seines Glaubens, seiner religiösen oder politischen Anschauung benachteiligt oder bevorzugt werden. Niemand darf wegen seiner Behinderung benachteiligt werden.

These:

Der Artikel 3 des GG verstößt bereits gegen sich selbst. Der Satz (3) enthält das Verbot der Benachteiligung von Menschen wegen ihres Geschlechtes. Im Satz (1) steht, dass alle Menschen vor dem Gesetz gleich seien. Der Satz (2), als ausdrückliches Diskriminierungsverbot gedacht, führt aber zu einer unzulässigen Diskriminierung, denn er legt fest, dass als Geschlecht nur "Mann" und "Frau" zu sehen sind. Damit schreibt die Verfassung einen verfassungswidrigen Zustand in sich selbst fest.

Begründung:

Das Personenstandsgesetz (PStG §§ 16 ff) schreibt vor, dass nach der Geburt eines Kindes dessen Geschlecht innerhalb einer Woche beim Standesamt in die Geburtsurkunde einzutragen ist. Als einziges Kriterium für das Geschlecht wird dabei das optisch sichtbare Geschlecht zugelassen. Seit Ende der 50er Jahre wird dabei definiert, dass eine Klitoris nicht größer als 1 cm sein darf, ein Penis nicht kleiner als 2,5 cm (diese Definition wird zwar benutzt, es ist mir jedoch nicht gelungen die Quelle dieser Definition ausfindig zu machen).

Die Geschlechtszugehörigkeit wird nach dem optischen Eindruck als männlich oder weiblich definiert. Das Recht auf körperliche Unversehrtheit (garantiert im GG Art. 2 Abs. 2 Satz 1) wird dabei bereits verletzt, wenn die biologische Eindeutigkeit nicht gegeben ist. Androgyne und Hermaphroditen, als biologische Eckwerte aller denkbaren Variationen betrachtet, werden als krank oder unnormal definiert und behandelt, zu einem Zeitpunkt, in dem der gesund geborene Mensch seine ihm garantierten Menschenrechte nicht selbst wahrnehmen kann und seine geschlechtliche Identität noch nicht erkennbar ist.

Statt Eltern zu bestätigen, dass ihr Kind gesund sei, wenn auch anders als es die Norm erwarten lässt, wird ihnen suggeriert, dass die Ärzte in der Lage seien durch frühzeitigen operativen Eingriff diesen "Fehler" zum Wohle des Kindes zu beheben. Es wird darauf verwiesen, dass dem Kind und den Eltern so große Probleme in der Begegnung mit der Gesellschaft erspart blieben (also weil man nicht den Mut und die Kraft hat in der Gesellschaft etwas zu verändern, wird ein Kind verstümmelt). Scham- und Schuldgefühle bei den Eltern werden nicht abgebaut, sondern verstärkt. Die Folge davon ist ein meist undurchdringliches Schweigen auf der einen Seite und ein traumatisches Erleben des Kindes auf der anderen Seite.

Den biologischen Definitionen von männlich und weiblich werden die Identitätsentwicklung und die soziale Entwicklung im Sinne von Mann und Frau zwingend zugeordnet. Menschen, auf die diese Zuordnung nicht zutrifft werden hilfsweise als krank (oder unnormal, behindert) eingestuft und entsprechend behandelt. Das Recht auf freie Entfaltung ihrer Persönlichkeit, vom Grundgesetz in Art. 2 garantiert, wird ihnen indirekt durch Art. 3 des GG wieder verwehrt.

Es erscheint mir wichtig an dieser Stelle zu bemerken, dass diese Einleitung bei Ärzten, welche die Zusatzqualifikation "Facharzt für Psychotherapie" erwerben wollen, in den meisten Fällen zu einer großen Betroffenheit führt.

Aber auch wir Transidenten sollten uns unserer Betroffenheit, angesichts der eben angerissenen Problematik, bewusst werden und sie zulassen. Fasse ich alle genetisch, biologischen Abweichungen vom Idealbild "Mann oder Frau" als Intersexuelle zusammen, dann dürfen wir uns eben nicht zu dem Urteil hinreißen lassen, dass diesen Menschen durch ärztliche Hilfe Leid erspart würde (im Endeffekt und bei genauer Betrachtungsweise doch sehr zweifelhaft und nur gesellschaftspolitisch erklärbar - mit der Menschenwürde wohl kaum vereinbar). In den meisten Fällen kommt die Hilfe einer Vergewaltigung nahe. Intersexuelle Menschen werden medizinisch und psychisch verbogen, weil dies unsere Kultur scheinbar so fordert. Rein statistisch hat die ärztliche Hilfe für Intersexuelle eine maximale "Trefferquote" von 50%, bezogen auf die Wahrscheinlichkeit, dass die chirurgische Zuordnung auch mit der geschlechtlichen Identität zusammen fällt.

Transidenten haben das zweifelhafte Glück durch die Erziehung und Umwelterwartung "nur" psychischen Verbiegungsversuchen ausgesetzt zu sein. Im vorhergehenden Kapitel "Transidenten, natürlicher Teil unserer Gesellschaft" habe ich dazu bereits Stellung bezogen.

Bevor ich nun auf das "Machbare" für Transidenten eingehe, möchte ich noch einen wichtigen Aspekt unserer gesellschaftlichen Strukturen ansprechen. Die Entwicklung in Deutschland erweckt auf der einen Seite den Eindruck, als ob es uns gelungen sei die "Quadratur des Kreises" geschafft zu haben. In der Urteilsbegründung zu einem Einzelfall schreibt das Bundesverfassungsgericht am 15. August 1996 (2. Kammer des zweiten Senats BVG; 2BvR 1833/95): *"Aus der Achtung der Menschenwürde und dem Grundrecht auf freie Entfaltung der Persönlichkeit folgt das Gebot, den Personenstand des Menschen dem Geschlecht zuzuordnen, dem er nach seiner psychischen und physischen Konstitution zugehört (vgl. BVerfGE 49,286). Die Frage, welchem Geschlecht sich ein Mensch zugehörig empfindet, betrifft dabei seinen Sexualbereich, den das GG als Teil der Privatsphäre unter den verfassungsrechtlichen Schutz der Art. 2 Abs. 1 i.V.m. Art. 1 Abs. 1 GG gestellt hat (vgl. BVerfGE 47, 46; 60, 123; 88, 87). Jedermann kann daher von den staatlichen Organen die Achtung dieses Bereichs verlangen. Das schließt die Pflicht ein, die individuelle Entscheidung eines Menschen über seine Geschlechtszugehörigkeit zu respektieren."*

Auf der anderen Seite ist aber ein immer stärker werdender Formalismus zu erkennen. Da verweigert z.B. ein Oberstadtdirektor, als Vorgesetzter der Mitarbeiter im Sozialamt, Kleidergeld für weibliche Wäsche, mit der Begründung: *"Der Antragsteller führe lediglich einen weiblichen Namen, laut Beschluss des Amtsgerichtes nach TSG § 4. Er sei nach wie vor männlichen Geschlechtes und es gäbe keine Verwaltungsvorschrift, dass er nun Anspruch auf die Anrede als Frau habe oder Anspruch darauf, dass ihm die Beschaffung weiblicher Kleidung zu bezahlen sei."* In einem anderen Fall wird einer Arbeitnehmerin, mit weiblicher Sozialversicherungsnummer, die Eintragung ins

Wählerverzeichnis für die Frauenbeauftragte vom Präsidenten eines Landesarbeitsamtes verweigert. Er führt als Begründung dazu aus: *"Eine Eintragung ins Wählerverzeichnis könne, entsprechend § 10 TSG erst erfolgen, wenn eine Änderung der Geschlechtszugehörigkeit nach § 8 TSG vollzogen sei. Ein Verstoß gegen das Ausforschungsverbot des § 5 TSG liege durch diese Entscheidung eben so wenig vor, wie eine Diskriminierung der Arbeitnehmerin. Man spreche die Antragstellerin ja als Frau an und respektiere ihr weibliches Auftreten am Arbeitsplatz. Die Verwaltungsvorschrift für das Recht auf die Eintragung ins Wählerverzeichnis gelte jedoch eindeutig nur für Frauen."*

Vergleiche ich nun die Aussage des Bundesverfassungsgerichtes mit den beiden geschilderten Fällen, so widersprechen sich diese auf eine sehr subtile Art und Weise. Da ich hier weder eine Vorlesung über Humanismus, noch eine über Macht in Gesellschaftsstrukturen halten kann, bleibt mir nur ein Weg, die Aufforderung sich auf das "Mensch-Sein" zu besinnen.

Wir Transidenten fordern mit Recht Toleranz, Akzeptanz und Aufnahme in die Gesellschaft. Wir haben aber auch die Pflicht Toleranz, Akzeptanz und Andersartigkeit aus der Gesellschaft heraus zu akzeptieren. Es sollte eine Selbstverständlichkeit sein, dass wir dies untereinander entsprechend akzeptieren können oder die Bereitschaft zeigen, dies zu lernen.

Ein weiterer Hinweis erscheint mir wichtig, bevor ich auf die Fragen des Machbaren eingehe. Außer dem einen Menschen, der sich als transidentisch betrachtet, steht keinem anderen Menschen zu , zu entscheiden was notwendig ist oder nicht. Meines Erachtens ist der schlimmste Satz, den Transidenten aussprechen oder denken können, obwohl ich ihn leider schon mehrmals gehört habe: *"Wenn du nicht dieses oder jenes für dich brauchst, dann bist du kein Transident, dann gehörst du nicht zu uns!"*. Trotz aller Problematik, die sich aus Anpassungswünschen oder ihrer Verneinung ergibt, hat aber die Gesellschaft das Recht diese Entscheidung, verbunden mit Kosten für die Allgemeinheit, auf ihren Realitätswert und ihre Tragfähigkeit überprüfen zu lassen. Den mit dieser Prüfung beauftragten Personen wird dabei eine besondere Verantwortung übertragen. Sie haben die Würde des Menschen ebenso zu beachten, wie auch die Interessen der Allgemeinheit zu wahren. Was sie nicht können, ist "die richtige Lösung" anbieten.

2.1. Die soziale Integration

Abhängig vom Alter, bezogen auf ihre transidentische Situation, stellt sich für den Menschen die Frage der sozialen Integration oder des Verlustes derselben, natürlich verschieden dar. Eine sehr bedeutsame, weitere Unterschiedlichkeit ist, ob der transidentische Mensch noch in seiner Ursprungsfamilie lebt, sich allein lebend einen gewissen Freiraum geschaffen hat oder schon eine eigene Familie gegründet hat.

Wie jeder andere Mensch, denn wir sind nun einmal sozial orientiert, erlebt sich auch ein Transident im Wechselspiel mit und in der Reflexion durch die Gesellschaft. Dabei spielt es auch eine Rolle, ob jemand finanziell direkt oder indirekt von der Gesellschaft, oder Teilen der Gesellschaft, z.B. einem Arbeitgeber oder seiner Familie, abhängig oder unabhängig ist. Wer seinen Lebensunterhalt in abhängiger Arbeit erwirtschaftet, steht in einem Abhängigkeitsverhältnis zum Arbeitgeber. Er ist am Arbeitsplatz in eine bestimmte Sozialstruktur eingebunden. Wer noch zu Hause bei seinen Eltern lebt, bildet mit diesen eine Sozialgemeinschaft, auch mit finanziellen Abhängigkeiten. Wer selbst schon eine Familie gegründet hat, hat damit auch finanzielle Verpflichtungen übernommen. Aber auch Transidenten, die auf den ersten Blick unabhängig scheinen, können durch ein "sich Outen" in finanzielle Abhängigkeit geraten oder sich bewusst werden, dass ihre Unabhängigkeit nicht gegeben ist.

Wer selbst der Gesellschaft nichts mehr bieten kann, ihr nichts mehr bieten will oder dem alle Chancen genommen wurden ihr etwas zu bieten, wird in unserem Staat vom "sozialen Netz" aufgefangen (ohne dass ich hier dessen Wirksamkeit werten oder prüfen will). Die Gruppe der Transidenten, die in dieses Netz fallen, hat es, von sehr wenigen Ausnahmen abgesehen, sehr schwer. Im Laufe seiner Erziehung und durch die gesellschaftliche Reflexion erfährt es jeder Mensch, dass er doch selbst Schuld sei, wenn er im sozialen Abseits landet. Dass unsere Gesetzgebung dies nicht so sieht, wird selbst von den Menschen kaum wahrgenommen, die unserer Hilfe bedürfen und einen Anspruch darauf haben, unabhängig von den Gründen, die sie zu Sozialhilfeempfängern gemacht haben. Andere Menschen, die ein gut durchdachtes Konzept für sich ausnutzen, bringen die real Hilfsbedürftigen sogar in Misskredit oder verhindern, dass sich diese Menschen ihrer Rechte und Möglichkeiten bedienen. Verwalter dieses Sozialnetzes, meist aber eben nur die Sachbearbeiter vor Ort, werden in die Situation gebracht gegen Missbrauch kaum etwas unternehmen zu können, notwendige und sinnvolle Hilfe aber an Formalien scheitern zu lassen.

Haben Transidenten noch die Kraft sich zu äußern, dann können sie z.B. Kleidergeld für sich beantragen, im Hinblick auf ihre geschlechtliche Identität, auch wenn sie beim Sozialamt noch als Mann oder Frau geführt sind. Sie haben das Recht auf psychotherapeutische und medizinische Behandlung. Die Gesundheitsämter sind zur Mitwirkung im Prozess der Entscheidungsfindung verpflichtet, im Zweifelsfall haben sie "Experten" einzuschalten.

Transidenten, die vom Sozialamt in Zwei- oder Mehrbettzimmern mit biologisch gleichgeschlechtlichen Menschen untergebracht sind, haben das Recht auf Einzelunterbringung. Um dieses Recht einzufordern muss keine abschließende Diagnose "transsexuelles Syndrom" vorliegen, es genügt ein hinreichender Verdacht darauf, dargelegt in einer ärztlichen Bestätigung.

Im Fall eines geschlechtsspezifisch orientierten Berufes haben Transidenten das Recht auf eine Umschulungsmaßnahme des Arbeitsamtes, unabhängig von den sonstigen Voraussetzungen für eine Umschulung. Ich denke mit großer Verbitterung an einen Fall, bei dem das Arbeitsamt erst nach drei vergeblichen Anläufen zur beruflichen Integration die Argumente der transidentischen Antragstellerin ernst nahm und ihr eine entsprechende Ausbildungsmaßnahme genehmigte. Im Rahmen der Arbeitsvermittlung sind Transidenten entsprechend ihrem Identitätsgeschlecht zu führen, wenn sie bereits in der angestrebten Rolle leben, unabhängig davon, wie die Regelung für den Leistungsbezug aussieht. Die Tatsache, dass ein Mensch nur eine Stammnummer haben kann, ist kein hinreichender Hinderungsgrund. Die Computerprogramme bieten entsprechende Möglichkeiten. Sachbearbeiter können sich gerne beim Arbeitsamt Köln erkundigen, wo der geschilderte Fall schon mehrfach praktiziert wurde.

Wir Transidenten dürfen gesund sein und brauchen niemanden dafür um Erlaubnis fragen. Wer noch unter Leidensdruck steht, darf dies zeigen, wer ihn schon überwunden hat, muss ihn nicht als Relikt vor sich her tragen. Ärzte, die dies erwarten, gehören in die Wüste geschickt. Sie haben vom Leben und Leiden der Transidenten nichts verstanden. Wer seinen Leidensdruck vor dem "Coming-out" verdrängt hat muss ihn nicht neu ausgraben. Diese Aussagen gelten natürlich nicht nur für sozial Schwache oder bereits Entwurzelte, sie gelten für alle Transidenten.

Obwohl es gerade im Bereich der sozial schwachen Transidenten noch einiges zu sagen gäbe, möchte ich mich nun denen zuwenden, die in relativ stabilen Situationen leben, ihr inneres "Coming-out" schon hatten, vor dem nach außen Treten aber sehr große Ängste entwickeln.

Unsere Gesellschaft engt das Erscheinungsbild von Mann oder Frau stark typisierend ein. Für Transidenten ist dies nur ein vorübergehendes Problem, falls es ihnen gelingt die Erwartungshaltung dieser Gesellschaft zu erfüllen. Doch oft spielt ihnen die Biologie einen Streich. Statur und Knochenbau, zu klein oder zu groß, als auch Entwicklung des Schädels und der Stimme, können zunächst unüberwindliche Hindernisse auf dem Weg zum eigenen Ich sein.

Bezogen auf das Leben in der Sozialgemeinschaft läuft bei transidentischen Menschen das Denken überwiegend in zwei verschiedenen Ebenen ab. Zum einen beneiden sie transidentische Geschlechtsgenossen/innen, die entweder schon entwurzelt sind, *"was haben die denn noch zu verlieren?"* und solche, die von der Gesellschaft finanziell völlig unabhängig sind (scheinbar?), denn *"die können doch tun was ihnen gefällt"*. Auf der anderen Seite beneiden sie ihre Geschlechtsgenossen/innen, bei denen von Geburt an biologisches und seelisches Geschlecht in Einklang sind. Oft träumen sie sich in die Situation dieser Menschen und wollen vor dem ersten eigenen Schritt erreichen, dass sie auch so ein "normales" Leben führen können. Natürlich können sie dies, aber eben anders.

Doch selbst wenn Transidenten zu dieser oder einer ähnlichen Erkenntnis kommen, nutzt ihnen dies zunächst nichts. Es gibt ein Sprichwort: *"Niemand kann über seinen eigenen Schatten springen"*, und ich setze hinzu: *"es sei denn, er tut es"*.

Die Angst, die soziale Stabilität zu verlieren, die Phantasien darüber, was auf einen selbst alles zukommt, die Phantasie über die Phantasien, die andere haben werden, wenn man die Identität auch nach außen zum Ausdruck bringt, damit auch die soziale Rolle wechselt, wachsen zu schier unüberwindlichen Mauern an. Die Angst vor sozialem Kontaktverlust, vor allem auch vor Partnerverlust, entwickelt sich zur persönlichen Bedrohung, neue Verdrängungs- und Kompensationsstrategien werden entwickelt.

Genau in dieser Phase kann der einzige Rat nur lauten: "Sucht das Gespräch". Gerade jetzt ist es wichtig zu erfahren, dass man nicht alleine ist. Der menschliche Erfahrungsaustausch ist jetzt viel wichtiger als die Fragen: "Was darf ich?" "Woher bekomme ich Hormone?" "Bei wem erhalte ich das Gutachten?" ...

Transidenten, die als Mann, als Frau oder eben als transidentische Menschen mit ihrer Männlichkeit oder Weiblichkeit die Integration in die Gesellschaft geschafft haben, sind hier genauso gefordert wie solche, die noch auf der Suche sind oder Menschen, die bereits ein Grundverständnis für die Normalität von Transidenten entwickelt haben. Ich bin keine "Traumtänzerin" und weiß deshalb auch, dass diese Forderung kaum erfüllbar ist. Integrierte Transidenten müssen ein erneutes "Outen" befürchten. Auf der Suche nach der Realisierung der eigenen Identität Befindliche sind oft in sich selbst gefangen. Nicht betroffene Menschen haben Berührungsängste, sogar solche, die in den Betreuungs- und Behandlungsprozess von Transidenten eingebunden sind.

In Gesprächen mit Ratsuchenden habe ich es immer wieder erlebt, dass Transidenten meinen, es wäre sinnvoll, sich aus ihren sozialen Kontakten und Bindungen zurückzuziehen bis der Prozess der Abklärung und/oder Behandlung von geschlechtsangleichenden Maßnahmen abgeschlossen ist. Erschreckend viele Ärzte glauben, dass Krankschreibungen über 1/2 bis 2 Jahre doch wohl gerechtfertigt seien. Im Selbstfindungsprozess und bei den anschließenden Behandlungen treten meist psychische Belastungen auf. In deren Folge werden psychosomatische Beschwerden aber dann verstärkt auftreten, wenn Untätigkeit und Isolation damit einher gehen. Dies gilt für alle Formen einer übergroßen psychischen Belastung, nicht nur bei Transidentität.

Isolation und soziale Destabilisierung sind nicht nur ein negativer Gesundheitsfaktor, sondern auch ein Auslöser für enorme direkte und indirekte Kosten. Diese Kosten treffen nicht nur den Transidenten und seine Familie, sondern auch die gesamte Volkswirtschaft. Sie können die realen Behandlungskosten um ein Vielfaches überschreiten. Wir - Transidenten, Experten, Helfer im weitesten Sinne, Sachbearbeiter im öffentlichen Sozialwesen, also auch bei Krankenkassen und Arbeitsämtern - und die Menschen in unserem Umfeld sollten sich dessen bewusst sein. Transidentität hat auch eine gesellschaftspolitische Komponente, die in ihrer Bedeutung nicht unterschätzt werden darf.

2.2. Rechtliche Möglichkeiten

Das Zusammenleben der Menschen in unserer Gesellschaft wird durch viele Gesetze geregelt. Die meisten gesetzlichen Regeln unterstellen direkt oder indirekt die Existenz von Menschen in der Form männlich und weiblich. Teilweise sind die Gesetze eindeutige Gebote oder Verbote, die einzuhalten sind. In manchen Fällen regeln Gesetze die Spielräume oder setzen Eckwerte, in denen bestimmte Dinge zu sehen oder abzuwickeln sind. Es gibt sogar Gesetze, die nichts anderes als Willenserklärungen sind.

Hinter vielen Gesetzen verbergen sich Ausführungsgesetze, ministerielle Erlasse und ergänzende Rechtsvorschriften. Der in unserer Gesellschaft immer stärker werdende Wunsch nach Klarheit führt darüber hinaus zu einer Unmenge an Rechtsauslegungen und Sammlungen von Präzedenzfällen. Oft hängt deren Inhalt mehr von der persönlichen Einstellung und Durchsetzungsfähigkeit der beteiligten Richter oder hinzu gezogenen Sachverständigen ab, als vom gesunden, menschlichen Rechtsempfinden.

Die folgenden Ausführungen sind in keinem Fall eine Rechtsberatung. Diese kann nur ein Anwalt im Einzelfall geben. Sie sind aber eine Zusammenfassung von Kenntnissen und Erfahrungen die ich in den letzten beiden Jahrzehnten gemacht habe, oder die mir durch andere Menschen, auch Anwälte, zur Kenntnis gebracht wurden. Ich habe sie nicht nur für Transidenten aufgeschrieben, sondern vor allem auch für Menschen im Umfeld von Transidenten.

2.2.1 Gesetzliche Regeln

Bei den gesetzlichen Regelungen sind zunächst zwei grundsätzlich verschiedene Bereiche voneinander zu trennen. Der eine zu klärende Bereich betrifft ein "Sondergesetz" das nur auf Transidenten anwendbar ist. Dieses Gesetz, bekannt als "Transsexuellengesetz - TSG", gültig seit 10. September 1980, heißt: "Gesetz über die Änderung der Vornamen und die Feststellung der Geschlechtszugehörigkeit in besonderen Fällen". Es wurde notwendig um Transidenten die Möglichkeit zu bieten nicht nur so zu leben, wie sie sich empfinden, sondern dies auch in ihren amtlichen Unterlagen, bis hin zur Geburtsurkunde, zu dokumentieren. Verfahren nach dem TSG unterliegen der freiwilligen Gerichtsbarkeit.

Der zweite Bereich betrifft alle sonstigen Gesetze, die zwar für Jedermann Gültigkeit haben, für Transidenten aber doch einige Besonderheiten liefern, vor allem in der Rechtsauslegung und den bisher erstrittenen Grundsatzurteilen. Auf den ersten Blick scheint dabei der Sozialgesetzgebung eine besondere Rolle zuzukommen.

2.2.1.1 Das Transsexuellengesetz

Wie schon im ersten Kapitel erwähnt gibt es in Deutschland noch keine Möglichkeit in der Geburtsurkunde eines Kindes auf einen Geschlechtseintrag und einen geschlechtsspezifischen Vornamen zu verzichten. Diese gesetzliche Vorschrift, bestehend seit Ende des vorigen Jahrhunderts, ist selbst dann anzuwenden, wenn die biologische Geschlechtlichkeit nicht zweifelsfrei feststeht. Wird sie zu einem späteren Zeitpunkt erreicht (die Fragwürdigkeit der dabei eingesetzten Methoden habe ich an anderer Stelle bereits angesprochen), dann kann der Geburtseintrag "wegen Irrtum" geändert werden (§ 46 Personenstandsgesetz).

Für Menschen mit abweichender Geschlechtsidentität - Transidenten - besteht diese Möglichkeit nicht. Daher war es notwendig für sie ein eigenes Ausführungsgesetz zu schaffen. Die Änderung der anderen Ausführungsgesetze, die von einer eindeutigen Geschlechtlichkeit in Richtung Mann oder Frau ausgehen, war nicht durchsetzbar, hätte sie doch bedeutet, dass man sich von dem kulturell geprägten Bild des Menschen hätte verabschieden müssen. Das Transsexuellengesetz ist in vier Abschnitte gegliedert.

Der erste Abschnitt behandelt die Änderung der Vornamen und umfasst die §§ 1-7. Der zweite Abschnitt behandelt in den §§ 8-12 die Feststellung der Geschlechtszugehörigkeit. Im dritten und vierten Abschnitt werden Änderungen anderer Gesetze, die sich durch das TSG als zwingend notwendig ergeben haben, sowie Übergangs- und Schlussvorschriften behandelt.

Der Antrag auf Inanspruchnahme des Transsexuellengesetzes ist beim zuständigen Amtsgericht zu stellen und setzt, rein juristisch betrachtet, nur voraus, dass der/die Antragsteller/in deutsche/r Staatsbürger/in ist und für sich in Anspruch nimmt transidentisch zu sein. Im Gesetz heißt es: *"... sich auf Grund ihrer transsexuellen Prägung nicht mehr dem in ihrem Geburtseintrag angegebenen, sondern dem anderen Geschlecht als zugehörig empfindet"*. Der Antrag kann nach §1 (nur die Änderung der Vornamen), nach §8 (gleichzeitige Änderung der Vornamen und der Geschlechtszugehörigkeit) oder nach § 9 (Vorabentscheid) gestellt werden.

Sind die für eine Entscheidung des Antrages geforderten Voraussetzungen, die für die Paragrafen 4 und 8 unterschiedlich sind, noch nicht erfüllt, so ist der Antragsteller darüber vom Richter aufzuklären und es wird die Entscheidung solange zurückgestellt, bis die fehlenden Voraussetzungen erfüllt sind. Es besteht auch die Möglichkeit den Antrag zurückzuweisen, vor allem dann, wenn die fehlenden Voraussetzungen nicht in einer überschaubaren Zeit erfüllt werden können. Er darf deshalb nicht abschlägig beschieden werden. Bei begründeter Zurückweisung entstehen dem Antragsteller keine Kosten. Antragsberechtigt ist jede geschäftsfähige Person oder deren gesetzlicher Vertreter, wenn die Geschäftsfähigkeit noch nicht oder nicht mehr gegeben ist. Bei einem Antrag durch den gesetzlichen Vertreter muss aber der Wille der vertretenen Person eindeutig erkennbar sein.

Da das Transsexuellengesetz in seiner verabschiedeten Form bisher nie geändert wurde, höchstrichterliche Rechtssprechung aber zu Veränderungen von einzelnen Voraussetzungen und Teilen des TSG geführt hat, kommt es immer wieder zu Irritationen. So schreibt das Gesetz zwar ein Mindestalter von 25 Jahren für den Antragsteller vor, diese Vorschrift darf aber nicht mehr angewandt werden. Das Bundesverfassungsgericht hat in seiner Entscheidung vom 16. März 1982 (1 BvR 938/81) festgestellt, dass die im TSG §1 Abs. (1) Nr. 3. festgelegte Altersgrenze mit dem GG nicht vereinbar ist. Dieser Satz im § 1 TSG: *"3. sie mindestens fünfundzwanzig Jahre ist."* ist ebenso zu streichen wie im § 8 TSG der Satz: *"1. die Voraussetzungen des § 1 Abs. 1 Nr. 1 bis 3 erfüllt"*.

Das TSG wurde im Bundesgesetzblatt, Jahrgang 1980, Teil 1 auf den Seiten 1654-1658 veröffentlicht. Wer es sich aus dieser Quelle beschafft, bekommt es natürlich ohne die gerichtlich erstrittenen zwingenden Änderungen. So geschieht es, dass diese auch in Neuerscheinungen, Büchern und Fachzeitschriften nicht auftauchen. Es hält sich damit in der Wahrnehmung der Bevölkerung, von Experten, Beratungseinrichtungen und Selbsthilfegruppen diese veraltete Vorstellung über die Existenz einer Altersgrenze. In der Folge davon werden natürlich Transidenten selbst wieder mit falschen Informationen versorgt.

Transidenten können die ihnen durch das TSG zugestandenen Rechte in einem Schritt beantragen. Dies entspricht der Antragstellung nach § 8 des TSG. Sie können die Durchführung des Verfahrens auch in zwei, zeitlich aufeinander folgenden Schritten beantragen, zunächst nach § 1 die Namensänderung und später nach § 8 die Personenstandsänderung. Sie haben auch die Möglichkeit nur die Namensänderung nach § 1 zu beantragen und auf die Personenstandsänderung zu verzichten. Sie müssen keine Rechenschaft über die Entscheidungsgründe ablegen.

2.2.1.2 Antrag auf Namensänderung

Gründe für die Durchführung in zwei Schritten ergeben sich schon alleine durch die Rechtsfolgen der Namensänderung. Im TSG ist ein Ausforschungsverbot verankert, durch die gängige Rechtsprechung besteht ein Diskriminierungsverbot. Mit der rechtskräftigen Namensänderung wird der Name in der Geburtsurkunde von Amtswegen geändert. Transidenten haben nun einen Rechtsanspruch auf die geänderte Anrede als Mann/Frau. Auf Antrag müssen alle amtlichen Papiere geändert werden. Hinweise auf ein anderes Geschlecht, als es der Name vermuten ließe, sind verboten. Dort wo das Geschlecht in Schlüsselzahlen vermerkt ist, z.B. dem Sozialversicherungsausweis oder einer privaten Versicherungskarte, muss die Schlüsselzahl geändert werden, auch wenn daraus noch keine Zuordnung zum anderen Geschlecht, verbunden mit eventuellen Vor- oder Nachteilen, abgeleitet werden kann (dies betrifft vor allem veränderte Beitragssätze oder spezielle Schutzgesetze für Frauen). Bestehende Verträge müssen entsprechend geändert werden, ohne dass ein Randvermerk auf die ursprüngliche Identität gemacht werden darf. Dies gilt z.B. für Mietverträge, Bankkonten, Versicherungen u.ä.

Außerdem muss auf Antrag jede Schule, Universität, Handels- oder Handwerkskammer qualifizierende Abschlusszeugnisse ändern. Diese Pflicht zur Änderung bezieht sich auch auf Arbeitszeugnisse oder Arbeitsbescheinigungen. Ersatzweise können auch amtliche Zweitschriften angefordert werden. Sämtliche Änderungskosten, nach Gebührenordnung oder Billigkeit, hat der Antragsteller zu tragen. Eine Besonderheit ergibt sich bei Transidentinnen, die den Wehrdienst abgeleistet haben. Unabhängig davon, in welcher Truppengattung sie tätig waren und welchen Dienstgrad sie erreicht haben, muss die Bescheinigung über die Tätigkeit bei der Bundeswehr umgeschrieben werden. Da für Frauen der Dienst bei der kämpfenden Truppe laut Grundgesetz nicht erlaubt ist, ebenso wenig wie Wehrpflicht, werden diese Bescheinigungen häufig als freiwilliger Sanitätsdienst ausgestellt. (Wenn der Dienstgrad keine Rolle spielt wurde die Umschreibung auch schon in Form eines Arbeitsverhältnisses bei der Bundeswehr vollzogen.)

Mit all diesen Möglichkeiten, die eine Verbindung zwischen Namen und sozialem Geschlecht herstellen, ist die Voraussetzung gegeben, dass sich Transidenten, in ihrer neu gefundenen Identität, in unserer Gesellschaft integrieren können. Wie wichtig die Sozialisierung ist, habe ich ja bereits angesprochen.

Es gibt aber auch Dokumente, in denen der Name laut derzeit praktizierter Rechtsprechung nicht geändert werden kann, ohne hier werten zu können, ob dies überhaupt in jedem Fall zulässig ist. Eindeutig geregelt ist, dass er nicht in der Geburtsurkunde eigener Kinder geändert werden darf. Juristisch wird der Transident mit der vollzogenen Namensänderung zum "Rechtsnachfolger des Vaters/der Mutter seiner Kinder". Ist der Transident verheiratet, so kann er/sie den Namen in der Heiratsurkunde ebenfalls nicht ändern lassen. Obwohl es für diese Praxis keine gesetzliche Regelung gibt, also auch keine Handhabe, ist mir kein Fall bekannt, wo dies versucht wurde. Andererseits ist es falsch, wenn immer wieder behauptet wird, die Namensänderung würde eine Scheidung voraussetzen. (Auf die besonderen Probleme einer bestehenden Ehe komme ich im Kapitel "Spielregeln" nochmals zurück.)

Tragen in einer Ehe beide Partner aber einen männlichen oder weiblichen Namen, dann müssen Behörden die Eheleute auch entsprechend anschreiben. Der Brief des Finanzamtes an das Ehepaar, wegen gemeinsamer Veranlagung muss also lauten: "An die Eheleute Christa und Petra Bürger". Es darf nicht die diskriminierende Anrede "Frau Christa und Herr Petra" verwendet werden, wohl aber darf auf den Vermerk "Eheleute" verzichtet werden. Diese Regelung ist für alle Behörden verbindlich.

Es gibt zwei Papiere, in denen zwar der Name geändert wird, gleichzeitig aber der ursprüngliche Geschlechtseintrag bestehen bleibt, wenn keine Personenstandsänderung vollzogen ist. Es handelt sich dabei um die Geburtsurkunde und um den Reisepass. Um auch hier Diskriminierungen zu vermeiden gibt es entsprechende Ersatzpapiere ohne Geschlechtseintrag. Wird eine Geburtsurkunde benötigt, dann kann statt dessen ein Geburtsschein ausgestellt werden. Er enthält alle Angaben der Geburtsurkunde, jedoch keinen Geschlechtseintrag. Statt des Reisepasses kann ein vorläufiger Reisepass ausgestellt werden, der ebenfalls keinen Geschlechtseintrag enthält. Der Gesetzgeber schiebt damit die Verantwortung dem Leser eines solchen Dokumentes zu. Selbstverständlich ist für eine beabsichtigte Eheschließung die Vorlage eines Geburtsscheines nicht zulässig. Dadurch entsteht für Transidenten, die nur die Namensänderung haben praktisch ein Heiratsverbot.

Dem Leser wird hoffentlich bewusst, welche Verbiegungen der Gesetzgeber oft machen muss um auf der einen Seite Diskriminierung von Transidenten zu vermeiden, auf der anderen Seite aber seine, stur auf Geschlechterzuordnung ausgerichtete Rechtsprechung aufrecht zu erhalten. Natürlich kann dies bei Transidenten wieder zu seelischen Belastungen und Diskriminierungen führen. Versuche durch höchstrichterliche Entscheidungen Präzedenzfälle zu schaffen wurden bisher dadurch im Keim erstickt, dass solche Anträge erst gar nicht angenommen wurden um sie nicht entscheiden zu müssen.

Damit ein Antrag auf Namensänderung nach §1 TSG entschieden werden kann muss ...

... sich der Antragsteller dem anderen Geschlecht als zugehörig empfinden und seit mindestens drei Jahren unter dem Zwang stehen seiner Vorstellung entsprechend zu leben.

... er Deutscher im Sinne des Grundgesetzes sein oder als Staatenloser oder heimatloser Ausländer seinen gewöhnlichen Aufenthalt oder als Asylberechtigter oder ausländischer Flüchtling seinen Wohnsitz im Geltungsbereich des Gesetzes haben.

... mit hoher Wahrscheinlichkeit anzunehmen sein, dass sich das Zugehörigkeitsempfinden zum anderen Geschlecht nicht mehr ändern wird. (Die im Gesetz noch festgeschriebene Altersgrenze von 25 Jahren ist, wie bereits erwähnt, rechtsunwirksam.)

Der Richter hat sich von der Ernsthaftigkeit des Antragstellers ein persönliches Bild zu machen und die Gutachten von zwei unabhängigen Sachverständigen einzuholen, die zu den medizinisch/psychischen Fragen Stellung nehmen müssen. (Weitere Hinweise, vor allem zum Problem der Begutachtung, folgen im Kapitel "Spielregeln".)

Hinweis: Im Prinzip erfordert ein Antrag nach § 1 TSG keinerlei vorausgegangene oder begleitende medizinische oder therapeutische Maßnahmen. Aus einem Urteil nach § 4 TSG kann aber auch keinerlei Behandlungsanspruch abgeleitet werden.

2.2.1.3 Antrag auf Änderung des Personenstandes

Damit ein Antrag auf Personenstandsänderung nach § 8 TSG entschieden werden kann muss ...

... ein Urteil nach §1 TSG Rechtskraft haben (oder der Antragsteller alle Bedingungen nach §1 erfüllen. In diesem Fall müssen auch die Gutachten der Sachverständigen eingeholt werden).

... der Antragsteller ledig, verwitwet oder geschieden sein.

... der Antragsteller dauernd fortpflanzungsunfähig sein.

... der Antragsteller sich einem seine äußeren Geschlechtsmerkmale verändernden operativen Eingriff unterzogen haben, durch den eine deutliche Annäherung an das Erscheinungsbild des anderen Geschlechts erreicht worden ist.

Im gerichtlichen Verfahren hat der Richter die Aufgabe zu überprüfen, ob der Antragsteller nicht verheiratet ist. Außerdem muss er durch zwei Gutachten von Sachverständigen feststellen lassen, ob der Antragsteller fortpflanzungsunfähig ist und durch operative Eingriffe eine deutliche Annäherung an das Erscheinungsbild des anderen Geschlechtes erreicht wurde. Er kann sich in einer persönlichen Anhörung auch selbst ein Bild machen, soweit das Schamgefühl des Antragstellers dabei nicht verletzt wird.

Hinweis: Wer einen Antrag auf Änderung des Personenstandes stellt, hat im Vorfeld, für den Fall einer bestehenden Ehe, rechtliche Konsequenzen zu bedenken und notwendige Schritte, nämlich die Scheidung zu vollziehen. Er muss aber auch medizinische Schritte hinter sich haben, im Gegensatz zum Antrag auf Namensänderung, wenn sein Antrag positiv entschieden werden soll. Für Mann-zu-Frau-Transidentinnen sind dies andere Bedingungen als für Frau-zu-Mann-Transidenten. An anderer Stelle werde ich auf dieses Problem eingehen und verzichte deshalb hier bewusst auf eine Wertung der gesetzlichen Vorschrift, bzw. die gängige Praxis (siehe Kap. 5 "Standards of Care").

Nach vollzogener Personenstandsänderung stehen dem Mann/der Frau nun alle rechtlichen Möglichkeiten zu, wie sie für jeden anderen Menschen gleichen Geschlechtes gelten. In wieweit der Mensch sie wahrnehmen kann, ist damit nicht beschrieben. Es wird auch nicht deutlich, welche neuen gesellschaftlichen und rechtlichen Probleme auf ihn zukommen. Auch dazu wird es notwendig sein später noch einiges zu sagen.

2.2.2 Gesetzliche Spielräume

In all den Jahren seit es das Transsexuellengesetz gibt, vor allem aber auf der 10. Transidentitas Fachtagung 1995 in Frankfurt/M, hat die Rechtsanwältin Frau Maria-Sabine Augstein immer wieder darauf hingewiesen, welche rechtlichen Spielräume Transidenten haben und auch für sich nutzen sollten. Dies ist für den Menschen vor allem deshalb so wichtig, weil er ja in den meisten Fällen entgegen dem eigenen Identitätsgeschlecht sozialisiert wurde oder versucht hat sich selbst so zu sozialisieren. Doch leider sind ihre Hinweise viel zu wenig bekannt. Dies gilt sowohl für Transidenten als auch für die gesamte Gesellschaft. Besonders schlimm ist die Tatsache, dass auch die sogenannten Experten, eingebunden in den Prozess der psychischen Begleitung, medizinischen Behandlung und die Begutachtung, davon oft keine Kenntnisse haben, statt dessen bisweilen recht obskure Vorstellungen.

Die gesetzlichen Spielräume müssen, entsprechend der Entwicklung des Transidenten, in zugehörigen Abschnitten gesehen und besprochen werden. Die größte Bedeutung haben sie in der Zeit vor einer gesetzlichen Namensänderung, gleichgültig ob der Antrag schon gestellt wurde oder noch nicht. Aber auch die Zeit nach der Namensänderung, unabhängig von der Frage ob anschließend eine Personenstandsänderung vorgesehen ist, bietet Möglichkeiten für Transidenten bereits ihrem Geschlecht entsprechend zu leben.

Vielen Menschen, Transidenten, mitbetroffenen Menschen oder auch nur interessierten Lesern, sind Veröffentlichungen der Lebensgeschichten von Transidenten bekannt (eine Auswahl findet der Leser im Anhang). Auch dort erfährt man einiges über Spielräume und Grenzen, aus der Sicht des jeweiligen Autors. Mir erscheint es dagegen wichtig Beispiele aus der Beratungspraxis zu bringen, dem Leben jetzt und heute. Natürlich wird vieles nicht direkt übertragbar sein, jedoch entstehen gerade so Anregungen für den eigenen Lebensweg, bzw. Hinweise wie Nichtbetroffene oder Mitbetroffene den Transidenten helfen können und Verständnis für ihre Sorgen und Nöte aufbringen können.

Bevor ich auf die Möglichkeiten für Transidenten eingehe, will ich von allen Menschen sprechen, die hier in Deutschland leben. Es ist erlaubt, dass ein Mann als Frau lebt, ebenso natürlich eine Frau als Mann. Jeder Mensch hat das Recht auf uneingeschränkte Entwicklung seiner Persönlichkeit. Dieses Grundrecht wird nur dort eingeschränkt, wo die Rechte anderer Menschen durch seine Ausübung beeinflusst oder behindert werden (was ja für alle Grundrechte gilt).

Um den Text nicht zu komplizieren spreche ich im folgenden Beispiel nur von Frauen, im Umkehrschluss gilt aber alles Gesagte auch für Männer. Das Beispiel ist konstruiert, aus mehreren Einzelfällen zu einem Gesamtfall zusammen gezogen. Ich hoffe, dass aber gerade dadurch die nötige Sensibilität erzeugt werden kann um die Bedeutung der Ausnutzung von Rechtsspielräumen, aber auch ihrer Schranken, zu erkennen.

Eine Frau, die als Mann leben will darf dies tun. Rein juristisch gesehen muss sie niemanden um Erlaubnis fragen. Sie darf sich so kleiden, verhalten und eine entsprechende Berufswahl treffen. Die zum Schutz von Frauen geltenden Sondergesetze, schützend aber auch einschränkend, gelten für sie nach wie vor. Sie darf dem Arbeitgeber deshalb nicht vortäuschen Mann zu sein. Sie muss sich bei Personenkontrollen als Frau zu erkennen geben. Dies trifft vor allem bei Kontrollen durch die Polizei, an Flughäfen und sonstigen Sicherheitsbereichen zu. Sie darf durch ihre Art zu leben das Schamgefühl anderer Menschen nicht verletzen, z.B. in öffentlichen Schwimmbädern oder beim Aufsuchen von Toiletten. Sie hat darauf zu achten, dass bei Gericht "die Würde des Gerichtes" gewahrt bleibt.

Lebt diese Frau, auftretend als Mann, in einer Partnerschaft, so sind die auftretenden Probleme sicher in der Partnerschaft lösbar. Hat dieses Paar aber auch gemeinsame Kinder, so wird sich die männlich auftretende Frau unter Umständen vorhalten lassen müssen, dass sie die Kinder in große Konflikte stürzt. Dabei spielt es keine Rolle, dass die Konflikte real erst durch die Gesellschaft ausgelöst werden.

Ihnen wird beim Lesen sicher aufgefallen sein, dass es viele als Mann lebende Frauen gibt, zumindest sehr männlich lebende Frauen. Versuchen Sie doch nun einmal sich die umgekehrte Situation vorzustellen, einen Mann der mit der gleichen Konsequenz als Frau lebt, zumindest weitgehend weiblich. Unsere Gesellschaft wird dies nicht zulassen, zumindest ihn als "Spinner" verlachen oder belächeln.

Menschen mit abweichender Geschlechtsidentität müssen aber Gelegenheit finden sich in der sozialen Rolle, die ihrem Identitätsgeschlecht entspricht, zu Recht zu finden, bzw. sich einzuleben. Gerade für diese Menschen ist es notwendig die möglichen Spielräume zu kennen und die gesetzlichen Schranken zu beachten.

2.2.2.1 Rechtsspielräume vor der Namensänderung

Zunächst werde ich, wie angekündigt an Hand von Beispielen, einen Eindruck davon geben was möglich ist, auch wenn es sich teilweise um gerichtlich nicht durchsetzbare Ansprüche handelt. Die Rechtsgrundlage für all diese Beispiele ist das Grundgesetz, vor allem der Art. 2 [Allgemeines Persönlichkeitsrecht].

Art. 2 [Allgemeines Persönlichkeitsrecht] (1) Jeder hat das Recht auf die freie Entfaltung seiner Persönlichkeit, soweit er nicht die Rechte anderer verletzt und nicht gegen die verfassungsmäßige Ordnung oder das Sittengesetz verstößt.

(2) Jeder hat das Recht auf Leben und körperliche Unversehrtheit. Die Freiheit der Person ist unverletzlich. In diese Rechte darf nur auf Grund eines Gesetzes eingegriffen werden.

Beispiele für Jugendliche - junge Erwachsene

Fall 1: Bei mir sind eine Mutter, ihr 15-jähriges Kind und eine mit der Familie befreundete Nachbarin erschienen. Das Kind, ein mädchenhafter Junge oder ein jungenhaftes Mädchen, war jahrelang wegen verschiedenster Entwicklungsstörungen in psychotherapeutischer Behandlung. Es wirkt ruhig und ausgeglichen und lauscht der Unterhaltung der Erwachsenen mit einer gewissen Skepsis.

In der Geburtsurkunde ist "Sven" und "männlich" eingetragen. Die Probleme begannen mit der Einschulung und wurden etwa Mitte des zweiten Schuljahres so gravierend, dass Schulpsychologen zu Rate gezogen wurden. Vorher hat das Kind seine Zeit mit den Geschwistern und den Kindern der Nachbarin verbracht, also keinen Kindergarten besucht. (Da ich in dem Kapitel "Eltern und Kinder" diesen und ähnliche Fälle vertieft behandeln werde, komme ich gleich zum wesentlichen Punkt, dem Lösungsansatz.)

Der letzte Psychologe, der mit Sven gearbeitet hatte, stellte der Mutter die Frage, ob es sein könnte, dass Sven transsexuell sei. Er empfahl zu einem Spezialisten zu gehen, damit möglichst schnell eine stabilisierende oder gegengeschlechtliche Behandlung einsetzen könne.

Nun mischte sich auch Sven in das Gespräch ein und sagte, dass er die Nase von Psychologen voll habe und einfach nur als Mädchen leben wolle. Die Mutter unterstützt zwar das Anliegen ihres Kindes, ist aber der Auffassung, dies sei nicht erlaubt, ohne dass ein Fachmann seine Einwilligung gegeben hätte.

Seit diesem Besuch sind über 9 Monate vergangen. Svenja hat ihr erstes Zeugnis bekommen in dem steht: "... die Schülerin arbeitete sehr fleißig mit und zeichnete sich durch große Hilfsbereitschaft aus. In ihren schulischen Leistungen konnte sie sich erheblich steigern."

Die Schulleiterin hatte mit den Mädchen der Klasse, den Lehrkräften und "Sven" ein Gespräch geführt. Die Frage der Toilettenbenutzung war für die Mädchen klar: "Svenja gehört zu uns". Nach dem Sportunterricht benutzt Svenja die Dusche der Lehrkräfte. In der Personalakte wurde ein Vermerk gemacht, dass Svenja als Mädchen zu behandeln sei, amtlich aber noch Sven sei. Auf den Zeugnissen und im notwendigen Schriftverkehr sei sie aber als Svenja zu benennen.

Natürlich war es nicht ganz so einfach, wie sich das Ergebnis nun liest. Der Psychologe, der Svenjas Mutter aufmerksam gemacht hatte, stellte eine Bescheinigung aus, dass bei Svenja mit hoher Wahrscheinlichkeit eine Transidentität vorliege. Die Schulleiterin musste davon überzeugt werden, dass sie nichts Verbotenes tut. Für Svenja war der Erhalt ihres Umfeldes und ihrer Freundinnen wichtig.

Fall 2: Peter (laut Geburtseintrag Monika) hat eine Schreinerlehre begonnen und ist im letzten Lehrjahr. Sein Vater war immer stolz auf "seine recht burschikose Tochter" und "ihr" Interesse für Dinge, die eigentlich Jungen zugeordnet werden. Seit einiger Zeit weiß er, dass "sie" sich als Mann fühlt, glaubt transidentisch zu sein. Peter möchte nun alles schnell hinter sich bringen, damit sein Gesellenbrief auf Peter ausgestellt werden kann.

Sein Arbeitgeber wäre damit einverstanden, die Handwerkskammer will aber nicht "mitspielen". Peters Gynäkologe weiß über seine Lage Bescheid. Eine biologische Anomalität, im Sinne einer Intersexualität, liegt nicht vor. Die Ärztin hatte ihn zu mir geschickt. Peter war in den letzten Wochen sehr nervös geworden, hatte in den Leistungen nachgelassen und stand unter einem hohen inneren Druck mit einer erkennbaren Neigung zu depressivem Verhalten. Alle Versuche eine schnelle Lösung zu finden machten ihm deutlich, dass diese von den gesetzlichen Vorschriften und medizinischen Möglichkeiten her nicht zu erwarten war.

Heute, acht Monate später, hat Peter seine Lehre beendet. Im Gesellenbrief steht sein neuer Name. Die Handwerkskammer war, nachdem sie von der Gynäkologin ein entsprechendes Schreiben erhalten hatte, einverstanden, den angestrebten Namen zu verwenden und nur intern einen Vermerk zu machen, der gelöscht wird, sobald die Namensänderung auch gesetzlich wirksam ist.

Peter hat in der Zwischenzeit in aller Ruhe mit der Behandlung begonnen und rechtliche Schritte nach TSG eingeleitet. Er hat auch einen neuen Arbeitsplatz (natürlich als Mann), bei dessen Beschaffung ihm der Ausbildungsbetrieb behilflich war. Bei seinen neuen Kollegen ist Peter, als ein etwas knabenhaft wirkender Mann, voll akzeptiert.

In einem anderen Fall wollte das zuständige Kreiswehrersatzamt einen Transidenten zur Musterung zwingen, obwohl ein Arzt bereits eine hohe Wahrscheinlichkeit für das Vorliegen einer Mann-zu-Frau-Transidentität bescheinigte. Eine Anfrage der Beratungsstelle an das Verteidigungsministerium, seit wann denn nun die Wehrpflicht für Frauen im Zuge der Gleichberechtigung eingeführt sei, führte zur sofortigen Ausmusterung. Der Anfrage lag die Vorladung zur Musterung und das Schreiben des behandelnden Psychologen bei.

Schule und Berufsausbildung sind die wichtigsten Lebensbereiche für Kinder und Jugendliche. Die Beispiele geben Lösungshinweise und sind sicher auch auf andere Fälle übertragbar. Weitere wichtige Informationen werde ich im Kapitel 4 "Eltern und Kinder" geben.

Beispiele für Erwachsene

Fall 3: Gerda konnte sich jahrzehntelang nicht mit dem Geschlecht anfreunden, dem sie laut optisch sichtbarer Biologie zugeordnet war. Ein zu geringer Wert an männlichen Hormonen wurde stets so interpretiert, dass die entsprechende Verabreichung von Testosteron zur nötigen Stabilisierung führen müsse. Sie glaubte daran und vertraute den Hinweisen: "Wenn wir die Biologie erst im Griff haben, dann wirst Du Dich auch als Mann fühlen können". Doch es entstanden nichts anderes als psychosomatische Erkrankungen und Depressionen. Dann erfuhr sie von der Beratungsstelle und suchte mich auf.

Erstmals sprach sie davon, dass sie eine Frau sei, so fühle und auch so leben wolle. Nach mehreren Gesprächen und dem Kennenslernen anderer Transidenten in der Selbsthilfegruppe, sprach sie auch mit einer Kollegin am Arbeitsplatz über ihre Gefühle. Gerda war über das Verständnis der Kollegin so verblüfft, dass sie bald auch mit Kollegen, später dem Arbeitgeber darüber redete. Es wurde der genaue Tag des sozialen Wechsels abgesprochen und dann auch so vollzogen.

Wenige Tage danach bekam Gerda von der Bundesversicherungsanstalt für Angestellte und ihrer Krankenkasse Post. Der Arbeitgeber hatte seine Mitarbeiterin, bisher ja als Mann geführt, bei der Krankenkasse umgemeldet. Gerda erhielt eine neue Krankenversicherungskarte und von der BfA einen neuen Sozialversicherungsausweis mit der Code-Nummer "weiblich". (Hinweis: Die letzten drei Nummern nach dem Buchstaben des Familiennamens lauten 0xx = männlich, 5xx = weiblich.)

Fall 4: Paul, ein alleinerziehender Vater (gesetzlich: Geschlecht weiblich), hat immer wieder Schwierigkeiten bei Ärzten und Behörden, wenn es um seinen Sohn geht. Er wird dort, obwohl eine gegengeschlechtliche Behandlung bereits eingeleitet ist, immer wieder als Frau aufgerufen und angesprochen.

Durch die Beratung ermutigt verlangt Paul von seinem behandelnden Arzt einen kurzen Bescheid, als Ergänzung zum Personalausweis, dass er sich wegen "Transsexualität" in Behandlung befindet (der Arzt bestand auf der Verwendung des juristischen Begriffs). Nun erhält Paul anstandslos von der Krankenkasse eine neue Versicherungskarte, ausgestellt auf Paul, beim Sozialamt und dem Jugendamt werden die Akten eingezogen und auf den neuen Namen geändert. Nur die Stammakte behält einen Vermerk über den alten, amtlichen Namen.

Paul, aber auch sein Sohn, sind seitdem wesentlich stabiler geworden. Diskriminierende Situationen in Wartezimmern und bei der Anrede hat es seither nicht mehr gegeben.

Fall 5: Michael und Julia haben eine gemeinsame Wohnung bezogen. Julia hat, obwohl noch keinerlei geschlechtsangleichende Behandlung eingesetzt hat, ein natürliches, weibliches Erscheinungsbild. Michael hat den Mietvertrag unter einem Vorwand allein unterschrieben, da Julia sich gegenüber der Vermieterin nicht "Outen" wollte. Nun befürchtet sie, dass der Vermieter durch die amtliche Ummeldung doch davon erfährt, dass sie noch Manuel heißt und männlichen Geschlechtes ist. Sie will wissen, wie sie schnellstens die Namensänderung durchsetzen kann. Beide Partner fürchten Diskriminierung und auch die Annullierung des Mietvertrages.

Im Verlauf des Gespräches erfahre ich, dass der Hausarzt von Julia schon seit Jahren von ihrer Transidentität weiß und sich bereit erklärt hat, sie beim Finden von geeigneten Ärzten für eine angleichende Behandlung zu unterstützen.

Nach etwa zwei Wochen berichtet mir Julia, dass meine Empfehlung zum Erfolg geführt hat. Sie war, ausgestattet mit einem kurzen Schreiben ihres Hausarztes, beim Leiter des zuständigen Ordnungsamtes am neuen Wohnort vorstellig geworden. Auf dem Meldebogen, den ihre Vermieterin gegenzeichnen musste, durfte sie sich mit ihrem angestrebten Namen eintragen und unterschreiben. Erst als die Vermieterin gegengezeichnet hatte, wurde von der Behörde ein Vermerk über ihre gesetzliche Identität nachgetragen. Im örtlichen Melderegister wurde eine "blinde" Akte angelegt, ausgestellt auf Julia, mit dem Querverweis auf die amtliche Akte Manuel, damit nicht versehentlich ein "Outen" durch die Behörden erfolgen kann.

Fall 6: Ein Frau-zu-Mann-Transident, dessen Hormonbehandlung schon so weit fortgeschritten war, dass der Bartwuchs deutlich zu erkennen und der Stimmbruch schon abgeschlossen war, hatte bei seiner Bank das Problem, dass ihm eine Umstellung seiner Konten und der EC-Karte auf die neue Identität mit dem Hinweis auf die finanzrechtlichen Vorschriften verweigert wurde. Auf der anderen Seite konnte er aber nur noch bei seiner Bank direkt Geldgeschäfte erledigen, da er von Fremden nicht mehr als Besitzer seiner EC-Karte identifiziert werden konnte.

Ein Gespräch mit dem Filialleiter seiner Bank führte zu folgender Lösung. Susanne, so lautet sein gesetzlicher Name, füllte eine uneingeschränkte Bankvollmacht für Alexander aus, also an sich selbst. Mit dieser Vollmacht ließ nun Alexander alle Konten von Susanne auf sich überschreiben und beantragte eine EC-Karte für sich. Alle Probleme im Geldverkehr waren mit einem Schlag beseitigt. Mindestens genauso wichtig war aber, dass von Alexander sehr viel seelischer Druck genommen war.

Grundsätzlich gilt, dass private Rechtsgeschäfte, die unter Verwendung des angestrebten Namens abgeschlossen werden, in jedem Fall gültig sind. Auch die Unterschrift mit dem neuen Namen ist gültig. Strafbar macht sich der Transident nur dann, wenn er den neuen, noch nicht amtlichen Namen, in betrügerischer Absicht verwendet. Weiß jedoch der Vertragspartner, Verkäufer, die Schule, ... von der alten Identität und besteht darauf, sie in dem Vertrag zu verwenden, dann ist der Anspruch des Transidenten auf seine neue Identität nicht durchsetzbar, schon gar nicht auf dem Klageweg.

Die Ausnutzung gesetzlicher Spielräume geschieht entweder einseitig, wenn also der Vertragspartner keine Ahnung von ihrer Anwendung hat, oder im gegenseitigen Einvernehmen, wenn dem Vertragspartner die gesetzliche Identität bekannt ist. In beiden Fällen muss sicher gestellt sein, dass im Streitfall nachgewiesen werden kann, dass die Spielräume nicht zur Vertuschung, Vorbereitung oder Ausführung einer Straftat ausgenutzt wurden.

2.2.2.2 Rechtsspielräume nach der Namensänderung

Wurde für einen Transidenten die Namensänderung nach § 4 TSG bereits rechtswirksam vollzogen, so ist die Notwendigkeit Rechtsspielräume auszunutzen nur noch selten gegeben. Die im Abschnitt 2.2.1.2 gemachten Aussagen zur Rechtsfolge der Namensänderung machen dies ja deutlich. Mir persönlich ist kein Fall bekannt, wo es noch notwendig war Spielräume auszunutzen.

2.2.3 Gesetzliche Schranken

Für Transidenten mit rechtskräftiger Personenstandsänderung, sie betrachten sich selbst dann meist als Mann bzw. Frau, gelten die gleichen Rechte und Pflichten wie für jeden anderen Bürger in Deutschland. Aus diesem Grunde werde ich auch hier wieder in den Bereich vor und nach der Namensänderung unterteilen. Auf zwei Ausnahmesituationen, die praktisch nur auf Frau-zu-Mann-Transidenten zutreffen, werde ich am Ende dieses Abschnittes eingehen (Wehrdienst und Strafvollzug).

Im Rahmen der Besprechung von Rechtsspielräumen bin ich schon einmal auf den Artikel 2 unserer Verfassung eingegangen. Er legt aber nicht nur die Freiheitsrechte fest, sondern auch ihre Schranken. Es heißt dort: *"..., soweit er nicht die Rechte anderer verletzt und nicht gegen die verfassungsmäßige Ordnung oder das Sittengesetz verstößt."* Daraus entstehende Konflikte können gelöst werden, wenn entweder auf Freiheiten freiwillig verzichtet wird, regelnde und ergänzende Gesetze Lösungen anbieten oder eine richterliche Einzelfallentscheidung herbeigeführt wird, die unter Umständen dann sogar als Präzedenzfall für andere Konflikte herangezogen werden kann. Dies gilt für alle Menschen und ihre Freiheitsrechte, gleichgültig ob sie transidentisch sind oder nicht. Besonders problematisch kann es nur dann werden, wenn die Basis einer Entscheidung lautet: *"Nach geltender Moralvorstellung, ..."* Wir alle wissen, dass Moralvorstellungen einem steten gesellschaftlichen Wandel unterworfen sind.

2.2.3.1 Schranken vor einer Namensänderung

Bewusst greife ich zunächst eine Situation auf, die eigentlich eine Bagatelle ist, jedoch sehr weitreichende Folgen haben kann, die Benutzung einer Toilette im öffentlichen Bereich, sei es Gaststätte oder Arbeitsplatz. Wollen Transidenten, Frau-zu-Mann, in einer Gaststätte, einer Behörde, einem Kaufhaus, Theater oder Kino eine Herrentoilette aufsuchen, dann kann es vorkommen, dass ihnen der Zutritt verwehrt wird. Meist, aber nicht immer, werden sie dann auf der Damentoilette geduldet. Im umgekehrten Fall, Mann-zu-Frau, kommt es aber vor, dass sowohl der Zutritt zur Damentoilette als auch zur Herrentoilette verwehrt wird. Verfügt die von der Öffentlichkeit genutzte Einrichtung über keine "geschlechtsneutrale" Behindertentoilette, so ist der Transident ohne jede Chance.

Tritt die gleiche Situation am Arbeitsplatz auf, dann kann dies im Extremfall zum Verlust des Arbeitsplatzes führen. Bei strittiger Auflösung des Arbeitsverhältnisses wird die Begründung lauten: "Störung des Betriebsfriedens".

Kommt es zur gerichtlichen Auseinandersetzung darüber, dann ist zu erwarten, dass das verletzte Schamgefühl der Belegschaft als ein höheres Rechtsgut bewertet wird, als der Wunsch des Transidenten in der angestrebten Geschlechtsrolle zu leben. Ist es dem Betrieb auf Grund seiner Größe und/oder Struktur nicht zumutbar eine separate Toilette zur Verfügung zu stellen, dann bleibt es bei der Kündigung und sie wird als gerechtfertigt bezeichnet werden. Dass der Transident das Schamgefühl der anderen Menschen nicht verletzen wollte, ist dabei unerheblich. Daran ändert auch die Rechtsprechung des europäischen Gerichtshofes, die Transsexualität als Kündigungsgrund ausdrücklich verbietet, nichts.

Generell gilt, dass kein Rechtsanspruch darauf besteht im "neuen" Erscheinungsbild akzeptiert zu werden. Manchmal sieht es so aus, als ob Ärzte und Psychologen davon nicht die geringste Ahnung hätten, wenn sie von Transidenten einen "Alltagstest" ohne unterstützende Begleitmaßnahmen fordern, schlimmer noch behaupten, dass der Gesetzgeber ihn fordern würde.

Hinweis: Der "Alltagstest" ist weder für die Inanspruchnahme des TSG, noch für die Kostenübernahmepflicht der Krankenkassen eine gesetzliche Vorschrift. Er kann hingegen eine sehr wichtige Voraussetzung für den Transidenten selbst sein, um sich über seine eigene Situation, die Richtigkeit von gewünschten Behandlungsmaßnahmen und die individuell zu beachtenden Zeitabläufe klar zu werden. (Mehr dazu auch im Kapitel 3.)

Einwohnermeldeämter sind verpflichtet einen neuen, vorläufigen Personalausweis mit dem neuen Passbild im angestrebten Erscheinungsbild auszustellen, auch wenn der alte Ausweis noch Gültigkeit hat. In manchen Fällen war es möglich, in der Spalte "Künstlername" den vollständigen, angestrebten Namen eintragen zu lassen. Bei strenger Rechtsauslegung für die Eintragung von Künstlernamen geht dies jedoch nicht. Sie dürfen nur dann mit eingetragen werden, wenn es sich um eine "bekannte" Persönlichkeit handelt. Würde ein Transident den Versuch machen dies gerichtlich durchzusetzen und dabei einen ihm bekannten Fall als "Präzedenzfall" angeben, dann riskiert er lediglich, dass diesem die Eintragung entzogen wird.

Für notariell beglaubigte Urkunden muss ebenfalls stets der gesetzliche Name verwendet werden. Der Notar hat aber z.B. die Möglichkeit in einer Urkunde zu vermerken: "Claudia ..., genannt Karl ...," und somit den Zusammenhang zwischen Name und Erscheinungsbild herzustellen. Auch bei Gericht muss der gesetzlich gültige Name im Schriftverkehr verwendet werden. Dies ärgert oft Transidenten, die den Antrag auf Namensänderung gestellt haben. Ihnen zum schwachen Trost: In der Anhörung darf der Richter den neuen Namen und die entsprechende Anrede Mann/Frau verwenden, muss es aber nicht. Lebt der Transident bereits in der angestrebten Geschlechtsrolle, dann wird das Gericht auf Wunsch des Transidenten auch im Begleitschreiben schon den neuen Namen verwenden, nicht aber im Schriftsatz selbst oder der Anschrift.

Oft haben Transidenten ohne amtliche Namensänderung, die sich aber schon in Behandlung befinden und ganz oder teilweise in der angestrebten Geschlechtsrolle leben, Probleme mit der Post. Dies gilt vor allem für amtliche Zustellungen und Einschreiben, bei denen der Empfänger den Erhalt der Sendung bestätigen muss. Wenn der Zusteller den Transidenten und seine augenblickliche Situation nicht persönlich kennt, kann es vorkommen, dass ein Schreiben an den Empfänger nicht ausgehändigt wird. Dies ist vor allem dann der Fall, wenn das Aussehen der Person im Ausweis und in der Realität stark voneinander abweichen, z.B. im Ausweis noch langhaariges Mädchen, in der Realität aber bereits beginnender Bartwuchs für einen Frau-zu-Mann-Transidenten. In diesen Fällen, aber auch für andere Situationen, z.B. Verkehrskontrolle, empfiehlt es sich dringend eine Bestätigung des behandelnden Arztes bei den Ausweispapieren zu haben, in der auch die Nummer des gültigen Personalausweises vermerkt ist oder einen Ergänzungsausweis, wie in der Bundestag schon Ende der 80er Jahre gefordert hat und ihn die dgti ausstellt.

Wichtig ist, dass sich alle, Transidenten, Mitmenschen und Helfer bewusst sind, dass es immer wieder zu Diskriminierungen kommt, wenn Transidenten ohne Namensänderung dem alten Geschlecht zugeordnet werden, selbst wenn sie bereits durchgängig in der neuen sozialen Rolle leben. Transidenten dürfen sich dagegen wehren. Beim Gegenüber grundsätzlich böse Absicht zu unterstellen ist aber sicher ein Fehler.

2.2.3.2 Schranken nach der Namensänderung

Für Transidenten gilt die Wehrpflicht nicht. Für solche mit dem Geburtsgeschlecht "männlich" gilt dies, sobald der behandelnde Arzt bestätigt, dass mit hoher Wahrscheinlichkeit "Transsexualität" vorliegt. Für Transidenten mit weiblichem Geburtsgeschlecht gilt diese Einschränkung selbst dann, wenn sie bereits die Personenstandsänderung haben. Sie können selbst dann, wenn sie es wollen, keine Erfassung durchsetzen.

Transidenten, die nur die Namensänderung haben, gelten im Leistungssport, Krankenhaus und im Strafvollzug dem alten Geschlecht zugehörig, unabhängig davon, wie weit die Hormontherapie bereits Veränderungen hervorgerufen hat. Im Leistungssport gilt die Hormontherapie jedoch bei Frau-zu-Mann-Transidenten als Doping. Haben sie noch keine geschlechtsangleichende Operation hinter sich, dann sind sie darüber hinaus von allen Aktivitäten, bei denen das Schamgefühl anderer Menschen verletzt werden könnte weitgehend ausgeschlossen. Als Beispiel seien hier Sauna, FKK-Strand und ähnliches erwähnt. Sie gehören dann praktisch zu keinem Geschlecht. Eine Frau mit Busen und Penis ist in der Vorstellung der Gesellschaft ebenso unmöglich wie ein Mann mit Vollbart, Brust und Scheide.

Ich werde nun auf die Situation im Krankenhaus eingehen. Natürlich müssen Krankenhäuser Transidenten ebenso aufnehmen wie andere Menschen auch. Oft kommt es zu sehr kuriosen Entscheidungen. Eine Mann-zu-Frau-Transidentin wurde z.B. mit einem komplizierten Beinbruch auf die Kinderstation verlegt.

Häufig erhalten Transidenten ein Einbettzimmer oder werden alleine in ein Zweibettzimmer gelegt. Dabei ist es gleichgültig ob auf die Männer- oder Frauenstation. Das Personal muss eingeweiht werden und wird oft zu absolutem Stillschweigen gegenüber anderen Patienten verpflichtet. Aus der Sicht der Klinikverwaltung liegen Transidenten immer im falschen Bett. Selten konnte sich der aufnehmende Arzt entschließen eine, dem sozialen Geschlecht entsprechende Einweisung zu veranlassen.

Im Polizeigewahrsam, der Untersuchungshaft oder im Strafvollzug werden die Probleme in ihrer ganzen Härte für den Transidenten deutlich. Im Strafvollzug gibt es nur Männer oder Frauen, eine Zwischenlösung gibt es nicht. Bei der 12. Fachtagung "Transidentität", 1997 in Frankfurt, sagte ein Kriminalbeamter in seinem Vortrag: *"Wir haben zu wenig Erfahrung. Werden Sie straffällig, damit sich dies ändert."* Das zeigt das ganze Dilemma.

Bei Schlägereien, einer Razzia oder im Rahmen einer Demonstration kann es zu einer vorläufigen Festnahme kommen, um ein Verhör zu ermöglichen. Eine Festnahme ist immer mit einer Leibesvisitation verbunden. Bei Frauen darf diese nur von Beamtinnen vorgenommen werden, bei Männern entsprechend von Beamten. Die Entscheidung, ob es sich um einen Mann oder eine Frau handelt trifft der Beamte vor Ort, zunächst nach "Augenschein", also seinem persönlichen Ermessen. Ist die Namensänderung schon vollzogen, dann hat der Transident das Recht zu fordern, dass die Leibesvisitation von einem Beamten durchgeführt wird, der das gleiche Geschlecht hat, auf das der Name des Transidenten verweist.

Kommt es wegen Trunkenheit, Flucht- oder Verdunklungsgefahr oder fehlendem Nachweis eines Wohnsitzes zum Polizeigewahrsam, dann zählt nur noch der Geschlechtseintrag in der Geburtsurkunde. Polizei und Strafvollzug kennen nur Männer und Frauen, gleichgültig welchen namentlichen oder sozialen Status sie haben. In Untersuchungshaft oder im Strafvollzug bleiben die Probleme der Zuordnung die gleichen. Transidenten beiderlei Geschlechtes haben aber einen Rechtsanspruch auf eine Einzelzelle. Transidenten, ein zweites, drittes oder viertes Geschlecht gibt es dort nicht.

Wer glaubt, mit einer Personenstandsänderung sei endlich alles erledigt, der irrt. Ein Frau-zu-Mann-Transident erhält die Personenstandsänderung auch dann, wenn er sich keinen Penis "anbauen" lässt. Er muss nach der Personenstandsänderung von Seiten des Gesetzes wie ein Mann behandelt werden. Wird er straffällig, muss er in den Vollzug für Männer. Für ihn und den Vollzugsdienst entstehen Probleme die sich durch keine Vorschrift lösen lassen.

Ich denke, unser Menschenbild entspricht nicht immer der Realität. Den Transidenten fehlt oft die Möglichkeit, auf Grund unserer geltenden Gesetze und Moralvorstellungen, ein Leben in frei bestimmter Menschenwürde zu leben.

2.3. Medizinische Möglichkeiten

Sowohl der Bereich der sozialen Integration als auch die rechtlichen Möglichkeiten und Schranken haben deutlich gemacht, dass Transidenten einen schweren Stand in unserer Gesellschaft haben. Alleine daraus resultierend ist es verständlich, dass das Ziel, im Sinne der gesellschaftlichen Erwartungshaltung "ganz Frau" oder "ganz Mann" zu sein, einen sehr hohen Stellenwert hat.

Wenn die Diagnose eines Facharztes für Neurologie und Psychiatrie oder eines Psychotherapeuten lautet: "... leidet an einem transidentischen Syndrom, alle therapeutischen Mittel sind ausgeschöpft ...", dann kann nur noch die Medizin helfen. So jedenfalls heißt es in der Begründung für die Kostenübernahmepflicht der Krankenkassen, die dann eine Behandlung zu bezahlen haben.

Hinweis: Obiger Satz wird oft missbraucht (ob aus Angst, Unwissenheit oder mit Vorsatz, spielt dabei keine Rolle). Wenn es heißt, dass "... alle therapeutischen Mittel ausgeschöpft sind", dann darf daraus keine Forderung nach einer "Pflichttherapie" abgeleitet werden. Leider wird dies jedoch oft so gehandhabt und Transidenten lassen es sich "notgedrungen" gefallen. Zeit und Geld werden verschwendet. Oft entstehen erst dadurch seelische und soziale Probleme.

2.3.1 Hormonelle Behandlung

Jeder Mensch hat, unabhängig vom biologischen Geschlecht, Hormone in seinem Körper die als typisch weiblich oder typisch männlich angesehen werden. Die Höhe der jeweils geschlechtsspezifischen Hormone ist bei Männern und Frauen grundverschieden. Sie ändert sich auch im Bezug auf das Lebensalter und weist innerhalb der Geschlechtsgruppen eine erhebliche Variationsbreite auf.

In der Wachstumsphase, schon bevor es der Mensch wahrnimmt, lösen die Geschlechtshormone Veränderungen im Körper aus, die wir dann, wenn die Veränderung sichtbar und spürbar wird, als körperliche Pubertät bezeichnen. In den letzten Jahrzehnten hat sich ihr Beginn immer weiter nach unten, zu jüngeren Lebensjahren hin verschoben. Treten in späteren Jahren Störungen im Gleichgewicht der Geschlechtshormone auf, dann kommt es z.B. zu dem bekannten "Damenbart" bei Frauen, aber auch anderen geschlechtsuntypischen Veränderungen von Frauen und Männern. Solche Veränderungen können krankhaft sein oder krank machen. Sie können auch, für den Körper eigentlich harmlos, zu psychosomatischen Erkrankungen führen, die dann auf symptomorientierte Behandlung nicht ansprechen.

So wie zwischen Körper und Hormonen bzw. dem Gleichgewicht der Hormone, eine Wechselwirkung besteht, gilt dies auch für Hormone und Psyche. Die Psyche wird von

Hormonen mit beeinflusst, aber auch die Wirkung der Hormone und ihre Menge wird von der Psyche beeinflusst. Allgemein bekannt ist diese Wechselwirkung bei den Stresshormonen, sie gilt aber auch für Geschlechtshormone. Mir sind Fälle von Mann-zu-Frau-Transidentinnen bekannt bei denen die Glatzenbildung zurück ging oder Wachstumsschmerzen im Brustbereich verspürt wurden, schon bevor sie weibliche Hormone verabreicht bekamen.

2.3.1.1 Intersexualität und Hormone

Wie schon ausgeführt, kann ein Kind, bei dem keine eindeutige Geschlechtsaussage gemacht werden kann, nicht ins Geburtsregister eingetragen werden. Je nachdem, ob es sich nun um eine Hausgeburt oder eine Klinikgeburt handelt, aber auch abhängig von der Klinik, in der ein Kind geboren wird, werden Unregelmäßigkeiten vom Idealbild "männlich" oder "weiblich" gleich festgestellt oder übersehen. Es gibt jedoch auch Abweichungen, die sich erst später herausstellen, z.B. mit der einsetzenden Pubertät. Wie bei Kindern, die sich später als transidentisch herausstellen, kann auch bei intersexuellen Kindern nicht festgestellt werden, welche geschlechtliche Identität sie haben.

Bei einem intersexuellen Kind, das durch einen entsprechenden Eingriff auf das Geschlecht männlich festgelegt wird, ist es üblich, dass eine hormonell stützende Behandlung durch Testosteron erfolgt, wenn sich in der Entwicklung herausstellt, dass weibliche Anteile in deutlicher Form auftreten. Der heranwachsende Mensch hat Junge/Mann zu sein, so steht es ja in seiner Geburtsurkunde. Das Kind selbst wird nicht gefragt.

Auch die Eltern werden in den seltensten Fällen eine Chance haben, für das Kind frei zu entscheiden. Ihnen wurde ja rechtzeitig klar gemacht, dass durch den Eingriff Schaden von dem Kind abgewendet wurde und sie sich wegen der Anomalität keine Vorwürfe zu machen brauchen. Betont man dies oft genug, dann werden die Eltern schon dem Rat der Ärzte folgen. "Sie wollen ja nur heilen und helfen".

Ich möchte, exemplarisch für andere Fälle, ein Beispiel kurz anreißen:

Ein Kind wurde aufgrund der sichtbaren Geschlechtsmerkmale als männlich ins Geburtsregister eingetragen. Es kam zunächst relativ unbehelligt in die Pubertät. Auffällig wurde es erst, als ihm Brüste wuchsen. Durch Verabreichung von männlichen Geschlechtshormonen konnte das Brustwachstum verlangsamt, schließlich gestoppt werden. Es setzte ein spärlicher Bartwuchs ein, der Stimmbruch wurde ausgelöst. Doch seelisch wurde aus dem jungen Menschen kein Junge.

Schon seit der Pubertät waren für ihn Mädchen eher gute Kumpel. Das Zusammensein mit ihnen löste nie partnerschaftlich sexuelle Wünsche aus. Er fühlte sich zu Männern hingezogen, unterdrückte aber dieses Gefühl. Er versuchte sich sogar besonders hart und ruppig gegenüber Männern zu benehmen, damit niemand auf den Gedanken käme er sei schwul. So blieb er allein. Trotz Depressionen und Einsamkeit konnte er sich beruflich behaupten und damit soziale Isolation vermeiden.

Die Ärzte setzten nach wie vor auf eine Behandlung mit Männlichkeitshormonen. Als aus anderen Gründen eine Operation notwendig wurde, empfahlen die Ärzte die Brüste gleich mit zu entfernen. Die Depressionen blieben.

Einige Monate später sah er einen Bericht über Transsexualität im Fernsehen. Wie ein Blitz durchzuckte es ihn. Er sprach mit seinem Hausarzt und dieser klärte ihn über die bei ihm vorliegenden Anomalien auf, was von Seiten der Fachärzte nie gemacht wurde. Nun war ihm klar: "Ich bin eine Frau". Somit mussten letztendlich alle Versuche der Stabilisierung in Richtung Mann scheitern. Heute lebt sie als Frau, erhält statt Testosteron jetzt Östrogen und fühlt sich wohl und glücklich.

Natürlich gibt es auch die umgekehrten Fälle: Intersexuelle, die als weiblich festgelegt werden. Auch bei ihnen machen Ärzte die Erfahrung, dass Hormone zwar eine vorhandene geschlechtliche Identität stützen, sie aber nicht verändern können. Welche geschlechtliche Identität das zu behandelnde Kind hat, kann dieses aber noch nicht äußern, die Eltern oder der Arzt können sie im Kindesalter nicht feststellen. So werden auch weiterhin Kinder, deren optisch sichtbares Geschlecht von der Norm abweicht, aus Überlegungen der Machbarkeit oder der sozialen Integration, operativ in eine Richtung festgelegt.

2.3.1.2 Transidenten und Hormone

Da Transidenten nicht in ausreichendem Maß die gegengeschlechtlichen Hormone im eigenen Körper erzeugen können, müssen diese künstlich zugeführt werden. Solange die, dem biologischen Geschlecht entsprechende Hormonproduktion noch vollständig funktioniert, kann es notwendig sein entsprechende Blocker, wie z.B. Antitestosteron für Mann-zu-Frau-Transidentinnen, von außen zuzuführen. In jedem Fall gilt die Hormonbehandlung als eine medikamentöse Behandlung. Da Medikamente der steten wissenschaftlichen Forschung zu ihrer Verbesserung unterworfen sind, will ich hier nicht auf einzelne Präparate eingehen.

Es fehlt jedoch die Erforschung zur Optimierung eingesetzter Präparate für Transidenten. Die Präparate wurden für die Männer- oder Frauenheilkunde entwickelt, teilweise wurde ihr Einsatz nach unseren Gesetzen über Arzneimittel in Deutschland verboten, weil sie zu einer Geschlechtsveränderung führten. Oft sind es also die "Nebenwirkungen", die dazu führten, dass sie für die Behandlung von Transidenten eingesetzt werden. Ein klassisches Beispiel dafür ist "Proginon Depot 100", entwickelt für die Behandlung von Prostatakrebs, wegen seiner Nebenwirkung und dem Angebot anderer Präparate in Deutschland inzwischen nicht mehr zugelassen. Die Nebenwirkung ist eine "starke Verweiblichung des männlichen Körpers", also genau das, was Mann-zu-Frau-Transidentinnen anstreben.

Es entsteht folgende paradoxe Situation. Der Hersteller, eine deutsche Firma, stellt das Mittel wegen seiner guten Verträglichkeit nach wie vor her, lässt es aber im Ausland fertig stellen und verpacken. Der Arzt verschreibt es, wegen seiner Nebenwirkungen, die Apotheke importiert es, darf aber wegen des Verbotes keinen Vorrat halten, die Krankenkasse bezahlt es. Wenn nun der Leser glaubt, alles sei doch damit geregelt, so irrt er. Das Medikament steht auf der Liste der nicht zugelassenen Medikamente. Verschreibt der Arzt es trotzdem, was natürlich sinnvoll ist (auch wegen des günstigen Preis-Leistungs-Verhältnisses), dann wird die Apotheke zum nächsten Stolperstein. Wird dort die Bestellung in den Computer eingegeben, so kommt der Hinweis, dass das Medikament nicht beschafft werden darf. Die Apotheke wird den Arzt darauf aufmerksam machen, ihn eventuell verunsichern. Nur wenn der Transident die "Spielregeln" kennt und die Apotheke bereit ist seine Hinweise ernst zu nehmen, kann das Medikament beschafft werden.

(Hinweis: Über das Internet lassen sich mittlerweile Medikamente aus dem Ausland bestellen. Dies sollte aber nur in Absprache und unter Kontrolle eines Arztes geschehen um sich vor gesundheitlichen Schäden zu schützen. Außerdem werden Kosten für derartige Medikamentbeschaffungen weder von den gesetzlichen Krankenkassen übernommen, noch von den Privatversicherungen erstattet.)

Allgemein sollten Transidenten sich aber über die Möglichkeiten und Grenzen des Einflusses von Hormonen klar sein. Die Wirkung der Geschlechtshormone ist sehr vielfältig. Teilweise führt ihr Einfluss zu unumkehrbaren Veränderungen, andere Einflüsse auf den Körper sind reversibel, h.d. nach ihrem Absetzen tritt der alte Zustand langsam wieder ein.

Hormone leiten bei jedem Menschen die Geschlechtsreife ein. Vollzogen wird sie aber unumkehrbar auf biologischem Weg. Dies gilt für alle Menschen, Frauen und Männer. Der Bartwuchs wird durch Hormone ausgelöst. Danach wächst das Barthaar aber selbständig weiter. Hormone lösen den Stimmbruch aus, vollzogen wird er biologisch und ist unumkehrbar. Hormone führen zum Wachsen der Brüste.

Hormone steuern auch bestimmte Entwicklungen des menschlichen Körpers. Die letzte Knochenwachstumsphase in der Pubertät eines Menschen ist entsprechend den Geschlechtshormonen nach männlich und weiblich differenziert. Was gewachsen ist, kann aber nicht rückgängig gemacht werden. Hormone steuern die Fettverteilung und die Fähigkeit Muskeln aufzubauen. Ich erinnere nur daran, dass Männlichkeitshormone verwendet wurden um die Leistungen von Frauen im Sport zu steigern, bis sie als Dopingmittel erkannt und verboten wurden. Hormone beeinflussen die Struktur der Haut. So kommt es z.B. bei Männern zur Ausbildung der Glatze und Geheimratsecken.

Unter dem Einfluss der Hormonbehandlung wachsen bei Mann-zu-Frau-Transidentinnen die Brüste. Die Körperhaut wird weicher. Geschieht dies auch mit der Kopfhaut so wird diese besser durchblutet und es kommt zu einer Verbesserung des Wachstums der Kopfbehaarung, vorausgesetzt die Haarzellen sind noch nicht völlig abgestorben. Die nachwachsenden Körperhaare werden nicht weniger, aber sie werden weicher sein. Dies kann auch auf das Bartwachstum zutreffen. Unter dem Einfluss der Hormonbehandlung verändert sich die Fettverteilung im Körper. Der Muskelaufbau wird erschwert, Fettablagerungen im Hüftbereich werden erleichtert. Der Körper wird verweiblicht. Was meist als sehr große Erleichterung empfunden wird ist der Verlust der Erektionsfähigkeit. Es kommt auch zu mehr oder weniger starker Schrumpfung der Hoden (bei gleichzeitigem, endgültigem Verlust der Zeugungsfähigkeit), so dass sich oft der Schambereich schon durch geeignete Unterwäsche im "Erscheinungsbild" kaschieren lässt.

Unverändert bleibt bei Mann-zu-Frau-Transidentinnen der Bartwuchs und damit auch, selbst bei bestem Rasieren, der Bartschatten. Hormone ändern auch nichts mehr an der Stimmlage. Die Patientin kann eine weibliche Stimmmelodie lernen. Ein Training zur Veränderung der Stimmhöhe sollte aber nur unter fachlicher Anleitung von Logopäden absolviert werden.

Wird bei Frau-zu-Mann-Transidenten mit der Hormonbehandlung begonnen, so tritt relativ rasch der Stimmbruch ein und es beginnt die Entwicklung des Bartes. Es kommt auch zu einer stärkeren Körperbehaarung. Die Hautveränderungen führen zunächst zur Akne, so wie sie Jungen aus der Pubertät kennen. Der Umbau von Fett- in Muskelgewebe führt zu einer Veränderung der Statur, nicht aber der Körpergröße. Nach einiger Zeit bleibt auch die Regel aus (in den Eierstöcken werden keine neuen Eizellen mehr gebildet; die Gebärfähigkeit geht dauerhaft verloren). In vielen Fällen ist eine Vergrößerung der Klitoris zu beobachten.

Durch die Hormonbehandlung von Frau-zu-Mann-Transidenten werden die vorhandenen Brüste weder beseitigt noch kleiner. Sie werden ohne chirurgische Eingriffe immer als "weibliche Brüste" identifiziert werden.

Transidenten, die gegengeschlechtliche Hormone verabreicht bekommen, haben dieselben gesundheitlichen Risiken wie Menschen des entsprechenden Geschlechtes. Besteht in einer Familie das erhöhte Risiko zu Brustkrebs, gilt dies auch für die Mann-zu-Frau-Transidentin, der inzwischen eine Brust gewachsen ist. Transidenten sollten sich mit ihrem Arzt genau absprechen, welche Risiken sie eingehen. (Sie sollten mit ihm aber auch darüber sprechen was sie von der Hormontherapie erwarten können.) Die Risiken sind nicht höher als bei jedem anderen Mann oder jeder anderen Frau. Sie steigen jedoch erheblich, wenn ein Zuviel an gegengeschlechtlichen Hormonen verabreicht wird.

Bei Frau-zu-Mann-Transidenten die mit Testosteron behandelt werden ist häufig eine erhöhte, triebhafte Aggressivität zu beobachten. Vor allem bei der Behandlung mit Depotspritzen treten oft zwischen dem 2. - 5. Tag nach der Verabreichung regelrechte Triebschübe auf. Die "neuen" Männer haben es dabei schwerer, mit dem veränderten Einfluss auf die Psyche umzugehen als die "neuen" Frauen. Da jedoch der Einfluss der Hormone auf die Psyche individuell verschieden ist, auch viel mit der eigenen Erwartungshaltung zu tun hat, möchte ich im Rahmen des medizinisch Möglichen hier nicht weiter darauf eingehen.

2.3.2 Chirurgische Maßnahmen

Für MzF- (Mann-zu-Frau) und FzM- (Frau-zu-Mann) Transidenten sind die erforderlichen Maßnahmen und die wünschenswerten so unterschiedlich, dass sie nur getrennt behandelt werden können. Gemeinsam ist ihnen in jedem Fall eines: Die Leistungspflicht der Krankenkassen ist nur dann gegeben, wenn sie die einzigen Erfolg versprechenden "Heilmaßnahmen" sind.

Da Transidenten im Prinzip gesund sind, kann es sich nur um Maßnahmen handeln die, einen vorhandenen Leidensdruck mindern oder verhindern, dass neuer Leidensdruck entsteht. Der Leidensdruck kann im Transidenten selbst begründet sein oder erst durch die Wechselwirkung zwischen Transidenten und Gesellschaft entstanden sein oder entstehen. Chirurgische Maßnahmen können auch als Rehabilitationsmaßnahmen eine Leistungspflicht begründen.

Streng genommen sind alle chirurgischen Maßnahmen ausschließlich Maßnahmen der Plastischen- oder Wiederherstellungschirurgie. Ein Skalpell macht aus einem Mann keine Frau, aus einer Frau keinen Mann. Der Chirurg kann nur das Erscheinungsbild dem inneren Gefühl anpassen. In der Regel setzen alle chirurgischen Maßnahmen voraus, dass die Hormontherapie bereits wirkt, zumindest eingeleitet wurde. Eine Epilation (Dauerhafte Entfernung der Barthaare) ohne die Verabreichung von Östrogenen ist wenig wirkungsvoll, bei Frauen ebenso wie bei Transidenten. Eine Entfernung der Eierstöcke, gleich aus welchen Gründen, setzt immer voraus, dass eine entsprechende Hormontherapie bereits erfolgt, bei Frauen mit Östrogenen, bei Transidenten natürlich mit Testosteron. Umgekehrt gilt dies auch für die Entfernung der Hoden. Anschließend muss ein Mann mit Testosteron, eine Transidentin mit Östrogenen versorgt werden.

Bevor ich auf die individuellen Maßnahmen eingehe, muss noch ein Gesetz in das Bewusstsein gebracht werden. In Deutschland gibt es das Kastrationsverbot. Wenn keine die Gesundheit und/oder das Leben des Patienten bedrohende Situation gegeben ist, dann ist es verboten einem Mann die Hoden zu entfernen, entsprechend einer Frau die Eierstöcke. Hat aber ein Mann Eierstöcke, eine Frau entsprechend Hoden, dann wird dies als krankhaft definiert und einer Entfernung steht nichts im Wege. Bei Transidenten trifft genau diese letzte Aussage zu. Doch dazu muss die Diagnose "transidentisches Syndrom" einwandfrei feststehen oder die Namensänderung nach § 4 TSG bereits Rechtskraft haben.

Wäre ich am 5. April 1995 zu meinem Urologen gegangen und hätte um einen Termin zur Entfernung der Hoden gebeten, dann hätte seine Antwort gelautet: *"Das ist leider unmöglich, in Deutschland gibt es ein Kastrationsverbot, wenn keine medizinische Notwendigkeit dafür besteht."* Wäre ich mit der gleichen Frage am 7. April 1995 zu ihm gekommen, es wäre der Tag nach der gesetzlichen Namensänderung gewesen, dann hätte er gesagt: *"Aber selbstverständlich, eine Frau mit Hoden, das ist doch eindeutig krankhaft."* Ich aber war an beiden Tagen gesund und im vollen Besitz meiner geistigen Kräfte. (Hätte ich dagegen am 5. April eine geschlechtsangleichende Operation durchführen lassen, wäre dies möglich gewesen, da die Diagnose schon zweifelsfrei feststand.)

2.3.2.1 Chirurgische Maßnahmen bei FzM

Frau-zu-Mann-Transidenten fühlen sich erfahrungsgemäß durch die monatliche Regelblutung und den vorhandenen Busen seelisch am stärksten belastet. Während die Regelblutung nur von ihnen selbst wahrgenommen wird und im Lauf der Hormonbehandlung aufhört, ändern Hormone an dem Vorhandensein des Busens nichts. Außerdem wird er von den anderen Menschen auch wahrgenommen und schränkt den neuen Mann in seinen Handlungsmöglichkeiten erheblich ein. Daraus entsteht neben dem möglicherweise vorhandenen Ekel vor dem eigenen Körper noch der Druck von außen. Die soziale Integration kann erschwert bis unmöglich sein.

Als Überbrückungsmaßnahme binden viele Männer ihren Busen ab, quetschen dabei möglicherweise das Gewebe, behindern in jedem Fall die notwendige Durchblutung. Ein anderer oft gewählter Weg ist das Tragen von sehr legerer Oberbekleidung und schlabberigen Westen darüber. Dass die letztgenannte Maßnahme natürlich im Sommer kaum durchführbar ist, leuchtet ein. Mir sagte einmal ein Mann, der seine berufliche Rehabilitation nach dem Ausstieg aus der Rolle Frau in den Vordergrund stellte und zunächst auf die Amputation der Brüste verzichtet hatte: *"Ich habe eine Frau mit zwei Kindern, im Alter von 8 und 11 Jahren kennen gelernt. Zunächst war alles problemlos. Doch im letzten Sommer fielen mir schon keine Ausreden mehr ein, warum ich auch im Sommer immer T-Shirt und Weste trage und nicht mit zum Schwimmen komme. Die OP muss jetzt unbedingt erfolgen."*

Durch das in den letzten Jahrzehnten immer häufigere Auftreten von Brustkrebs und die damit verbundenen chirurgischen Maßnahmen, sowohl der Entfernung von Gewebe als auch dem Aufbau von Brustplastiken, wurden Erfahrungen gesammelt, die FzM-Transidenten zugute kommen. Auch der Wunsch, oder die medizinische Notwendigkeit, zur Verkleinerung von Brüsten bei Frauen schaffte ein Erfahrungspotential, auf das zurückgegriffen werden kann, wenn eine Mastektomie, das ist die Brustamputation, bei FzM ansteht.

Ärzte und Transidenten sprechen häufig nicht von Amputation, sondern von einer Transformationschirurgie, da die biologisch weibliche Brust durch Gewebeentfernung und Umformung dem Erscheinungsbild einer männlichen Brust angeglichen wird. Je nach Größe der Brüste müssen verschiedene Verfahren der Gewebeentnahme und Schnittführung eingesetzt werden. Dabei sollte in jedem Fall berücksichtigt, also auch mit dem Arzt ausführlich besprochen werden, ob der hormonell ausgelöste Fettgewebeabbau und -umbau schon weitgehend abgeschlossen ist. Der behandelnde Arzt muss auch wissen welche Sportart in welcher Intention zum Muskelaufbau betrieben wird. Klare Absprachen sind sowohl für die Operation als auch die Nachsorge nötig. Dass die Mastektomie ohne eine später notwendige Korrektur-OP, nach 6 bis 12 Monaten möglich ist, ist eher die Ausnahme.

Oft ist es so, dass gerade Privatkliniken der Schönheitschirurgie sehr viel Erfahrung mit der Mastektomie haben. Durch die dadurch seltener notwendigen Nachoperationen übernehmen Krankenkassen, auf Antrag mit Begründung, dann sogar diese Kosten. In jedem Fall aber sollten sich die Männer mit ihrem Arzt gründlich beraten und auch die Möglichkeiten des Informationsaustausches über den Fortschritt der Operationstechniken mit Selbsthilfegruppen und Betreuungsvereinen nutzen.

Wenn auch die Monatsblutungen durch die Hormontherapie nach einiger Zeit ausbleiben, wird meist eine Totaloperation angestrebt werden. In jedem Fall sollten dann Eileiter und Eierstöcke mit entfernt werden. Es ist vorgekommen, dass Männer schon in der Zeit, als sie noch als "Frau" lebten, eine Totaloperation hatten. Dabei wurden damals die Eierstöcke nicht mit entfernt. Sie selbst sahen aber auch keine Veranlassung weiterhin die Krebsvorsorgeuntersuchung machen zu lassen. In einem bekannten Fall wurde nur durch einen Zufall ein Karzinom noch rechtzeitig entdeckt.

Welche Operationstechnik für die Hysterektomie eingesetzt wird ist vom Alter des Patienten, der Frage ob als "Frau" versucht wurde Geschlechtsverkehr zu haben, ob der Transident sogar Kinder geboren hat und der körperlichen Konstitution abhängig und muss im Einzelfall entschieden werden. Beratung und offene Gespräche im Vorfeld sind deshalb dringend anzuraten. Der FzM muss sich damit auseinandersetzen, was auf ihn zu kommt und nicht nur denken, "hoffentlich bin ich bald alles los".

Ein gesellschaftlich geprägtes Standesmerkmal von Männern ist: "Sie können im Stehen pinkeln" (über Ästhetik und Hygiene, diese Fähigkeit zu praktizieren will ich mich nicht auslassen). Nicht selten führt dieses "Standesmerkmal" bei FzM-Transidenten zu dem brennenden Wunsch: *"Ich will das auch können, denn sonst bin ich doch kein richtiger Mann".* Leider wird von überwiegend männlichen Chirurgen die Erfüllung dieses Wunsches oft noch euphorisch genährt. Viel zu selten erfolgt eine ausführliche Besprechung der damit verbundenen Risiken, z.B. durch die notwendige Verlängerung und Verlegung der Harnröhre. Meist sind die Transidenten hier vernünftiger als die Ärzte.

Natürlich kann die Phalloplastik, so heißt es im Fachjargon, gelingen. Es gibt Fälle und Techniken, in denen die Operation mit zwei Eingriffen als gelungen bezeichnet werden kann. Der bekannteste Extremfall führte aber zu mehr als 70 Nachoperationen ohne ein befriedigendes Ergebnis zu erreichen. Ich schreibe dies nicht um abzuschrecken, wohl aber um deutlich zu machen, wie wichtig es ist alle Fragen der Notwendigkeit und der Möglichkeiten genau abzuklären, bevor nicht wieder rückgängig zu machende Eingriffe vorgenommen werden.

Allen Versuchen einen Penoid (Penisnachbildung) aufzubauen ist gemeinsam, dass mit der heutigen Gefäß- und Mikrochirurgie eine Versorgung mit Blutgefäßen und Nerven gelingt. Gerade durch die Nerven wird eine, wenn auch individuell sehr verschiedene, Sensibilität erreicht. Durch Maßnahmen, die auch bei biologisch bedingter Impotenz eingesetzt werden, kann der halbsteife Penoid die Möglichkeit zum Geschlechtsverkehr eröffnen. Wer aber Sexualität nur auf "Rammeln" reduziert, beraubt sich selbst der unendlichen Möglichkeiten menschlich erotischer und sexueller Vielfalt.

Es sind nicht nur die Sexualforscher, die sagen: *"Der Orgasmus findet nicht zwischen den Beinen, sondern zwischen den Ohren statt".* Dies gilt für Männer, Frauen und Transidenten. Wer den Orgasmus des Mannes nur als die triebhafte Entlastung nach dem Samenerguss beschreibt und erlebt, wird dies dafür halten. FzM werden genau dies nicht erleben können. Sie sind aber trotzdem fähig, mit oder ohne Penoid, einen Orgasmus zu erleben. Ihn zu beschreiben ist schier unmöglich, wie das eben mit vielen Gefühlen ist. Wer aber krampfhaft darauf wartet, bleibt mit hoher Wahrscheinlichkeit immer "vor der Tür". Dies gilt nicht nur für Transidenten. (Hinweis: Diese Aussage gilt natürlich auch für Mann-zu-Frau-Transidentinnen.)

2.3.2.2 Chirurgische Maßnahmen bei MzF

Die beiden größten Probleme für Mann-zu-Frau-Transidentinnen sind auf der einen Seite triebhafte, biologisch bedingte Erektionen und auf der anderen Seite der Bartschatten, der es ihnen praktisch unmöglich macht im Erscheinungsbild des weiblichen Geschlechtes zu leben.

Das erste Problem wird, wie schon angesprochen, durch die Hormonbehandlung weitgehend beseitigt. Häufig geht damit keine so starke Schrumpfung der Hoden und des Penis einher, dass Transidenten auf ein Abkleben des Genitalbereichs verzichten können, wenn sie Damenhosen tragen oder ein Schwimmbad aufsuchen wollen. Dies ist ein oft übersehener Grund dafür, warum MzF-Transidentinnen meist nur Röcke tragen und sonstige Damenbekleidung, wie Hosenanzüge, Damenhosen oder Leggins, zunächst tabu ist. Selbst bei der Auswahl von Unterwäsche bildet die Größe der Genitalen ein Problem und führt zu Einschränkungen. Um so unverständlicher ist es, dass Transidenten immer wieder, auch von Ärzten und Psychologen, mit dem Hinweis konfrontiert werden: "Frauen tragen doch auch Hosen".

Der eben geschilderte Umstand ist einer der Gründe, warum MzF meist rascher eine geschlechtsangleichende Operation anstreben als FzM. Ein weiterer Grund ist die Angst, die Genitalen könnten so stark schrumpfen, dass für eine Umformungsoperation nicht genügend "Material" übrig bleibt. Diese Angst wird teilweise sogar von Ärzten genährt. Dem Transidenten wird damit aber eine Chance genommen, die durch die Hormone ausgelösten Veränderungen seines Körpers für sich zu erleben. Meist will er so schnell wie möglich durch den Prozess der Umformung hindurch und starrt nur noch auf das Ziel. Es gibt aber auch genügend Beispiele die belegen, dass eine Wartezeit von 5 Jahren die Probleme bei einer Geschlechtsumformung nicht vergrößerten. In den meisten Fällen haben sie sich sogar verringert, vor allem die der Nachsorge, weil sich das erlebte Körpergefühl und die gewonnene psychische Stabilität positiv auf das

Ergebnis ausgewirkt haben. Natürlich gibt es auch Fälle, in denen erst durch eine möglichst rasche Operation die psychische "Heilung" erfolgen kann.

Auch bei der Transformationsoperation der MzF-Transidentinnen werden verschiedene Verfahren verwendet. Würde ich hier detailliert darauf eingehen, so wären die Aussagen sicher in spätestens zwei Jahren durch den Fortschritt der plastischen Chirurgie überholt. Im Prinzip wird sich jedoch nichts ändern. In jedem Fall werden die Hoden entfernt (was sich auch dann empfiehlt, wenn keine sonstige Transformation erfolgt). Der Harnleiter wird verkürzt und verlegt. Es wird eine Neovagina angelegt, die mit der umgestülpten Penishaut ausgekleidet wird. Aus einem Teil der Glans der Eichel, die mit vorhandenen Nerven verbunden bleibt, wird eine Klitoris geformt, die Haut des Hodensacks dient im Wesentlichen der Formung von Schamlippen. Um eine befriedigende Funktionsfähigkeit zu erreichen wird der Operateur darauf achten, dass die Scheide eine ausreichende Weite erhält, bei der notwendigen Tiefe streiten sich die "Experten".

Oft wird die Frage der Scheidentiefe falsch oder zwischen Patient und Operateur sehr unterschiedlich bewertet. Im Prinzip wissen sie beide, dass die Sensibilität nicht in der Tiefe liegt. Außerdem wird die Angst, der zukünftige Partner könnte einen zu langen Penis haben, überbewertet. Die Risiken einer Darmscheide, mit der eine größere Tiefe erreicht wird, werden dagegen zu wenig beachtet. Auch wenn die folgende Aussage nicht repräsentativ ist, sollte sie zum gründlichen Nachdenken anregen. Ein Operateur legte von vornherein in 6 Fällen eine Darmscheide an. In 5 dieser Fälle kam es zu erheblichen Komplikationen und es waren Nachoperationen erforderlich, in einem Fall brachte auch die neunte Nachoperation kein befriedigendes Ergebnis mehr. In allen Fällen erschien dem Operateur eine Tiefe von 16-18 cm nicht ausreichend für einen funktionierenden Geschlechtsverkehr.

Der Nachsorge einer Transformationsplastik kommt eine besondere Bedeutung zu. Die MzF-Transidentin muss sich bewusst sein, dass eine künstlich geschaffene Öffnung zum Zuwachsen neigt. Schon bei der Operation muss ein Platzhalter eingesetzt werden. Später ist regelmäßiges Bougieren erforderlich um die Tiefe, Weite und Elastizität der Neovagina zu erhalten. Geht die Patientin damit nachlässig um, sind Komplikationen praktisch unausweichlich. Der Frau ist dringend anzuraten, dass sie mit Frauen, welche die Operation schon länger hinter sich haben, in Kontakt bleibt. Ob dies durch persönliche Kontakte oder in Selbsthilfegruppen geschieht, ist unerheblich. Oft können aber erst durch Gruppen die nötigen Kontakte geknüpft werden. Die Einstellung, "ich bin doch jetzt Frau, was will ich noch bei den Transidenten", ist sehr kurzsichtig.

Die genitalangleichende Transformationschirurgie ist, entgegen der weit verbreiteten Meinung von Transidenten, Ärzten, sachverständigen Gutachtern und Richtern, nur ein Teil der geschlechtsangleichenden Maßnahmen. Da sie jedoch bei MzF (auch durch die besseren Möglichkeiten als bei FzM) überbetont wird, ist es für Transidentinnen und den beratenden Arzt oft sehr schwierig zu entscheiden, ob sie wegen des äußeren Drucks oder der eigenen Befindlichkeit erforderlich ist. Auch die Entfernung der Hoden und die Epilation sind chirurgische, geschlechtsangleichende Maßnahmen. Bei der Anwendung des TSG zur Personenstandsänderung wird diese Tatsache jedoch bisher verneint. Es ist nicht die gesetzliche Vorschrift, die zur Operation im Genitalbereich zwingt, sondern die Phantasie derjenigen, die das Gesetz anzuwenden haben.

Richter und Sachverständige nennen dies Phantasie jedoch Gesetzesauslegung oder noch schlimmer "Anwendungsvorschrift", bis hinauf zum Bundesgerichtshof. Mich persönlich wundert es nicht, denn es handelt sich fast ausschließlich um Männer, die darüber entscheiden oder entschieden haben. Ihr Frauenbild steht dabei Pate, und das darf nicht erschüttert werden, aber auch beteiligten Frauen geht dies weitgehend so. Es zeichnen sich aber auch andere Tendenzen zur Beurteilung der geschlechtlichen Zuordnung von Transidenten ab. So können wir in einem Grundsatzurteil des BVG (2 BvR 1833/95 vom 15.08.96) lesen (das ich bereits zur Einleitung dieses Kapitels zitiert habe): *"... Die Frage, welchem Geschlecht sich ein Mensch zugehörig empfindet, betrifft dabei seinen Sexualbereich, den das GG als Teil der Privatsphäre unter den verfassungsrechtlichen Schutz der Art. 2 Abs. 1 i.V.m. Art. 1 Abs. 1 GG gestellt hat. Jedermann kann daher von den staatlichen Organen die Achtung dieses Bereiches verlangen. Das schließt die Pflicht ein, die individuelle Entscheidung eines Menschen über seine Geschlechtszugehörigkeit zu respektieren."* In einem Beschluss des bayrischen Oberlandesgerichts (1 Z BR 95194 vom 14.06.95) finden wir zur Frage der Operation, als Voraussetzung zur Personenstandsänderung, unter anderem: *"...Dass dabei auch die Auswirkungen der nicht operativen Maßnahmen (hier die mehrjährige Hormonbehandlung) auf das Erscheinungsbild der Person insgesamt berücksichtigt wurden, ist sachgerecht. Denn soweit eine Annäherung des Erscheinungsbildes schon auf andere Weise erreicht ist, bedarf es nicht eines weiteren operativen Eingriffs. Es entspricht der vom Gesetzgeber im Anschluss an die Rechtsprechung des Bundesverfassungsgerichts übernommenen Zielsetzung, die individuelle Verwirklichung der Persönlichkeit gemäß Art. 2 Abs.1 i.V.m. Art. 1 Abs. 1 GG in einem ordnungspolitisch angemessenen und dem Betroffenen zumutbaren Rahmen auch gegenüber der angeborenen Geschlechtszugehörigkeit zuzulassen, die Schranken für die Berücksichtigung eines entsprechenden Wunsches nicht zu hoch anzusetzen. Dies gilt insbesondere für operative Eingriffe, die aus medizinischer Sicht nicht indiziert sind."*

Sollte sich eine MzF-Transidentin entschließen zunächst nur die Hoden entfernen zu lassen, so empfiehlt es sich dies von einem Chirurgen vornehmen zu lassen, der Erfahrung auf dem Gebiet der Transformationschirurgie hat. Er kann gewährleisten, dass durch diesen Eingriff eine eventuell später erfolgende Anpassung nicht durch Fehler der Schnittführung erschwert oder unmöglich gemacht wird.

Wenn der soziale Wechsel Mann-zu-Frau eingeleitet oder vollzogen ist, wird in fast allen Fällen der Bartschatten zu einem sehr großen Problem. Die Frau muss sich meist extrem schminken, um ihn einigermaßen zu überdecken. Oft ist zwei bis dreimal täglich eine Nachrasur und Nachschminken erforderlich. Im beruflichen Umfeld ist dies praktisch unmöglich. Eine Frau, die sich auf der Damentoilette mehrmals täglich rasiert und neu schminkt, muss schon sehr verständige Kolleginnen haben um dies ohne großen seelischen Schaden zu überstehen. Aber selbst wenn diese Voraussetzung gegeben ist, wird der Arbeitgeber kaum den Zeit- und Leistungsverlust, der damit verbunden ist, hinnehmen wollen.

Aber auch im privaten Bereich entstehen so viele Einschränkungen, dass diese Zeit des Umstieges zu einer großen Belastung wird. Die Gesellschaft akzeptiert keine Frauen mit Bart, so werden Transidentinnen als verkleidete Männer, "Schwuchtel", Tunte, "schwule Sau" und ähnliches beschimpft.

Auch wenn die Epilation, die dauerhafte Entfernung der Barthaare, bis heute überwiegend von Kosmetikerinnen durchgeführt wird, so ist doch jede Verödung der Barthaarwurzel für sich alleine ein kleiner chirurgischer Eingriff. Da sich Epilationsstudios darauf spezialisiert haben, können sie fast immer wesentlich bessere Ergebnisse vorweisen als Hautärzte, denen die nötige Übung fehlt. Sie arbeiten auch preisgünstiger als Ärzte, was für Krankenkassen von großer Bedeutung ist. Da jedes Barthaar einzeln verödet werden muss, ist die Behandlung langwierig, schmerzhaft und teuer. Je nach Barttyp muss mit Kosten zwischen DM 30.000 - 50.000 gerechnet werden und einer Behandlungszeit von bis zu 3 Jahren. Für die Beseitigung des Bartschattens muss eine Behandlungszeit von 150 - 300 Stunden angesetzt werden. Gerade zu Beginn sollte eine wöchentliche Behandlungsdauer von 2-3 Stunden stehen, um möglichst rasch die erwünschte Entlastung zu erfahren.

Die Photodermmethode und die Behandlung mit verschiedenen Lasern haben die gleiche Zielrichtung. Durch eine flächige Bestrahlung der Haut mit sehr energiereichem Licht sollen die Zellen, die Barthaare bilden können zerstört werden ohne Gefäße, Nerven oder die Haut zu schädigen. Ein Gerätehersteller spricht in seinem Patientenblatt davon, dass durch den Laser die Blutgefäße an der Haarwurzel verödet werden, so dass sich keine neuen Haarzellen entwickeln können.

Die Tatsache, dass eine Wirkung bei dunklen Haaren deutlich nachweisbar ist, bei hellen Haaren jedoch nicht, macht klar, dass beide Methoden auf dem Prinzip der Absorption beruhen, Licht also in Wärme umgewandelt wird. Da Haare ein schlechter Wärmeleiter sind wird dort wo die Wärme entsteht, am sichtbaren Teil des Haares, auch eine höhere Temperatur des Haares erreicht als an der Wurzel. Die Temperaturverteilung geschieht nicht linear, es ist zu vermuten, dass sie exponential erfolgt. Außerdem spielt der Haartyp bei der Wärmeleitfähigkeit eine Rolle. Bei der Entwicklung der Photoderm- und Lasermethoden wäre wünschenswert der Biophysiker kümmert sich um die Erforschung und Verbesserung der Methode, der Mediziner um die Wirkung und Nebenwirkung auf die Haut und die Untersuchung von Folgeschäden.

Beide Methoden führen sehr rasch zur Beseitigung des Bartschattens. Für eine vollständige Dauerhaarentfernung sind sie derzeit, Mitte 1999 noch nicht geeignet. Je nach Haar- und Hauttyp der Patientin und nach Art des eingesetzten Laser können aber Erfolge im Bereich von 60-90% nachgewiesen werden. Transidenten sollten vor Illusionen bewahrt bleiben und klar wissen, dass sie sich für experimentelle Medizin zur Verfügung stellen, wenn sie eine der beiden Methoden anwenden lassen. Es ist allen Beteiligten zu wünschen, dass sich dieser Zustand bald ändert. MzF-Transidentinnen jedoch deshalb die Behandlung zu verweigern oder sie auf unbestimmte Zeit zu vertrösten, wäre unverantwortlich. Ein Weg könnte sein, dass einer hautschonenden Vorbehandlung durch Laser (in Frage kommen Rubinlaser, Alexandrit-Laser und Diodenlaser) eine Nachbehandlung durch Nadelepilation folgt. Ein Prinzipienstreit zwischen den Verfechtern der Methoden schadet allen und kostet unnötig Geld.

2.3.3 Heilmaßnahme oder Schönheitsoperation?

Chirurgische Eingriffe können medizinisch notwendig oder empfehlenswert sein. Notwendige Eingriffe sind in den seltensten Fällen planbar und haben umgehend zu erfolgen. Empfehlenswerte Eingriffe werden zwischen Arzt und Patient besprochen, zeitlich geplant und bedürfen in den meisten Fällen einer Kostenübernahmeerklärung durch die Krankenkassen. In vielen Fällen - nicht nur bei Transidenten - kann diese erst nach Anhörung des medizinischen Dienstes erfolgen.

Darüber hinaus ist es jedem Menschen überlassen, ob er sich einer schönheitschirurgischen Maßnahme unterzieht, die er selbst plant und bezahlt. Doch auch solche Maßnahmen können zur Leistungspflicht der Kassen führen, wenn sie als präventive Maßnahme zu erwartende psychische Leiden abwenden. Chirurgische Eingriffe können auch als Rehabilitation gesehen und notwendig werden. Auch in diesen Fällen trägt die entsprechende Solidargemeinschaft die Kosten.

Natürlich wird es immer eine ganz persönliche Sicht der Notwendigkeit bestimmter Eingriffe geben. Unsere gesellschaftliche Norm von Mann und Frau, aber auch die ganz persönliche Lage eines Transidenten, kann hier zu sehr unterschiedlichen Einschätzungen und Notwendigkeiten führen. Ganz eng ausgelegt ist jede geschlechtsangleichende Maßnahme möglicherweise der Schönheitschirurgie zuzurechnen.

Ziel aller Maßnahmen muss es sein ein menschenwürdiges Leben zu ermöglichen. Dazu muss oft ein hoher psychischer Innendruck beseitigt werden. Es muss aber auch einem krank machenden Außendruck die Basis entzogen werden. Diskriminierungen erfahren schließlich nicht nur Transidenten, sondern auch sehr herb, männlich wirkende Frauen, noch dazu, wenn sie eine tiefe, harte Stimme haben, oder sehr feminin wirkende Männer.

Je engstirniger das soziale Umfeld in seinem Menschenbild ist, um so größer ist auch die Wahrscheinlichkeit, dass ein Transident dies für sich auch so sieht. Dabei ist der Druck auf MzF-Transidentinnen, die "neuen" Frauen größer als auf FzM-Transidenten. Die durch Hormone gewachsene Brust muss vergrößert werden. Die Nase bedarf unbedingt einer Korrektur. Der Kehlkopf muss abgeschliffen werden. Die Stimmlage kann nur durch eine Operation angehoben werden. Die Backenknochen sind zu eckig. Die Hüften sollten breiter sein. Die Liste ließe sich sicher noch vergrößern.

Transidenten die glauben, sie könnten erst dann als Mann oder Frau leben und sich sozial integrieren, wenn sie perfekt sind, werden ihr Ziel nie erreichen. Andererseits kann es aber durchaus geschehen, dass bestimmte korrigierende Maßnahmen erst nach

Jahren erforderlich werden, weil sich gravierende Dinge im Leben des Transidenten geändert haben. Ein Mann, der zunächst auf einen Penoid verzichtet hatte, geriet unter erheblichen psychischen Leidensdruck, als er von einer wesentlich verbesserten Operationsmethode erfuhr. Nur die Durchführung dieser Operation konnte ihn von dem Druck befreien und eine psychosomatische Erkrankung verhindern.

Aus den Ausführungen geht hervor, dass es keine eindeutige Aussage geben kann, was eine notwendige Heilmaßnahme ist, für die ein Leistungsanspruch besteht, und was Schönheitsoperation. Dass die Wünsche auch durch die Erwartungshaltung der Gesellschaft entstehen oder in bestimmte Richtungen gelenkt werden, habe ich bereits ausgeführt. Dabei kann es zu einem so hohen psychischen Druck kommen, dass aus dem Wunsch eine notwendige Heilmaßnahme wird. Was der eine Mensch erträgt, kann den anderen durchaus krank machen.

2.4. Hinweise auf aktuelle Informationen

Mehrfach habe ich darauf hingewiesen, dass vieles im Fluss ist, manches aber auch noch sehr verhärtet. Manche Verhärtung geht sogar von Transidenten selbst aus und erschwert damit die Lage aller anderen. Es ist legitim auf Missstände hinzuweisen. Es ist aber auch die Pflicht aller Menschen zu lernen mit Unveränderbarem, und sei es auch nur zur Zeit unveränderbar, zu leben. Wer nur auf die großen Schritte starrt, bringt sich selbst um den Genuss, den viele kleine Schritte bringen können. Die Akzeptanz, dass Transidentität ein natürlicher Teil der Schöpfung ist, birgt für die ganze Gesellschaft eine Chance, die genutzt werden könnte.

Wer sich hinter der Aussage versteckt, "jeder könnte doch nach seiner eigenen Fasson glücklich werden", zeigt meines Erachtens, dass er nicht bereit ist oder eben nicht den Mut und die Kraft hat, an einer Gesellschaft, die mehr Menschlichkeit zulässt, mitzuwirken. Wer die Lösung der Probleme von Transidenten den Ärzten zuweist, zeigt , dass er einem medizinischen Machbarkeitskult unterliegt. Transidentität betrifft alle Teile des Lebens eines Menschen. Sie isoliert lösen zu wollen kann auf Dauer nicht gelingen.

Wenn Transidenten Hilfe in Anspruch nehmen wollen, müssen sie lernen sich selbst zu helfen, darüber hinaus aber müssen sie lernen den "Helfern" und den Menschen in ihrem Umfeld zu "helfen". Das A und O der Hilfe ist Wissen und Erfahrung.

Hilfe und Information kann in jedem Fall über eine Selbsthilfegruppe gefunden werden. Sicher ist die Qualität der Gruppen verschieden. Wenn die Gruppe sehr abgekapselt arbeitet, vor allem aber auch Hinweise auf weitere Hilfs- und Informationsmöglichkeiten nicht bereit hält, ist die Gefahr einer neuen Isolation gegeben. Die Aussagen von Leitern und Gruppenmitgliedern können eigentlich nur im Austausch mit anderen Gruppen und Selbsthilfevereinen überprüft werden. Unterzieht sich eine Gruppe dieser Kommunikation nicht oder überlässt sie diese ausschließlich einem Gruppenleiter, dann kann die Hilfe leicht zum "Schuss nach hinten" werden.

Aktuelle Informationen können Betreuungsvereine und Beratungsstellen liefern. Für Einsteiger kann es zu Problemen kommen, wenn sie sich auf die Suche nach Adressen machen. Hier können in vielen Fällen die Gesundheitsämter weiterhelfen oder der Paritätische Wohlfahrtsverband, Pro Familia oder auch Zusammenschlüsse von Selbsthilfeeinrichtungen wie KISS, SEKIS, u.ä. Erstinformationen und aktuelle Hinweise bietet auch das Internet. Ein sehr umfangreiches Angebot hält z.B. die "dgti - Deutsche Gesellschaft für Transidentität und Intersexualität e.V." vor. In diesem Angebot findet man auch Hinweise auf örtliche Selbsthilfegruppen, Beratungsstellen und Gutachter.

Neue Medienbeiträge und schriftliche Publikationen bieten nicht immer Gewähr dafür, dass nicht "alte Hüte" verbreitet werden. Dies kann leider auch auf Fachpublikationen zutreffen. Hinweise in pornographischen Schriften auf Selbsthilfe müssen sehr sorgfältig überprüft werden. In den wenigsten Fällen stecken dahinter seriöse Hilfsangebote. Oft werden in solchen Schriften auch Angebote gemacht "Ein Wochenende als Frau, unter Gleichgesinnten", die alles andere als Hilfe für Transidentinnen im Sinn haben.

Große Selbsthilfevereine und Selbsthilfegruppen veranstalten Treffen mit Workshops, in denen aktuelle Informationen ausgetauscht werden können, die aber auch dazu dienen ein Stück Leben in der angestrebten Geschlechtsrolle zu genießen. Exemplarisch seien hier die VIVA für München, der TransMann e.V. für Köln (speziell nur für Frau-zu-Mann) und der Sonntagsclub für Berlin genannt. Aber auch in Stuttgart und Hamburg gibt es solche Angebote.

Neben der dgti halten auch andere Vereine und Einzelpersonen ein großes Internet-Angebot zur Verfügung. Es gibt Mailinglisten in denen ein reger Erfahrungsaustausch stattfindet. (Adressen im Anhang)

Da sich Adressen ändern können werden Anfragen von Transidenten von der Autorin bearbeitet oder an ortnahe, kompetente Partner weiter geleitet. (Bitte vergessen Sie nicht einen frankierten Rückumschlag beizulegen.)

3. Psychologische Begleitung und Behandlung

Transidentität und transidentisches Verhalten

3.0. Analyse, Begleitung, Therapie - Grundsätzliches

Neurologen, Psychologen, Psychotherapeuten und Fachärzte für Psychotherapie versuchen zu helfen. Sie wollen heilen, doch was ist krank? Sie wollen helfen zur Norm zurück zu finden, doch was ist normal? Sie lassen sich von pluralistischen Gedanken leiten und können auch die Vielfalt psychischer Unterschiedlichkeit akzeptieren. Es kann aber auch sein, dass sie glauben was die Mehrheit sagt und denkt wird schon stimmen. Möglicherweise denken sie: *Transsexualität gibt es zwar, sie ist aber sehr selten. Die meisten Menschen, die sich als transsexuell bezeichnen, würden es sich ja nur einbilden.* Solche "Experten" sollen ehrlich sein und die psychologische Begleitung von Transidenten unterlassen.

Die Experten haben in unserem Gesundheitswesen und der Gesellschaft, speziell auf Transidenten bezogen, zwei weitere Aufgaben. Sie müssen fachärztliche Stellungnahmen abgeben, wenn die Leistungspflicht der Krankenkassen oder Privatversicherungen eintreten soll. Sie sind als Gutachter tätig, wenn bei Gericht Verfahren nach dem Transsexuellengesetz zur Änderung der Vornamen und/oder der Geschlechtszugehörigkeit entschieden werden sollen. Auf beide Aufgaben gehe ich in den letzten beiden Kapiteln noch ein.

Was kann Psychologie und Psychotherapie für Transidenten leisten? Ihre Aufgabe kann es nicht sein Transidenten gesellschaftsfähig zu machen. Wohl aber ist es ihre Aufgabe ihnen Wege und Chancen zu zeigen, mit und trotz dieser Gesellschaft menschenwürdig zu leben, selbstbestimmt und in seelischer Freiheit. Doch auch den Menschen, die ihre Hilfe in Anspruch nehmen sollte klar sein, dass transidentisches Verhalten nicht zwingend seine Ursache in einer real vorliegenden Transidentität hat. Liegt dagegen Transidentität vor, so ist diese nicht heilbar, weil es keine Krankheit ist. Die professionellen Helfer stehen vor dem Dilemma, dass sie eine Diagnose stellen sollen, nach unserem Rechts- und Sozialsystem auch stellen müssen, ihnen dafür aber eindeutige Beschreibungen von Symptomen oder zuverlässige Messwerte fehlen. Transidentisches Verhalten allein ist kein ausreichender Indikator für eine Diagnose.

Der Analyse kommt bei der Diagnose eine besondere Bedeutung zu. Ohne gegenseitige, vertrauensvolle Zusammenarbeit zwischen Experten und Patienten ist diese praktisch nicht möglich, das Ergebnis zumindest fragwürdig. Hat der Patient Angst, es würde ihm ein Teil seines Ich's genommen, dann ist die Zusammenarbeit kaum möglich. Sieht der Experte sein Bild von Mann und Frau erschüttert, dann sollte er sich nicht auf die Arbeit mit Transidenten einlassen, erst recht nicht, wenn er die Vorstellung hat aus ihnen richtige Frauen oder Männer machen zu wollen. Es macht dabei keinen Unterschied ob der Behandlungsversuch in Richtung auf das biologisch zugeordnete Geschlecht gerichtet ist oder auf die Zuordnung zum Identitätsgeschlecht.

Alle Menschen sind nicht nur sie selbst, sondern übernehmen immer wieder auch bestimmte Rollen. Mal steht die Rolle im Vordergrund, mal die eigene Persönlichkeit. Wir Menschen sind in der Lage uns zugewiesene Rollen anzunehmen, zeitweise auszufüllen oder auch uns dagegen zu wehren. Wir können daran wachsen oder zerbrechen. Drohen wir daran zu zerbrechen, dann sollten wir Hilfe in Anspruch nehmen. Gerade für Transidenten, deren Existenz so gar nicht in unser Gesellschaftsbild passt, ist diese Hilfe, psychologische Begleitung, in den meisten Fällen lebensnotwendig. Trotzdem ist es kaum verwunderlich, dass sie nur sehr zögerlich angenommen wird, oft sogar abgelehnt wird. Häufig haben transidentische Menschen die Erfahrung gemacht, dass ihre Gefühle missverstanden werden, ihre Sehnsüchte als Spinnerei abgetan wurden, ihre Identität von ihrer eigenen biologischen Existenz in Frage gestellt wird.

Transidenten, sich selbst verneinend, fremd im eigenen Körper, nicht im falschen Körper, es aber so empfindend, können sich nicht unbehindert entwickeln. Ihre Entwicklung wird anders verlaufen als bei der Mehrheit aller Menschen. Sie werden Mechanismen und Überlebensstrategien entwickeln, die dann, wenn sie zu sich selbst gefunden haben, nicht mehr nötig sind. Diese erlernten Strategien, die sich im Unterbewussten manifestiert haben, können dann sehr hinderlich für die weitere Entwicklung sein. Hier sind Ansatzpunkte für heilende Behandlung, nicht der Transidentität, sondern der dadurch möglicherweise entstandenen Neurosen oder Verhaltensauffälligkeiten, die nicht ohne Hilfe abgelegt werden können.

3.1. Identität und Identitätsentwicklung

Für die meisten Menschen wird sich die Frage nach der eigenen Identität nie ernsthaft stellen, die Frage "wer bin ich?" meist unbeantwortet zur Seite geschoben. In der Regel ergeben sich daraus keine Probleme. Die Antwort wird im Spiegel der Gesellschaft gesehen und vom Einzelnen für sich akzeptiert. Gerade in diesen Fällen gilt: "Ich bin ich, auch wenn ich es nicht weiß!". Was aber geschieht, wenn das Spiegelbild etwas anderes zeigt, als es das eigene Empfinden signalisiert? Erst dann, und das gilt nicht nur für Transidenten, wird die Identität bewusst wahrgenommen, vom betroffenen Menschen selbst in Frage gestellt oder hinterfragt.

Wenn dieser Fall aber eintritt, dann hat der Mensch bereits eine Identitätsentwicklung hinter sich, deren Auswirkungen ihm durch die Reaktion der Gesellschaft bewusst wird. Nach dem heutigen Stand der medizinischen Wissenschaft muss angenommen werden, dass die Identitätsentwicklung bereits im Embryo beginnt, nachdem die biologische Differenzierung stattgefunden hat. Endgültig abgeschlossen ist die Identitätsentwicklung mit dem klinischen Tod. Aus dieser Tatsache wird von manchen Experten fälschlicherweise der Schluss gezogen, dass die Geschlechtsidentität veränderbar sei, wenn sie ins Bewusstsein dringt. Diese Annahme ist eindeutig falsch. Auf einer grundlegend manifestierten Basis kann zwar die eigene Einstellung dazu beeinflusst werden, Versuche von Veränderungen sind aber zum Scheitern verurteilt.

In der befruchteten Eizelle ist das Programm zum Leben vollständig enthalten. Bei seiner Entwicklung ist der Embryo daneben verschiedenen äußeren Einflüssen ausgesetzt. Diese Einflüsse sind nicht nur biochemischer Art, sondern auch psychosomatischer und sozialer Natur.

Die befruchtete Zelle selbst hat bereits die Fähigkeit zur Fortpflanzung gespeichert. Die Differenzierung in gebär- oder zeugungsfähig geschieht beim Embryo etwa im dritten Schwangerschaftsmonat. Der allgemeine "Auftrag" heißt Fortpflanzen, die Differenzierung Zeugen oder Gebären.

Wann die Identitätsentwicklung einsetzt, wie sie manifest wird und woran man ihre Richtung schon im Frühstadium erkennen kann, entzieht sich bisher unseren Erkenntnissen. Ebenso ist unklar, ob sie bereits bei der Befruchtung festgelegt wird oder ob sie später somatisch beeinflusst werden kann.

Die biologische Zuordnung zeugungsfähig/gebärfähig scheint in 98-99% aller Fälle eindeutig zu klappen. Wenn dies nicht der Fall ist, dann stellt sich dies meist erst später in der Entwicklung des geborenen Menschen heraus. Ob die Früherkennung einer biologischen Abweichung ein Segen für den gerade geborenen Menschen ist, wage ich zu bezweifeln. Das "Helfersyndrom" kann in eine frühkindliche Korrektur münden.

Die Entwicklung der geschlechtlichen Identität beginnt bereits vor der Geburt und kann mit Ende des 3. Lebensjahres als abgeschlossen und damit auch unveränderbar betrachtet werden. Für die Umwelt, zunächst die Eltern, danach Nachbarn, Freunde und Erzieher, wird sie jedoch erst viel später deutlich. Da, wiederum statistisch gesehen, die geschlechtliche Identität meist mit der biologischen Vorgabe in Einklang ist, kann es durchaus geschehen, dass sich ein Mensch dieses Teils seiner Identität nie bewusst wird. Ein Transident aber spürt von Anfang an, mehr oder weniger ausgeprägt, dass etwas nicht stimmt. Dabei spielt die beginnende Zuordnung zum sozialen Geschlecht eine maßgebliche Rolle. Was nicht stimmt, ist jedoch für ihn nicht erkennbar, da ihm dafür jede Handhabe fehlt, der Spiegel der Umwelt ebenso, wie das Wissen über die Kluft zwischen Erwartungshaltung und Realität.

Erst ab einer gewissen persönlichen Reife einerseits, und einem Missverhältnis zwischen Lebenserwartung und erlebter Realität andererseits, kann ein Mensch sich der Frage nähern, ob er transidentisch sei. In dem Augenblick, in dem er in der Lage dazu ist, verändert sich seine Welt. Alles bisher Erlebte, Durchlebte und Erfahrene bekommt eine andere Bedeutung. Die bis dahin erlernten und erprobten Überlebensstrategien funktionieren nicht mehr. So unwirklich es auch klingen mag, so sicher ist auch die Wirklichkeit: "Für den transidentischen Menschen erfolgt genau in diesem Moment, der inneren Akzeptanz seiner geschlechtlichen Identität, die zweite, die wirkliche Geburt!"

3.1.1 Lebensstrategie

Wir Erwachsenen, und ich schließe mich selbstverständlich dabei mit ein, kommen uns immer so fertig vor, so wissend und voller Erfahrung, und spielen genau dieses Bewusstsein gegenüber Kindern und Jugendlichen aus. Gleichzeitig unterdrücken wir, teilweise sogar wider besseres Wissen, dass ein Großteil unserer Erfahrungen genau aus dieser Zeit, der Kindheit und Jugend, stammt. Es widerspricht unserem Selbstverständnis zu akzeptieren, dass wir über 66% unserer gesamten Lebensstrategien erworben haben, bevor wir das dritte Lebensjahr beendeten. Weitere 30% erwerben wir bis zu unserer Pubertät, den Rest füllen wir als Erwachsene auf.

Nie mehr in seinem Leben wird der Mensch so großen und dramatischen Veränderungen ausgesetzt sein, wie in der Zeit vom 6. Entwicklungsmonat bis zum 3. Lebensjahr. Mit dem Entstehen des Bewusstseins, der ersten Wahrnehmung von Gefühlen, lernt das sich entwickelnde Kind sich so zu verhalten, dass es ihm gut geht.

Eine Mutter, die Zeit und das Gefühl dafür hat sich auf das wachsende Leben einzulassen, wird spüren wie dieses auf Veränderungen, die im Außenbereich liegen, reagiert. Das Ungeborene spürt Unruhe, reagiert auf Hektik anders als auf sonstige Bewegung, lernt bedrohlichen Lärm von allgemeiner Lautstärke zu unterscheiden. Die Mutter erkennt, ob Bewegungen des Kindes Wohlbehagen oder Unwohlsein ausdrücken. Instinktiv löst bei dem Ungeborene alles Neue zunächst Erregung aus. Das Kind wird mit den ihm zur Verfügung stehenden Möglichkeiten reagieren. Ist seine Reaktion erfolgreich, löst sich also die unangenehme Spannung, so wird dieses Verhalten als Nützlich abgespeichert. Bei der nächsten Situation wird das Kind ebenso reagieren, um sich wieder wohlfühlen zu können. Gelingt es nicht, wird es anders reagieren und dabei neue Erfahrungen machen, neues lernen.

Dieses Muster, reagieren, lernen und in Zukunft agieren, setzt sich auch bei und nach der Geburt fort. Wir Erwachsenen werden es später die Persönlichkeitsentwicklung des Menschen nennen. Aus der Sicht des Kindes stehen dahinter aber nur zwei ganz einfache Grundbedürfnisse. Das Kind will sich wohlfühlen und es will leben.

Dabei werden Kinder auch Lebensstrategien lernen, die sie entweder nie mehr benötigen oder die sogar in der Zukunft sehr hinderlich sein können. Eine der nie mehr im Leben benötigten Strategien entsteht beim Geburtsvorgang. Wenn heute den Müttern Wege zur sanften Geburt angeboten werden, so geschieht dies für Mutter und Kind, um die Geburt zum einen so angenehm wie möglich zu machen, zum anderen aber auch um für das Kind die Dramatik des Geburtsschocks zu mindern.

Das Kind ist dem Druck der Wehen ausgesetzt. Es verliert die Wärme seiner Umgebung. Es verliert den Kontakt zum Herzschlag der Mutter. Und es kommt ein neuer Sinneseindruck, das Sehen dazu, dessen Bewertung das gerade Geborene erst im Laufe der Zeit erlernen wird. Instinktiv schreit es und beginnt damit zu atmen. Die Geräusche werden anders wahrgenommen, usw. All dies bekommt das Kind mit und speichert die dabei gewonnenen Erfahrungen, auch die eigenen Reaktionen zur Wiedererlangung des sich Wohlfühlens. Die Bewertung der Erwachsenen, das Baby sei hilflos, ist richtig. Doch wir nehmen meist nicht zur Kenntnis, dass es sehr aktiv am Versuch zu leben teilnimmt.

Die Triebfeder für jedes Verhaltensmuster, das ein Kind entwickelt ist: "Ich will mich wohlfühlen". Die erste Erfahrung dazu ist, dass dies nur im Kontakt mit einem anderen Menschen, zunächst der Mutter geht. Das erste gelernte Programm lautet: "Wenn ich schreie erhalte ich Zuwendung". In der Folge wird das Kind auf jedes Unwohlsein entsprechend reagieren. Im Laufe der Zeit kann es lernen, dass es Zuwendung und Wohlbefinden auch anders erlangen kann. Erst dann wird es zwischen den verschiedenen Möglichkeiten wählen, im Versagensfall aber immer auf das Schreien zurück greifen.

Dieses Beispiel über die Entstehung von Verhaltensmustern soll zunächst genügen. Es erscheint mir deshalb besonders geeignet, weil es sehr klar und einfach ist, vor allem aber für jeden Menschen zutrifft. Im weiteren Text werde ich speziell auf die Entwicklungen eingehen, die sich später als Indizien für das Vorhandensein einer transidentischen Prägung herausstellen.

3.1.2 Prägung und Verdrängung

Im Leben eines transidentischen Menschen spielen drei Dinge eine sehr große Rolle, vor allem im Wechselspiel mit der gesellschaftlichen Erwartung: Vererbung, Prägung und

Verdrängung. Oft begegnen wir dem Wunsch, von der Transidentität geheilt zu werden. Dabei gibt es praktisch nur zwei Zielrichtungen:

Im einen Fall wird die "Heilung" darin gesehen, dass der Mensch ganz in der gefühlten Geschlechtsrolle aufgehen möchte, also alles versuchen wird in dem Geschlecht, dem er sich zugehörig empfindet, aufzugehen, bzw. einzutauchen. Experten sprechen in diesen Fällen immer noch von primärer "Transsexualität".

Ein anderer Teil versucht zunächst alles, um die ihm durch Geburtseintrag zugewiesene Geschlechtsrolle anzunehmen. Doch jeder dieser Versuche wird früher oder später scheitern, in manchen Fällen scheitert er auf eine Art und Weise, deren Ursache gar nicht als Transidentität erkannt wird. Kommt die wahre Ursache von Problemen zum Vorschein, dann sprechen manche Experten von einer sekundären "Transsexualität". Es hat sich noch nicht herumgesprochen, dass diese Unterscheidung, bezogen auf mögliche Ursachen, falsch ist.

Natürlich kann auch ich keine Aussage über die Ursachen machen. Ich erwähnte schon, dass es einige als gesichert zu bezeichnende Anhaltspunkte dafür gibt, dass Transidentität bereits unveränderbar manifestiert vorliegt, bevor für das Kind selbst geschlechtliche Identität eine Rolle spielt.

Trotzdem bleiben die meisten Fragen dazu offen.

Ist Transidentität erblich bedingt?
Handelt es sich dabei um eine Mutation?
Ist es eine biologische Entwicklungsstörung der embryonalen Entwicklung?
Ist es eine psychische, vorgeburtliche Störung durch den elterlichen Wunsch nach einem Mädchen oder einem Jungen?
usw. ...

Auf die letzte Aussage möchte ich kurz eingehen. Wäre der elterliche Wunsch für die Entstehung einer Transidentität verantwortlich, dann müsste es viel mehr Menschen geben, die davon betroffen sind. Es kann aber sehr wohl sein, dass das intuitive Wissen über die Identität des heranreifenden Kindes den Eltern signalisiert, es komme ein Mädchen zur Welt. Die biologische Entwicklung aber sendet keine Signale aus, so dass von den Eltern nicht erkannt werden kann, dass sie anders verläuft als die seelische. Wir müssen also unterscheiden ob Eltern sich einen Jungen bzw. ein Mädchen wünschen, oder ob sie wissen, dass ein entsprechendes Kind zur Welt kommt. Dieses hier angesprochene Wissen hat nichts mit der Möglichkeit zu tun, dass eine Geschlechtsbestimmung, z.B. durch Ultraschall, heute möglich ist. Würde man sich der Mühe unterziehen statistische Erhebungen über den Zusammenhang von "Auftauchen von Transidentität und den elterlichen Wunsch nach Mädchen oder Junge, bzw. das Fehlen eines solchen Wunsches" zu machen, dann wäre sehr schnell klar, dass er keinen Einfluss auf die Entstehung von Transidentität hat. (Hinweis: Möglicherweise gibt es solche Untersuchungen, eine Veröffentlichung der Ergebnisse ist mir jedoch bisher nicht bekannt.)

Ich halte also nochmals fest: Der Mensch ist bereits transidentisch, bevor wir Erwachsenen seine geschlechtliche Identität wahrnehmen. Diese Aussage ist auch die Basis für das Kap.4 "Frühdiagnose und Erziehung".

Da Eltern kulturell bedingt, auch durch ihre eigene Erziehung geprägt, ihr Kind geschlechtsspezifisch erziehen, verhalten sie sich gegen die Transidentität des Kindes. Auf den Ausspruch "wäre das ein hübsches Mädchen geworden", "was für ein süßer Kerl", werden sie betont klarstellend reagieren, in vielen Fällen sicher sogar mit einer gewissen Verärgerung. Das Kind bekommt dies mit, versteht es aber nicht. Unbewusst wird es lernen sich so zu verhalten, dass die Eltern mit ihm zufrieden sind. Es beginnt die Prägung auf die soziale Geschlechtsrolle, ohne dass das Kind mitbekommt, dass diese der eigenen Identität widerspricht und später zu großen Problemen führen wird. Wenn der intuitive Wunsch "ich will, dass mich meine Eltern mögen, dass es mir gut geht", nur von der Rollenzuweisung abhängt, dann wird das Kind derart von den notwendigen Lernmustern geprägt, dass es am Ende nicht mehr weiß, was Identität und was gewünschtes Verhalten ist.

Gleichzeitig lernt das Kind die damit verbundenen seelischen Schmerzen zu verdrängen. Um den größeren Schmerz, Verlust von Liebe und Zuneigung, zu vermeiden, wird dieser kleinere Schmerz akzeptiert, irgendwann als solcher gar nicht mehr wahrgenommen. Die Verdrängung kann so weit gehen, dass sogar der eigene Körper als etwas Fremdes, mit dem man aber leben muss, akzeptiert wird.

Wie hervorragend Verdrängung als Lebensstrategie von Kindern eingesetzt wird, ist in der letzten Zeit im Zusammenhang mit Missbrauch von Kindern, wohl jedermann deutlich geworden. Es wurde aber auch klar, welch verheerende Folgen dies für den Menschen später haben kann. Für die Verdrängung von Transidentität trifft dies ebenso zu.

Prägung geschieht von außen. Verdrängung ist dagegen ein innerer Mechanismus zur Selbsterhaltung. Beides geschieht vor allem in den ersten Lebensjahren. Wichtig bleibt für die Zukunft des Heranwachsenden, später Erwachsenen, dass er die Fähigkeit, Verdrängung auch auf andere Situationen zu übertragen, beibehält, wenn er ihren Wirkmechanismus oft genug als "gut" erfahren hat. Neben einem Ereignis, welches Unbehagen hervorruft, müssen dann nur noch Auslösefaktoren auftreten und die Erinnerung an das Ereignis wird verdrängt. Oft genug wird diese Tatsache von Psychologen oder Therapeuten genauso übersehen, oder eben nicht berücksichtigt, wie vom in Behandlung befindlichen Menschen selbst.

3.1.3 Modifikation

Unter Modifikation versteht man die durch äußere Faktoren bedingte nicht erbliche Abweichung einer Eigenschaft, bzw. die abweichende Ausprägung eines Merkmals. Was ist nun der wesentliche Unterschied zwischen Modifikation, dem sichtbaren Teil einer zunächst nicht erkennbaren Verdrängung und Prägung?

Ich sprach bereits von einem kollektiv vererbten Wissen. Lassen sie mich im folgenden Beispiel darauf eingehen. Die Wahrscheinlichkeit, dass ein Kind, in einem Arzthaushalt geboren, den Wusch hat einmal Schornsteinfeger zu werden, ist relativ gering. Sie ist um so geringer, je länger in dieser Familie bereits der Arztberuf verwurzelt ist und Heiraten nur im Umfeld von Medizin und Pflegeberufen stattfanden. Wenn aber diese Ehe, in die das Kind hineingeboren wurde, eine einzige Katastrophe ist und es selbst einen Schulfreund aus einer "gut bürgerlichen" Handwerksfamilie hat, in der alles stimmig ist, dann kann der Wunsch Schornsteinfeger zu werden sehr tragend sein.

Was für die Perspektive Berufswunsch gilt, kann auch für die geschlechtliche Lebensperspektive zutreffen. Modifikation kann, da sie vor allem in der kindlichen Entwicklung eine erhebliche Rolle spielt, dazu führen, dass Transidentität zunächst verdrängt wird, aber auch dazu, dass transidentisches Verhalten aufgebaut wird. Transidentisches Verhalten wird sich aber, nicht zuletzt durch den gesellschaftlichen Druck, nicht durchsetzen.

Manche Psychologen oder Therapeuten vermitteln den Eindruck sie hätten Angst transidentisches Verhalten mit Transidentität zu verwechseln. Wenn dieser Eindruck stimmt, dann sollten sie, aus Ehrlichkeit sich selbst gegenüber, von Diagnose und Behandlung bei Transidenten die Finger lassen. Dies gilt vor allem dann, wenn sie im Bereich der Kinder- und Jugendpsychiatrie tätig sind.

Eine Modifikation im Sinne von transidentischem Verhalten ist z.B. zu befürchten, wenn ein Kind in einem Umfeld aufwächst in dem es, im Sinne des biologischen und Identitätsgeschlechtes, keine Chance hätte sich normal zu entwickeln. Unter normaler Entwicklung ist für Kinder dabei immer zu verstehen, dass sie sich wohlfühlen wollen und danach auch streben. Das Umfeld kann dabei durchaus einen sehr hohen gesellschaftlichen Stellenwert haben, es kann natürlich auch am Rande der gesellschaftlichen Akzeptanz liegen. Ich will dies an zwei Grenzfällen verdeutlichen.

Fall 1: Ein Kind wurde in eine sozial schwache Familie hineingeboren. Es war ein "Nachzügler", der Bruder war bereits 16 Jahre, als es zur Welt kam. Die Mutter hatte sich zu einem aggressiven, hysterischen Typ entwickelt, der Vater war inzwischen zum saufenden Gelegenheitsarbeiter geworden. Das Kind selbst ist ein Produkt einer ehelichen Vergewaltigung. Es kam in einer Hausgeburt zur Welt. Obwohl es, wie sich bei der einsetzenden Pubertät herausstellte, eher ein Mädchen mit übergroßer Klitoris war, wurde es als männlich in das Geburtsregister eingetragen.

Im Laufe seiner Entwicklung, von den Eltern, wenn überhaupt, nur als Junge wahrgenommen, lernte es von seinem Bruder sich als Junge durchzusetzen. Entwicklungsschwierigkeiten wurden stets auf das Umfeld geschoben, auch wenn sie in Wirklichkeit in der Diskrepanz zwischen Erkennen der Identität, nämlich weiblich, und den gelernten Lebensmustern, nämlich männlich, lagen. Das Kind ist nicht transidentisch, konnte aber nur als Mann leben, lernte also Mann zu sein. Das erlernte transidentische Verhalten ist eindeutig das Ergebnis einer Modifikation. Anders hätte das Kind nicht überleben können. Eine medizinische Behandlung, durch Hormone und Operation nun in Richtung "Mann", wäre sicher ein Fehler, auch wenn die nicht gelernte Rolle Frau zunächst ebenso wenig durchsetzbar ist.

Als Lösungsansatz wurde das Kind, zu diesem Zeitpunkt inzwischen 14 Jahre alt, von der Familie isoliert, ihm aber die Pseudoidentität "männlich" gelassen. Medizinische Eingriffe, da nicht zwingend erforderlich, wurden unterlassen. Es ist zu erwarten, dass das Kind das transidentische Verhalten ablegen wird. Gewisse erlernte männliche Verhaltensmuster sind aber sicher auch für eine Frau ganz nützlich.

Fall 2: Ein junger Mann, in seinem ganzen Auftreten und Gehabe als schwul diskriminiert, wird auch von Frauen so wahrgenommen und ist darüber sehr unglücklich, neigt sehr stark zu Depressionen und bezeichnet sich selbst als lesbische, transidentische Frau. Er möchte als Frau leben, denn er habe sich schon immer so gefühlt. Im Verlauf der Gespräche stellt sich jedoch heraus, dass auch bei ihm eine Modifikation vorliegt, die zu transidentischem Verhalten führte. Zu dieser Erkenntnis gelangte der junge Mann selbst.

Der junge Mann kam als Einzelkind zur Welt. Seine Eltern waren sehr oft geschäftlich unterwegs. Der Vater war Unternehmer. Als er ins Krabbelalter kam kümmerte sich nicht mehr das Hausmädchen um ihn, sondern die Mutter. Kurze Zeit später wurde die Ehe geschieden. Der Vater war mit einer jungen Managerin "fremd gegangen". Eine Tante, ebenfalls geschieden, zog mit ihren beiden Töchtern in das Haus mit ein. Die Cousinen sind zwei und vier Jahre älter als der junge Mann.

Den beiden Frauen und ihren Kindern fehlte es materiell an nichts. Besuche bekamen sie aber nur von Frauen. Der seltene Kontakt mit Großeltern war durch die Dominanz der Omas geprägt. Gespräche der Erwachsenen, welche die Kinder mitbekamen, drehten sich häufig darum, wie schlimm Männer sind. In diesem Umfeld entwickelte der Junge eindeutig weibliche Verhaltensweisen. Außerdem fehlte ihm ja jedes männliche Vorbild. Männer wurden dann, wenn von ihnen die Rede war, stets schlecht gemacht. Eindrücke aus der Umwelt oder den Medien, die ein abweichendes Männerbild zeigten, wurden verdrängt.

Dazu kamen die Aussprüche der beiden Frauen, "hoffentlich wirst du nicht einmal so einer". So lehnte der junge Mann auch in der Schule alles Männliche ab. Er entwickelte sich so schmächtig, dass er vom Sportunterricht befreit wurde. Alles was Frauen können sollen versuchte er zu erlernen. Heimlich schlüpfte er auch in die optische Rolle Frau. Als er entdeckt wurde, bestärkt ihn die Mutter sogar in seinem Verhalten. Gleichzeitig aber verbot sie es, sich je so in der Öffentlichkeit zu zeigen. Schließlich habe man ja einen Ruf zu verteidigen.

Die Einsicht des jungen Mannes, dass seine Identität männlich ist, kam nicht von heute auf morgen. Seine Unsicherheit und auch seine Neigung zu Depressionen bezogen sich nicht auf die Frage, bin ich nun Transident oder nicht, sondern hatten ihre Ursache eindeutig in der kindlichen Entwicklung in diesem Umfeld. Ständig wurde ihm suggeriert, dass es etwas ganz schreckliches sein muss, Mann zu sein. So lernte er seine eigene Biologie und Identität zu verleugnen. Das Erkennen dieser Tatsache, durch den jungen Mann selbst, war nur der erste Schritt zu seiner "Genesung".

3.2. Entwicklungsmodelle

Wenn psychologische Begleitung und Behandlung erforderlich wird und auch greifen soll, dann spielt das Wissen über die Person, die Hilfe sucht eine große Rolle. Dieses Wissen ist nicht von Beginn an vorhanden, es muss gemeinsam erarbeitet werden. Die Aussage von Patienten: *"Mir geht es doch gut, ich weiß gar nicht warum ich den Therapeuten in Anspruch nehmen soll?"* ist genauso wenig hilfreich wie eine pauschale Antwort des Therapeuten, die in etwa lauten könnte: *"Nun, wir schauen uns eben mal ihre Kindheit an, dann werden wir auch die Lösung für ihre Probleme finden."* Eine große Rolle spielt aber das Wissen darüber wie und unter welchen Rahmenbedingungen sich ein Mensch entwickelt hat.

Mir erscheint es wichtig dies ins Bewusstsein der Leser zu rücken, wenn ich nun versuche zwei konträre Entwicklungsmodelle darzulegen. Diese Modelle bilden nur die beiden extremen Gegenpole einer ganzen Reihe von denkbaren und real vorkommenden Entwicklungsmöglichkeiten des Individuums. Gleichzeitig werde ich damit deutlich machen, welche immense Bedeutung diese gerade für Transidenten und ihren weiteren Lebensweg haben, wenn sie aufgearbeitet werden oder wenn dies unterbleibt.

3.2.1 Individuum und Konformismus

Jede Gesellschaft besteht aus der Summe ihrer Individuen, den einzelnen Menschen. Konformisten schließen sich dem an, was die Mehrheit denkt, wie sie handelt und lebt. Was die Mehrheit tut muss richtig sein, denn sonst wäre es ja nicht die Mehrheit. Der Konformist gleicht seine eigene Einstellung der Mehrheit an. Da die Mehrheit polarisiert denkt und handelt tut er es auch. Daher kommt es, dass extreme Konformisten nur schwarz und weiß kennen, wohl wissend, dass es auch Grautöne gibt und Farbe. Dies wird aber verneint oder unterdrückt. Die gleiche Abgrenzung und Polarisierung gilt für die Frage nach der Existenz von Geschlechtern.

Die Emanzipation der Frauen, vor allem in der feministischen Bewegung, hat den "Männern" unter den Frauen eine "Spielwiese" eröffnet in der Transidenten, geboren als biologische Frauen, fühlend als Männer, eine Nische zum Überleben finden konnten. Sie hat aber auch ermöglicht, dass sich lesbische Paare etablieren konnten, die in Wirklichkeit eine heterosexuelle Beziehung haben, da ein Partner transidentisch ist, in seiner Identität also Mann, wenn auch biologisch Frau. Selten finden wir das äquivalente Gegenstück in scheinbar schwulen Beziehungen. Ihnen fehlt die konformistische Akzeptanz.

Was die Mehrheit glaubt ist richtig. Natürlich kann es falsch sein, aber es wird als richtig angesehen und nach außen vertreten. Männer haben richtige Männer zu sein.

Frauen erlaubt man manches, sieht ein, dass sie in klassische Männerdomänen eindringen. Wirklich schaffen werden sie es ja doch nicht, denn sie sind ja Frauen.

Der konformistische Einfluss in unserer Gesellschaft geht inzwischen so weit, dass dem Individuum eingeredet wird, es sei nur dann ein Individuum, wenn es sich so oder so verhalte. Dies ist ein Paradoxem, dessen Existenz weitgehend verneint wird.

Transidenten, auf die genau diese Zuordnung eben nicht zutrifft, unterliegen diesem Einfluss ebenso wie die Menschen, die ihnen als helfende "Experten" eines Tages zur Seite stehen sollen. Beide sind in ihrer Entwicklung, gestützt oder behindert durch Erziehung, diesem konformistischen Prinzip unterworfen. Entsprechend dem instinktiven Bestreben sich wohl zu fühlen und zu überleben werden sie sich diesem Prinzip unterwerfen. Transidenten wird genau dies später oft zum Vorwurf gemacht. Professionelle Helfer werden aber daraus die Legitimation für ihr Handeln ableiten, meist ohne sich dessen bewusst zu sein.

Da sich sowohl die Eltern von Transidenten, als auch die von "Experten", dem konformistischen Prinzip angepasst haben, werden sie ihre Kinder entsprechend erziehen. Wenn beide dann später aufeinander stoßen, weil der eine Teil, der Transident, diese Zuordnung und damit verbundene Erziehung für sich als falsch erkannt hat, dann stoßen zwei Welten aufeinander, die nicht die gleiche Sprache sprechen. Der Experte war nie in der Situation das ihm anerzogene Weltbild in Zweifel zu ziehen.

Das ganz besondere Problem liegt darin, dass auch die Ausbildung der zukünftigen Helfer sich im Rahmen einer mehrheitlich geprägten Einschätzung der Welt bewegt. Vor lauter Wissensvermittlung bleibt oft für Bildung, die Voraussetzung zum Erkennen von Wahrheiten, die den mehrheitlichen Gedanken durchaus widersprechen können, kaum Platz. Der einzelne Mensch erfährt auch hier, dass es für ihn leichter ist sich mehrheitlichen Gedanken anzuschließen, als sie auf ihren Wahrheitsgehalt hin zu hinterfragen. Dem einzelnen Mensch ist daraus zunächst kein Vorwurf zu machen. Es ist auch durchaus verständlich, dass er versucht anderen Menschen zu helfen konformistisch im Strom mit zu schwimmen. Fragwürdig wird sein Handeln erst dann, wenn er versucht individuelle Wege anderer zu behindern, zu verhindern oder im Extremfall ungeprüft einfach als krank darstellt. In vielen Fällen führt genau diese Haltung dazu, dass der andere Mensch real krank wird.

Wer sich in den Bahnen der Gesellschaft bewegt erspart sich meist die Fragen nach richtig oder falsch, nach gut oder böse, nach normal oder unnormal. Die Anderen haben es ja bereits festgelegt. Der Einzelne braucht sich nur noch entsprechend verhalten. Das Leben des Einzelnen, wenn er sich mit dieser Gesellschaft arrangieren kann, wird dadurch einfacher. Diese Erfahrung geben Eltern ihren Kindern weiter, versuchen sie oft mit Gewalt durchzusetzen, ohne sich bewusst zu werden, dass es Gewalt sein kann. Das Kind lernt sich dieser Gewalt zu beugen, ihr auszuweichen oder sie zu verdrängen. Es will Geborgenheit und Zuwendung und entwickelt im Zweifelsfall eigene Mechanismen um sie zu erhalten.

3.2.2 Individuum gegen Konformismus

Ein Sachbuch über Transidentität, und für Transidenten und Experten, kommt nicht ohne gesellschaftskritische Betrachtungen aus. Natürlich kann es nicht alle Aspekte aufgreifen. Mir ist klar, dass vieles von dem, was für die Entwicklung und Entwicklungshemmung von Transidenten gilt, auch auf andere Personen und Personengruppen übertragbar ist. Der Einzelne kann aus den verschiedensten Gründen gegen konformistische Einstellungen und Anschauungen sein. Darum geht es mir nicht. Es geht um die Frage, wie sich ein Mensch entwickeln kann, der seit seiner Geburt erkennt, dass der Spiegel, der ihm von seiner Umwelt über sich selbst vorgehalten wird nicht mit dem übereinstimmt, was er von sich selbst weiß.

Transidenten werden introvertiert, angepasst, antriebsarm oder sogar willenlos. Sie suchen den Rand des gesellschaftlichen Stroms, weil sie nicht mit diesem mitschwimmen können. Ihre Potentiale und Fähigkeiten, die sie in die Gesellschaft einbringen könnten, entwickeln sich nicht, verkümmern sogar. Nicht selten flüchten Transidenten in Krankheiten oder werden zu dieser Flucht gezwungen. Später wird dann nur noch die Krankheit gesehen, nicht aber deren Ursache. Dies kann so weit gehen, dass selbst der Transident die Ursache nicht mehr erkennen oder spüren kann.

Gleichzeitig entwickeln Transidenten aber andere Fähigkeiten. So kommt es sehr häufig vor, dass sie ein eigenes, inneres Weltbild entwickeln, das aber mit dem allgemeingültigen Weltbild nicht in Übereinstimmung ist. Solange sie es für sich behalten bleibt ihnen eine Nische zum Überleben. In ihr können sie eine enorme Sensibilität und Kreativität entwickeln. Wenn sie Glück haben, bietet sich ihnen eine Chance und sie können dies auch nach außen deutlich machen. Dann haben sie auch in der Außenwelt eine gute Lebenschance.

Künstler, Literaten, Musiker und darstellende Künstler, dürfen sich gegen den Konformismus stellen, werden oft nur dann als Künstler gesehen. Ob dies wohl daher kommt, dass jeder einzelne Mensch eine mehr oder weniger ausgeprägte Sehnsucht hat sich gegen eine Vereinnahmung zu stellen? Ist die Bewunderung von Künstlern dann nichts anderes als ein Ventil für selbst nicht erreichte Individualität?

Ein nicht unerheblicher Teil von Transidenten schafft einen anderen Weg sich gegen die Forderungen einer konformistischen Erziehung zu entwickeln. Er bedient sich unbewusst der Waffen genau dieser Gesellschaft und wird alles tun, eine hohe Leistungsfähigkeit zu entwickeln. Die Überanpassung geht dann bis zur Selbstaufgabe. In Wirklichkeit handelt es sich aber um eine sehr brüchige Fassade. Sie muss ständig von der Außenwelt als gut bestätigt werden, damit der Transident sie aufrecht erhalten kann.

"Ich bin gut. Was ich tue ist richtig. Die anderen bestätigen es mir ja ständig." Dies sind einige der Krücken, mit denen sich der Transident durchs Leben bewegt. Der Transident wird wiederum zum Außenseiter, hier jedoch auf Grund seiner hohen Leistungsfähigkeit. Um sich vor sich selbst verstecken zu können, muss er die

Leistungsschraube immer stärker anziehen. Eines Tages ist sie überdreht, der Absturz folgt. Ein Absturz scheint ihm aber auch zu drohen, wenn er vorher noch in der Lage ist Hilfe anzunehmen, diese Hilfe ihn jedoch fehlleitet.

Transidenten entwickeln sich mehrheitlich zu Außenseitern, auch wenn sie es selbst so nicht möchten, oft auch nicht wahrhaben wollen. Ihre Außenseiterposition kann in sozialer Entwurzelung enden. Sie kann, wie hier angesprochen, in einer gewissen künstlerischen Exotik münden, wobei dies nicht das "Rotlichtmilieu" sein muss, auch wenn nur dieses von der Gesellschaft wahrgenommen wird. Das Außenseitertum kann auch in einer auffälligen Leistungsfähigkeit bestehen. Oft wird die Art, wie diese Leistung erbracht wird, von anderen Menschen skeptisch betrachtet.

3.3. Psychologie - Leistbares und Grenzen

Bei der Arbeit mit und für Transidenten, der Betreuung, Beratung und psychosozialen Begleitung, stoße ich immer wieder auf folgende Probleme:

Der Transident glaubt eine Therapie sei gesetzliche Vorschrift (oft glauben dies auch "Helfer" und "Experten").

Die Vorstellungen darüber was eine Therapie leisten kann sind sehr vage, teilweise "abenteuerlich".

Therapeuten fühlen sich durch die spezielle Problematik überfordert, können dies aber nicht zum Ausdruck bringen und experimentieren mit dem Patienten statt ihn auf seinem Weg zu begleiten. Sie versuchen sich dann an formale "Vorschriften" zu klammern (die in Wahrheit jedoch nicht existieren, denn Transidentität ist keine Seuche, deren Behandlung gesetzlich geregelt ist).

Der Einfachheit halber spreche ich von einem Psychologen-Patienten-Verhältnis, ohne den Versuch zu machen dies zu bewerten. Zwischen dem Psychologen und dem Patienten steht ein Spiegel. Durch seine Ausbildung sollte der Psychologe die Fähigkeit erworben haben diesen Spiegel zu halten, zu drehen, seinen Brechungswinkel zu verändern und seine Abbildungsoberfläche zu variieren. Dadurch soll der Patient in die Lage versetzt werden sich selbst zu erkennen, zu lernen mit den Bildern die er von sich und seiner Umwelt aufgebaut hat umzugehen, sie unter Umständen auch zu verändern. Das Problem dabei ist, dass auch der Patient diesen Spiegel hält, in dem sich der Psychologe selbst sieht oder versucht daran vorbei zu sehen.

Die besondere Belastung für den Psychologen besteht darin, dass er sich bei jedem neuen Patienten in immer wieder einem neuen Spiegel selbst sieht. Es ist deshalb verständlich, dass er versucht, zu seinem eigenen Schutz, Mechanismen zu entwickeln und anzuwenden, die ihn davor schützen sich immer wieder selbst hinterfragen zu müssen. Der gute Psychologe zeichnet sich jedoch genau dadurch aus, dass er die Fähigkeit zur ständigen Selbsthinterfragung entwickelt und behält. Nur so kann er dem Anspruch, dem Patienten helfen zu können, gerecht werden. Er wird sich deshalb gewisser Techniken bedienen, ihren Einsatz variieren müssen, ihre Wirksamkeit einer ständigen Überprüfung unterziehen müssen. Der Psychologe muss sein "Handwerkszeug" pflegen, aber auch sich selbst. Er muss es austauschen und erneuern können.

Über die Werkzeuge der Psychologie und Therapie weiß die Allgemeinheit, und dazu gehören auch die meisten Transidenten, recht wenig. Das Vertrauen zwischen Arzt und Patient hat einen wesentlichen Einfluss auf die Heilung von Krankheiten. Dies gilt im besonderen Maß, wenn es sich um Probleme der Psyche handelt. Mehr voneinander wissen schafft Vertrauen. Ich werde deshalb einige, gerade für die Begleitung von

Transidenten erfolgreich eingesetzte Methoden in allgemein verständlicher Sprache vorstellen.

3.3.1 Anamnese, der Weg zum ICH

Ein wichtiges Werkzeug für die Arbeit mit Transidenten ist die Anamnese. Sie ist eine Art Lebenslauf. Doch es ist ein besonderer Lebenslauf. Am besten kann er mit einem biographischen Film verglichen werden, für den es kein Drehbuch gibt.

Wird der "Filmauftrag" verschiedenen Teams gegeben, dann werden auch unterschiedliche Filme entstehen. Da sie aber die Entwicklung und das Leben des gleichen Menschen darstellen, wird sich an vielen Passagen die Frage stellen, warum unterschiedliche Betonungen entstanden sind, gleiche Vorgänge unterschiedlich bewertet werden. Erst aus dem Vergleich der verschiedenen "Filme" entsteht am Ende ein Gesamtbild.

Die Anamnese selbst muss ergebnisoffen durchgeführt werden damit sie ein tragfähiges Ergebnis liefern kann. Nur der Patient selbst kann die Anamnese durchführen, der Psychologe gibt nur Anleitungen. Glaubt der Psychologe in der entstehenden Anamnese bestimmte Dinge entdecken zu müssen, dann werden seine Anleitungen falsch sein, das Ergebnis entsprechend verzerrt. Entsteht in dem Patienten die Angst vor der Entdeckung bestimmter Dinge, dann wird ihn diese Angst hindern eine verwertbare Anamnese zu erstellen.

Gelingt es, in dem Patienten die Voraussetzung dafür zu schaffen, dass er mit einer gewissen Neugier auf die Entdeckungsreise zu sich selbst geht, in dem Bewusstsein, dass er mit dem Psychologen einen sicheren Begleiter hat, der ihn bei unangenehmen Entdeckungen stützen kann, dann kann die Anamnese erfolgreich werden. Fühlt sich der Patient gedrängt, sieht er den Sinn einer Anamnese nicht, hat er Angst, entdeckte Dinge könnten gegen ihn verwendet werden, dann ist eine Anamnese nicht möglich, zumindest sehr erschwert. Wird sie trotzdem durchgeführt, quasi zwangsweise, dann ist es keine Anamnese, was zum Vorschein kommt ist praktisch nicht verwertbar. Der Psychologe darf es dann auch nicht verwerten. Tut er es trotzdem, dann verhält er sich genauso wie ein Arzt, der gegen Schmerzen Arsen spritzt.

Eine Anamnese benötigt Zeit. Der Patient muss dies wissen und akzeptieren, nicht nur erdulden. Eine Anamnese benötigt Wiederholung. Der Patient muss sich freiwillig darauf einlassen können. Eine Anamnese braucht Spielregeln. Diese müssen zwischen Psychologe und Patienten schon im Vorfeld vereinbart sein. Notwendige Abweichungen davon, im Verlauf der Entwicklung der Anamnese, müssen von beiden Seiten akzeptiert werden können. Eine Anamnese soll in jedem Fall Ergebnisse aus früheren Anamneseversuchen und Behandlungen aufgreifen. In erster Linie geht es ja darum, z.B. aus unterschiedlichen Bewertungen und Betonung ein und des selben Ereignisses aus der

Vergangenheit des Patienten, Rückschlüsse auf Verdrängungen oder nicht mehr taugliche Verhaltensmuster zu ziehen. Je offener und umfassender das Ausgangsmaterial ist, um so kürzer kann die benötigte Zeit sein.

Für die Durchführung einer Anamnese gibt es verschiedene methodische Ansätze. Während der Durchführung kann die Methode nicht einfach geändert werden. Ein planloses Stochern in der Vergangenheit des Patienten ist keine Anamnese, sondern Zeitverschwendung. Der Patient wird dies erkennen, auch wenn er möglicherweise nicht in der Lage ist diese Erkenntnis auch auszusprechen. Gerade dann aber wird er abblocken. An dieser Stelle ist entweder das Ende der Zusammenarbeit von Psychologe und Patient erreicht, oder die Zusammenarbeit muss neu organisiert werden.

Leider geschehen statt dessen häufig nicht ausgesprochene Schuldzuweisungen. Der Patient denkt, der Psychologe will mich nicht verstehen. Der Psychologe verfängt sich in dem Gedanken, der Patient blockiert.

Die Anamnese erfordert von beiden Seiten, Psychologen und Patienten, eine hohe Arbeitsbereitschaft. Wird sie auf reiner Gesprächsbasis durchgeführt, dann müssen diese Gespräche aufgezeichnet, abgetippt werden und die schriftlichen Vorlagen müssen, an entsprechenden Stellen der Zusammenarbeit, vom Psychologen und Patienten gelesen werden. Dies muss jeder für sich tun können. Es muss auch ausschnittsweise gemeinsam geschehen. Unterbleibt die Aushändigung der Gesprächsprotokolle an den Patienten, dann kann der Patient gewisse Selbsterfahrungen nicht machen und in den weiteren Verlauf einbringen. Viel schlimmer aber ist, dass das Vorenthalten dieser Protokolle einerseits Misstrauen signalisiert, zum anderen aber eine gewisse Entmündigung bedeutet. Ein entmündigter Patient ist aber ein unbrauchbarer Partner.

Eine Anamnese auf Gesprächsbasis hat aber auch den Vorteil einer redundanten Gesprächstherapie. Es ist therapeutisch gesehen ein Unterschied, ob ein Patient etwas von sich und über sich schreibt oder ob er es erzählt und später nachlesen kann. Dass mit dem Gespräch auch die Kommunikationsfähigkeit geübt wird, ist ein positives "Abfallprodukt".

Setzt der Psychologe die Methode der schriftlichen Selbstanamnese ein und bringt den Patienten dazu, diese gewissenhaft durchzuführen, so hat sie vor allem einen in seiner Wirkung nicht zu unterschätzenden Vorteil. Der Psychologe signalisiert sein Vertrauen in den Patienten. Selbst im Schreiben ungeübte Patienten entwickeln erfahrungsgemäß erstaunliche Fähigkeiten. Im Lauf der Arbeit wird fast immer auch die Fähigkeit zur Selbstkritik und realistischen Selbsteinschätzung deutlich. Sie wird vor allem dem Patienten selbst klar.

Die Reise zum eigenen Ich kann bereits Erlebtes nicht verändern. Sie kann aber dazu führen, dass der Patient Alternativen erkennt, mit den gemachten Erfahrungen umzugehen. Er kann lernen mit unlösbaren Problemen, und den daraus entstehenden Schwierigkeiten, anders umzugehen. Er kann lernen Lösungen, im Wechselspiel zwischen seinen eigenen Bedürfnissen und den gesellschaftlichen Erwartungen, zu suchen und durchzusetzen. Er wird erkennen, dass die Hilfe in erster Linie von ihm ausgeht, ihm aber auch Helfer zur Seite stehen, wenn er sie benötigt. Es wird für ihn nicht mehr frustrierend sein, dass er den anderen erst "helfen" muss, damit sie in der Lage sind, ihm zu helfen.

3.3.2 Körperwahrnehmung

Wenn ein transidentischer Mensch im Laufe seiner Entwicklung eine "gesunde" Einstellung zu seinem Körper aufbauen kann, und zwar bevor es zum äußeren Coming-out kommt, dann kann nur von einem Wunder gesprochen werden. Wunder aber sind selten.

Die Umwelt, der Spiegel in dem sich der Transident selbst erlebt, lässt seine Seele als krank oder seinen Körper als falsch erscheinen. Aber selbst wenn er sich vor allen Reflexionen von außen schützt, gleich auf welche Weise, dann kann er sich doch nicht vor den Signalen der biologischen Entwicklung schützen. Ich habe bereits im Zusammenhang mit dem medizinisch Machbaren davon gesprochen.

Spätestens wenn die Biologie an seiner Seele rüttelt, dem Beginn und Verlauf der körperlichen Pubertät, wird sich der Transident in das Unvermeidliche fügen oder gegen sich selbst auflehnen. Eine normale, gesunde Körperwahrnehmung ist in beiden Fällen nicht möglich.

Daran ändert auch die rein medizinische Versorgung von Transidenten nichts. Hormonelle und chirurgische Behandlung haben zwar die Gefühle und die äußere Selbstwahrnehmung verändert, individuell verschieden stark, die Mechanismen zur Vermeidung von Körperwahrnehmung funktionieren in der Regel aber immer noch. Der Transident weiß vom Verstand her, dass er sich jetzt wohlfühlen könnte, ist aber irritiert, wenn dieser Effekt nicht eintritt.

Diese Irritation wird zusätzlich von außen verstärkt. Ich meine damit nicht versteckte oder offene Diskriminierung durch die Umwelt, die natürlich da sein kann. Das Problem ist ein meist nicht ausgesprochener Vorwurf, den der Transident aber sehr real empfindet: *Wir haben dir nun geholfen, so wie du es wolltest. Es hat dir also gut zu gehen.* Der Transident war bis zu seiner "Heilung" so vielen guten und gut gemeinten Ratschlägen ausgesetzt, wurde vor vielen Schritten gewarnt, ohne sich verstanden zu fühlen, dass er sich nun selbst den Befehl gibt: *Jetzt muß es mir gut gehen, wenn nicht, bin ich selbst Schuld.* Er versperrt sich damit den Weg, Hilfe zu suchen und anzunehmen.

Jeder Experte, Arzt und Psychologe, weiß wie wichtig eine "gesunde" Einstellung zum eigenen Körper ist. Sie ist wichtig für die seelische und körperliche Gesundheit. Die Experten wissen auch, dass die Einstellung zum Körper sich im Wesentlichen im Rahmen der pubertären Entwicklung abspielt.

Die körperliche Pubertät findet bei jedem Menschen statt. Mit ihr einher geht die seelische Pubertätsentwicklung. Dazu gehört die Wahrnehmung der eigenen Sexualität ebenso, wie die Entdeckung der sexuellen Orientierung. Gleichzeitig wird die Annahme der sozialen Geschlechtsrolle mehr oder weniger deutlich sichtbar.

Die körperliche Pubertät kann durch angeborene Anomalien, nicht eindeutigen Chromosomensatz und Hormonstörungen anders verlaufen als eindeutig männlich oder weiblich (ich habe, wenn auch vereinfacht, diese Gruppe als Intersexuelle zusammen gefasst angesprochen). Die seelische Pubertät können Intersexuelle und Transidenten praktisch nicht durchlaufen. Sie findet einfach nicht statt oder läuft konträr zur körperlichen Entwicklung. Gerade bei Mann-zu-Frau-Transidentinnen führt dies zu großen Irritationen, zur Verdrängung oder zur Unterdrückung der Gefühle.

Die Beobachtung, dass sich Transidenten mit der beginnenden Hormontherapie pubertär verhalten, ist richtig. Dabei spielt das reale Alter nur eine untergeordnete Rolle. Transidenten sind darauf in der Regel nicht vorbereitet. Die Nachsicht, die Erwachsene den Jugendlichen in der Pubertät entgegenbringen, gilt für sie nicht.

So wie Jugendliche erst lernen müssen mit dem sich entwickelnden Körper, vor allem seinen Veränderungen, fertig zu werden, gilt dies auch für Transidenten. Ihnen fehlt aber die Zeit, die Jugendliche haben. Um so wichtiger ist es, dass sie im psychologischen Gespräch darauf vorbereitet werden, ihnen zugleich auch Möglichkeiten geboten werden, sich selbst wahrzunehmen. Dazu müssen unter Umständen Verdrängungsmechanismen entlarvt werden, damit sie diese Wahrnehmung nicht verhindern.

Wer sich ein Leben lang, zumindest große Teile seines Lebens, fremd im eigenen Körper gefühlt hat, muss eben erst lernen sich darin neu einzurichten. Dazu ist begleitende Hilfe nötig. Diese kann von einem Partner kommen, aus der Familie, dem Freundeskreis oder von Experten.

Defizite der körperlichen Wahrnehmung sind kein ausschließliches Problem von Transidenten. Nur darüber reden ist noch keine Hilfe. Körperliche Wahrnehmung hat etwas mit praktischen Erfahrungen und Übungen zu tun. Besteht dazu keine Möglichkeit sie mit einem Partner, in der Familie oder dem Freundeskreis zu machen, dann haben sich Methoden sehr gut bewährt, die bei der Behandlung psychosomatischer Erkrankungen eingesetzt werden. Ein entsprechender Kuraufenthalt oder die Teilnahme an einer fachlich qualifiziert geleiteten Gruppe kann sehr hilfreich sein.

3.3.3 Realität und Spiegel

Die meisten Transidenten haben im Lauf ihres Lebens gelernt an ihrem Spiegelbild, auch im wörtlichen Sinn, vorbeizusehen. Schlüpfen sie, meist noch weit vor dem inneren Coming-out, zur inneren Entlastung kurzzeitig oder zeitweise in die angestrebte Geschlechtsrolle, dann sind sie entweder frustriert und verdrängen das gesehene Bild oder aber sie sehen nur ein idealisiertes Bild von sich selbst. Dies kann so weit gehen, dass sie sich daran gewöhnen dieses Bild für die Realität zu halten.

Dieser Effekt geht so weit, dass sie auch in ihrem Umfeld nur noch Menschen wahrnehmen, die diesem Ideal entsprechen. Männlich herb wirkende Frauen werden ebenso übersehen wie zart und weiblich wirkende Männer. Weibliche Stimmen, die kratzig, hart und tief sind werden nicht gehört. Weiche, sanfte Männerstimmen werden ignoriert. Als gesellschaftlicher Spiegel wird nur noch das zugelassen, was der eigenen Realität entspricht. Unerwünschte Bilder der Realität werden ausgeblendet.

Durch Verändern von Wahrnehmungen, Ausblenden oder Überbetonen, bauen sich Transidenten eine Welt zusammen, in der sie leben möchten, entsprechend ihrem empfundenen Geschlecht. Natürlich werden sie immer wieder mit der Realität der anderen Menschen konfrontiert. Oft führt dies zu sehr großen seelischen Schmerzen, bis hin zu lebensbedrohlichen Situationen.

Da Transidenten nicht selten eine übersteigerte Beziehung zu ihrer Realität und ihren Spiegelbildern haben, ist es wichtig den Transidenten behutsam zu einer Überprüfung dieser Beziehung "einzuladen". Gerade der Psychotherapeut ist hier gefordert die Einladung so auszusprechen, dass sie nicht als Angriff gesehen wird. Er kann und darf seine Bilder und Einsichten dem Transidenten nicht aufdrängen.

3.3.4 Akzeptanz und Veränderung

Eine Zusammenarbeit zwischen Psychologen und Patienten ist nur durch gegenseitige Akzeptanz möglich. Wenn der Patient sich in dem Glauben befindet, eine psychologische Behandlung entspräche einer Rechtsvorschrift, der Folge geleistet werden muss, dann ist eine wirkungsvolle Zusammenarbeit unmöglich. Sie ist aber auch dann unmöglich, wenn der Psychologe an den Fall mit der Absicht herangeht, "den Patienten zu heilen und von seiner fixen Idee zu befreien".

Gerade bei einem so sensiblen Thema wie Transidentität ist es notwendig, dass sich Psychologe und Patient menschlich gegenseitig akzeptieren können. Besteht auf einer der beiden Seiten eine Aversion gegen den anderen, dann muss auf eine Zusammenarbeit verzichtet werden. Es ist Aufgabe des Psychologen dies klarzumachen und dem Patienten den Grund für die Ablehnung der Zusammenarbeit zu nennen. Werden für die Ablehnung Ausreden gebraucht, so werden diese als solche erkannt und führen zu weiteren Belastungen für den potentiellen, wenn auch abgelehnten Patienten.

Handelt ein Psychologe gegen sein Gefühl, unterdrückt also eine Aversion, dann muss er sich darüber klar sein, dass er sich selbst überfordert, sich und dem Patienten damit schadet.

Ziel einer psychologischen Begleitung und/oder Behandlung ist es, Veränderbares zu verändern und zu lernen mit Unveränderlichem zu leben. Dabei wird immer wieder ein hohes Maß an Akzeptanz aufgebracht werden müssen. Der Patient hat Wünsche und Vorstellungen, die dem Psychologen unrealistisch erscheinen mögen. Der Psychologe verweist auf Grenzen und Risiken, die der Patient so nicht sehen kann. Die Gefahr aneinander vorbeizureden ist ständig präsent. Die Erwartungshaltungen sind oft zu unterschiedlich. Problematisch ist dies vor allem dann, wenn sie nicht ausgesprochen werden.

Der Psychologe ist ein qualifizierter Zuhörer. Es geht aber nicht in erster Linie darum, dass er hört was der Patient sagt, sondern darum, dass der Patient lernt selbst zu hören was er sagt. Er muss aussprechen können was ihn bewegt. Er muss vor allem erkennen, warum er gerade dieses oder jenes in den Vordergrund stellt. Durch gezieltes Fragen oder Rückfragen kann der Psychologe lenkend eingreifen.

Es wird aber auch Phasen geben, wo der Psychologe etwas von sich selbst geben muss. Für den Patienten muss deutlich sein, dass er dann von sich selbst oder anderen Menschen spricht, nicht nur von Fällen.

Die Fähigkeit zur Akzeptanz wird immer dann auf die härteste Probe gestellt, wenn es um Veränderungen geht. Für den Patienten stehen dabei zunächst äußere und innere körperliche Veränderungen, die angestrebt werden, im Vordergrund. *Ich kann erst dann als Frau leben, wenn mich keiner mehr als Mann erkennen kann. Solange meine Brust nicht amputiert ist und der Bart schon wächst hat doch alles andere keinen Sinn.* Solche und ähnliche Sätze fallen immer wieder. Die gemachten Aussagen haben für den Patienten einen sehr hohen Stellenwert. In dem Moment, in dem er sie ausspricht, treffen diese Aussagen auch eindeutig zu. Dies muss der Psychologe akzeptieren können. Versucht der Psychologe dem Patienten dies auszureden ist das Ende einer sinnvollen Zusammenarbeit erreicht.

Die benannten Vorstellungen können unrealistisch sein. Ob dem so ist, muss aber der Patient erkennen, nicht der Psychologe ihm sagen. Der muss immer daran denken, dass seine Vorstellung, die Aussagen wären unrealistisch, eben auch falsch sein kann. Was für den einen Patienten eine fixe Idee ist, kann für den anderen eine unverrückbare Tatsache sein. Da es falsch ist jemanden in einer fixen Idee zu bestärken, aber auch falsch eine Tatsache in Abrede zu stellen, sind solche Aussagen gemeinsam und sorgfältig zu prüfen.

Der Psychologe muss von sich aus akzeptieren, dass eine Aussage des Patienten für diesen, in dem Moment wenn er sie ausspricht, eine Tatsache ist. Ohne dies in Abrede zu stellen muss er aber versuchen zu erreichen, dass der Patient akzeptieren kann, dass er sie für eine Illusion hält. Erst dann, wenn sich beide praktisch außerhalb des aktuellen Problems gestellt haben, können sie es gemeinsam betrachten und Lösungsschritte erarbeiten. Ist die Fähigkeit dazu, zum Beispiel durch den gerade bestehenden psychischen Druck des Patienten nicht gegeben, dann muss das Problem ruhen können oder teilweise im Sinne der Vorstellung des Patienten gelöst werden. Normalerweise wird sich der Patient, wenn die Fronten nicht verhärtet sind, auf eine Teillösung einlassen. Fühlt er sich ernst genommen, steigt auch seine Bereitschaft zur Zusammenarbeit und die Fähigkeit Realistisches von Irrealem zu unterscheiden.

Jeder Psychologe weiß, dass es zwei Arten der Veränderung für einen Patienten gibt. Die eine sind reale Veränderungen, bei Transidenten betrifft dies vor allem die

Körperlichkeit, aber nicht nur die. Die andere Art der Veränderung betrifft die Betrachtungsweise, d.h. es wird nicht der Körper oder die Lebensweise verändert, sondern die Sichtweise darüber. Welche der beiden Methoden tragfähig und sinnvoll sind, kann aber erst im Lauf einer psychologischen Zusammenarbeit klar werden.

Der Patient hat in den meisten Fällen ein klares Ziel vor Augen, von dessen Erreichen er sich die Lösung seiner Probleme verspricht. In den seltensten Fällen hat er auch eine klare Vorstellung vom Weg, der ihn zu seinem Ziel führt. Oft werden als Weg zum Ziel nur die körperlichen Veränderungen gesehen. Der Psychologe sieht häufig die psychische und soziale Stabilität als Ziel und hat klare oder vorgefasste Vorstellungen über den notwendigen Weg. Das Ziel der körperlichen Veränderung muss aus seiner Sicht der Patient zwar haben, sonst wäre er ja nicht Transident, er selbst aber betrachtet es häufig als eine Illusion, die sowieso nur stümperhaft realisierbar ist. Es wird also für beide, Patient und Psychologe, sehr schwierig werden den Weg einer psychologischen Behandlung und Begleitung zu gehen.

3.4. Transidentität - Probleme der Diagnose

Transidenten stehen zweimal in der Situation, dass andere Menschen ihnen ihre Transidentität bestätigen müssen.

Zum einen tritt der Fall ein, wenn sie das Transsexuellengesetz für sich in Anspruch nehmen um die Namensänderung durchzusetzen. Zwei Sachverständige müssen dann bestätigen, dass sie sich dem anderen Geschlecht zugehörig empfinden und sich dieses Zugehörigkeitsgefühl, nach den Erkenntnissen der medizinischen Wissenschaft, mit hoher Wahrscheinlichkeit nicht mehr ändern wird. Es wird im Auftrag des Gerichtes ein Gutachten erstellt, aber keine Diagnose gestellt.

Der andere Fall tritt ein, wenn der Transident eine medizinische Behandlung für sich in Anspruch nehmen will. Nun ist eine Diagnose erforderlich, in der bestätigt wird, dass ein transidentisches Syndrom vorliegt. Die Diagnose allein begründet noch keinen Behandlungsanspruch, sie ist jedoch Voraussetzung dafür.

Sowohl beim Gutachten als auch der Diagnose geht es um Transidentität. Eine Diagnose darf in unserem Rechtssystem nur ein zugelassener Arzt stellen. In der Regel wird dies ein Neurologe und Psychiater sein oder ein Arzt mit der Zusatzausbildung zum Facharzt für psychotherapeutische Medizin. Zur Erstellung der Diagnose kann er einen mit der Materie der Transidentität vertrauten Psychologen mit einschalten. Er wird sich dann in seiner Diagnose auch auf einen entsprechenden psychologischen Zwischen- oder Abschlußbericht stützen. Ein Sachverständigengutachten kann jeder vom Gericht anerkannte Sachverständige erstellen. Einzige Voraussetzung ist, dass der Sachverständige durch seine Ausbildung und berufliche Erfahrung mit den besonderen Problemen des Transsexualismus ausreichend vertraut ist. Dies kann ein Arzt sein, ein Psychologe oder auch jede andere Person, die diese gesetzlichen Bedingungen erfüllt. Zu der Frage nach der Art der Ausbildung und beruflichen Erfahrung gibt es zwar Auslegungen, aber keine Ausführungsbestimmungen.

Transidenten stellen ihrem Psychologen immer wieder die Frage: *Wann bekomme ich denn endlich mein Gutachten?* Meist vermischen sie dabei sogar Gutachten und Diagnose. Wenn der Psychologe keinen Auftrag des Gerichtes hat, ein Gutachten zu erstellen, dann kann er es zwar trotzdem ausstellen, muss den Patienten aber darauf hinweisen, dass dieser bei Gericht den Antrag stellen muss, dieses Gutachten anzuerkennen oder aber den Psychologen als Sachverständigen mit der Begutachtung zu beauftragen. Der Psychologe kann, wie bereits erwähnt, keine Diagnose stellen. Er kann nur einen psychologischen Bericht als Basis für eine Diagnose verfassen und dem behandelnden Arzt zur Verfügung stellen. Es ist eine Frage der Fairness und des Vertrauens, eine Kopie dieses Berichtes auch dem Patienten auszuhändigen. Eine gesetzliche Pflicht dazu besteht nicht.

Transidentität als eine Form von Geschlechtsidentität ist zwar nicht nachweisbar, sie kann jedoch von transidentischem Verhalten unterschieden werden. Der Arzt hat die

Verpflichtung sorgfältig zu prüfen, ob eine Krankheit, eine Psychose oder eine Verhaltensstörung vorliegt, die zur Entwicklung von transidentischem Verhalten geführt haben kann. Liegen dafür keine Anhaltspunkte vor, dann ist die Diagnose Transidentität richtig und als solche vom Arzt zu bestätigen. Der Arzt ist bei seinen Untersuchungen auf die Mitwirkung des Patienten angewiesen. Diese Mitwirkung muss offen und ehrlich sein und vom gegenseitigen Vertrauen getragen. Für den Transidenten ist dies jedoch eine sehr problematische Situation.

Sein ganzes Leben bis zum inneren Coming-out hat er gespürt, dass über ihn anders entschieden wird, als er sich fühlt. Danach, wenn er sich seiner Transidentität endlich bewusst geworden ist und dazu stehen kann, begegnet er wieder Widerständen und Versuchen der Fremdbestimmung. Und nun, wenn Behandlung und Linderung seiner Leiden beginnen könnten, sieht er sich wieder ausgeliefert. In den seltensten Fällen wird es ihm aus eigenem Antrieb gelingen können, die Einsicht aufzubringen, dass der Arzt ja auf seine Mitarbeit angewiesen ist.

Doch auch für den Diagnostiker ist es eine ungewöhnliche Situation. Meist kommen die Menschen ja zu ihm, weil sie zwar wissen, dass etwas nicht stimmt, aber hoffen, dass der Arzt die richtige Diagnose stellt und sie dann entsprechend behandelt. Für den Fall der Transidentität ist nicht der Arzt der Wissende, der Ursache und deren Behandlung kennt, sondern der Patient, der weiß was er hat, bzw. ihm fehlt und was er braucht, zumindest glaubt zu brauchen. Im Lauf des Diagnoseverfahrens müssen beide zu einer gemeinsam vertretenen Entscheidung kommen.

Bei manchen Diagnostikern hat sich im Lauf der Zeit im Umgang mit Transidenten eine gewisse Erwartungshaltung über deren Auftreten, Argumentieren und Zielsetzungen aufgebaut. Wird diese Erwartungshaltung erfüllt, und scheint der Patient ansonsten gesund, dann fühlt sich der Arzt bestätigt und wird die Diagnose stellen. Entspricht der Transident nicht dieser Erwartungshaltung, muss der Arzt sie überprüfen, bevor er zu einer Zusammenarbeit in der Lage ist. Es geschieht aber, dass Ärzte eine Art innere Checkliste abhaken und dann feststellen - transidentisch - nicht transidentisch.

Erwartungshaltungen und Checklisten sprechen sich herum. Als Reaktion darauf, kann es geschehen, dass sich Transidenten erwartungskonform verhalten. Der gute Arzt spürt dann, dass etwas nicht stimmt. Er wird versuchen die Ursache dafür zu finden, meist beim Patienten und nicht bei seiner eigenen Einstellung, die sich herumgesprochen hat. Nun reden beide, der Arzt und der Patient gründlich aneinander vorbei. Der Patient ist auf die Diagnose angewiesen. Er wird versuchen in die "Trickkiste" erlernter Verhaltensmuster zu greifen oder sich gute Ratschläge von bereits behandelten Transidenten holen. So wie er zunächst versucht hat den Erwatungen der Umwelt gerecht zu werden, die durch die biologische Zuordnung entstanden sind, kann es nun geschehen, dass er versucht die Erwartungen des Arztes zu erfüllen. Der Patient schlüpft also in die Rolle "Transident". Schafft er dies nicht, oder hat er damit keinen Erfolg, so wird er resignieren oder aggressiv fordernd.

Im einen Fall wird der Arzt möglicherweise zu dem Fehlurteil kommen, der Patient sei noch nicht so weit, dass eine gesicherte Diagnose gestellt werden kann. Im anderen Fall fühlt er sich möglicherweise unter Druck gesetzt und verweigert die Diagnose. Tut er dies in Form einer Verzögerungstaktik, dann handelt er gegen die Interessen des Patienten. Fällt er aber auf die Rolle "Transident" herein, dann kann es geschehen, dass er einem Patienten mit transidentischem Verhalten, dem ganz anders geholfen werden müsste, die Diagnose "Transidentität" stellt. Der Fehler stellt sich dann erst im Laufe oder nach Abschluss einer geschlechtsangleichenden Behandlung heraus.

Unsere Sozialgesetzgebung und das Krankenversicherungsrecht zwingen Transidenten in die Patientenrolle. Damit geht eine gewisse Entmündigung einher. Darüber darf auch die Aufforderung zum mündigen Patienten nicht hinweg täuschen. Der Arzt wird in die Rolle des Wissenden und Entscheidenden gedrängt, der für seine Entscheidungen sogar haftbar gemacht werden kann. Diese Tatsache macht es beiden, dem Transidenten und dem Helfer schwer. Potentielle Helfer können sich dem entziehen, indem sie keine Transidenten behandeln oder diagnostizieren. Sie können sich dabei sogar darauf berufen, dass sie keine Erfahrung damit hätten und sind aus dem Schneider. Transidenten sind aber auf den Diagnostiker angewiesen. Diese ungleiche Chancenverteilung führt zwangsläufig zu Verspannungen und bringt Menschenleben in Gefahr. Von den vermeidbaren volkswirtschaftlichen Schäden will ich hier gar nicht weiter sprechen.

Die Ärzte und Psychologen, die trotz des angedeuteten Dilemmas bereit sind mit Transidenten zu arbeiten, stehen vor einer weiteren Schwierigkeit. Ich will diese Schwierigkeit, exemplarisch an einem Beispiel, deutlich machen.

Der Fall: Eine Frau, inzwischen 30 Jahre alt, leidet seit der Pubertät an schweren krampfartigen Beschwerden wenn sie ihre Tage bekommt. Meist sind diese so stark, dass sie nicht arbeitsfähig ist. Ihr Gynäkologe konnte keine organischen Ursachen dafür feststellen. Krampflösende Mittel brachten immer nur kurzzeitig eine Linderung. Die Dosis musste laufend erhöht werden um überhaupt Wirkung zu zeigen. Die Erfolglosigkeit der medizinischen Behandlung führte zu Depressionen. Die Patientin begab sich in eine psychotherapeutische Behandlung.

Nach anfänglicher Besserung kehrten die Beschwerden in vollem Umfang zurück. In der Therapie wurde deutlich, dass die junge Frau zwar Kontakte zu anderen Menschen suchte, sobald aber eine Freundin einen Mann fand, löste sie den Kontakt. Männer blockte sie in dem Augenblick ab, in dem der Wunsch nach Sexualität sichtbar wurde. Die Vermutung, dass die Frau als Kind sexuell missbraucht wurde, bestätigte sich. Nun schien alles klar: Durch sexuellen Missbrauch ausgelöste traumatische Psychose.

Die junge Frau trat eine psychosomatische Kur an. Ihre Regelbeschwerden verschwanden fast vollständig und sie wurde nach acht Wochen als geheilt entlassen. Doch schon wenige Monate später setzten die Beschwerden mit voller Wucht wieder ein. Sie war inzwischen 26 Jahre alt.

Kurze Zeit später sah sie im WDR die Sendung "Signale" zum Thema Transsexualität und wurde mit den Schicksalen der Frau-zu-Mann-Transidenten Florian und Oliver konfrontiert. Das löste in ihr die Erkenntnis aus: *Das ist es, ich bin ein Mann.* Sie berichtete ihrem Neurologen, der die Diagnose einer psychischen Störung gestellt hatte davon, und auch von der Tatsache, dass ihre Beschwerden seit der Sendung wieder abgenommen hätten. Der Arzt hörte sich zwar alles sehr interessiert an, innerlich stand für ihn jedoch fest, dass es sich nur um einen neuen Versuch handelte, nun durch transidentisches Verhalten das Trauma des sexuellen Missbrauchs zu verdrängen.

Erst ein Arztwechsel brachte die Wahrheit ans Licht. Das Kind verhielt sich schon sehr früh mehr als Junge, denn als Mädchen. In dem daraus entstehenden Spannungsfeld fühlte es sich abgelehnt, wollte aber Wärme und Liebe. So kam es mit etwa 12 Jahren zu der Vergewaltigung durch den eigenen Vater. Scham und Schuldgefühl führten zur Verdrängung und lösten die körperlichen Beschwerden aus. Verdrängt wurde damit auch die eigene Identität.

Der Arzt, der als erster von der Transidentität erfahren hatte, verwechselte auf Grund der real gegebenen psychischen Störung, Ursache und Wirkung. Wäre die "Frau" bei ihm in Behandlung geblieben, dann wäre sie sicher heute noch Patientin. Bei ihrem neuen Arzt ist sie inzwischen Patient, die Regelbeschwerden hörten sehr schnell auf. Seit einiger Zeit, er bekommt inzwischen gegengeschlechtliche Hormone, tritt die Regel gar nicht mehr auf.

Der Fall zeigt beide Seiten des Dilemmas, wenn psychische Störungen, krankhafte Aggressionen, Alkoholismus, Depressionen oder psychosomatische Erkrankungen auftreten. Sie können Folge von Transidentität sein, sie können aber auch Auslöser für transidentisches Verhalten sein.

Sind sie eine Folge von Transidentität, dann kann der Patient darüber oft nicht sprechen, weil er seine eigene Transidentität verdrängt, sich ihr zu diesem Zeitpunkt nicht, oder nicht mehr bewusst ist. Klassische Behandlungsversuche bleiben erfolglos. Der Arzt oder Psychologe muss dann in der Lage sein, eine Transidentität in Erwägung zu ziehen und vorsichtig nach Anzeichen dafür suchen.

Ist dagegen transidentisches Verhalten eine Verdrängungsleistung des Patienten, dann hilft es zunächst nichts ihm die "Transidentität" ausreden zu wollen. Er wird sich an diesen Strohhalm klammern, wenn all seine anderen Möglichkeiten, sich wohlfühlen zu können, bisher versagt haben. Dem Behandlungswunsch darf dann nicht nachgegeben werden, denn eine Geschlechtsanpassung wäre ein nicht reparabler Fehler. Gelingt es den Patienten zum Partner zu machen, dann wird er selbst entscheiden zwischen sein Verhalten beizubehalten oder es abzulegen, je nachdem, was ihm angenehmer erscheint. Eine geschlechtsanpassende Behandlung wird er dann selbst nicht wollen.

3.5. Zusammenfassung

Der Psychologe kann Behandlung anbieten, um Veränderbares zu verändern. Sind Veränderungen noch nicht möglich, dann kann er Partner sein um mit der augenblicklichen Situation besser umgehen zu können. Er kann Begleitung anbieten, um mit Unveränderlichem ein menschenwürdiges Leben führen zu können. Glaubt er mehr zu können, dann leidet er an Selbstüberschätzung. Wird von ihm mehr verlangt, dann ist es seine Pflicht die falsche Erwartungshaltung zu korrigieren.

Der Psychologe muss den gesellschaftlichen und kulturellen Druck stets im Auge haben. Dieser Druck wirkt nicht nur auf den Transidenten sondern auch auf ihn. Er darf sich davon in der Ausübung seiner partnerschaftlichen Hilfe nicht leiten lassen. Wohl aber muss er den Transidenten darauf vorbereiten, welchem neuen Druck dieser ausgesetzt sein kann, wenn er seiner Identität entsprechend leben will.

Nicht jeder gesellschaftliche Druck, dem Transidenten später ausgesetzt sind, hat etwas mit Transidentität zu tun. Kleine, zierliche Männer haben in unserer Gesellschaft immer wieder Probleme. Es spielt keine Rolle ob sie früher dem weiblichen Geschlecht zugeordnet waren oder nicht. Große Frauen fallen auf. Frauen mit einer "Adlernase", einem kleinen Busen, mit sehr großen Füßen, ... entsprechen nicht dem Idealbild. Transidenten sollten lernen mit solchen "Unzulänglichkeiten der Natur" in geeigneter Form umzugehen. Psychologen können ihnen dabei helfen. Eine sehr große Hilfe für Transidenten ist es, wenn sie zu der Einsicht kommen, dass nicht alle ihre Probleme mit der Transidentität in direktem Zusammenhang stehen.

4. Eltern und Kinder

Frühdiagnose und Erziehung

4.1. Rückblick

Transidentität ist weder eine Krankheit noch eine Behinderung. Transidentität ist auch nicht ansteckend und kann nicht anerzogen werden. Transidenten werden auch nicht erst durch das Kennenslernen des Phänomens oder andere Transidenten dazu verleitet. Die statistische Wahrscheinlichkeit, dass Transidentität in der Vererbung eine Rolle spielt, geht gegen Null.

Wer wissenschaftliche Beweise für diese Thematik sucht, sollte an der freien Universität Amsterdam nachfragen, die den einzigen Lehrstuhl für "Transsexualität" in Europa hat. Auch in der neueren amerikanischen Literatur finden sich zu diesen Aussagen genügend Belege.

Es gibt Fälle, wo schon in einem recht frühen Entwicklungsstadium Eltern und Kinder Lösungen finden, die auf der einen Seite ein menschenwürdiges Leben und eine gesunde Weiterentwicklung ermöglichen, auf der anderen Seite aber auch keine irreparablen Schäden verursachen, wenn sich die vermutete Transsexualität als falsch herausstellt. In den Niederlanden, in Utrecht, gibt es ein Zentrum, das sich betroffener Eltern und möglicherweise transidentischer Kinder annimmt. In Deutschland gibt es weder professionelle Hilfe noch Ansätze dazu. Nur Experten mit "erlebter Laienkompetenz" wagen es, außer zu beruhigen, auch zu beraten und Eltern und Kind zu begleiten.

So bleibt den Eltern, die glauben oder befürchten ein transidentisches Kind zu haben, nur die Möglichkeit auf das zu hören, was von außen an sie herangetragen wird. Sie müssen es mit ihren eigenen Wünschen und Vorstellungen vergleichen und dann entscheiden. Sie können aber nicht für das Kind entscheiden, sondern immer nur für sich selbst.

4.1.1 Was wir von Transidenten gehört haben

Aus allen Beispielen von Transidenten wissen wir, dass diese "es" schon immer "gewusst" haben. Meist hatten sie zu dem Zeitpunkt, in dem dieses Wissen verdrängt wurde oder durch nach außen sichtbare andere Auffälligkeiten verdeckt wurde, noch keinen Namen dafür. Später werden sie es Transidentität nennen.

Schon im Kindergartenalter wissen Kinder, dass sie ein Junge sind oder eben ein Mädchen. Stimmt diese Feststellung des Kindes mit der Biologie zusammen, dann sind wir als Eltern stolz auf unser schlaues Kerlchen. Macht es diese Zuordnung aber unserer Meinung nach falsch, dann reagieren wir oft nur mit*: ach du kleines Dummerchen, du bist doch ein Mädchen (bzw. ein Junge).* Nicht selten können sich Transidenten an solche Erfahrungen erinnern und berichten uns später davon.

So unwahrscheinlich es klingen mag, mit dem beginnenden zweiten Lebensjahr bis etwa in die Mitte des dritten Lebensjahres sagen die Kinder das, was ihrer Identität entspricht. Unsere Erziehungsbemühungen haben sich bis zu dieser Zeit nur auf den Schutz des Kindes beschränkt, jedenfalls in den meisten Familien. Eine gezielt geschlechtsspezifische Erziehung hat meist noch nicht begonnen.

Transidenten, die heute entsprechend ihrer Identität männlich leben, berichten, dass sie sich im Kindergarten neben die Jungen gestellt haben um zu pinkeln. Sie machten sich dabei nass. Natürlich, werden wir sagen. Aber auch die Jungen machten sich selbst immer wieder nass. Ihnen wurde geholfen, das Pinkeln an die Rinne richtig zu lernen. Das transidentische Kind aber musste sich in Zukunft auf die Schüssel setzen. Es verstand nicht, warum ihm niemand half. Heimlich versuchte das Kind seinen "Penis" so zu halten, dass es sich nicht voll machte. Es verstand nicht warum da keiner war, "er" so klein war und warum der Strahl ganz wo anders heraus kam. Mit ihm schien etwas nicht in Ordnung zu sein. Das erste "ich bin nicht o.k.-Erlebnis" saß sehr tief und erzeugte unter Umständen Scham.

Transidenten mit weiblicher Identität berichten, dass sie schon als kleine Kinder von der Mädchentoilette gejagt wurden. Durch heimliche Beobachtungen stellten sie fest, dass bei ihnen etwas kaputt sein müsse, denn der Strahl kommt bei ihnen da vorn raus. Fragten sie ihre Mutter danach, hörten sie nur *das ist schon alles so in Ordnung*. Sie selbst fühlten aber nicht so.

Transidenten mit männlicher Identität berichten von einem regelrechten Schock, als sie plötzlich ihr erstes Kleid anziehen sollten, möglicherweise sogar von der Oma mitgebracht. Kleider werden doch von Mädchen getragen. Möglicherweise bekommen sie zu hören, wie lieb es die Oma doch gemeint hätte und wie undankbar und böse sie seien. Wenn das Kind es dann aber trotzdem schafft das Kleid abzulehnen, dann folgt bestimmt irgend eine Strafe.

Transidenten mit weiblicher Identität erzählen, dass sie durchaus auch einmal Mädchenkleider tragen durften oder einen Badeanzug. Doch später haben ihm die Eltern die Sachen weggenommen oder verboten sie zu tragen. Die Erklärung, dass Jungen dies nicht tun, ist für sie nicht verständlich, denn sie sind ja ein Mädchen. Sie mussten sich aber dem Druck der Erwachsenen beugen.

Ähnliche Berichte erhalten wir über die Zuweisung von Spielzeug. Da fliegt Weihnachten, kaum ausgepackt, das teure Spielzeugauto in die Ecke, weil die sehnlichst gewünschte Babypuppe nicht unter den Geschenken ist. Oder der Babypuppe wird der Kopf abgerissen, weil der Fußball fehlt. Das Kind aber hört, es sei böse und undankbar. Es bekommt auch mit, dass es den Eltern die Festtagsfreude verdorben hat.

Über die närrischen Tage erfahren wir zum Beispiel folgendes. Die Mutter kommt auf die Idee ihren Jungen als Rotkäppchen zu verkleiden. Das Kind, dem vor nicht allzu langer Zeit verboten wurde Mädchensachen zu tragen, soll dies nun plötzlich tun. Es wehrt sich mit Händen und Füßen dagegen und darf zur Strafe an der Kinderparty nicht teilnehmen. Heimlich aber denkt die Mutter: "Doch ein richtiger Junge". Wir erfahren aber auch von manchen Transidenten, dass sie es grundsätzlich nicht ertragen konnten Karneval verkleidet zu werden.

Die Ereignisse, Erlebnisse und Gefühle, die in späteren Jahren liegen, können von Transidenten meist noch besser beschrieben werden. Zugleich wirken die Mechanismen der Verdrängung und Verzerrung wie auch der Anpassung und des Versteckens schon wesentlich besser. Für die Eltern kann damit der Eindruck entstehen, die kindliche "Spinnerei" sei nun vorbei. Aber auch dem Transidenten kann die fehlende Erinnerung einen Streich spielen. Er glaubt dann, bei ihm sei die Transidentität erst später "ausgebrochen".

4.1.2 Was uns Experten sagen und verschweigen

Das Wichtigste was die Experten den Eltern des Neugeborenen sagen ist, es sei ein gesundes Mädchen oder ein gesunder Junge. Von angeborenen oder in der Schwangerschaft entstandenen Behinderungen, sowie von Krankheiten des Neugeborenen abgesehen, trifft diese Festlegung des Geschlechtes auf etwa 98% zu.

Die restlichen Neugeborenen müssen wir in drei Gruppen teilen. Die erste Gruppe sind Kinder mit erkennbaren Zeichen einer Intersexualität. Die zweite Gruppe sind Kinder mit versteckter, noch nicht erkennbarer Intersexualität. Die letzte Gruppe betrifft transidentische Kinder. Dass Transidentität zum Zeitpunkt der Geburt noch nicht erkannt werden kann, ist bereits bekannt.

Intersexualität bei Neugeborenen wird in der Öffentlichkeit von den Experten verschwiegen. Den Eltern wird Hilfe zugesagt und sie werden darin bestärkt es auch zu verschweigen. Ich habe bereits an anderer Stelle darüber berichtet (siehe Kap.2 Abs. 2.3.1.1).

Versteckte Intersexualität, wie ich sie genannt habe, kommt je nach Art des "Defektes" zwischen der vierten Lebenswoche und der Pubertät zum Vorschein (Ausnahmen bestätigen die Regel). Auch hier wird ein Mantel des Schweigens darüber gelegt. Eltern werden Scham und Schuldgefühle nicht genommen. Das Kind, falls es überhaupt etwas erfährt, bekommt nur die Antwort es sei krank. Die Änderung des Namens und Geschlechtes im Geburtenbuch ist ein reiner Verwaltungsakt. Er wird vom Standesbeamten, als "Änderung wegen Irrtums" auf Antrag der Eltern vollzogen. Eine einfache ärztliche Bescheinigung dafür reicht aus. Für die Gesellschaft ist damit alles wieder in Ordnung, für die Eltern und vor allem das Kind meistens nicht. Oft beginnt jetzt erst das wirkliche Drama.

Das Personenstandsgesetz schreibt weder eine Pflicht zur Änderung vor, noch einen Termin, wann dies geschehen müsse. Intersexualität ist nicht meldepflichtig und so gäbe es eine Chance zu warten, wie sich das Kind entwickelt. Doch in den meisten Fällen wird diese Chance, aus falsch verstandenem Willen zu helfen, vertan.

Rein theoretisch ist für Intersexuelle die Trefferquote, dass die Geschlechtszuordnung mit der Identität zusammen fällt 1 : 1. In der Praxis werden von den Fachleuten jedoch mehr Mädchen "hergestellt" als Jungen. Es geht eben chirurgisch leichter. Auch die "Herstellung" von Jungen, durch das Messer und Hormone bietet keine Gewähr dafür, dass die Entscheidung richtig ist. Organisierte Intersexuelle fordern deshalb: *Finger weg von intersexuellen Neugeborenen und Kindern, soweit dies nicht aus gesundheitlichen Gründen zwingend erforderlich ist.* Experten stellen dem entgegen, dass sie in den meisten Fällen zum Segen der Kinder und Eltern gehandelt hätten. Den Beweis dafür bleiben sie jedoch schuldig. In der Fachliteratur findet man zwar einiges über Diagnostik und Symptome, nichts aber über die Behandlung, Langzeiterfolge und Misserfolge. An der Menge der Fälle kann es nicht liegen, dass bisher keine Studien bekannt geworden sind. (In einem Prozess einer Intersexuellen vor einem amerikanischen Gericht wollten sich die Richter einen Überblick über die "Behandlung" Intersexueller verschaffen. Mitte 1999 fragten sie bei 5 Kliniken, von denen bekannt war, dass sie Behandlungen und Eingriffe vorgenommen hatten, an. Nur eine Klinik war bereit den Fragebogen des Gerichtes auszufüllen und zur Verfügung zu stellen.)

In vielen Fällen wurde der Eingriff den Eltern gegenüber damit begründet, dass es für das Kind gesellschaftlich doch das Beste sei, eindeutig zu sein. Das Skalpell hat aber in der Hand der Gesellschaft nichts verloren. Es wäre besser, wenn Ärzte zu Verbündeten der Intersexuellen würden, damit auch diese in körperlicher Unversehrtheit frei entscheidend leben und aufwachsen können.

Zu transidentischen Neugeborenen können die Experten nichts sagen. Es gibt keine Chance Transidentität schon bei der Geburt zu diagnostizieren. Kommen Eltern zum Arzt, weil sich das Kind transidentisch verhält, so wird das von den meisten Kinderärzten immer noch als Marotte abgetan, die sich schon legen wird. Manchmal wird das Verhalten auch mit Liebesentzug erklärt oder dem Wunsch einem besonders anerkannten Mitglied der Familie nachzueifern. Die Zeit um Transidentität bei Kindern von rein transidentischem Verhalten, aus anderen Ursachen zu unterscheiden, haben Ärzte nicht. Wollen sie sich aber mit der Thematik ernsthaft auseinander setzten, dann finden sie in der deutschsprachigen Fachliteratur nichts Brauchbares.

4.1.3 Reflexionen durch die Gesellschaft

Die körperliche Differenzierung, abgesehen vom Genitalbereich, lässt bei Kindern bis zum Ende des dritten Lebensjahres selten zu, dass andere Menschen erkennen, ob es sich um Junge oder Mädchen handelt. Es scheint den Eltern aber wichtig zu sein, dass die Umwelt dies erkennt. Sobald dies möglich ist werden Eltern, z.B. durch die Farbe der Kleidung, die Frisur des Kindes, Signale an die Umwelt aussenden. Entwickeln sich Mädchen burschikos, verhalten sie sich knabenhaft und werden von der Gesellschaft als Junge angesprochen, dann können die Eltern dies relativ leicht ertragen. Die Antwort: "nein, es ist (nur) ein Mädchen", geht ihnen relativ leicht von den Lippen.

Wenn Eltern bei Kindern bis zum sechsten Lebensjahr transidentisches Verhalten beobachten, dann betrifft dies ausschließlich Jungen. Es liegt nicht daran, dass es nur bei Jungen vorkommt. Transidentisches Verhalten oder Anzeichen dafür, dass das Kind transidentisch ist, kommen bei Jungen und Mädchen gleich häufig vor. Die Ursache dafür, warum es nur bei Jungen wahrgenommen wird, ist eindeutig in der Reaktion oder der befürchteten Reaktion durch die Gesellschaft zu suchen und zu finden. Mädchenhaftes Verhalten von Jungen wird schon im Kindesalter von der Gesellschaft abgelehnt.

4.2. Erwartungen und Ängste von Eltern

Unabhängig davon, ob sich Eltern einen Jungen oder ein Mädchen als Nachwuchs gewünscht haben, können sich die Kinder, entsprechend dem Geburtseintrag als männlich oder weiblich entwickeln. Weder die Eltern noch die Kinder selbst müssen sich darüber besondere Gedanken machen. Die Kinder wachsen in die Erwartungshaltung hinein. Fragt man eine Frau, was sie zur Frau macht, einen Mann, wieso er sich als Mann fühlt, können sie darauf keine befriedigende Antwort geben. Alle Antworten werden sich an der erlebten Reflexion der Umwelt und an der biologischen Zuordnung festmachen lassen. Ob die Geschlechtsidentität weiblich oder männlich ist wird nur dann bewusst, wenn sie mit der Reflexion durch die Gesellschaft und der biologischen Entwicklung nicht in Einklang zu bringen ist.

4.2.1 Das vergessene Wissen

Wenn wir mit Eltern sprechen, machen wir sehr häufig eine erstaunliche Feststellung: Sie wissen ganz sicher, oft schon bevor die biologische Differenzierung des Embryos einsetzt und durch Ultraschall nachgewiesen werden kann, dass ein Junge oder ein Mädchen zur Welt kommen wird. Da wir aber durch unsere Erziehung, im Laufe einer Jahrhunderte währenden kulturellen Entwicklung, gelernt haben, dass wir ein solches Wissen nicht haben können, verneinen wir es. Wer will schon gerne als Spinner gelten?

Ich erinnere mich an eine Mutter, die schon im vierten Schwangerschaftsmonat wusste, dass sie Zwillinge zur Welt bringen würde. Sie wusste auch, dass es zwei Mädchen sein werden. Als dann die Kinder zur Welt kamen, war eines männlich, das andere weiblich. Aber noch bis zum 8. Lebensjahr, wären sie nicht verschieden gekleidet gewesen, sahen sie so aus, wie wir uns eineiige Zwillinge vorstellen (die bekanntlich immer gleichgeschlechtlich sind). Die Mutter erzog beide wie Bruder und Schwester, aber ihr inneres Gefühl, dass etwas "falsch" sei legte sich nie. Traten die Kinder gemeinsam auf, dann wurden sie von der Umwelt auch als Junge und Mädchen wahrgenommen, einzeln kam es aber immer wieder zu Verwechslungen. Daran änderte auch das äußere Erscheinungsbild nichts. Heute, 25 Jahre nach der Geburt, sind es zwei Schwestern. Sie waren es schon immer. "Der Junge" hatte eine transidentische, weibliche Identität. Sie wurde nie gefördert, vom Kind selbst nach außen verleugnet, aber sie setzte sich durch.

Wenn eine Mutter von ihrem intuitiven Wissen über das noch Ungeborene spricht, billigen wir ihr dies zu. Tut dies aber ein Vater, dann werden ihm Wunschgedanken oder Spinnerei unterstellt. Dieser Vorwurf ist meist falsch. Auch Väter können dieses Wissen haben. Die Seele ist nichts Materielles, selbst also auch nicht an die Materie gebunden. Ich sprach bereits davon, dass auch die Wissenschaft wieder den "Mut" zeigt zuzugeben, dass der Mensch eben nicht nur aus Körper und Verstand besteht, sondern dass es etwas geben muss was man durchaus Seele nennen darf. Wenn sie sich bisher unseren

Forschungen entzieht, ändert dies nichts an der Wahrscheinlichkeit ihrer Existenz. (Hinweis: In diesem Zusammenhang möchte ich auf das Buch von Prof. Volkmar Sigusch - "Geschlechtswechsel" hinweisen, einer gut verständlichen Zusammenfassung von Veröffentlichungen zum Thema Transsexualität, die er in der Mitte der 90er Jahre gemacht hat.)

Das vergessene Wissen, welches Eltern über ihre noch nicht geborenen Kinder haben, hängt sicher mit der "Kommunikationsfähigkeit" der Seelen zusammen. Die Verdrängung dieses Wissens ist das Ergebnis eines gesellschaftlich bedingten Erziehungsprozesses. Allein auf der Basis dieses "seelischen Wissens" der Eltern eine Transidentität ihres Kindes zu diagnostizieren wäre jedoch unverantwortlich. Wenn es vorhanden ist, kann es nur ein "Baustein" in der gesamten Kette der Auffälligkeiten sein, die zu einer Diagnose führen können.

4.2.2 Wunschdenken und Realität

Wunschdenken hat seine Wurzel fast ausschließlich in der Umwelt, nicht im Wünschenden selbst. Kommt es beim Wunschdenken über das Geschlecht des Nachwuchses zu einer Enttäuschung, so wird diese geäußert, verdrängt oder bagatellisiert. Sie kann natürlich auch verarbeitet werden.

Oft erleben wir, dass das Wunschdenken einen großen Einfluss auf die Erziehung des Kindes hat. Der Vater, der sich einen Sohn gewünscht hat, wird unter Umständen jedes Interesse seiner Tochter für männliches Tun und Handeln unterstützen. Aussprüche wie: *aus dir wäre sicher auch ein richtiger Kerl geworden*, sind nicht selten. Die Mutter, die sich eine Tochter gewünscht hat, wird jedes Interesse des Sohnes für Hausarbeit wohlwollend zur Kenntnis nehmen und fördern. Doch beide Beispiele beziehen sich auf Verhaltensweisen, also eine soziale Geschlechtszuordnung, nicht auf eine Geschlechtsidentität. Eltern, die sozial geprägtes gegengeschlechtliches Verhalten fördern, lösen damit keine gegengeschlechtliche Identitätsentwicklung aus.

Natürlich ist es nicht ausgeschlossen, dass ein Kind, durch die biologische Realität dem Wunschgedanken nicht entsprechend, trotzdem transidentisch ist.

Sehr oft wurde festgestellt, dass Eltern von Transidenten sich tatsächlich einen Jungen oder ein Mädchen gewünscht haben, das Kind aber mit dem anderen Geschlecht zur Welt kam. Eltern fragen sich dann, ob sie durch ihren Wunsch die transidentische Entwicklung hervorgerufen hätten. Oder sie fragen sich: *was haben wir falsch gemacht?*. Dahinter steht die Vorstellung, ihre Gedanken oder die Erziehung könnten die Identität verändert haben. Meines Erachtens sind solche Gedanken und damit verbundene Selbstvorwürfe falsch.

Die wissenschaftlich fundierte Erforschung der Zusammenhänge zwischen Psyche und Körper steht noch ganz am Anfang. Unbestritten ist, dass körperliche Erkrankungen oder Behinderungen einen großen, meist negativen Einfluss auf die Psyche der betroffenen Menschen haben. Wir wissen auch, dass psychische Belastungen zu körperlichen Erkrankungen führen können. Wir sprechen von psychosomatischen Beschwerden. Jeder kennt die sprichwörtlichen Aussagen: "Das geht mir an die Nieren - Mir läuft die Galle über - Da dreht sich mir der Magen um". Wir kennen Beispiele, bei denen die Verwandten eines Patienten oder Ärzte von "der Flucht in die Krankheit" sprechen. Dabei handelt es sich aber immer um die Wechselwirkung zwischen Psyche und Körper bei der betroffenen Person selbst.

Durch ihr Verhalten und soziale Abhängigkeiten beeinflussen sich die Menschen auch gegenseitig. Dies kann so weit gehen, dass die Aussage einer Mutter: "Meine Familie macht mich krank" reale Berechtigung erhält, sie körperlich krank wird. In diesem Fall wird sicher neben der rein medizinischen Versorgung eine psychische Begleitung erforderlich werden. Eine Genesung wird aber nur von Dauer sein wenn sich am sozialen Umfeld dieser Mutter etwas ändert oder sie ihre Einstellung dazu ändern kann.

Das Wissen über die Zusammenhänge von Psyche, Körper und Umwelt kann durchaus auf die Situation von Transidenten übertragen werden. Es auf die Entstehung von Transidentität anzuwenden wäre reine Spekulation.

Wenn Eltern im Bezug auf die Entstehung einer Transidentität überhaupt einen Einfluss auf die Entwicklung des Kindes haben, dann entzieht sich die Kenntnis über diesen Einfluss und den notwendigen Wirkmechanismus, bis heute unserem Wissen. Wenn es ihn also gäbe, dann geschieht dies vollkommen ohne unser Bewusstsein und Wollen. Stellt sich also später eine Transidentität heraus ist jede Form von Scham, Schuld oder Selbstvorwürfen unberechtigt. Eltern sollten sich auch nicht in sie hineindrängen lassen.

4.2.3 Verwandte und Nachbarn

Eltern sehen sich den Erwartungen, später der Einflussnahme von Verwandten, Nachbarn und Freunden ausgesetzt. Gerade die Haltung von Eltern, "ich lasse mir nicht hineinreden", führt durch die Angst davor und die bewusste Abgrenzung zu einer sehr massiven Einflussnahme. Einflüsse, vor denen man sich abschottet, haben einen hohen Stellenwert, auch wenn man versucht dies durch Abgrenzung zu verhindern. Dies gilt auch für die Fragen nach der "richtigen" geschlechtsspezifischen Erziehung.

Wenn den Eltern die gesundheitliche und seelische Entwicklung des Kindes wichtiger ist als die Frage nach Junge oder Mädchen, dann kann sich das Kind relativ frei entfalten. Entsprechend seiner fortschreitenden biologischen Entwicklung wird das Kind Erfahrungen machen, im Wechselspiel von Erfolg und Misserfolg auch seine Grenzen und deren Veränderbarkeit kennen lernen. Im Prinzip haben Eltern die intuitive Gabe "richtig" zu erziehen. Sie brauchen dazu kein Lehrbuch. Notwendig scheint es aber dadurch zu werden, dass die Gesellschaft bestimmte Erwartungshaltungen hat, Verhaltens- und Entwicklungsmuster als normal oder unnormal vorgibt. Dabei lässt sie eine individuelle Toleranz zu, eine kollektive Toleranz existiert hier jedoch nicht.

Dies bekommen Eltern und Kind zunächst durch die Verwandten und Nachbarn zu spüren. In der Frage der Geschlechtszugehörigkeit eines Kindes gibt es keinerlei Toleranz. Lässt eine Mutter zu, dass ihr "Sohn" sich wie ein Mädchen entwickelt, verhält und demnach auch kleidet, dann wird sie an den Pranger gestellt. Das arme Kind wird bedauert. Natürlich darf der "Junge" auch mal mit Mädchen spielen, sein Spiel soll aber im Prinzip "jungenhaft" sein. Der "Junge" darf zum Spaß auch einmal Mädchenkleider tragen. Er selbst darf daran aber nur solange Spaß haben, wie es den Erwachsenen gefällt. Wenn es ihm ohne die Einwilligung der Erwachsenen Spaß macht, dann hört der Spaß auf.

Wo für die Eltern und das Kind jeweils die Grenze liegt, hängt von so vielen unterschiedlichen Umfeldbedingungen ab, dass eine allgemeine Aussage, ob ein kindliches Verhalten ein Hinweis für eine vorhandene Transidentität ist, nicht gemacht werden kann. Selbst das Fehlen solcher Hinweise ist noch kein Beweis für eine "normale" Entwicklung. Das Umfeld kann so sein, dass ihre Wahrnehmung gar nicht möglich ist.

Eltern sollten wissen und akzeptieren, dass ihre Umwelt auch auf die Erziehung ihrer Kinder ständig Einfluss nimmt, bzw. sie sich in ihren Erziehungsbemühungen davon beeinflussen lassen. Das ist völlig in Ordnung. Verdrängungen und Ausblendungen führen zu Fehlern, wenn die Eltern diese Einflüsse verneinen und sich ständig dagegen wehren, weil sie den Einfluss spüren. Das gilt natürlich für jede Eltern-Kind-Beziehung, nicht nur wenn das Kind transidentisch ist.

4.3. Abschnitte der Erziehung

Bei der Entwicklung unseres Kindes und unseren Reaktionen darauf, der Erziehung, habe ich schon mehrmals deutlich gemacht, wenn auch mit anderen Zielrichtungen, dass es besonders markante Stellen gibt, die eine Transidentität, so sie vorhanden ist, nach außen in Erscheinung treten lassen. Ich will nun versuchen die Betonung auf die Gefühle und die Reaktionen der dadurch mitbetroffenen Eltern zu legen.

4.3.1 Ab in den Kindergarten

Das Gesetz, welches heute jedem Kind ab dem dritten Lebensjahr einen Kindergartenplatz zusichern soll, trägt nicht nur dem Aspekt Rechnung, den Müttern die Rolle des Arbeitnehmers zu eröffnen. Eine Isolation von Kindern soll damit ebenso verhindert werden. In der Ausbildung von Erzieherinnen wird erwartet "... die Fähigkeit zur Entwicklung sozialer Kompetenz bei Kindern zu fördern". Wer heute Dreijährige in die gleiche Gruppe wie Hortkinder steckt, gilt entweder als sehr fortschrittlich oder er verstößt in unverantwortlicher Weise gegen den Erziehungsauftrag. In der Regel sind die Gruppen altersmäßig getrennt in Dreijährige, Mittelgruppe und Vorschulkinder. Diese Einteilung hat auch einen direkten Einfluss auf die Erwartungen und das Verhalten von Eltern, die ihr Kind auf den Kindergarten vorbereiten.

Für das Kind, als auch für die Erwachsenen, bedeutet der Übergang in den Kindergarten in jedem Fall einen Einschnitt in der Erziehung, manchmal sogar einen Bruch. Wurde ein Kind bisher relativ geschlechtsneutral erzogen und hat sich auch so verhalten, dann sehen sich Eltern nun genötigt Unterschiede zwischen Mädchen und Jungen herauszustellen. Liegt bei dem Kind eine Transidentität vor, dann ist dies der erste Zeitpunkt, zu dem ihm bewusst wird, dass etwas nicht stimmt. Das Kind wird in irgend einer Form darauf reagieren. Die Reaktion wird um so deutlicher ausfallen, je mehr sonstige negative Erfahrungen das Kind bereits gemacht hat.

Ich sagte schon, dass Kinder durchaus wissen können, ob sie ein Junge oder ein Mädchen sind, auch wenn der Geburtseintrag genau entgegengesetzt lautet. Bringen sie das zum Ausdruck, so kann dies ein erstes Indiz für Transidentität sein. Aber auch Eltern können schon Beobachtungen gemacht haben, die Indizien für eine Transidentität ihres Kindes sind. Es kommt vor, dass Eltern, die bisher keinerlei Wert auf geschlechtliche Differenzierung gelegt haben, nun durch besonders auffällig geschlechtsbetonende Kleidung ihres Kindes und entsprechende Verhaltensanweisungen herausstellen, dass es ein Mädchen oder ein Junge ist. In dieser plötzlich auftretenden Geschlechtsbetonung könnte sich die Irritation der Eltern über das Geschlecht des eigenen Kindes spiegeln.

In fast allen Fällen wird sich das Kind den Zuordnungswünschen der Eltern anpassen. Es wird im Kindergarten andere Wege und Möglichkeiten finden und entwickeln, sich seiner Identität entsprechend wohl zufühlen. In die Zeit der ersten beiden Kindergartenjahre fällt auch der instinktiv erste Versuch von Kindern das eigene Geschlecht kennen zulernen. Dies geschieht im Normalfall nicht in der Auseinandersetzung mit dem Gegengeschlecht, sondern in der Zuwendung zu Geschlechtsgenossen. Kommt es hier zu ständigen Abweichungen des zu erwartenden Verhaltens, so sollte dies ein Hinweis für Eltern sein, soweit sie es mitbekommen, sich mit ihren und den Gefühlen ihres Kindes mehr auseinander zusetzen.

Wenn ein Vierjähriger, der fast ausschließlich mit Mädchen spielt, diese gegen Angriffe von gleichaltrigen Jungen schützt, dann ist das Kind kein frühreifer Kavalier. Es ist viel eher anzunehmen, dass er sich und, entsprechend seiner Identität, seine Geschlechtsgenossinnen vor Übergriffen schützt. Dies ist um so sicherer anzunehmen, je geringer die Wahrscheinlichkeit ist, dass das Kind mit Übergriffen zwischen Männern und Frauen bisher konfrontiert war.

Umgekehrt ist es z.B. sehr auffällig, wenn kleine Mädchen, die gerne mit Jungen spielen, gleichzeitig anderen Mädchen das Spielen mit ihnen verbieten wollen. Diese Ausgrenzung geschieht oft sogar sehr aggressiv. Bei der Beurteilung der Situation darf natürlich auch hier nicht die Vorerfahrung des Kindes mit Aggressionen außer Acht bleiben.

Auch in dieser Altersstufe ist das Leben so vielfältig, dass es unmöglich ist alle Aspekte eines geschlechtsuntypischen Verhaltens und ihre Ursachen darzustellen.

Wenn Transidentität vorliegt, lässt sie sich sowieso nicht verhindern. Es kann aber bis zu einem gewissen Grad verhindert werden, dass eine gesunde Entwicklung des Kindes unmöglich wird. Wenn Zweifel an der geschlechtlichen Entwicklung entstehen, dann sollte ihr nicht auch noch übermäßig Beachtung geschenkt werden. Die Vorstellung eine vorhandene Transidentität würde in jedem Fall zu einer Geschlechtsanpassung führen ist meiner Meinung nach falsch. Ich denke, dass unsere Gesellschaft für weit mehr als die Hälfte aller Transidenten Möglichkeiten bietet ein menschenwürdiges Leben zu führen, ohne dass sie sich ihrer Transidentität überhaupt bewusst sind. Ob ein sich transidentisch verhaltendes Kind eine solche Möglichkeit findet lässt sich in diesem frühen Stadium nicht prognostizieren.

Die ängstliche Frage der Eltern, *wie soll aus meinem Kind ein richtiges Mädchen werden (oder ein richtiger Junge)?* verunsichert, lähmt oder lässt Druck entstehen. Dieser Druck wird an das Kind weitergegeben. Es kann ihn aber nicht verstehen, weil es sich selbst noch als normal empfindet. Die Zuordnung von normal und unnormal geschieht erst später von Außen. Dass die äußeren Geschlechtsmerkmale nicht stimmen, erkennt der als Mädchen eingestufte Junge. Er glaubt aber, dass sein Zipfelchen schon noch wachsen werde. Das als Junge eingestufte Mädchen wird sich schämen und eher verhalten, als im Stehen an einen Baum zu pinkeln.

4.3.2 Der Übergang in die Schule

Was im Kindergarten, im Zusammenhang mit der Vorschule beginnt, die Betonung von geschlechtsspezifisch richtigem und falschem Verhalten, setzen Eltern fort, je näher der Schuleintritt rückt.

Auf die Vorbereitung des Kindes, zum Übergang in die Schule, nehmen mindestens drei große Gruppen erheblichen Einfluss. Zum einen sind dies die Eltern und Erzieher, mit denen das Kind direkt in Kontakt ist. Die zweite Gruppe sind die Geschwister und die Kinder aus dem Umfeld des Kindes. Die dritte Gruppe sind all jene Erwachsene, die entweder die Erwartungshaltung der Eltern oder des Kindes sehr stark beeinflussen. Im Wesentlichen sind dies Verwandte, Eltern anderer einzuschulender Kinder und Nachbarn. Jedes betroffene Kind bekommt dies zu spüren, gleichgültig ob transidentisch oder nicht. Ob nun in dem Kind eine positive Erwartungshaltung entsteht oder im anderen Extremfall Abneigung, Angst oder sogar Aggression, hängt von sehr vielen unterschiedlichen Faktoren ab. Es wurden schon hunderte von Lehrbüchern darüber geschrieben. In keinem aber fand ich auch nur die geringsten Anhaltspunkte, dass sich jemand einmal mit der Problematik der transidentischen Kinder befasst hätte.

Aus allen psychologischen und pädagogischen Abhandlungen geht hervor, dass wir Erwachsenen für das Kind etwas besonderes aus dem Übergang in die Schule machen. Es kommt zu einer Änderung in unserem Verhalten und damit auch in der Erziehung. Diese Änderung muss nicht negativ sein. Wenn es zu Verhalten kommt, das wir als negativ einstufen, dann kann dies die verschiedensten Ursachen haben. Werden Kinder in dieser Phase verhaltensauffällig, dann gehören die Eltern in psychologische Beratung und Behandlung und nicht das Kind.

Hat das transidentische Schulkind sich bisher, noch mehr oder weniger beachtet, geschlechtsuntypisch verhalten können, dann ist damit in der Schule meist Schluss. Kinder werden zu Mädchen und Jungen. Dabei spielt es praktisch keine Rolle ob die Jungen links, die Mädchen rechts sitzen oder bewusst Jungen und Mädchen nebeneinander gesetzt werden. Entscheiden ist, dass die geschlechtliche Differenzierung erstmals für das Kind offensichtlich und durchgängig betont wird. Dadurch entstehende Irritationen werden sowohl vom betroffenen Kind, als auch anderen Kindern der Klasse wahrgenommen. Sie können sogar nach außen sichtbar werden.

Wenn Mädchen in diesem Alter einen "Jungen" in ihre Reihen und Spiele aufnehmen, ihn sogar gegen Anpöbeleien von anderen Jungen schützen, dann kann dies ein Signal für die Transidentität dieses Kindes sein. Wenn dies die Eltern mitbekommen und direkt oder über die Lehrkraft korrigierend eingreifen, wird dies nicht ohne sichtbare Folgen bleiben.

Das Kind wird in irgend einer Form in seinem Verhalten reagieren. Die Schwierigkeit für uns Erwachsene besteht darin, dass die Reaktion aus unserer Sicht sogar sehr positiv sein kann. Es könnte geschehen, dass das Kind den Einfluss als drohenden Liebes- oder Zuwendungsentzug wertet und durch besonderen Fleiß oder Artigkeit reagiert, um ihn abzuwenden. Es kann sich auch z.B. besonders rüpelhaft in die Reihen der Jungen drängen, um es den Eltern recht zu machen. Beides wird mit großer Wahrscheinlichkeit zu Fehlinterpretationen führen, wenn wir es isoliert betrachten.

Die Reaktion des Kindes kann aber auch zu einer starken Introvertiertheit führen oder sich in Leistungsverweigerung äußern. Es kann geschehen, dass es in bestimmten Situationen aggressiv reagiert, ohne dass für uns Erwachsene ein Anlass sichtbar ist.

Weder die Eltern, die es meist intuitiv wissen, dass ihr Kind transidentisch ist, noch die "Experten" lassen den Gedanken an eine Transidentität ernsthaft zu. "Kinder zeigen oft gegengeschlechtliches Verhalten, das legt sich wieder." So oder ähnlich argumentieren wir, wenn sich ein Kind in dieser Hinsicht auffällig verhält. Wenn aber Eltern es ernst nehmen, werden sie in ihrem Bekanntenkreis und auch bei Fachleuten auf Reserviertheit und/oder Ablehnung stoßen.

Werden in den ersten beiden Schuljahren die Zeichen, die das Kind aussendet, nicht erkannt oder unterdrückt, dann ist wieder eine Chance vertan. Das Kind wird sich relativ schnell darauf einstellen und verdrängen oder kompensieren. Probleme, die dann sichtbar werden, können kaum noch direkt auf eine vorhandene Transidentität hinweisen. Nicht selten ist der nächste Schritt der Weg zum Schulpsychologen. Bei allen Fällen die mir zu Ohren kamen wurden dann Symptome behandelt, die Ursache "Transidentität" nicht einmal in Erwägung gezogen.

4.3.3 Beginn der Pubertät

Von Erwachsenen, die zu ihrem Identitätsgeschlecht abweichend vom Geburtseintrag stehen können und sich in Behandlung begeben, wissen wir, dass sie erst zu diesem Zeitpunkt ihre Pubertät erleben. Bei ihnen ist zwar die biologisch bedingte körperliche Pubertät abgelaufen, die gesamtpubertäre Entwicklung war aber gestört, da ihnen der Körper völlig falsche Signale setzte.

Im Zeitabschnitt der biologischen Pubertät können Eltern letztmalig die Transidentität ihres Kindes erkennen. Konnten transidentische Kinder bisher die Unterschiedlichkeit der biologischen Andersartigkeit ihres Körpers verdrängen, ignorieren oder sogar noch davon träumen, dass sich "alles schon noch einrichten" wird, so ist dies nun vorbei. Für einen großen Teil der Transidenten war die einsetzende biologische Pubertät ein Schlag, von dem sie sich nie mehr erholt haben. Fast immer werden sie ihr Verhalten, wenn auch auf verschiedene Art und Weise, radikal ändern. Genau dies aber muss den Eltern auffallen. Gleichgültig wie sich ihr Kind bisher entwickelt oder verhalten hat, es wird sich gravierend ändern. Ein Merkmal kann ein völliges Überziehen der biologisch zugewiesenen Geschlechtsrolle sein, entgegen dem bisherigen Verhalten.

Die Art der Veränderung hängt von so vielen vorausgegangenen Entwicklungsfaktoren ab, dass eine differenzierte Abgrenzung gegenüber "normalen" Pubertätsproblemen schwer möglich ist. Die Fähigkeiten des Kindes, die eigene Identität hinter dem Spiegel der Erwartungshaltung der Umwelt zu verstecken, sind bereits so stark ausgeprägt, dass praktisch immer andere Ursachen als Auslöser vermutet werden können. Wenn zu diesem Zeitpunkt zusätzlich der Gesprächsfaden zwischen Eltern und Kind bereits gerissen ist, dann besteht kaum eine Chance gemeinsam in der richtigen Richtung zu suchen. Wenn jetzt psychologische oder verhaltenstherapeutische Hilfe in Anspruch genommen wird, gehen meist alle Beteiligten von falschen Voraussetzungen aus.

Wenn der Jugendliche zu diesem Zeitpunkt immer noch behauptet, er gehöre dem anderen Geschlecht an, so wird dies als Ausweichen vor den "wirklichen" Problemen gewertet. Erst in den letzten beiden Jahren konnte ich eine etwas größere Bereitschaft erkennen den Jugendlichen ernst zu nehmen, die Richtigkeit seiner Aussage zumindest in Erwägung zu ziehen. Für Transidenten und deren Eltern sind dies jedoch äußerst seltene Glücksfälle.

4.4. Begegnung mit den Experten

Alle Experten, mit denen Eltern in Kontakt kommen, solange sie für ihre Kinder Verantwortung tragen, haben eines gemeinsam: "Sie wissen, dass es Transidentität gibt. Sie wissen, dass Transidenten sich dessen schon in ihrer Kindheit bewusst sind. Sie wissen aber so gut wie nichts über Transidentität, verdrängen sogar im konkreten Fall, dass sie die tiefere Ursache einer völlig anderen Störung sein kann."

4.4.1 Der Kinderarzt

Solange es sich um kein Schulkind handelt, hat das Kind aus der Sicht des Arztes nur einen gesunden oder kranken Körper. Er ist fast ausschließlich auf den Körper und dessen Funktionen fixiert. Aus der Entwicklung des Kindes und seinem Verhalten werden Rückschlüsse auf eine gesunde geistige Entwicklung gezogen. Sollte der Arzt, und das sind die Ausnahmefälle, einmal eine psychische Ursache bei Verhaltensauffälligkeiten vermuten, so werden seine Fragen und Empfehlungen immer die spezielle Eltern-Kind-Beziehung im Hinblick auf die Versorgung, Zuwendung oder Unterbringung betreffen.

Dies ist weiter nicht verwunderlich. Die Ausbildung der Kinderärzte sieht nichts anderes vor. In den meisten Fällen kennt er die Familie und ihr Umfeld nur oberflächlich oder aus dem Krankenblatt. Die ihm zur Verfügung stehende Zeit lässt nur zu, die vorgesehenen Checklisten der Vorsorge abzuarbeiten oder sich um ein akutes Krankheitsbild zu kümmern.

Ist ein dem Arzt vorgestelltes Kind bereits in der Schule, dann wird er bei psychischen Auffälligkeiten an den Jugend- oder Schulpsychologen verweisen, je nach dem ob die Probleme sich mehr im Leistungs- oder Verhaltensbereich zeigen. So wie die Situation heute in Deutschland ist, können Eltern vom Kinderarzt, bezogen auf eine eventuell vorhandene Transidentität ihres Kindes, keine Hilfe erwarten.

4.4.2 Erzieher und Lehrer

Wenn wir Erwachsenen, die wir die Gesellschaft bilden, die ihre Kinder anderen Erwachsenen anvertraut, selbstkritisch sind, dann müssten wir der folgenden Feststellung zustimmen.. Wir halten einen Kindergarten für gut, wenn er ausreichend groß ist und seine Ausstattung den Normen entspricht. Wir halten eine Erzieherin für gut, wenn unser Kind brav ist, nicht klagt, vor Verletzungen geschützt wird und die gesteckten Lernziele erreicht. Dass wir damit einer völlig unnormalen Normierung Vorschub leisten, kommt uns gar nicht in den Sinn. Unser Kind ist doch gut aufgehoben, gut versorgt und lernt etwas.

In der Schule setzt sich diese Entwicklung, durch unsere Erwartungshaltung mit bedingt, weiter fort. Wird unser Kind in irgend einer Form auffällig, dann soll der Lehrer dafür sorgen, dass alles wieder ins Lot kommt. Kommt es durch das Verhalten unseres Kindes zu Störungen, dann werden wir entsprechende Strafen mit unterstützen. Wird die Störung durch Leistungsverlust sichtbar, dann muss die Nachhilfe her, oft schon bei Erstklässlern.

Bei diesen Rahmenbedingungen, von der Gesellschaft vorgegeben, können Eltern nicht erwarten, dass Erzieher oder Lehrer ihnen Hinweise auf eine eventuell zu vermutende Transidentität ihres Kindes geben können. Machen aber Erzieher oder Lehrer entsprechende Beobachtungen, was dann schon fast an ein Wunder grenzen würde, dann stehen sie vor einigen unüberwindlichen Hindernissen.

Die Pädagogen werden im Kollegenkreis nur sehr vorsichtig taktierend anfragen, ob ähnliche Beobachtungen gemacht wurden. Sie müssen befürchten als Spinner dazustehen. Wollen sie sich extern erkundigen, dann finden sie keine kompetenten Ansprechpartner. Sollten sie den Mut haben mit den Eltern das Gespräch zu suchen, dann müssen sie befürchten der Einmischung in ganz persönliche Bereiche bezichtigt zu werden. Der Pädagoge wird, zu seinem eigenen Schutz, bald die Fähigkeit entwickeln bei dem Kind nur noch die Beobachtungen zu machen, die seinen ursprünglichen Verdacht entkräftet. Er wird andere Gründe finden und darüber mit Kollegen, Vorgesetzten und Eltern sprechen. Er ist das Problem los. Ihm daraus einen Vorwurf zu machen wäre völlig falsch.

Denkbar ist der Fall, dass sich Eltern mit der Beobachtung eines transidentischen Verhaltens ihres Kindes dem Pädagogen anvertrauen. Es kommt nun sehr auf die menschlichen Fähigkeiten und die Zivilcourage des Pädagogen an, ob sich daraus eine Allianz für das Kind entwickelt. Beide, Eltern und Pädagoge, sollten wissen, dass ein isolierte Betrachtung der Situation außerhalb des gesamten Umfeldes nicht möglich ist. Das Einschalten eines Kinder- oder Schulpsychologen kann sinnvoll sein. Ihm die Verantwortung abzugeben ist keine Lösung. Auch die Eltern sollten sich nicht scheuen, selbst einen Psychologen aufzusuchen. Alle Beteiligten müssen sich untereinander austauschen können und wollen. Nur so ist eine einigermaßen gute Chance gegeben, dass nicht über das Kind, sondern mit dem Kind eine Lösung vorbereitet werden kann. Wenn sich die Vermutung erhärtet, dass eine Transidentität vorliegt, ist eine schnelle Lösung nicht möglich. Es wird ein langer Prozess sein, da viele individuelle Unwägbarkeiten auf diesem Weg auftauchen werden.

Leider ist in unserem heutigen System, seiner kulturellen Grundeinstellung und den für transidentische Erwachsene entwickelten "Hilfsmaßnahmen", nur eine sehr geringe Chance vorhanden, dass für ein Kind alle Beteiligten positiv eingestellt sind. Ziel müsste es sein mit dem Kind für das Kind zu entscheiden. In der Praxis wird heute aber über das Kind entschieden. Bei dem Kind wird das transidentische Verhalten eben nur als Verhalten gewertet und nicht als Transidentität. Verhalten aber lässt sich ändern. Die Eltern und die Experten werden genug Anhaltspunkte finden, wo sie glauben etwas ändern zu können. Das Kind ist nicht mehr der natürliche Mittelpunkt, sondern nur noch Objekt, an dem herum gedoktert wird. Dies ist leider die unmenschliche Realität.

4.4.3 Der Kindertherapeut - Schulpsychologe

Im letzten Abschnitt habe ich bereits über beide gesprochen, vor allem von wem und warum sie eingeschaltet werden könnten. Geschieht dies bereits mit dem Hinweis auf eine vermutete Transidentität, dann haben sowohl er als auch das Kind eine gewisse Chance. Meist aber werden die Kinder und deren Probleme einfach bei ihm abgegeben. Diese Situation und die Erwartungshaltung, dass der Psychologe es mit dem Kind schon hinbekommen würde ist schlimm. Noch schlimmer aber ist, dass sie oft so angenommen wird. Therapeuten und Psychologen haben das System verinnerlicht, beugen sich ihm und merken es irgendwann gar nicht mehr.

Auch in der Jugend- und Schulpsychologie wird viel geleistet. Dies ist um so erstaunlicher, weil sich oft die Auslöser von Problemen, Eltern und Lehrer einer notwendigen Therapie entziehen. Vom Kind und seinem Therapeuten wird also nicht nur verlangt, dass sie das Problem des Kindes lösen, sondern auch noch, dass sie die ungelösten Probleme der Erwachsenen mit tragen und aushalten lernen. Dies gilt grundsätzlich, für Transidenten aber um so mehr, weil es sie ja eigentlich nicht geben darf, schon gar nicht als Kinder. Aber es gibt sie doch.

In der Praxis erleben wir es deshalb häufig, dass sich die Psychologen auf vordergründige Probleme stürzen, andere als die genannten Probleme, wegen denen das Kind bei ihnen abgegeben wurde, außer Acht lassen. So ist es nicht verwunderlich, dass das Kind weitere negative Erfahrungen macht. Es wird sich möglicherweise sogar schuldig fühlen, weil es die Wünsche der Erwachsenen nicht erfüllt. Es wird lernen seine eigenen Gefühle und Wünsche noch besser zu verdrängen. Der Psychologe erreicht, ohne sich dessen bewusst zu werden, das Gegenteil von dem was er eigentlich möchte. Kann er die Erwartungshaltung der Eltern, Lehrer oder seine eigenen beim Kind durchsetzen, dann wird er sogar glauben gute Arbeit geleistet zu haben. Die Katastrophe zeigt sich erst wesentlich später. Oder das Problem wird eines Tages, im wörtlichen Sinn, begraben. Suizid - der Zusatz "wegen nicht erkannter Transidentität" fehlt mit Sicherheit.

4.5. Empfehlungen an die Eltern

Bei der Vielfalt der individuellen und sozialen Rahmenbedingungen in denen ein Kind aufwächst und sich entwickelt, ist es unmöglich allgemeingültige Verhaltensregeln zu geben. Jede Empfehlung und jedes Beispiel kann nur als exemplarischer Denkanstoß für die Handlungsmöglichkeiten von Eltern gesehen werden. Nur sie kennen ihr Kind und die Situation in der es interaktiv aufwächst und sich entwickelt.

Wenn ihr Kind sich zu seinem Geschlecht äußert, dann nehmen sie es ernst, auch wenn es erst zwei, drei oder vier Jahre ist. Gerade in diesem Alter sprechen die Kinder noch vorbehaltlos über ihre subjektiv erlebte und empfundene Wahrheit. Erst im Laufe der Zeit gewöhnen wir ihm ab zu sagen, was es selbst für gut und richtig erachtet. Es wird unsere Vorstellungen von gut oder schlecht, richtig oder falsch im Lauf seiner Entwicklung zunächst immer mehr übernehmen.

Wenn Ihr Kind seine Geschlechtsrolle nicht der biologischen Zuweisung entsprechend annimmt, dann üben Sie keinen Druck aus. Bieten Sie ihm spielerisch an, auch die zugewiesene Geschlechtsrolle auszuprobieren. Vielleicht findet es Gefallen daran und tut es. Wenn Ihr Kind transidentisch ist, dann wird es den Versuch früher oder später selbst wieder beenden, ohne dass Schaden entstanden ist.

Nehmen Sie rechtzeitig Partei für Ihr Kind, auch wenn es sich nicht gesellschaftskonform verhält. Vereinbaren Sie mit Ihrem Kind einfache Kompromisse, die Sie mit ihm gemeinsam tragen können, z.B. *zum Schlafen darfst du ein Mädchennachthemd anziehen - wir kaufen die roten Lackschuhe, die du im Garten anziehen darfst.* Zwingen Sie ein Mädchen nicht in Kleider, es ist nicht nötig. Schaffen Sie auch Spielzeug an, welches für das andere Geschlecht typisch ist. Machen Sie eine Aufgabenteilung. *Papa spielt mit dir Eisenbahn und Fußball, Mama spielt mit Puppen und Kochen. Papa baut mit dir die Sandburg, Mama näht mit dir ein Kleid für die Puppe.* Wichtig ist, dass es für das Kind spielerische Einladungen sind und nicht Zwang.

Tauschen Sie auch einmal die Zuweisungen, d.h. Mama spielt Fußball mit dir, Papa hilft beim Puppe anziehen. Beobachten Sie, wie Ihr Kind herausfindet was es will und wie es sich fühlt. Wichtig ist, dass es schon zu Hause erlebt, dass soziale Geschlechtsrollen austauschbar sind. Gehen Sie möglichst auch auf Wünsche des Kindes ein. Erklären Sie einfach und klar, warum Papa keine Kleider anzieht, Mama nicht im Stehen pinkeln kann. Drücken Sie sich nicht um einfache Antworten.

Wenn Ihr Kind in den Kindergarten geht und sich transidentisches Verhalten schon gezeigt hat, dann sprechen Sie mit den Erzieherinnen schon vorher darüber. Kinder können untereinander sehr grausam wirken. Die daraus entstehenden Grausamkeiten können Sie anderen Kindern nicht verbieten, Ihr eigenes Kind auch nicht davor schützen. Wenn aber das Verhalten Ihres Kindes nicht als etwas Besonderes herausgestellt wird, dann verliert sich für die anderen sehr schnell der Reiz zum Ausgrenzen oder Angreifen.

Klagt Ihr Kind über Angriffe oder Ausgrenzung, dann nehmen Sie es ernst und stehen ihm bei. Vermeiden Sie dabei aber nun ihrerseits Ausgrenzung. Die anderen Kinder sind anders, aber weder besser noch schlechter. Auch diese Kinder werden schnell ein Verhalten zeigen, bei dem Transidentität keine Rolle mehr spielt, es sei denn wir Erwachsenen ordnen Ihr eine besondere Bedeutung zu.

So wie es nicht den Mann oder die Frau gibt, so gibt es auch nicht den Transidenten. Ob Ihr Kind, auch wenn es transidentisch ist, später der biologischen Rollenzuweisung entsprechend leben kann oder nicht, kann in den meisten Fällen nicht vor Ende der Pubertät entschieden werden. Nur Ihr Kind selbst kann diese Entscheidung später treffen, wobei es dafür keine Altersgrenze gibt. Handelte es sich bei dem transidentischen Verhalten nur um ein soziales Rollenspiel Ihres Kindes, dann hat es dieses Spiel mit Sicherheit schon vor Beginn der Pubertät abgelegt oder selbst als Spiel erkannt.

Bemühen sie sich als Eltern, dass der Gesprächsfaden zwischen ihnen und ihrem Kind nicht abreißt. Das Kind muss die innere Gewissheit haben, dass es sich ihnen gegenüber wegen seiner Transidentität nicht zu schämen braucht. In diesem Fall besteht eine gute Chance, dass die Lösung des "Problems" nicht in Verstecken und Verdrängen liegt. Das Kind kann dann im Lauf seiner Entwicklung selbst Möglichkeiten und Wege finden mit seiner abweichenden Geschlechtsidentität zu leben. Geschlechtsanpassung ist zwar eine Lösung, mit Sicherheit aber nicht die einzige.

Druck erzeugt Gegendruck. Zu lernen damit umzugehen ist ein wichtiges Element in der Erziehung. Ein Kind kann daran wachsen, es kann aber auch daran zerbrechen. Es kommt nicht von ungefähr, dass in der Gruppe der transidentischen Erwachsenen psychisch und sozial gescheiterte Existenzen ebenso überrepräsentiert sind wie hochleistungsfähige Personen.

Suchen und pflegen sie den Kontakt mit den "Experten", die ihr Kind in seiner Entwicklung begleiten werden. Kinderarzt, Erzieher und Lehrer werden kaum etwas von Transidentität wissen, außer den bekannten Allgemeinaussagen. Trotzdem sind sie ihre und ihres Kindes Partner auf seinem Weg ins Leben. Ergreifen sie für ihr Kind Partei und lassen sie weder sich noch ihr Kind zum "Spezialisten" abschieben. Es gibt mindestens zwei Gründe die dagegen sprechen:

Wir haben bisher in Deutschland keine Spezialisten für die Betreuung und Begleitung von transidentischen Kindern und ihrer Eltern.

Die Spezialisten für die Erziehung und Entwicklung ihres Kindes sind die Menschen in seiner Umgebung. Unter ihnen wächst es auf, von ihnen wird es in seinem Verhalten beeinflusst und geprägt.

Kinderarzt, Erzieher und Lehrer können sie unterstützen damit ihr Kind gesund aufwächst. Sie können mithelfen, dass ihr Kind eines Tages selbst erkennt ob es transidentisch ist oder sich nur so verhält. Sie können auch Partner des Kindes sein, bei seinen Versuchen Lebensperspektiven oder Zwischenlösungen zu finden. Wenn dann eines Tages für den herangewachsenen Menschen doch eine Geschlechtsanpassung notwendig sein wird, dann ist dies unter solchen Voraussetzungen kein dramatischer Einschnitt ins Leben, der neue Bedrohungen hervorrufen würde.

4.6. Auftrag an Wissenschaft, Politik und gesellschaftliche Institutionen

Wenn Veränderungen erst dort einsetzen, wo das Problem sichtbar wird, nicht aber an der Stelle, wo es entsteht, dann wird sich praktisch nie etwas ändern. Aus diesem Grunde erscheinen mir die folgenden Ausführungen gerade im Zusammenhang mit Frühdiagnose und Erziehung so wichtig.

Für Transidenten besteht bisher das Problem, dass sie politisch gar nicht wahrgenommen werden. Sie sind eine existierende, aber verschwiegene Minderheit. Da die Gesellschaft sie heilen will, entsteht in ihnen natürlich auch der Wunsch geheilt zu werden. Erst im Spiegel der Gesellschaft wird klar, warum viele Transidenten glauben, sie müssten in der Zeit zwischen dem Akzeptieren der Transidentität und ihrer vollständigen Mann- oder Frauwerdung untertauchen.

Der klare Auftrag an die Politik muss deshalb lauten: Abschaffung oder Veränderung aller Gesetze, in denen eine Diskriminierung der Geschlechter enthalten ist.

Der Satz im Artikel 3 des Grundgesetzes "Männer und Frauen sind gleichberechtigt" muss also lauten: "Menschen aller geschlechtlicher Ausprägungen sind gleichberechtigt. Der Staat fördert die tatsächliche Durchsetzung der Gleichberechtigung aller Geschlechter und wirkt auf die Beseitigung bestehender Nachteile hin."

Die zwingende Vorschrift eines Geschlechtseintrages in die Geburtsurkunde muss entfallen. Der Zwang zur biologischen Eindeutigkeit widerspricht dem garantierten Recht auf körperliche Unversehrtheit (Art.2 GG). Der Vorname eines Menschen wird durch einen Verwaltungsakt dokumentiert. In seiner Rechtsfolge beschneidet das Namensrecht aber das Recht auf freie Entfaltung der Persönlichkeit (Art.2 GG). Die Änderung des Vornamens muss deshalb ebenfalls durch einen Verwaltungsakt möglich werden. Dazu wird lediglich die mündliche Begründung des Antragstellers der geänderten Geburtsurkunde beigelegt. Transidentität ist ein ausreichender Grund. Namen, die keinen Rückschluss auf das biologische Geschlecht zulassen, müssen grundsätzlich erlaubt sein.

Die Liste derartiger Forderungen zur Verwirklichung der Gleichberechtigung der Geschlechter und dem Recht auf freie Entfaltung der Persönlichkeit, körperlicher Unversehrtheit und Wahrung der Intimsphäre ließe sich beliebig fortsetzen.

Solange die Politik die Probleme der Transidenten als rein medizinisches Problem ansieht und jeden darüber hinausgehenden Handlungsbedarf von sich weist, wird sich nichts ändern. Medizinische Leistungen sind für Transidenten in allen Fällen unverzichtbar. Doch Mediziner schaffen keine neuen Menschen, weder chirurgisch als Baby nach der Geburt, noch durch gegengeschlechtliche Behandlung bei Erwachsenen. Sie können immer nur durch ihre Hilfe vorhandenes Leid mildern oder Entstehung von Leid abwenden.

Politik prägt die Bilder in den Köpfen der Menschen, sie kann sie aber auch verändern. Politik muss sich vor allem der Verantwortung stellen, die sie damit übernimmt. Wir Transidenten bieten uns als Partner an, notwendige Änderungen einzuleiten.

Politik kann Impulse für Erziehung, Bildung und Wissenschaft geben. Ohne politische Diskussion wird sich das Bild von "Es gibt nur Mann und Frau, dazwischen existiert nichts, Abweichung zwischen Biologie und Identität ist krank", nicht ändern können. Es werden weiterhin jährlich etwa 200 - 800 Mill. DM ausgegeben um transidentische Menschen krank zu machen und sie dann mit weiteren Millionenbeträgen wieder im Sinne der Gesellschaft zu heilen. Dies zu ändern wird ohne politische Maßnahmen wohl kaum möglich sein. Diese würden wesentlich mehr Geld sparen, als sie kosten. Sie erfordern allerdings die Bereitschaft zum Umdenken.

Aus politischen Impulsen heraus wäre auch ein Umdenken der Wissenschaft möglich. Transidentität betrifft die Bereiche Soziologie, Philosophie, Biologie, Pädagogik, Psychologie und Medizin, um nur die Augenfälligsten zu nennen. Wenn aber Mann und Frau als einzig real existierende Lebensform vorgeschrieben ist, und sei es nur in der Vorstellungswelt der Menschen, also auch Wissenschaftlern, dann stehen "Ergebnisse" schon fest bevor mit Untersuchungen oder Forschungen begonnen werden kann.

Ein Forschungsauftrag den Gendefekt zu suchen, der für Transidentität verantwortlich ist mag vordergründig sinnvoll sein. Als ausschließlich medizinisches Projekt, isoliert aus allen sonst betroffenen Wissenschaftsbereichen, hätte er mit großer Wahrscheinlichkeit katastrophale Folgen. Unterstelle ich, man würde ein solches, von der Norm abweichendes Gen finden, wer würde dann entscheiden, dass es ein Defekt ist? Käme es dann zu genetischen Pflichtuntersuchungen, damit transidentisches Leben gar nicht erst geboren wird? Sie sehen selbst, wie schnell wir bei übereiltem Ruf nach Lösungen durch eine Disziplin der Wissenschaft in ethische Konflikte geraten. So wie die heutige Begleitung und Behandlung von Transidenten nur interdisziplinär (fachübergreifend) möglich ist, genauso kann es auch nur einen interdisziplinären Forschungsauftrag geben.

Am schwersten werden sich wohl die christlichen Kirchen tun. (Ich spreche hier nur diese an, da sie in unserem Kulturraum die entscheidende Rolle spielen.) Doch auch hier hat ein Wandlungsprozess begonnen. Es sieht so aus, als ob manch ein Christ bereits begriffen hätte, dass wir Menschen die Schöpfung so einteilen, wie sie uns in den Kram passt. "Die Schöpfung hat viel mehr Phantasie als der Mensch. Der Mensch teilt ein, nicht die Schöpfung." Christen können mit dieser Aussage sehr gut leben, sie darf sie nur nicht selbst betreffen.

Bei einem Gespräch im Seelsorgeamt, auf erzbischöflicher Ebene, wurde mir gesagt, dass es zwar keine Aussagen zum Problem Transidentität gebe, aber die pastorale Seelsorge für Betroffene und Mitbetroffene sei gewährleistet. Es fragt sich nur, wie, wenn man über das Thema gar nicht spricht. Einem Gläubigen wurde die Änderung der Taufurkunde verweigert, weil er noch nicht operiert war. Ein Pfarrer verweigerte einem verheirateten Paar, das er selbst Jahre vorher getraut hatte, gemeinsame Gespräche, weil sie sich nicht scheiden lassen wollten, obwohl die "Ehefrau" nun als Mann lebte und schon operiert war. Er fügte hinzu, dass er beide einzeln auch seelsorgerisch wieder begleiten würde, jeden einzeln, wenn sie sich scheiden lassen. Er fand es unerträglich, dass sie sich gemeinsam um ihre noch schulpflichtigen Kinder kümmern wollten.

Eltern von transidentischen Kindern, die sich an ihren Geistlichen gewandt hatten, wurde angeboten, im innigen Gebet ihre Kinder von deren teuflischen Besessenheit zu befreien. Einem Jungen, der sich als transidentisch bezeichnete, wurde die Konfirmation verweigert.

Ich will nicht schließen, ohne auch von anderen Erfahrungen zu berichten. Pfarrer beider großer Konfessionen haben sich schon der öffentlichen Diskussion gestellt: "Transidentität - muss die Bibel umgeschrieben werden?". Beide Volkskirchen haben schon zur Kenntnis genommen, dass es auch in ihren Reihen der Amtsträger Transidenten gibt, noch aber verschweigen sie es nach außen. Gemeinden haben Transidenten in das Gemeindeleben voll integriert und ihnen auch öffentliche, christliche Aufgaben übertragen.

Die Amtskirche muss aber erst ermuntert werden, das in Jahrhunderten erstarrte Schöpfungsbild von unhaltbaren Einengungen zu befreien. Dies wäre wahrhaft eine christliche Tat.

5. Spielregeln

Praktische Hinweise im Umgang mit
Ärzten, Therapeuten, Krankenkassen,
Sachverständigen und Gerichten

5.0. Probleme der begrifflichen Verwirrung

Wenn ich dieses Kapitel mit "Spielregeln" überschrieben habe, dann werde ich natürlich die Erwartung wecken, man bräuchte sich nur daran halten, dann sei ja alles klar, was die Behandlung von Transidenten angeht. Gerade Transidenten könnten es so sehen, Experten werden es mit großer Skepsis betrachten. Oft genug hat der eine oder andere von ihnen erleben müssen, dass sich Transidenten "Ratschläge" holen, wie sie sich beim Arzt verhalten müssten, damit sie ihre "Umwandlung" möglichst schnell "über die Bühne" bekommen. Diese Gedanken, sowohl auf der Seite der Transidenten als auch der Ärzte, sind verständlich und werden immer wieder sichtbar. Doch genau darum geht es bei "Spielregeln", so wie ich sie hier verstehe, nicht.

Eines der größten Probleme, welches zwischen Gesellschaft, Arzt und Transidenten immer wieder auftritt, sind sprachliche Verwirrungen, falsche Verwendung von Begriffen, Fehlinterpretationen von Aussagen. Dazu hat u.a. auch ein gewisser Boom der Publikationen in den Medien beigetragen, aber auch unseriöse Veröffentlichungen von "Fachleuten".

Ich habe fast ausschließlich den Begriff "Transidentität" verwendet, lediglich darauf hingewiesen, dass im medizinischen Sprachgebrauch und als Folge davon auch im juristischen, das Wort "Transsexualität" verwendet wird. Das Phänomen, dass sich ein Mensch "... nicht mehr dem seinem Geburtseintrag entsprechenden, sondern dem anderen Geschlecht zugehörig empfindet, ..." wurde dem Fachgebiet der Sexualmedizin zugeordnet und dort untersucht. Da sich die Sexualmedizin, vor allem Sexualtherapeuten, auch mit den sexuellen Perversionen beschäftigen, die im Interesse einer gesellschaftlichen Moral "geheilt" werden sollen, gerät ein Mensch mit abweichender Geschlechtsidentität in den Vorstellungen mancher Menschen in diese Schublade. Die Sexualmedizin beschäftigt sich neben anderen Themen auch mit Homosexualität und ist sicher nicht schuldlos, wenn wir uns heute die Frage stellen müssen, wie es geschehen konnte, dass praktizierte Homosexualität sogar als kriminelles Delikt verfolgt wurde. (Die in der NS-Zeit verschärften Gesetze wurden bei der Gründung der BRD beibehalten und erst nach jahrzehntelangem Kampf der Schwulen-

und Lesbenbewegung, die dabei fast keine Unterstützung durch die "Experten" bekam, restlos abgeschafft.)

Auch der Begriff der Transsexualität wurde von der Sexualmedizin geprägt. Eines der Hauptprobleme dieser Wortwahl besteht darin, dass mit Sexualität andere Vorstellungen verknüpft werden als mit Geschlechtlichkeit. Es geht auch nicht in erster Linie um die biologische Geschlechtlichkeit, sondern um die erlebte Geschlechtsidentität oder eben um die Ablehnung der Geschlechtszuordnung, die bei der Geburt getroffen wird. Ich bin mir bewusst, dass der Begriff Transidentität auch nicht uneingeschränkt stimmt, jedoch das Problem deutlicher beschreibt. In beiden Worten ist der Teil "Trans..." falsch. Ebenso ist es falsch zu sagen, dass sich ein Mensch nicht mehr dem Geschlecht zugehörig empfinden würde, das seinem Geburtseintrag entspricht. Dieser Mensch hat sich nie so empfunden, auch wenn dies erst später deutlich wird.

"Trans", als Teil eines Wortes heißt immer, es geht etwas von einem Zustand in einen anderen über. Das heißt aber, dass ein Zustand erst einmal fest vorhanden sein muss. Bei Transidenten ist dies aber nicht so. Ich habe bereits versucht deutlich zu machen, dass die geschlechtliche Identität schon so früh im Leben eines Menschen festgelegt ist, dass weder er noch seine Umwelt dies wahrnehmen. Der Mensch wird entsprechend den äußeren Geschlechtsmerkmalen erzogen, wird auch für sich selbst versuchen diesen Erwartungen gerecht zu werden, mehr oder weniger ausgeprägt. Irgendwann merkt er, dass etwas nicht stimmt. Es ändert sich also nicht die Identität, sondern das Bewusstsein davon. Es ändert sich auch bei einer späteren Behandlung nicht der Körper, sondern im Wesentlichen ändert sich das Erscheinungsbild und die eigene Körperwahrnehmung, vor allem unter dem Einfluss einer Hormonbehandlung.

Ohne hier eine alte Diskussion neu entfachen zu wollen, möchte ich feststellen, dass Transidenten als Männer oder Frauen geboren werden. Durch das biologische Erscheinungsbild werden sie jedoch zunächst dem anderen Geschlecht zugeordnet. Dadurch werden sie von Anfang an in ihrer Entwicklung falsch eingestuft und behindert. Dies liegt eben daran, dass im Sinne eines "Schubladendenkens" in einem männlichen Körper auch eine männliche Identität zu sein hat und in einem weiblichen Körper entsprechend eine weibliche Identität. Es fällt uns Transidenten ebenso schwer zu erkennen, dass dies nicht immer so ist, wie auch den Experten, geschweige denn der Gesellschaft. Unter dem Druck der gesellschaftlichen Erwartungshaltung sprechen nun Experten von einer "Störung". Die wesentlichste Störung, die wirklich vorliegt, ist aber die Störung des Weltbildes, welches die Menschen für ihre persönliche Position entwickelt haben.

Der zweite Teil des verwendeten Wortes "Sexualität" ist aber eindeutig falsch, bezogen auf die Erwartung, die damit verbunden wird. Mit dem Wort "Sexualität" verbinden wir in unserem Kulturkreis zwei Erwartungen, die partnerschaftliche, sexuelle Orientierung und die Praktiken beim Vollzug des Geschlechtsverkehrs. Beides, Partnerschaft und Geschlechtsverkehr setzen aber voraus, dass der Mensch seine geschlechtliche Identität gefunden hat, abgesehen von neugierigen Nachahmungsspielen bei Kindern. Wer seine Identität, gleich aus welchen Gründen, nicht findet, wird sein Leben lang nur

Nachahmungsspiele betreiben. Das kann ein Leben lang gut gehen, auch in einer Partnerschaft. Es kann aber auch zu Isolation führen, zu Aggression oder sogar zu Perversion. Das Verdrängen von Identität ist noch kein Beleg für Transidentität. Identitätsverdrängung oder fehlende Identitätsentwicklung gibt es auch bei nichttransidentischen Menschen, also aus anderen Ursachen.

Das im Geburtseintrag festgestellte Geschlecht müsste bei Transidenten, ebenso wie bei Intersexuellen, wegen Irrtums geändert werden. Unsere Gesellschaft und die Experten, die sie als "Wächter ihrer Schubladen" bemühen, scheinen davon aber noch meilenweit entfernt zu sein, dies zu ermöglichen. Transidenten werden deshalb als Patienten deklariert und es wird eine transidentische Störung behandelt. In ihrem Lebenskampf wird ihnen dabei Unmenschliches abverlangt. Einerseits müssen sie für sich und ein menschenwürdiges Leben kämpfen. Auf der anderen Seite müssen sie für eine Veränderung des gesellschaftlichen Schubladendenkens eintreten, damit das Erreichbare auch greift und sie ohne Diffamierungen leben können. Leider sind in diesem Kampf die meisten Experten, ohne sich dessen bewusst zu werden, Vollzugsgehilfen einer gesellschaftlichen Erstarrung. Sie führen einen Verteidigungskampf, stellvertretend für die Gesellschaft, mit der scheinbaren Legitimation, Transidenten zu helfen. Vielleicht wäre es angebracht, dass sie einmal nachdenken und sich von Transidenten "helfen" ließen.

Ein weiterer Begriff, der immer wieder zu Verwirrung führt, ist der Gedanke des "Wunschgeschlechtes". Ich habe zwar schon darüber gesprochen, möchte aber noch mal ganz deutlich machen: Viele Transidenten wünschen sich nichts sehnlichster, als mit ihrem Geschlecht klar zu kommen. Dabei glauben sie zunächst, das Geschlecht würde vom Körper vorgegeben. Früher oder später erkennen sie, dass dem nicht so ist, auch wenn in den meisten Fällen körperliches und Identitätsgeschlecht zusammenstimmen.

Mehrfach bin ich bereits auf das "Gesetz über die Änderung ... in besonderen Fällen" eingegangen, kurz Transsexuellengesetz TSG genannt. Im Kapitel 2 habe ich über "Das Machbare" gesprochen und bewusst die Frage von "Spielregeln" fast ans Ende gestellt. Wenn der Gesetzgeber von "besonderen Fällen" spricht, deutet er eine Weitsicht an, die von Experten noch weitgehend verleugnet wird, nämlich die natürliche Existenz von Transidentität, nicht als Störung, sondern als normal in der Natur oder Schöpfung vorgegebene "Variante". Es ist müßig an dieser Stelle darauf einzugehen, was am TSG alles verbessert werden müsste, nur halbherzig festgelegt wurde, teilweise in seiner Festlegung wiederum diskriminierend oder menschenunwürdig ist. Wenn ich hier von Spielregeln spreche, dann meine ich das Leben mit den derzeit vorgegebenen Normen und Regeln. Die Frage wie und wo sie geändert werden müssten darf nicht daran hindern mit ihnen Erreichbares zu erreichen.

Das TSG macht keinerlei Vorschriften für die Betreuungsarbeit mit Transidenten oder die Behandlung von Transidenten. Mit ihm lassen sich weder medizinische Behandlungsmaßnahmen, noch Kostenübernahmen oder deren Ablehnung begründen. Das TSG und die sich daraus ergebenden Rechtsfolgen beziehen sich auf die soziale

Stellung des Transidenten. Der behandelnde Experte sollte es zwar kennen, er darf es aber nicht als Alibi für sein Tun oder Unterlassen gebrauchen.

Die einzige Legitimation, die Experten für ihre Arbeit haben, ist der Auftrag allen Menschen, auch Transidenten, ein menschenwürdiges Leben zu ermöglichen und ihre Gesundheit zu wahren. Das kann bedeuten, dass ihre Hilfsangebote in einer Prävention bestehen oder in einer Heilung. Körperliche Unversehrtheit kann erreicht werden, indem notwendige medikamentöse und chirurgische Hilfen geboten werden, vor unsinnigen Eingriffen und medizinischen "Basteleien" geschützt wird. Im letzten Kapitel "Standards of Care" werde ich umfassend darauf eingehen. Das TSG als Alibi oder Vorschrift für oder gegen bestimmte Behandlungen zu verwenden ist jedoch fast schon ein "Verbrechen".

Da es von der Sozialgesetzgebung her nicht möglich ist, einen anderen Begriff als den des "Patienten" zu verwenden, wenn von psychologischer oder medizinischer Hilfe gesprochen wird, will ich darauf kurz eingehen. Jeder Mensch, der zu einem Arzt oder Psychologen geht, wird dadurch automatisch zum Patienten. Dies gilt natürlich auch für Transidenten. Wenn sie eine fiebrige Erkältung haben oder Depressionen und damit zum Arzt gehen, dann sind sie krank und Patient. Wenn sie eine große Schürfwunde haben und eine Blutvergiftung ausschließen wollen, dann gehen sie zum Arzt und lassen sich präventiv behandeln. Natürlich gehen sie auch zum Arzt, wenn sie bereits eine Blutvergiftung haben.

Am Beispiel "Schwangerschaft" will ich versuchen einleuchtend klar zu machen, wie ärztliche Begleitung und Prävention aussehen können. Eine Frau, deren Regelblutung ausgeblieben ist und die vermutet, dass sie schwanger sei, geht zum Arzt und wird dadurch zur Patientin. Sie ist nicht krank sondern schwanger. Auch wenn sie früher öfter wegen Regelblutungsstörungen beim Arzt in Behandlung war, wird dieser ihre Angabe ernst nehmen und sie untersuchen. Es ist kaum anzunehmen, dass er sie einfach wieder auf eine Regelblutungsstörung hin behandelt und abwartet was geschieht. Selbst wenn ein erster Schwangerschaftstest nicht zweifelsfrei eindeutig ausfallen sollte wird er zunächst vermuten, dass die Patientin recht hat und für sofort oder später weitere Untersuchungen empfehlen.

Sucht eine schwangere Patientin einen Arzt wegen Leibschmerzen, Fieber oder Kopfweh auf, so wird der Arzt zwar in Betracht ziehen, dass ein Zusammenhang mit der Schwangerschaft besteht, die Ursachen der Symptome aber auch an anderer Stelle suchen und wenn nötig und möglich auch behandeln. Der Arzt weiß, dass Krankheiten bei schwangeren Frauen ebenso auftreten können, wie bei jedem Menschen, es aber auch Wechselwirkungen zwischen Krankheit und Schwangerschaft gibt, und zwar in beide Richtungen.

Im Regelfall kann davon ausgegangen werden, dass auch eine schwangere Frau weiß, dass sie gesund ist, aber auch alles tut um gesund zu bleiben. Sie weiß auch, dass sie krank werden kann und diese Krankheit u.U. Auswirkungen auf die Schwangerschaft haben kann. Umgekehrt hat sie sich darauf eingestellt, dass es durch die Schwangerschaft zu Beschwerden kommen kann. Es kann auch in bestimmten Fällen zu einem erhöhten Krankheitsrisiko kommen. Die Frau wird sich darauf einstellen. In ihrem Arzt wird sie einen verlässlichen Partner haben.

Zur Erhaltung ihrer eigenen Gesundheit und der des heranwachsenden Lebens wird die Frau sicher ihrer Mitwirkungspflicht gerecht werden. Sie wird Vorsorgeuntersuchungen ebenso machen lassen, wie auch an notwendiger Gymnastik teilnehmen, wenn nötig verordnete Bettruhe einhalten. Sie wird ihren Arbeitgeber rechtzeitig informieren und auch sonstige, im sozialen Umfeld nötige Schritte einleiten.

Wie aber sieht die Situation aus, wenn der Patient Transident ist und spürt, dass er wieder in eine depressive Phase hinein rutscht, falls er nicht endlich seine Transidentität akzeptiert und versucht damit in seiner wahren geschlechtlichen Identität zu leben? Wohlgemerkt, zur Zeit fühlt er sich noch gesund, hat aber für sich selbst erkannt, dass frühere Problem und Krankheiten die behandelt wurden, ihre Ursache mit großer Wahrscheinlichkeit in der vorhandenen Transidentität hatten.

Der gesunde Transident wird dadurch zum Patient, dass er mit seinem Gefühl transidentisch zu sein zum Arzt geht. Transidentität ist keine Krankheit, sie hat aber im Sinn der Sozialgesetzgebung einen Krankheitswert, begründet also einen Behandlungsanspruch, das Recht auf psychologische und medizinische Hilfe. Auch wenn der Arzt, zu dem der Transident geht diesen schon früher wegen depressiver Stimmungslagen psychologisch oder medizinisch behandelt hat, wird er nicht einfach wieder auf die damaligen Mittel und Methoden zurück greifen ohne die neue Situation eingehend zu untersuchen. Selbst wenn der Patient schon unter schweren neurotischen oder psychotischen Störungen leidet wird er die veränderte Aussage in seine Überlegungen und Untersuchungen mit einbeziehen. Der Arzt wird daran denken, dass es Wechselwirkungen zwischen Transidentität und sonstigen Störungen gibt. Im Extremfall kann es sogar zu einer vollkommenen Verwechslung zwischen Ursache und Wirkung gekommen sein.

Wenn der behandelnde Arzt nicht eindeutig feststellen kann, ob Transidentität, der für ihn jetzt erstmals aufgetauchte neue Aspekt, die Ursache der einsetzenden Depression ist, dann wird er sich bemühen seine Untersuchungsmethoden zu verbessern oder den Patienten zu einem geeigneten Fachmann überweisen. Erst wenn eine vom Patienten vermutetes transidentisches Syndrom zweifelsfrei ausgeschlossen ist, wird der Arzt auf die bisher bewährten Behandlungsmethoden zurück greifen.

Auch im Rahmen der Begleitung und Behandlung von Transidenten besteht für den Patienten Mitwirkungspflicht. Notwendige Maßnahmen müssen dabei zwischen Arzt und Patienten einvernehmlich abgesprochen werden. Ohne vertrauensvolle Partnerschaft kann keiner von beiden sinnvoll handeln. Leider wird dies viel zu oft vom Experten und dem Transidenten übersehen. Einseitige Vorschriften zu machen ist ebenso unsinnig, wie sich ihnen willenlos zu beugen, aus Angst die notwendige Diagnose oder Behandlung sonst nicht zu bekommen. Der Arzt und der Transident müssen sich stets bewusst sein: "Es geht nicht um einen Fall, sondern um einen Menschen."

5.1. Arzt und Krankenkasse

Ein Patient geht zum Arzt weil er seine Hilfe in Anspruch nehmen will, oder zumindest glaubt, dass der Arzt ihm helfen kann. Er geht nicht deshalb zum Arzt weil er versichert ist. Trotzdem spielt die Frage der Versicherung eine große Rolle, die in ihrer Bedeutung und den Rechtsfolgen nicht unterschätzt werden darf. Da ich mich in allen weiteren Ausführungen auf den häufigsten Fall, das Bestehen einer Pflichtversicherung oder die freiwillige Versicherung in einer gesetzlichen Krankenkasse beschränken werde, muss ich zunächst wesentliche Unterschiede deutlich machen.

Bei der Frage von Krankheit und Gesundheitskosten haben wir in Deutschland im Prinzip vier verschieden große Bevölkerungsgruppen zu unterscheiden.

Die größte Gruppe sind die Versicherten der gesetzlichen Krankenversicherungen. Zu ihr gehören alle abhängig Beschäftigten in der Pflichtversicherung oder freiwilligen Weiterversicherung. In diese Gruppe gehören auch die im Rahmen der Familienversicherung mitversicherten Personen, Ehegatten und Kinder. In diese Gruppe gehören auch Arbeitslose und Empfänger von Arbeitslosenhilfe, die über das Arbeitsamt bei ihrer vorherigen Versicherung versichert bleiben. Waren sie vor der Arbeitslosigkeit privat versichert, dann werden sie automatisch in eine Pflichtversicherung übernommen. In diesen Fällen wird dies meist die örtliche AOK sein, oder eine entsprechende berufsständische Versicherung. Das Rechtsverhältnis zwischen Krankenkasse und Patient, bzw. Arzt, regelt die Reichsversicherungsordnung. Die Zuständigkeit für Streitfälle liegt bei den Sozialgerichten.

Die zweite Gruppe betrifft alle privat Versicherten. Entsprechend der üblichen vertraglichen Vereinbarungen regeln sie die Bezahlung von Leistungen überwiegend im Erstattungsverfahren, d.h. der Patient geht in Vorleistung gegenüber dem Arzt und erhält die Kosten im vereinbarten Rahmen zurück. Der Versicherungsnehmer muss also genau wissen, welche Leistungen seine Versicherung übernimmt und welche nicht. Fehlt ihm dieses Wissen, so kann es dazu kommen, dass er auf Rechnungen, oder Teilen davon, "sitzen" bleibt. Bei Streitigkeiten zwischen Versicherungsnehmer und der Versicherung ist die zivile Gerichtsbarkeit zuständig. Grundlage ist das "Zweite Buch: Recht der Schuldverhältnisse §§ 241-853 des BGB (Bürgerliches Gesetzbuch)". Die größte Gefahr für privat versicherte Transidenten besteht darin, dass der Klageweg zusammen mit Anwälten beschritten wird, die keine ausreichende Kenntnis von der speziellen Problematik der Transidentität haben. Schon mehrfach kam es dabei zu Urteilen, auf die sich Privatversicherer berufen können, die allein durch falsche, nicht sachkundige Prozessführung, eindeutig zu Ungunsten der Transidenten ausgingen. Da außerdem in vielen Fällen eine Revision nicht zugelassen ist, kann jeder falsch geführte und dadurch verlorene Prozess zu einer Verschlechterung der Gesamtsituation aller Privatversicherten führen. Wenn sich Konflikte anbahnen, kann den versicherten Transidenten nur geraten werden, sich vor gerichtlichen Schritten mit überregional arbeitenden Kontakt- und Informationsstellen, wie z.B. der dgti - Deutsche Gesellschaft für Transidentität und Intersexualität e.V., in Verbindung zu setzen.

Für Privatversicherte gibt es nach derzeitiger Rechtslage nur zwei verschiedene Möglichkeiten, wieder in eine gesetzliche Krankenkasse einzutreten. Ein Weg führt durch die Arbeitslosigkeit. Mit deren Eintritt haben sie erneut das Wahlrecht, in eine gesetzliche Krankenkasse einzutreten oder privat versichert zu bleiben. Der andere Weg ist der Ausschluss aus der Privatversicherung, gleichgültig aus welchen Gründen, der zu einem versicherungslosen Zustand führt. Eine Kündigung des Versicherungsnehmers ist praktisch ausgeschlossen, es sei denn er will von einer privaten in eine andere private Versicherung wechseln oder versicherungslos bleiben. Dieser selbst herbeigeführte versicherungslose Zustand alleine begründet aber keine Berechtigung zum Eintritt in eine gesetzliche Krankenkasse.

Die dritte Gruppe von Patienten betrifft nicht versicherte Menschen. Dieser Gruppe können nur Menschen angehören, die über genügend Einkünfte verfügen um selbst zu entscheiden, ob sie sich privat versichern oder darauf verzichten. Diese Menschen sind also, sowohl was ihr Vermögen, als auch ihre Einkünfte betrifft, als wohlhabend und finanziell unabhängig einzustufen. Sie stehen für alle Kosten einer ärztlichen Behandlung selbst ein und sind niemandem Rechenschaft schuldig, welche Behandlungen sie in Anspruch nehmen, von wem sie Leistungen erbringen lassen und wo sie dies tun. Leistungen die ihnen ein Arzt, gleichgültig aus welchen Gründen, verweigert, können sie sich bei einem anderen Arzt erkaufen.

In die Gruppe der nicht versicherten Menschen gehören auch alle Personen, die sich illegal in Deutschland aufhalten. Sie haben fast ausnahmslos das Problem, dass sie ärztliche Leistungen nicht in Anspruch nehmen können, da sie diese nicht bezahlen können.

Die letzte Gruppe sind Menschen, die manchmal sogar glauben nicht versichert zu sein, weil sie keine Leistungen für ihre Versicherung erbringen, aber auch nirgendwo mitversichert sind. Ob es sich nun um Sozialhilfeempfänger, Obdachlose oder "Lebenskünstler" handelt, für sie tritt die Gesellschaft bei der Übernahme von Gesundheitskosten ein. Werden sie krank, dann müssen sie sich beim Sozialamt einen Behandlungsschein holen, der dem Arzt die Vergütung seiner Leistungen zusagt. In vielen Fällen muss das Gesundheitsamt als Kontrollorgan eingeschaltet werden. Die ärztliche Abrechnung erfolgt mit der örtlichen AOK oder der Versicherung, bei welcher der Patient früher versichert war. Diese Krankenkasse erhält ihre Zahlungen, ohne dass der Patient davon etwas mitbekommt, vom Sozialamt zurück. Sozialhilfeempfänger sind, im Gegensatz zu Arbeitslosenhilfeempfängern, nicht versichert, sondern Versicherten lediglich gleichgestellt. Sie unterliegen deshalb teilweise anderen Kontrollmechanismen.

Zwischen Arzt und Patient besteht nun ein besonderes Rechtsverhältnis. Die Besonderheit der Transidentität und die Unkenntnis über das Rechtsverhältnis führen dabei oft zu vermeidbaren Schwierigkeiten. Betritt ein Patient die Praxis eines Arztes, so wird zunächst sein Status geklärt. Die Sprechstundenhilfe wird fragen, ob man als Privatpatient kommt oder als Kassenpatient. Die Unterscheidung ob Pflicht- oder

Ersatzkasse gibt es nicht mehr. Kassenpatienten und Gleichgestellte, nur um diese geht es im Folgenden, werden ihren Behandlungsschein abgeben, eine Überweisung oder die Versicherungskarte.

Der Patient wird nun zum Leistungsempfänger mit gesetzlich geregelten Ansprüchen. Der Arzt wird zum Leistungsgeber oder -erbringer. Für die Realisierung von Wünschen und Phantasien, die auf beiden Seiten vorhanden sein können, besteht keine gesetzliche Regelung und auch kein Leistungsanspruch. Diese Tatsache schließt nicht aus, dass der Arzt und der Patient zusätzlich für bestimmte Wünsche einen "Privatvertrag" schließen, für dessen Bezahlung dann der Patient zuständig ist, nicht die Krankenkasse.

Mit dem Abgeben des Behandlungsscheines oder der Versicherungskarte durch den Patienten erhält der Arzt stillschweigend eine Kostenübernahmebestätigung für medizinisch notwendige Heilbehandlungen durch die Krankenversicherung. Dies gilt für alle Versicherten die zum Arzt gehen. Bei Transidenten kommt es aber immer wieder zu erheblichen Schwierigkeiten, so dass Streit entsteht, ohne realen Grund zum Streiten.

Der Sinn der medizinischen Versorgung und Forschung ist es, entstandenes Leid zu beseitigen oder zu lindern, vermeidbares Leid zu verhindern. Der Sinn der Krankenversicherung ist es Kosten, die der Einzelne dabei nicht tragen kann, auf die Solidargemeinschaft zu verteilen. Damit dieses Prinzip funktioniert werden zwischen den Erbringern von Leistungen, Ärzten und ihren Standesvertretungen und den Versicherungen Kostenvoranschläge für denkbare Krankheiten und ihre Behandlung erarbeitet. Diese Kostenvoranschläge werden ständig überprüft und modifiziert. Der Arzt rechnet also normalerweise nicht die real entstandenen Kosten ab, sondern die im Kostenvoranschlag festgelegten Summen. Der Grundgedanke ist, dass Unterschreitungen und Überschreitungen sich die Waage halten werden und es dadurch zu einem finanziellen Ausgleich für den Arzt kommt. Die Festlegung der Versicherungsbeiträge geht von dem gleichen Gedanken aus. Es wird Versicherungsnehmer geben, die wenig Leistung in Anspruch nehmen und solche, für die hohe Kosten entstehen.

Will ein Patient z.B. Leistungen in Anspruch nehmen, die in diesem System nicht geregelt sind, dann ist die Krankenkasse sein direkter Verhandlungspartner. Dabei kommt es nicht darauf an, ob ein Arzt solche Leistungen empfiehl oder der Patient von sich aus anstrebt. Im wesentlichen gehören zu diesen Leistungen die Inanspruchnahme der Hilfe durch einen kassenärztlich nicht zugelassenen Arzt, Heilpraktiker oder Psychologen, Behandlung in einer Privatklinik oder im Ausland, oder die Behandlung mit einer nicht im Leistungskatalog vorgesehenen Methode bei einem Arzt oder einer nicht medizinischen Hilfskraft des Gesundheitswesens. In der Regel muss ein Patient solche Leistungen selbst bezahlen. Will er sie rückerstattet bekommen, so muss er nicht nur einen Antrag stellen, sondern auch beweisen, dass schon vorher eine Leistungspflicht der Kasse begründet gewesen wäre. Zusätzlich muss er begründen, warum es nicht möglich oder zumutbar war, den Antrag vor Eintritt der Behandlung zu stellen und die Entscheidung abzuwarten. Eine Rückerstattungspflicht ist damit noch nicht ausreichend begründet. Diese Pflicht besteht erst, wenn im Vorfeld, also vor in

Anspruchnahme der nicht geregelten Leistung, eine Kostenzusage gemacht wurde. Bei einer Kostenzusage rechnet die Krankenkasse dann unter Umständen sogar mit dem Erbringer der Leistung direkt ab.

Auch bei solchen Anträgen ist die Krankenkasse der Gemeinschaft der Sozialversicherten verpflichtet und hat sich festgelegter Kontrollmechanismen zu bedienen. Einer davon, nicht der einzige, ist der medizinische Dienst, auf den ich noch zu sprechen komme.

5.1.1 Diagnose und Verordnung

Kommt ein Patient mit Beschwerden zum Arzt, so wird er diesem seine Beschwerden schildern und der Arzt wird nach geeigneten Untersuchungen eine Diagnose stellen. Ein Patient, gelb im Gesicht, der dem Arzt sagt er habe Scharlach, wird wohl kaum auf Scharlach untersucht und behandelt werden. Der Arzt wird dies dem Patienten klar machen und eine dem Krankheitsbild entsprechende Diagnose stellen. Auf Grund seiner Ausbildung und der Zulassung als niedergelassener Arzt ist er berechtigt eine Diagnose zu stellen und notwendige Behandlungen einzuleiten.

5.1.1.1 Der Arzt meines Vertrauens

Eine "Patientin", die schon mehrfach bei ihrem Arzt wegen Regelbeschwerden und Depressionen in Behandlung war, kommt zu ihm und sagt, es gehe ihr wieder schlecht, sie glaube es läge daran, dass sie in Wirklichkeit ein Mann sei. Brachten seine früheren Behandlungsbemühungen keinen dauerhaften Erfolg, so wird der Arzt die Selbstdiagnose der "Patientin" ernst nehmen. Wenn er mit Transidentität keine Erfahrung hat wird er eine Überweisung zu einem Kollegen, der die Zusatzausbildung Facharzt für psychotherapeutische Medizin hat, überweisen und schreiben: "Verdacht auf transsexuelles Syndrom" (klingt zwar schrecklich, ist aber nun einmal die derzeit gültige medizinische Diagnose).

Der Kollege kann auch ein Arzt für Neurologie und Psychotherapie sein oder ein Endokrinologe (= Spezialist für Hormonbehandlungen), der seinerseits einen mit der Materie vertrauten Psychologen im Delegationsverfahren einschaltet. Der Hausarzt der Patientin, es kann auch ihr Gynäkologe sein, bleibt Dreh- und Angelpunkt der notwendigen Ärztekette. Dies erspart der Patientin, dass sie "herumgeistert", eigene Zeit und fremdes Geld verschwendet, und sie erhält sich eine Vertrauensperson mit der sie im Behandlungsprozess auftretende Probleme besprechen kann.

Auftretende Probleme können sein: Das Suchen geeigneter Experten - Besprechen medizinischer und psychologischer Zwischen- oder Abschlußberichte - Ängste über Behandlungsfolgen - Abbau von inneren Spannungen, die durch Erwartungshaltung und

Zeitbedarf entstehen - ... Manche "Experten" scheuen sich dem Patienten gegenüber direkt Rechenschaft abzulegen, tun dies auch anderen Ärzten gegenüber ungern. Doch sie sind dem überweisenden Arzt Rechenschaft schuldig. Diese Tatsache sollte ein Patient grundsätzlich für sich und seine Sicherheit nutzen.

Im Zeitalter der Versicherungskarte hat sich eingebürgert, dass Patienten zum Spezialisten gehen, ohne sich von ihrem Arzt eine Überweisung geben zu lassen. Dieses Vorgehen hat zwei Nachteile. Ohne die Überweisung durch den Kollegen hat der Spezialist keinen bestimmten Diagnose- oder Behandlungsauftrag. Er kann also, überspitzt formuliert, nach eigenem Ermessen frei schalten und walten. Ohne Überweisung besteht auch keine Auskunftspflicht oder Rechenschaftspflicht gegenüber einem Kollegen. Der Patient ist nun ausschließlich sein Fall. Als erste und wichtigste Spielregel kann ich jedem Transidenten deshalb nur empfehlen alle Schritte mit einem Arzt seines Vertrauens gemeinsam zu planen und durchzuführen. Dabei muss dieser Arzt selbst kein Experte für Transidentität sein, sondern lediglich zum Patienten ein Vertrauensverhältnis haben und die Existenz von Transidentität allgemein akzeptieren.

Gleichgültig ob eine hormonelle Behandlung oder eine Psychotherapie verordnet wird, die Diagnose steht in jedem Fall im Vordergrund. Im Kapitel 3 bin ich sehr ausführlich auf die Möglichkeiten, Problem und die Grenzen psychotherapeutischer Maßnahmen eingegangen. Der mit der Diagnose beauftragte Arzt muss zwar den Patienten bis zu einem gewissen Grad kennen lernen. Dies kann aber nicht in einer als obligatorisch gesehenen Psychotherapie geschehen. Ein Diagnostiker, der sich vom Patienten einen Behandlungsschein für Psychotherapie unterschreiben lässt, aus dem der Patient nicht ersehen kann was denn behandelt werden soll, handelt gegen diesen Auftrag.

5.1.1.2 Die Diagnose

Diagnose heißt zunächst, die Angabe des Patienten, er sei transidentisch, ist mit hoher Wahrscheinlichkeit richtig. Ist der Patient ansonsten psychisch und physisch gesund, dann besteht kein Zweifel an der Richtigkeit der Diagnose. Bei vielen "Experten" unseres heutigen Systems bekommen aber genau diese Patienten die größten Schwierigkeiten, sobald sie sich ihre Transidentität eingestehen können und zum Arzt gehen. Es gibt dafür zwei wesentliche Ursachen. Einerseits finden wir in der heutigen Fachliteratur fast ausschließlich den Hinweis, dass es sich bei Transsexualität um ein Krankheitsbild handelt, bei dem trotz intensiver Psychotherapie ein erheblicher Leidensdruck nicht gemildert werden kann. Andrerseits wird auch in Selbstdarstellungen von Transidenten in den Medien, bei Treffen und Fachtagungen meist nur von dem Leidensdruck und den begleitenden Krankheiten gesprochen. Es scheint so ausgeschlossen, dass ein Mensch transidentisch sein kann, dem es zur Zeit gut geht. Beide Annahmen sind jedoch falsch.

Mit Patienten, bei denen psychische und/oder physische Probleme, bis hin zur Krankheit, festgestellt werden wird der Diagnostiker sehr ausführlich besprechen welche

Behandlungen verschrieben und durchgeführt werden sollen, um eine Fehldiagnose zu vermeiden. Diese Behandlungsempfehlung wird der Diagnostiker auch dem überweisenden Arzt melden. Er wird sich bemühen einen geeigneten Kollegen zu benennen, zu diesem wiederum überweisen, ihn im Delegationsverfahren beauftragen oder empfehlen die Überweisung durch den ursprünglichen Arzt vornehmen zu lassen. Er wird berücksichtigen und respektieren, dass auch transidentische Patienten die freie Arztwahl haben und keinen Druck ausüben indem er den Eindruck erweckt, nur dieser Kollege käme in Frage, sonst keiner. Gegen diese Spielregel verstoßen viele "Experten".

5.1.1.3 Die Verordnung

Werden Heilbehandlungen verordnet, gleichgültig ob therapeutische oder medizinische, so besteht die Pflicht den Patienten darüber aufzuklären, warum diese Behandlung notwendig ist. Es muss klar sein, ob es um eine Maßnahme der allgemeinen Gesundheitsfürsorge geht, um eine vorbereitende Maßnahme oder eine Maßnahme zur geschlechtsangleichenden Behandlung in Richtung auf das Identitätsgeschlecht. Aussagen wie: "Diese Behandlung ist vom Gesetz so vorgeschrieben, bevor eine Geschlechtsangleichung erfolgen darf" sind falsch, zeugen vom Unwissen und der Unsicherheit des "Experten", der dann eben doch keiner ist. Es gibt keine gesetzlich vorgeschriebenen Behandlungen, weder einen Alltagstest, noch eine einjährige Therapie. (Es muss aber jedem Transidenten klar sein, dass ein Alltagstest und eine Therapie sinnvolle Maßnahmen sein können.)

Transidentität ist keine meldepflichtige Krankheit. Sie gefährdet nicht die Gesundheit anderer und damit auch nicht die Gesellschaft. Deshalb gibt es auch keine gesetzlich vorgeschriebenen Behandlungswege. Wer dies vorgibt, der will den Patienten entmündigen und sich selbst seiner Verantwortung dem Patienten gegenüber entledigen. Natürlich gibt es, dem Stand der medizinischen Wissenschaft entsprechende Behandlungsempfehlungen. Diese sind aber individuell und nicht formell anzuwenden.

Werden Maßnahmen verordnet um eine Fehldiagnose "transsexuelles Syndrom" zu verhindern, dann muss für diese Maßnahmen eine andere, einsichtige Diagnose gestellt worden sein. Der Patient hat ein Recht darauf, diese Diagnose zu erfahren.

Verordnungen ohne Diagnose sind Vergewaltigung des Patienten und Missbrauch des Sozialsystems. Sie führen zu unverantwortlicher Verschwendung von Geldern in Form von direkten und versteckten Kosten. Sie verletzen auf sehr subtile Art und Weise die Menschenwürde des Transidenten. Eine scheinbar legitimierte medizinische Notwendigkeit ändert daran nichts. Keinem Arzt oder wirklichen Experten bricht ein "Stein aus der Krone", wenn er dem Patienten klarmacht, dass er unsicher sei und deshalb gerne vorher dieses oder jenes abgeklärt hätte. Gegen die Spielregel der Ehrlichkeit wird oft verstoßen.

Wenn der Patient den Wunsch äußert, es möge mit der Hormonbehandlung begonnen werden, dann hat der Arzt diese nicht nur zu verschreiben, sondern auch zu verordnen.

Der Einwand, eine Verschreibung sei doch eine Verordnung stimmt nur dann, wenn die Verschreibung auf Kassenrezept erfolgt. Immer wieder kommt es aber vor, dass Hormone bei Kassenpatienten auf Privatrezept verschrieben werden. Diese Praxis ist als rechtswidrig anzuprangern.

Epilation, Brustamputation, Totaloperation und Hodenentfernung sind geschlechtsangleichende Heilmaßnahmen, die wünschenswert, empfehlenswert oder notwendig sein können. Dies gilt auch für transformationschirurgische Eingriffe. Nur wenn der Patient sie will und der Arzt sie für notwendig hält können sie durchgeführt werden, zu Lasten der Sozialgemeinschaft. Wenn ein Arzt in einem Zwischen- oder Abschlußbericht schreibt: "Ich empfehle die Epilation zu beginnen", dann sagt dies nicht anderes aus als: "Lasst mich mit der Entscheidung in Ruhe, ich will damit nichts zu tun haben", auch wenn er es in Wirklichkeit vielleicht anders gemeint hat. Eine solche Formulierung kann zur volge haben, dass ein Kostenübernahmeantrag bei der Kasse nicht genehmigt wird, den eine Empfehlung ist noch keine Verordnung. Wollte der Arzt in seinem Bericht ausdrücken, dass die Epilation als Behandlungsschritt jetzt notwendig ist, hätte er schreiben müssen: "Ich halten den sofortigen Beginn der Epilation als Heilmaßnahme für zwingend erforderlich oder der Beginn der Epilation ist dringend indiziert".

Der Wunsch nach operativen Maßnahmen wird erst dann zur notwendigen Heilmaßnahme, wenn eine Einweisung in eine entsprechende Klinik vorliegt. Die Voraussetzung ist also, dass der Patient es will, der behandelnde Arzt es befürwortet und eine Klinik bereit ist den Eingriff vorzunehmen. Nun erfolgt die Einweisung in die Klinik und aus dem Wunsch des Patienten und der Empfehlung des Arztes ist eine notwendige Heilmaßnahme geworden.

Viele Schwierigkeiten entstehen einfach dadurch, dass gegen diese einfachen Spielregeln der Verschreibung, bzw. Einweisung verstoßen werden.

5.1.1.4 Zusammenfassung

Geht ein Mensch zum Arzt so wird er dadurch automatisch zum Patient. Macht er beim Arzt wegen seiner Transidentität einen Behandlungsanspruch geltend, dann gilt er weiter als Patient, mit allen Rechten und Pflichten eines Patienten, da Transidentität einen Krankheitswert hat. Daran ändert sich rechtlich auch nichts wenn die Diagnose feststeht. Die Diagnose "transsexuelles Syndrom" begründet einen Behandlungsanspruch. Um seine Gesundheit herzustellen oder zu stabilisieren, hat er Anspruch auf individuell notwendige Heilmaßnahmen. In dieser Zeit gilt er als ganz normaler Patient. Hat er die für ihn notwendigen Ziele erreicht und Behandlungen durchlaufen, dann kann er gesund bleiben oder krank werden, wie jeder andere Patient auch. Er ist also auch danach ganz normaler Patient.

Doch gerade gegen diese Spielregel, ganz normaler Patient zu sein, wird von Ärzten, Experten und Transidenten am häufigsten verstoßen. Dadurch kommt es zu den schlimmsten Belastungen, Zeitverzögerungen und Verschwendung von Volksvermögen.

5.1.2 Kostenübernahme

Würden sich alle Beteiligten an die vorgenannten Spielregeln halten, dann bräuchte ich zu dem Thema Kostenübernahme kein Wort verlieren. In einem Grundsatzurteil des Bundessozialgerichts vom 06.08.87 wurde festgestellt, dass "Transsexualität einen Krankheitswert" hat und entsprechend der Reichsversicherungsordnung §§ 182, 184 alle notwendigen Heilmaßnahmen von den gesetzlichen Krankenkassen zu tragen sind. Trotz der gültigen Spielregeln und dem Gerichtsurteil, das ihre Anwendung ausdrücklich bestätigt, kommt es immer wieder zu Schwierigkeiten.

5.1.2.1 Wahl der Behandlungsmethode

Bei der Wahl der Behandlungsmethoden kann die Frage der Kostenübernahme eine besondere Rolle spielen. Dies ist aber kein spezielles Problem für Transidenten.

Wird eine Psychotherapie angestrebt und auch verschrieben, dann muss ein Behandlungsschein ausgestellt werden. Die Kasse bestätigt dann dem Arzt, nicht dem Patienten, dass die Kosten in einem, für das zu behandelnde Krankheitsbild üblichen Zeitrahmen übernommen werden. Der Arzt kann auch an einen kassenärztlich zugelassenen Psychotherapeuten überweisen. Soll die Therapie von einem nicht zugelassenen Psychologen durchgeführt werden, weil dieser eine besondere Qualifikation für diese Behandlung hat, dann wird der Arzt dies schriftlich begründen und die Behandlung bei dem Psychologen verschreiben. Der Patient muss nun einen Kostenübernahmeantrag stellen und mit der Kasse aushandeln, ob diese den Psychologen direkt bezahlt oder ob sie dem Versicherten die entstehenden Kosten rückerstattet. Daran ändert auch das neue Therapeutengesetz, das 1999 in Kraft getreten ist, nichts.

Falls der Kasse die ärztliche Begründung nicht ausreichend erscheint oder die Qualifikation des Psychologen nicht ausreichend bekannt und nachgewiesen ist, dann wird die Kasse entsprechende Prüfungsstellen einschalten. Bestehen Zweifel an der Eignung des Psychologen oder stehen andere Therapeuten mit Kassenzulassung zur Verfügung, so sollte sich die Prüfstelle (nach heutiger Regelung wird es der medizinische Dienst der Krankenkasse sein, MDK) oder die Krankenkasse mit dem behandelnden Arzt in Verbindung setzen, nicht aber mit dem Patienten. Er ist durch seine Transidentität genug belastet. Dieser Weg sollte auch beschritten werden wenn begründete Zweifel an der Notwendigkeit oder der Wirksamkeit der verordneten Therapie bestehen. Eine formale Einmischung der Prüfstelle, ohne begründbare Zweifel ist dem Heilungsprozess in fast jedem Fall sehr abträglich. Wieso sich Ärzte und Patienten dies in vielen Fällen gefallen lassen, bleibt mir ein Rätsel.

Eine Hormonbehandlung benötigt keinen Antrag auf Kostenübernahme. Auch wenn es sich dabei um eine gegengeschlechtliche Behandlungsmaßnahme handelt ist dazu keine Genehmigung erforderlich, sondern eine Diagnose und die Indikation. Die Behauptung mancher "Experten", auch beim MDK, behandelnde Ärzte müssten sich vor der Hormonbehandlung die Genehmigung bestimmter Experten einholen, wird auch dann nicht richtig, wenn sie immer wieder in Fachzeitschriften und Büchern publiziert wird.

Alle Regeln der Gesundheitsstrukturgesetze greifen bei der Wahl der Hormonbehandlung nicht. Es gibt kein einziges Präparat, das speziell für eine gegengeschlechtliche Behandlung hergestellt wird. Der Arzt kann nur auf Medikamente zurückgreifen, von denen eine entsprechende Wirkung oder Nebenwirkung bekannt ist. Dabei ist er in seiner Auswahl vollkommen frei. Auch in Deutschland nicht zugelassene Medikamente dürfen auf Rezept verschrieben werden. Die Kosten trägt die Krankenkasse. Bei der Wahl der Medikamente spielen die körperliche Konstitution des Patienten, die Erfahrung des Arztes und die Kosten des Präparates eine Rolle. Hat der behandelnde Arzt noch keine Erfahrung mit der Hormonbehandlung, so sollte er sich nicht scheuen sich sach- und fachkundig zu machen. Er tut es doch auf anderen Gebieten auch.

Bei der Verordnung einer Epilation oder chirurgischen Maßnahmen kann eine Kostenübernahmeerklärung der Kasse notwendig werden. Dies ist immer dann der Fall, wenn die behandelnde Einrichtung oder Person keine Kassenzulassung hat oder mit einer noch nicht anerkannten Methode arbeitet. Das Verfahren ist wieder so, wie ich es schon für die Behandlung beim Psychologen besprochen habe. Der Arzt verschreibt die Maßnahme und begründet, warum sie in der vom Versicherten zu beantragenden Form durchgeführt werden soll. Gleichgültig ob der Vorschlag vom Arzt oder dem Patienten kommt, wenn der Arzt ihn als begründet empfiehlt, dann sollten Krankenkasse und MDK alle notwendigen Gespräche mit dem Arzt führen, nicht mit dem Patienten. Der Versicherte ist erst dann einzuschalten, wenn die gesetzlichen Vorschriften einen Eigenanteil erfordern oder nur das Rückerstattungsverfahren zulassen. Von allen anderen Schwierigkeiten, die nicht ausgeräumt werden können, sollte der Patient im Gespräch mit seinem Arzt erfahren und neue, andere Lösungsmöglichkeiten suchen.

Besonders häufig wird gegen diese Spielregel verstoßen, wenn es notwendig ist eine zusätzliche fachärztliche Stellungnahme einzuholen. Nur der behandelnde Arzt hat eine realistische Chance seinen Patienten von dieser Notwendigkeit so zu überzeugen, dass möglichst wenig neuer Druck entsteht. Sachbearbeiter von Krankenkassen, sie wissen es nicht besser, aber vor allem Mitarbeiter im Medizinischen Dienst, lassen viel zu oft den Eindruck entstehen, es gäbe formale Notwendigkeiten oder sogar Vorschriften für diese oder jene Maßnahme, der sich der Patient zu unterwerfen habe. Dies ist eindeutig falsch.

Auch für Transidenten gilt das gleiche Recht wie für jeden anderen Patienten mit einer beliebigen Krankheit. Entweder gibt es für zusätzlich notwendige Untersuchungen oder fachärztliche Stellungnahmen einen medizinischen Grund, den der Patient dann sicher auch einsehen kann, oder es wird schikaniert.

Chirurgische Maßnahmen sind für Transidenten grundsätzlich Maßnahmen der plastischen Wiederherstellungschirurgie. Da aber etwas hergestellt wird, was die Natur mit der biologischen Entwicklung versäumt hat herzustellen, tun sich viele Ärzte, selbst Experten für Transidentität damit sehr schwer.

Wäre der Körper sowohl in der Reflexion durch die Gesellschaft, als auch in der eigenen Wahrnehmung bedeutungslos, dann bräuchten wir keine plastische Chirurgie. - *Wer bei einem Unfall ein Ohr verliert, könnte auch ohne leben. Eine Frau, deren Brust wegen Krebs abgenommen wird, müsste sich danach wohl fühlen. Ein Mann, der durch Unfall seinen Penis verliert, pinkelt in Zukunft im Sitzen, was ja sowieso hygienischer ist.* - Kein vernünftiger Mensch käme auf die Idee so zu argumentieren.

Doch jeder normal fühlende und denkende Mensch wird sagen, diesen Opfern muss geholfen werden, im Rahmen der bestehenden Möglichkeiten, wenn sie es wollen. Solange keine Brustaufbauplastik möglich war, mussten Frauen mit einem ausgestopften BH vorlieb nehmen. Doch heute haben sie das Recht sich zu entscheiden ob sie eine Operation in Anspruch nehmen oder nicht. Es wird ihnen auch nicht zum Vorwurf gemacht, wenn sie zunächst versuchen ohne den Eingriff zu leben. Scheitert der Versuch, dann erhalten sie die Operation eben später. Diese Aussage gilt für alle denkbaren Formen der plastischen Wiederherstellungschirurgie. Auch in der Wahl des Krankenhauses und des Operateurs gibt es für "Opfer" kaum Einschränkungen. Ist eine Privatklinik in ihren Ergebnissen besser als alles andere Angebotene, in Folge davon auch die Folgekosten entsprechend geringer, dann werden auch dort die Kosten übernommen.

All dies gilt auch für Transidenten. Nur sie können im Gespräch mit ihrem Arzt feststellen was sie brauchen und was sie nicht, oder noch nicht brauchen. In diesem Zusammenhang klingt es besonders absurd, wenn manche Diagnostiker auch heute noch auf dem Standpunkt stehen, eine Transidentität ist nur dann zu bestätigen, wenn der unter großem Leidensdruck dargelegte Wunsch nach körperlicher Perfektion deutlich gemacht wird.

5.1.2.2 Aufgabe und Stellung des medizinischen Diensts MDK

Gesetze, welche die Kostenübernahmepflicht der Krankenkassen regeln, schreiben vor, dass diese bei bestimmten Heilmaßnahmen verpflichtet sind, eine ärztliche Verordnung vom medizinischen Dienst beurteilen zu lassen. Sachbearbeiter von Krankenkassen können auf Grund ihrer Ausbildung weder beurteilen, ob eine Maßnahme notwendig ist, noch ob die vorgeschlagene Methode dem Stand der medizinischen Wissenschaft entspricht. Zu diesen beiden Fragen hat der MDK Stellung zu nehmen, zu sonst nichts. Der MDK-Mitarbeiter, ein Arzt, ist nicht der bessere Experte. In der Regel wird sich die Krankenkasse dann an diese Stellungnahme halten, sie muss es aber nicht, denn der medizinische Dienst hat gegenüber der Krankenkasse keine Weisungsbefugnis. Diese allgemeine Vorschrift und die daraus resultierenden Konsequenzen, gelten auch für Heilmaßnahmen zur Behandlung von Transidenten.

Der medizinische Dienst hat ähnliche, jedoch nicht in allen Punkten vergleichbare Funktionen, wie sie früher von Vertrauensärzten wahrgenommen wurden. Die Rechtskonstruktion des MDK ist aber eine völlig andere. Der Gesetzgeber hat zwar seine Aufgaben und die Rahmenbedingungen, in denen er sie erledigen muss, geregelt, lässt aber verschiedene Rechtskonstruktionen zu. Daher kommt es zu Unterschieden in den einzelnen Bundesländern, aber auch bei den Zuordnungen zu den verschiedenen Krankenkassen innerhalb eines Bundeslandes. Erst auf diesem Hintergrund wird klar, dass z.B. zwei Transidenten die am selben Ort leben und bei verschiedenen Krankenkassen versichert sind, völlig unterschiedliche Erfahrungen mit dem Einfluss des medizinischen Dienstes auf die Kostenübernahme haben können, da unterschiedliche Dienste für ihren Fall zuständig sind.

Die Aussage des medizinischen Dienstes, genauer natürlich des Arztes im medizinischen Dienst, ist eine fachärztliche Stellungnahme zum vorliegenden Behandlungsvorschlag. Ist der den Fall bearbeitende Arzt auf Grund seiner Ausbildung nicht in der Lage dazu, oder sieht er die Notwendigkeit eine zusätzliche Beurteilung durch einen Spezialisten vornehmen zu lassen, dann wird er vor seiner abschließenden Stellungnahme zur Kostenübernahmepflicht die Hinzuziehung eines Fachmannes vorschlagen. Daraus ergeben sich für die Krankenkasse und den medizinischen Dienst zwei Rechtsfolgen:

1. Die Krankenkasse muss, wenn sie dem Vorschlag folgt, die Kosten für diese zusätzliche fachärztliche Stellungnahme vollständig übernehmen. Falls Fahrtkosten außerhalb des zumutbaren Eigenanteils entstehen, hat sie auch diese zu tragen.

2. Der medizinische Dienst muss nicht nur einen Vorschlag machen, welcher Facharzt geeignet ist, sondern schon im Vorfeld abklären, dass der vorgeschlagene Facharzt in einem dem Fall angemessenen Zeitrahmen zur Verfügung steht und zur Übernahme des Auftrages bereit ist.

Im allgemeinen Sprachgebrauch hat sich für die fachärztliche Stellungnahme der Begriff "medizinisches Gutachten" eingeschlichen. Oft wird sogar auf das Wort "medizinisch" verzichtet. Dadurch kommt es häufig zu Verwechslungen oder Vermischungen mit dem Begriff "Gutachten" nach dem TSG (Transsexuellengesetz).

Ob die Entscheidung zu einer zusätzlichen fachärztlichen Stellungnahme dem Patienten von der Krankenkasse mitgeteilt wird oder vom MDK, besser wäre natürlich er würde sie von seinem behandelnden Arzt erfahren, ist eine rein formelle Angelegenheit. Wichtig für den Patienten ist, dass ...

a) ... er seiner Mitwirkungspflicht nachkommen muss. Ohne die verlangte fachärztliche Stellungnahme hat er in keinem Fall einen Anspruch auf Leistungen durch die Krankenkasse.

b) ... sein freies Recht auf Arztwahl dadurch nicht eingeschränkt wird. Kennt er selbst oder sein behandelnder Arzt, einen geeigneten Facharzt, so kann er die geforderte Stellungnahme auch von diesem erstellen lassen. Die Kasse muss auch dann die Kosten tragen. Der Patient muss sich von seinem behandelnden Arzt aber an den Fachmann seiner Wahl überweisen lassen. In der Überweisung muss der Grund "fachärztliche Stellungnahme zu ..." angegeben sein.

c) ... er das Recht hat sich vom medizinischen Dienst beraten zu lassen. Der den Fall bearbeitende Arzt im MDK muss in zumutbarer Zeit dem Patienten auch zu einem persönlichen Gespräch zur Verfügung stehen.

Natürlich darf die Initiative zu einem persönlichen Gespräch auch vom Arzt des MDK ausgehen. Dies wird immer dann sinnvoll sein, wenn der Arzt des MDK eine gewisse Fachkompetenz hat oder aber den Eindruck, dass der Patient einen erheblichen Beratungsbedarf hat. Folgt der Patient einer solchen Einladung nicht, dann dürfen ihm daraus keine Rechtsnachteile erwachsen. Auch dem Patienten gegenüber hat der MDK, bzw. der ihn vertretende Arzt keinerlei Weisungsbefugnis.

Natürlich sollte der Patient bereit sein zu unterstellen, dass eine Einladung zum Gespräch nicht aus Neugier oder Schikane erfolgt, sondern das Ziel hat, ihm im vereinfachten Verfahren zu helfen. Auch bei einem solchen Gespräch kann ohne gegenseitiges Vertrauen kein sinnvolles Ergebnis erzielt werden. Beide Seiten müssen sich dessen bewusst sein. Scheitert ein solches Gespräch, und sei es einseitig am Verhalten des Patienten, dann hat dieser nicht gegen seine gesetzlich vorgeschriebene Mitwirkungspflicht verstoßen.

Grundsätzlich gilt, nicht nur für die Bearbeitung von Fällen einer diagnostizierten Transidentität, dass der medizinische Dienst seinem gesetzlichen Auftrag nur dann nachkommen kann, wenn er mit guten, leistungsfähigen Ärzten besetzt ist. Ihre Qualität und Leistungsfähigkeit besteht darin, dass sie ...

... die Selbsterkenntnis besitzen, dass sie für den vorgelegten Fall keine behandelnden Ärzte sind.

... den Willen und die Zeit aufbringen ihr theoretisches Wissen über Behandlungsmethoden und Behandlungserfolge stets auf dem Stand der medizinischen Wissenschaft zu halten.

... sich weder gängelnd noch besserwissend verhalten, sondern ihr Wissen den praktizierenden Ärzten zur Verfügung stellen, bzw. diese auf Defizite aufmerksam machen.

... auf wertende Selektion verzichten.

... sich bei ihren Beurteilungen von Fällen und Zuweisungen von Aufträgen zu fachärztlichen Stellungnahmen nie von ihren eigenen Vorstellungen über das Ergebnis leiten lassen, sondern einzig von der Kompetenz des praktizierenden Arztes.

Jeder Arzt, der in einem medizinischen Dienst arbeitet, sei es nun beim MDK-Nordrhein oder sonst wo in Deutschland, wird an den Aussagen über den MDK nichts auszusetzen haben. Störend könnte natürlich empfunden werden, dass damit deutlich wird, auch der MDK ist Partner und nicht Richter.

5.1.2.3 Leistungen der Krankenkassen

Krankenkassen können verordnete und beantragte Leistungen bezahlen oder verweigern. In beiden Fällen können sie gegen geltendes Recht verstoßen oder die Verhältnismäßigkeit des Einsatzes von Mitteln, den Gleichbehandlungsgrundsatz oder die grundsätzlichen Ziele der Sozialgesetze verletzen. In jedem Streitfall sind die Sozialgerichte zuständig. Für einen Streitfall muss aber eine rechtliche Basis vorhanden sein.

Wird eine verordnete Maßnahme von der Krankenkasse abgelehnt, dann ist die Basis für einen Streitfall auch dann gegeben, wenn der MDK die Ablehnung empfohlen hat. Nicht der MDK, sondern die Kasse trägt für die Ablehnung die rechtliche Verantwortung. Sie könnte auch eine vom MDK empfohlene Maßnahme ablehnen. Vor dem Gang zum Gericht sollte jedoch der Rat fachlich kompetenter Anwälte eingeholt werden. Ein Anwalt ist jedoch nicht gleichzeitig Arzt. Transidenten kann nur empfohlen werden vor einem Rechtsstreit rechtzeitig mit Betreuungsvereinen Kontakt aufzunehmen, die meist über die Adressen kompetenter Anwälte verfügen.

Aus der Tatsache, dass eine Krankenkasse eine bestimmte Leistung bezahlt hat, kann niemals abgeleitet werden, dass die Leistung auch einem anderen Transidenten der gleichen oder einer anderen Krankenkasse zusteht. Heilbehandlungen sind individuell auf die Situation des Transidenten abzustimmen. Natürlich gibt es gewisse standardisierte Schritte und Kostenzusagen. Der Spruch des Bundessozialgerichts ist aber kein Freibrief für jeden "Behandlungsblödsinn" und den Versuch ihn durchzusetzen. Auf der anderen Seite ist er auch kein Alibi dafür, dass nur diese oder jene Maßnahme zulässig sei.

5.1.3 Mitwirkungspflicht

In dem Augenblick, in dem ein Mensch medizinische oder psychologische Leistungen in Anspruch nimmt, wird er zum Patienten, der wegen einer Krankheit die Leistung in Anspruch nimmt. Er nimmt Hilfe in Anspruch, um entstandenen Gesundheitsschaden zu beseitigen und eine Vergrößerung des Schadens zu verhindern. Er selbst verpflichtet sich, durch sein Verhalten alles zu tun, dass die dabei entstehenden Kosten so gering wie möglich bleiben und die angebotenen Maßnahmen möglichst rasch greifen und Spätfolgen verhindert werden. Teilweise wird der Patient darauf vertrauen müssen, dass die ihm angebotenen Heilmittel und Heilmethoden sich in anderen Fällen bewährt haben und auf seine persönliche Situation übertragbar sind. Wenn er jedoch weiß, dass er auf bestimmte Medikamente allergisch reagiert, dann gehört es zu seiner Mitwirkungspflicht den Arzt darauf aufmerksam zu machen.

Auch Transidenten haben eine Mitwirkungspflicht bei der Behandlung. Natürlich ergeben sich in der Behandlung ganz andere Schwierigkeiten, als bei einem Beinbruch oder Schnupfen. Transidentität ist genau genommen keine Krankheit, sie hat lediglich einen Krankheitswert.

Die Mitwirkungspflicht des Transidenten, im gesamten Diagnose- und Behandlungsprozess kann deshalb nur darin liegen, dass er ehrlich zu sich selbst bleibt und diese Ehrlichkeit auch gegenüber dem Experten vertritt und deutlich lebt. Ist es aus sozialen Gründen für eine Mann-zu-Frau-Transidentin noch erforderlich, dass sie sich als Mann verkleidet, ihre weibliche Identität nach außen also noch nicht sichtbar werden lassen kann, dann sollte sie dies auch deutlich machen. Völlig falsch wäre es sich auf "Spielchen" einzulassen. Wenn Experten von einen vorgeschriebenen Alltagstest sprechen, dann lügen sie. Ich habe das Wort "Alltagstest" bisher bewusst kaum verwendet, werde aber im nächsten Kapitel "Standards of Care" darauf noch ausführlich eingehen.

Für Transidenten kann die Mitwirkungspflicht nur darin bestehen, dass sie in vertrauensvoller Zusammenarbeit mit den Experten sinnvolle Wege und Schritte der Behandlung planen und durchführen. Dabei wird sowohl die Reihenfolge, als auch der zeitliche Rahmen von den eigenen, persönlichen Umständen weitgehend bestimmt sein. Wenn der Experte dabei zu anderen Ergebnissen kommt als der Transident, dann heißt Mitwirken aber auch, sich mit den Argumenten des Experten auseinandersetzen. Auch er kann recht haben. Sich ohne eigene Einsicht blind auf vorgeschlagene Behandlungsschritte einzulassen, ist ein Verstoß gegen die Mitwirkungspflicht. Vorschläge des Experten nicht ins eigene Kalkül einzubeziehen, ist ebenfalls ein Verstoß dagegen.

Leider kommt es immer wieder vor, dass sich Transidenten auf "Spielchen" einlassen, aus Angst, ihnen könnten die angestrebten Behandlungsschritte vorenthalten werden. Dieses Verhalten des Transidenten hat aber in zweifacher Hinsicht ausschließlich negative Folgen. Zum einen wird dem Experten die Möglichkeit entzogen für sich dazu zu lernen. Bei ihm verfestigt sich ein völlig verschobenes Bild über die Realität transidentischer Menschen. Der Transident schadet aber auch sich selbst. Seine alten Mechanismen des Versteckens und Verdrängens werden nicht enttarnt und auf ihre Tauglichkeit für die Zukunft geprüft. Das Gegenteil ist der Fall. Statt zu lernen, dass er das leben kann und darf, was er ist, beharrt er darauf, sich und der Gesellschaft etwas vorzuspielen. Die Probleme, die vor der Erkenntnis über die eigene Transidentität da waren, werden also anschließend in voller Stärke wieder auftauchen. Dann aber besteht die große Gefahr, dass sie nicht als Folge einer falschen Behandlung gesehen werden, sondern als "berechtigte" Zweifel an der Richtigkeit der Behandlung. Obwohl der eingeschlagene Weg richtig war, wird das erreichte Ergebnis diesen Weg wieder in Frage stellen.

5.2. Sachverständiger und Gericht

Bereits im Kapitel "Das Machbare" bin ich kurz auf das Transsexuellengesetz TSG, und das Verfahren dazu, eingegangen. Obwohl es sich im Prinzip um einfache, leicht zu verstehende und zu durchschauende Regeln handelt führen Desinformation, Fehlinformation und falsche Erwartungshaltungen immer wieder zu Schwierigkeiten. Diese Feststellung trifft vor allem auf Transidenten zu.

Doch auch durch die Richter können Probleme entstehen, die zu den unterschiedlichsten Erfahrungen mit dem TSG in den Bundesländern, oder sogar bei verschiedenen Gerichten in einem Bundesland führen. Der Richter kann durch sein Verhalten dem Buchstaben des Gesetzes gerecht werden oder auch nur glauben ihm gerecht zu werden. Er kann dem Sinn des Gesetzes gerecht werden, wobei seine Moralvorstellungen den Sinn festlegen. Er kann mit Hilfe des Gesetzes dem Transidenten gerecht werden, seine Vorstellung von Transidentität spielt dabei aber eine nicht unbedeutende Rolle. Er kann mit der Grundeinstellung, Missbrauch des Gesetzes zu verhindern, an die Fälle herangehen, dabei sein Menschenbild unwillkürlich in den Vordergrund stellen. Im schlimmsten Fall hält er das Gesetz für einen Fehler.

Was ich eben über Richter sagte, sollte Transidenten aber keine Angst einjagen. Von den meisten Transidenten wird das Verfahren nach dem TSG viel zu dramatisch gesehen. In Wirklichkeit ist es einfach, leicht durchschaubar und unproblematisch, wenn es nicht künstlich problematisiert wird.

Warum kommt es zu einem Verfahren nach dem TSG?

Jeder in Deutschland geborene Mensch wird in einem Geburtenbuch beim zuständigen Standesamt registriert. Dies geschieht im öffentlichen Interesse, Grundlage ist das Personenstandsgesetz (PStG §§ 16 ff). Der Vorgang der Registrierung ist ein Verwaltungsakt. Neben den anderen Eintragungen wird auch der Name des Kindes festgehalten (§ 21 Satz (1) Pkt.3) und sein Geschlecht (§ 21 Satz (1) Pkt.4). Oft wird behauptet, das Personenstandsgesetz schreibe vor, dass der Name so gewählt werden müsse, dass aus seiner bloßen Nennung das zugehörige Geschlecht abgeleitet werden könne. Diese gesetzliche Bindung finden wir im Namensrecht und Ausführungsvorschriften dazu.

Ein Problem dieser ergänzenden Vorschriften besteht aber darin, dass zwar die Verwendung der Begriffe "männlich" und "weiblich" vorgeschrieben sind, dafür aber keine brauchbare Definition gegeben ist. Die Festlegung geschieht beim Neugeborenen nach dem ersten Augenschein im Genitalbereich. Stellt sich später heraus, dass sich die Hebamme oder der Arzt geirrt haben, dann kann der Eintrag "wegen Irrtums" geändert werden (§ 46 PStG), es wird auch der Vorname entsprechend geändert. Wird dieser Irrtum von einem Arzt bescheinigt, bei diagnostizierter Intersexualität kann dies auch im

Erwachsenenalter geschehen, so ist der ganze Vorgang ein reiner Verwaltungsakt. Im entsprechenden Paragraphen des Personenstandsgesetzes finden wir keine näheren Angaben, welche Irrtümer zu einer Änderung im Geburtenbuch und damit auch in der Geburtsurkunde berechtigen und welche nicht. Der § 20 PStG berechtigt und verpflichtet den Standesbeamten lediglich, bei berechtigten Zweifeln an Angaben diese nachzuprüfen. Diese Pflicht, wenn Zweifel bestehen, ist auch bei einem Antrag auf Änderungen der Eintragungen gegeben.

Schon bevor es das Transsexuellengesetz gab, war die Möglichkeit gegeben, die Namen und den Eintrag des Geschlechtes im Geburtenbuch zu ändern. Das Grundgesetz, das Bürgerliche Gesetzbuch und das Personenstandsgesetz lieferten dafür die nötigen rechtlichen Voraussetzungen. Durch Anwendungsgesetze, Ausführungsvorschriften, Rechtsauslegungen und Grundsatzurteile, aber auch durch persönliche Ansichten und Auslegungen war eine Chancengleichheit für alle Bürger aber nicht mehr gegeben. Unter diesen Gesichtspunkten muss das TSG eigentlich als ein weiteres Anwendungsgesetz in Ergänzung zum Personenstandsgesetz gesehen werden. Das TSG widerspricht diesem nicht, sondern regelt die Anwendung des § 46 PStG in besonderen Fällen.

Da Transidenten früher ihre berechtigten Ansprüche sowieso nur vor Gericht durchsetzen konnten, hat man das Verfahren nach TSG gleich in die Zuständigkeit der Gerichte gegeben und dabei noch zusätzlich festgelegt, dass nur bestimmte Amtsgerichte solche Verfahren durchführen können. Damit sollte eine Gleichbehandlung aller Antragsteller gewährleistet werden. In der Praxis hat sich dieser Gedanke weitgehend bestätigt, die Gleichbehandlung wurde aber nicht erreicht.

Wer ist am Verfahren nach TSG beteiligt?

Wie bei jedem Gerichtsverfahren gibt es einen Antragsteller und einen Antragsgegner. Der Antragsteller ist der Transident. Sein Antragsgegner ist der Vertreter des öffentlichen Interesses. In vielen Fällen "glänzt" dieser durch Abwesenheit. Bei Transidenten entsteht dadurch oft der paradoxe Eindruck, der Richter sei der Antragsgegner.

Welche Aufgabe hat der Richter?

Wie bei jedem anderen Verfahren besteht die Aufgabe des Richters darin, ...

1. ... zu überprüfen, ob ein Antrag überhaupt angenommen werden muss.

2. ... zu prüfen, ob die formalen Voraussetzungen für die Eröffnung einer Verhandlung gegeben sind.

3. ... die Anträge beider Parteien zu hören.

4. ... die in den Anträgen dargelegten gegensätzlichen Interessen gegeneinander abzuwägen.

5. ... eine Entscheidung über den Antrag zu treffen.

Die vom Richter getroffene Entscheidung ist, mit all ihren Rechtsfolgen, für beide Seiten verbindlich. Sie haben eine bestimmte Zeit, gegen das Urteil Einspruch zu erheben. Verstreicht diese Zeit ungenutzt, dann ist das Urteil rechtskräftig und unanfechtbar. Ein Wiederaufnahmeverfahren wäre nur möglich, wenn verfahrenserhebliche Rechtsmängel bestehen oder Verfahrensfehler gemacht wurden. Ein neues Verfahren in der gleichen Sache kann nur eröffnet werden, wenn sich dafür neue, wesentliche Tatsachen ergeben haben. Das Verfahren selbst unterliegt den Regeln der freiwilligen Gerichtsbarkeit. Der Antragsteller hat die Kosten des Verfahrens zu tragen, unabhängig von seinem Ausgang.

In der Regelung der Kostenfrage könnte man eine unzulässige Benachteiligung des Antragstellers sehen. Er hat sich seine Transidentität, die ihn zu dem Verfahren genötigt hat, ja nicht selbst ausgesucht. Normalerweise müsste eine zivile Schadensersatzklage gegen den Vertreter des öffentlichen Interesses zum Erfolg führen, nämlich der Rückerstattung der gesamten Prozesskosten und der persönlich entstandenen Nebenkosten. Schadenersatz ist immer dann zu leisten, wenn jemand einem anderen Schaden zufügt. Dabei kommt es nicht darauf an, ob ein Vorsatz vorliegt oder nicht. Es gilt einzig das Verursacherprinzip. Viele Menschen haben dies schon sehr schmerzlich erfahren müssen.

Verursacher des Schadens, der Transidenten zugefügt wird, ist die Gesellschaft, hier speziell die gesetzgebende Gewalt. Leider habe ich noch nie etwas davon gehört, dass Transidenten diesen Gedanken überhaupt laut ausgesprochen haben, geschweige denn den Versuch unternommen haben ihren Schaden einzuklagen. Konsequenterweise müsste der nächste Schritt eine Schmerzensgeldklage gegen den Staat sein. Doch wer hätte das Geld und den Mut für einen Musterprozess durch alle Instanzen?

Wie kommt ein Verfahren nach TSG in Gang?

Der Transident stellt beim zuständigen Amtsgericht einen Antrag auf Namensänderung und/oder Personenstandsänderung in besonderen Fällen. Der Antrag kann schriftlich eingereicht werden oder mündlich zur Niederschrift abgegeben werden. Wird der Antrag, z.B. aus Unwissen, nicht beim zuständigen Amtsgericht eingereicht, so ist er von diesem entsprechend weiterzuleiten, der Antragsteller zu informieren. Jedes Amtsgericht hat eine Beratungsstelle, bei der die Niederschrift erfolgen kann. Der Antrag ist an keine besondere Form gebunden.

Erfüllt der Antrag alle Bedingungen, die eine Verfahrenseröffnung ermöglichen, so kommt es zur Anhörung. Weist der Antrag Rechtsmängel auf, so wird der Antragsteller vom zuständigen Richter darauf hingewiesen und es werden ihm die notwendigen Hinweise gegeben, wie diese Rechtsmängel beseitigt werden können.

Das Verfahren kommt aber nur dann in Gang, wenn ein entsprechender Prozesskostenvorschuss geleistet wird. Das Verfahren unterliegt, wie schon gesagt, der zivilen Gerichtsbarkeit. Da das Gericht Sachverständige beauftragen und bezahlen muss, sind auch diese Kosten als Vorschuss zu zahlen. Der Vorschuss wird in der Größenordnung von DM 2.000.-- liegen, ich haben aber auch schon von Beträgen in der Größenordnung von DM 5.000.-- gehört. Ich werde im Zusammenhang mit dem Gutachten nochmals darauf eingehen.

Kann der Antragsteller diese Summe nicht aufbringen, dann bleibt ihm der Weg offen, einen Antrag auf Prozesskostenhilfe zu stellen. Wird dieser mit ausreichender Begründung abgelehnt, bleibt die Möglichkeit einen Antrag auf Ratenzahlung zu stellen. Vor der Klärung der Kostenfrage kann das Verfahren nicht eröffnet werden.

Wie läuft ein Verfahren nach TSG ab?

Das TSG schreibt im § 4 Satz (2) vor: "Das Gericht hört den Antragsteller persönlich an." Die Anhörung ist nur ein Teil des Verfahrens. Der Vertreter des öffentlichen Interesses wird über den Termin der Anhörung informiert. Er hat das Recht anwesend zu sein, kann darauf aber verzichten. Wenn er anwesend ist kann er seinen Standpunkt vortragen und Zweifel an den Einlassungen des Antragstellers äußern. Ein Recht zur Befragung des Antragstellers hat er nicht.

Mit Ausnahme der Anhörung durch den Richter ist das Verfahren ein rein schriftlich geführtes Verfahren. In der Regel stellt der Antragsgegner keinerlei Gegenantrag. Es wird unterstellt, dass der Antragsteller die Position des Vertreters des öffentlichen Interesses ebenso kennt, wie auch der Richter.

Bevor der Richter eine Entscheidung fällen darf muss er die Stellungnahme von zwei unabhängigen Sachverständigen einholen, die mit "den besonderen Problemen des Transsexualismus ausreichend vertraut sind". Die Sachverständigen müssen in ihren Gutachten zu gesetzlich vorgeschriebenen Fragen Stellung nehmen und ihre Stellungnahme hinreichend begründen. Die zu beantwortenden Fragen lauten:

1. War der Antragsteller bei seiner Geburt eindeutig und ausschließlich männlichen (weiblichen) Geschlechts?

2. Fühlt sich der Antragsteller auf Grund seiner transsexuellen Prägung nicht dem in seinem Geburtseintrag angegebenen männlichen (weiblichen), sondern dem weiblichen (männlichen) Geschlecht als zugehörig?

3. Seit wann steht der Antragsteller unter dem unwiderstehlichen Zwang, den Vorstellungen des weiblichen (männlichen) Geschlechtes entsprechend zu leben?

Anmerkung: Wohlgemerkt, es muss der Zwang bestehen. Dieser muss seit mindestens drei Jahren bestehen. Es muss aber noch nicht so lange in der angestrebten Rolle gelebt werden.

4. Wird sich das Zugehörigkeitsempfinden des Antragstellers zum weiblichen (männlichen) Geschlecht mit an Sicherheit grenzende Wahrscheinlichkeit nicht mehr ändern?

Für den Fall, dass auch die Personenstandsänderung beantragt wurde:

5. Kann der Antragsteller durch die erfolgten geschlechtsanpassenden Operationen unwiderruflich als dem weiblichen (männlichen) Geschlecht zugehörig angesehen werden?

Anmerkung: Die Angaben wurden einem Schreiben des Gerichtes an einen Sachverständigen wörtlich entnommen. Da es sich hier um den Fall einer Mann-zu-Frau-Transidentin handelte, die sich einer geschlechtsangleichenden Operation im Genitalbereich unterzogen hatte, wurde auf die Frage nach der "dauerhaften Fortpflanzungsunfähigkeit" verzichtet. Obwohl der Gesetzgeber dies ausdrücklich verlangt, hat der Richter unterstellt, dass bei der heutigen Operationstechnik diese Bedingung automatisch erfüllt sei. Die in Klammer gesetzten Geschlechtsangaben würden für den Fall Frau-zu-Mann-Transident gelten. Dann hätte der Richter auf die Frage nach der Fortpflanzungsunfähigkeit mit Sicherheit nicht verzichtet, da vielfach auf eine Operation im Genitalbereich, vor allem die Penisplastik, verzichtet wird.

Die Frage, ob der Antragsteller unverheiratet ist, hat der Richter für den Fall der Personenstandsänderung selbst zu überprüfen.

Wie fällt die Entscheidung nach TSG?

Wenn beim Richter beide Gutachten eingetroffen sind, fällt er seine Entscheidung nach Aktenlage. Sind beide Gutachten positiv im Sinne der Antragstellung, so wird er dem Antrag stattgegeben. Gutachten sind dann positiv, wenn alle gestellten Fragen mit ja beantwortet sind bzw. die Dreijahresfrist bestätigt wird und in einer für den Richter nachvollziehbaren Art und Weise begründet sind. Der Richter ist Laie, er muss verstehen können, was der Sachverständige schreibt. Der Richter teilt seine Entscheidung beiden Verfahrensbeteiligten mit.

5.2.1 Antragsverfahren

Im gerichtlichen Verfahren und Begutachtungsprozess fühlen sich Transidenten oft der Willkür - Gnade oder Ungnade - anderer Menschen ausgeliefert. Meiner Erfahrung nach gibt es dafür einige Gründe, die in der Person der Transidenten selbst liegen. Sie sind sich dessen aber fast nie bewusst und können dafür auch nicht direkt verantwortlich gemacht werden. Oft sind Unwissen und Halbwissen die Ursache.

1. Transidenten ist häufig nicht ausreichend klar, dass es sich um ein Verfahren der freiwilligen Gerichtsbarkeit handelt, das in der Regel in erster Instanz ohne Hinzuziehung eines Anwaltes entschieden wird.

2. Transidenten sind oft in einem psychischen Zustand, der in erster Linie nach Hilfe ruft, und denken weniger daran, dass es um die Durchsetzung eines legitimen Rechtes geht.

3. Transidenten sehen den Richter als Prozessgegner an.

4. Transidenten kommen mit dem juristischen Sprachgebrauch nicht zurecht. Sie äußern Bitten und Wünsche, wo sie Anträge zu stellen hätten.

Viele Formulierungen im TSG machen deutlich, dass es sich hier um ein sehr sensibles Problem handelt, mit allen sich daraus ergebenden Unwägbarkeiten. Die mit der Durchführung von Verfahren nach dem TSG betrauten Richter sind ebenfalls auf diese Situation vorbereitet (sollten es zumindest sein).

Das TSG ist ein Antragsverfahren, dessen Spielregeln leicht erlernbar sind. Trotzdem ist es ein gerichtliches Verfahren, in das der Richter nicht einfach hineininterpretieren kann, was er meint aus dem Antrag heraus zu lesen. Ich will einen Fall bewusst überspitzt darstellen, damit klar wird um was es geht.

Peter Betroffen ist Mann-zu-Frau-Transidentin und möchte den Namen Claudia führen. Er ist schon in Behandlung und schreibt folgenden Brief an das zuständige Amtsgericht.

Peter Betroffen
X-Str. 12
PLZ Ort

An das Amtsgericht ...

Ort, ...

....

Sehr geehrter Herr Richter ...,

ich fühle mich transsexuell und möchte in Zukunft gerne als Frau leben. Diesen Wunsch habe ich seit meiner frühesten Kindheit. Ich bitte deshalb um die Erlaubnis in Zukunft den Namen Claudia führen zu dürfen.

Ich habe auch mit meinen Ärzten schon darüber gesprochen und befinde mich seit 6 Monaten in der Hormonbehandlung. In Kürze werde ich die Kostenzusage für die Epilationsbehandlung erhalten. Der medizinische Dienst hat dies bereits befürwortet, nachdem ein weiterer Arzt zur Begutachtung eingeschaltet wurde.

Die Gutachten dieses Arztes und meines behandelnden Arztes lege ich bei.

Mit freundlichen Grüßen

(Peter Betroffen)

Ich denke, jeder verständige Mensch, auch der angeschriebene Richter, weiß, was Peter Betroffen möchte. Leider handelt es sich im juristischen Sinne jedoch nur um einen liebenswürdigen Brief, der keinerlei Anträge enthält. Würde man die Spielregeln unserer Gerichtsbarkeit streng auslegen, dann ist der Richter zu keinerlei Handeln befugt. Was als Antrag gemeint war, existiert juristisch gesehen gar nicht.

Ein mit der Situation von Transidenten vertrauter Richter wird Peter natürlich trotzdem zu einer Anhörung einladen, die Rechtsmängel des "Antrages" also teilweise oder vollständig ignorieren. Im Protokoll der Anhörung wird er aus den Wünschen und Bitten entsprechende Anträge formulieren. Welche Teile davon er allerdings berücksichtigt, bleibt seinem Ermessen überlassen, wenn Peter selbst keinen Einfluss darauf nimmt.

Häufig kommt es in diesem Zusammenhang dazu, dass der Richter die beiden beiliegenden "Gutachten" ignoriert. Der Transident ist dann sehr erstaunt, wenn er plötzlich einen Gerichtskostenvorschuss für die Begutachtung bezahlen soll und zu zwei vom Gericht bestimmten Gutachtern gehen muss. Ich kenne Fälle, in denen es durch solche und ähnliche Situationen zu einem regelrechten "Sammeln" von Gutachten kommt. Zeit und Geld werden verschwendet, die psychische Zusatzbelastung für Transidenten kann sich jeder selbst ausmalen.

Der umformulierte Brief mit gleichem Inhalt soll deutlich machen, wie aus Wünschen und Bitten die nötigen Anträge werden. Über diese hat nun der Richter in jedem Punkt zu entscheiden. Bei einer möglichen Ablehnung eines Antrages muss er diese auch ausreichend und für den Antragsteller verständlich begründen. Der Richter weiß es, der Antragsteller sollte es auch wissen: Ablehnungen sind grundsätzlich anfechtbar.

Peter Betroffen
X-Str. 12
PLZ Ort

An das Amtsgericht ...

Ort, ...

Antrag auf Änderung der Vornamen nach TSG (1. Abschn. §1)

Ich bin transsexuell und möchte in Zukunft auch gesetzlich anerkannt als Frau leben (§1, Abs. 1, Satz 2 TSG). Diesen Wunsch habe ich schon seit meiner frühesten Kindheit. Ich beantrage deshalb in Zukunft den Namen Claudia zu führen (§1 Abs.2 TSG).

Antrag zum gerichtlichen Verfahren (nach §4 TSG)

Meinem Antrag auf Vornamensänderung lege ich die medizinische Verordnung der Hormonbehandlung und Epilation, mit Begründung für den medizinischen Dienst, und die fachärztliche Stellungnahme, die der MDK dazu gefordert hat bei. Ich beantrage die beiden Anlagen als Gutachten im Sinne des Gesetzes zu akzeptieren (§4 Abs. 3 TSG).

Für den Fall, dass die Anlagen den formalen Bedingungen der gesetzlich geforderten Gutachten nicht entsprechen, beantrage ich, dass die beiden genannten Ärzte mit der Begutachtung als Sachverständige beauftragt werden (§4 Abs. 3 TSG).

Hochachtungsvoll

(Peter Betroffen)

Wird bei einem Antrag an das Gericht kein Bezug auf die entsprechenden Paragraphen des TSG gemachte, so ist dies kein Rechtsmangel im Sinne der freiwilligen Gerichtsbarkeit.

Für den Fall, dass der Antrag auf Namensänderung (oder Personenstandsänderung) nicht positiv entschieden werden kann, hat der Richter zwei Möglichkeiten:

1. Er kann vorschlagen das Verfahren ruhen zu lassen. Er wird in der Regel klarmachen, warum er diesen Vorschlag macht, sowie selbst Vorschläge unterbreiten, unter welchen Voraussetzungen das Verfahren wieder aufgenommen werden kann.
2. Er kann das Verfahren mit einem ablehnenden Bescheid abschließen. Die Ablehnungsgründe muss er dann eindeutig formulieren. Sie müssen so geschrieben sein, dass sie jeder juristisch nicht vorgebildete Bürger verstehen kann.

zu Möglichkeit 1:

Der Antragsteller hat nun die Möglichkeit die Ursachen für den richterlichen Vorschlag "nicht zu entscheiden" zu beseitigen, z.B. durch Beibringung zusätzlicher Unterlagen (entsprechend den Einlassungen des Richters). Hat der Richter keine Fristen festgelegt, so muss der Antragsteller auch keine beachten. Ich habe es auch schon erlebt, dass ein Richter das Verfahren mit dem Hinweis, "der Antragsteller solle sich seine Entscheidung doch noch einmal überlegen und sich nach einem halben Jahr nochmals melden", ruhen ließ. Das Verhalten des Richters ist mehr als fragwürdig. Aussitzen, ohne konkrete Hinweise, wozu dies gut sein soll, erzeugt nichts anderes als Druck. Hat ein Richter das Gefühl, der Antragsteller bräuchte noch Bedenk- und Entwicklungszeit, dann muss er dies auch klar sagen. Kann er dies dem Antragsteller klarmachen, und folgt dieser nun dem Vorschlag aus eigener Einsicht, dann ist gegen ein Ruhen des Verfahrens nichts einzuwenden. Im Prinzip hat der Richter dann die Aufgabe des begleitenden Psychologen übernommen. Kommt es aber ohne die nötige Einsicht beim Antragsteller zum Ruhen des Verfahrens, dann hat der Richter eindeutig seine Kompetenzen überschritten und sich in die Begleitung und Behandlung eingemischt.

zu Möglichkeit 2:

Ein ablehnender Bescheid erhält nach Ablauf der Einspruchsfrist Rechtskraft. Will der Transident Widerspruch gegen die Ablehnung einlegen, so muss er dies innerhalb der gesetzlichen Frist tun. Wird diese Frist versäumt, dann gelten die Ablehnungsgründe als akzeptiert, gleichgültig was der Antragsteller von seinem Verstand oder Gefühl her davon hält.

In einem Verfahren nach der freiwilligen Gerichtsbarkeit ist ein Wiederaufnahmeverfahren, Einsetzung in den alten Rechtsstand vor Entscheidung, nur schwer durchsetzbar. Es kommt praktisch nur dann in Frage, wenn die Ablehnung oder die Durchführung des Verfahrens schwere Rechtsmängel aufweist. Solche Rechtsmängel sind z.B.:

... wenn die Angabe der Einspruchsfrist nicht schriftlich angegeben ist.

... wenn die Angabe fehlt, wo der Einspruch gemacht werden muss.

... wenn keine Anhörung stattgefunden hat.

... wenn die Ablehnungsgründe für einen juristischen Laien unverständlich geschrieben sind, vor allem Querverweise auf Gesetze und Paragraphen enthalten, die dem normalen Bürger nicht bekannt sein müssen. (Alle denkbaren Fälle aufzuzeigen ist nicht möglich.)

Ein neues Verfahren nach TSG kann auf Antrag erst eröffnet werden, wenn die Ablehnungsgründe beseitigt sind. War die Ablehnung jedoch ungerechtfertigt, dann können die Gründe nicht beseitigt werden. Droht also eine Ablehnung, oder fehlt dem Antragsteller die Einsicht in die Ablehnungsgründe, dann sollte er umgehend mit einem Spezialanwalt für das TSG Kontakt aufnehmen. Adressen sind bei den Selbsthilfevereinen zu erhalten, bzw. im Internet nachzulesen.

Natürlich können diese Aussagen nicht als Rechtsberatung aufgefasst werden. Sie weisen nur auf die Spielregeln hin, die es zu beachten gilt. Es wird immer wieder Gründe für berechtigte oder notwendige Abweichungen geben. Es ist manchmal notwendig, für den Einzelfall Modifikationen der Spielregeln zu machen.

5.2.2 Das Gutachten

Das TSG fordert zwei voneinander unabhängige Gutachten, für die aber jeweils die selben Regeln gelten. Oft hört man davon, dass von einem Erstgutachten und einem Zweitgutachten gesprochen wird. Wenn Sachverständige so argumentieren, z.B. weil ein Transident sich selbst um den Gutachter bemüht und dieser nur ein Zweitgutachten ausstellen will, dann handeln sie gegen den Sinn des Gesetzes.

Wie schon eingangs dieses Kapitels beschrieben, sollen die Gutachten den Richter in die Lage versetzen zu entscheiden, ob das Interesse des Antragstellers, den Geburtseintrag zu ändern, höher zu werten ist, als das Interesse des Vertreters der Öffentlichkeit, den Geburtseintrag nicht zu ändern. Die Gutachten haben in keinem Fall die Aufgabe oder Bedeutung einer Diagnose.

Transsexuelle können das Gesetz in zwei Schritten in Anspruch nehmen - erst die Namensänderung, später die Personenstandsänderung - , sie können gleich nach §8 TSG Namen und Personenstand in einem Verfahren beantragen, oder sie können auf den zweiten Schritt, die Personenstandsänderung verzichten.

Wichtigste Feststellung ist, dass im gesamten Verfahren, also auch wenn es in zwei Schritten durchgeführt wird, nur zwei Gutachten erforderlich sind. Die Rechtsgrundlage dafür ist der §4 TSG, bzw. der Verweis auf §4 im §8 und §9 TSG. Trotzdem ist es in der

Vergangenheit immer wieder vorgekommen, und wird auch in Zukunft nicht ausgeschlossen werden können, dass Richter bei der schrittweisen Anwendung des TSG insgesamt vier Gutachten fordern.

Von einem Richter sollte man jedoch erwarten können, dass er die nötige juristischen Bildung hat, um den Text des §9 Abs.3 richtig anzuwenden und auszulegen. Es heißt dort: "(3) Die §§ 2 bis 4 und 6 gelten entsprechend, die Gutachten sind auch darauf zu erstrecken, ob die Voraussetzungen nach § 8 Abs. 1 Nr. 3 und 4 vorliegen." Diese Formulierung bezieht sich eindeutig auf den Fall, dass der Antrag des Transidenten gleich auf Namens- und Personenstandsänderung gestellt wird. Ist aber die Namensänderung in einem früheren Verfahren schon rechtskräftig entschieden, dann gilt selbstverständlich, dass sich die Gutachten eben nur auf die beiden Fragen des §8 Nr. 3 und 4 zu erstrecken haben. Es heißt dort, dass die Person: "3. dauernd fortpflanzungsunfähig ist und 4. sich einem ihre äußeren Geschlechtsmerkmale verändernden operativen Eingriff unterzogen hat, durch den eine deutliche Annäherung an das Erscheinungsbild des anderen Geschlechtes erreicht worden ist." Es geht also jetzt nicht mehr um die Gutachten von Sachverständigen, sondern um ärztliche Bescheinigungen, die ein Sachverständiger gar nicht ausstellen kann (sondern die behandelnden Ärzte).

5.2.2.1 Ärztliche Bescheinigung zur Personenstandsänderung

Bevor ich auf die Frage eingehe, wie Gutachten zustande kommen und wer als Sachverständiger geeignet ist, will ich den Fall der Personenstandsänderung, bei bereits vollzogener Namensänderung abschließend besprechen. Die Feststellung über die Änderung der Geschlechtszugehörigkeit setzt voraus:

1. Den Beweis, dass der Antragsteller nicht verheiratet ist.

2. Die ärztliche Bescheinigung, dass dauernde Fortpflanzungsunfähigkeit gegeben ist. Dabei genügt eine Sterilisation nicht, da sie nach heutiger Leistungsfähigkeit der chirurgischen Medizin unter Umständen rückgängig gemacht werden könnte. Es muss bescheinigt werden, dass Eierstöcke, bzw. Hoden entfernt wurden. Auch die Tatsache einer bereits eingetretenen chemischen Kastration durch Einnahme der Hormone ist nicht ausreichend. Der Richter kann nicht überprüfen, ob ein Absetzen der Hormone wieder zur Fortpflanzungsfähigkeit führen würde. (Da es in diesem Abschnitt um die Spielregeln im Rahmen der derzeit geltenden Gesetze geht, gehe ich nicht darauf ein, ob diese Vorschrift mit dem Grundgesetz vereinbar ist.)

3. Es muss durch die Bescheinigung des Chirurgen nachgewiesen werden, und durch den behandelnden Arzt bestätigt werden, dass die äußeren Geschlechtsmerkmale durch einen operativen Eingriff so verändert wurden, dass eine deutliche Annäherung an das andere Geschlecht erreicht wurde.

4. Es muss der Beschluss des Gerichtes vorgelegt werden, bei dem die Namensänderung vollzogen wurde, bzw. es ist das Aktenzeichen des Beschlusses anzugeben, wenn er vom gleichen Gericht vollzogen wurde, bei dem der Antrag nach §8 TSG gestellt wird.

Die gesetzlich vorgesehenen Bescheinigungen kann also nur der Operateur, bei dem der Eingriff vollzogen wurde abgeben und der Arzt, bei dem sich der Patient in der Nachsorgebehandlung befindet. Niemand anders ist dazu befugt oder befähigt.

Das Gesetz lässt aber zwei Fragen völlig offen. "Was sind die äußeren Geschlechtsmerkmale?" "Was ist das Erscheinungsbild des anderen Geschlechtes?"

Meines Erachtens geht hier die Phantasie von Richtern und Ärzten mit ihnen selbst durch. Unter dem Druck dieser Phantasien "Wie hat Frau, wie hat Mann auszusehen?", der Erfahrung der eigenen Erziehung und den eigenen Vorstellungen über die Erwartungen der Umwelt, muss ein Transident schon sehr stabil sein, um für sich frei zu entscheiden, was er denn nun wirklich zu seinem Wohlbefinden und Erlangung des nötigen Selbstwertgefühls braucht. An dieser Stelle möchte ich nur zu bedenken geben:

Ist denn nur der Genitalbereich ein äußeres Geschlechtsmerkmal? Ist der Beweis "Mann oder Frau" erst erbracht, wenn Nacktheit vorliegt?

Sind nicht Bartwuchs, Bartschatten, Brust und Stimmbildung (nicht nur die Höhe der Stimme), sowie Ausstrahlung und Auftreten die viel wichtigeren Merkmale?

Geht es nicht auch darum, dass der Transident darauf achten sollte, dass er das Schamgefühl anderer Menschen nicht verletzt? (Wieso nehmen sich auf der anderen Seite Menschen das Recht heraus, das Schamgefühl von Transidenten zu verletzen, z.B. durch die gedankenlose Frage: "Sind Sie schon operiert?", auch wenn diese Frage möglicherweise Mitgefühl oder Neugier entspringt.)

Machen sich Menschen, Ärzte oder Richter eigentlich klar, dass sie mit der Frage nach der Operation Druck in Richtung auf eine Operation erzeugen, ohne die der Transident sonst möglicherweise leben könnte, dass ihm dadurch die Zeit zur Stabilisierung vor diesem letzten Schritt genommen wird?

Die Praxis der Rechtsauslegung über die geforderte Anpassung an das Erscheinungsbild des anderen Geschlechtes hat schon die seltsamsten "Stilblüten" hervor gebracht. Dass Männer auf eine Penisplastik verzichten dürfen, wird mit den nicht gerade idealen chirurgischen Möglichkeiten begründet. Wenn sie aber auch noch auf einen vollständigen Scheidenverschluss verzichten, was medizinisch durchaus sinnvoll sein kann, dann geht die Phantasie der Richter teilweise die seltsamsten Wege. Dass Frauen auf eine funktionsfähige Neovagina verzichten, darf eigentlich nicht vorkommen, so jedenfalls in der Phantasie der Richter und Ärzte. In Deutschland ist bisher nur ein Fall bekannt, dass eine Personenstandsänderung in Richtung Frau, ohne Operation im Genitalbereich, vollzogen wurde.

5.2.2.2 Gutachten zur Namensänderung

In der Einleitung zum Abschnitt 2 habe ich die vier Fragen, die ein Richter dem Gutachter zur Beantwortung vorlegte, wiedergegeben. Laut Gesetz hätte der Richter aber nur drei Fragen stellen dürfen. Die Frage " ob der Antragsteller bei seiner Geburt eindeutig und ausschließlich dem männlichen (weiblichen) Geschlecht zuzuordnen war?", hätte der Richter gar nicht stellen dürfen. Der Sachverständige kann sie sowieso nicht beantworten. Das Geschlecht, dem der Antragsteller bei seiner Geburt zugeordnet wurde geht aus den Urkunden hervor, die zu ändern beantragt wird. Der Richter hat hier etwas getan, was Transidenten oft vorgeworfen wird, er hat medizinische Behandlung und Transsexuellengesetz vermischt.

Die Frage der geschlechtlichen Eindeutigkeit kann nur der Arzt beantworten, bei dem der Transident in Behandlung ist, und zwar nur dann, wenn geschlechtsangleichende Maßnahmen noch nicht begonnen wurden. Für den Zeitpunkt, wann ein Antrag auf Namensänderung gestellt werden darf, gibt es keine Vorschriften.

Anträge zur "kleinen Lösung", also auf Namensänderung, können auch dann gestellt werden, wenn keinerlei medizinische Maßnahmen beabsichtigt oder aus gesundheitlichen Gründen nicht möglich sind. Es muss lediglich

... eine transsexuelle Prägung vorliegen,

... der Zwang, dem anderen Geschlecht anzugehören mindestens seit drei Jahren bestehen und

... mit hoher Wahrscheinlichkeit anzunehmen sein, dass sich das Zugehörigkeitsempfinden nicht mehr ändern wird.

Zu diesen Fragen hat der Sachverständige in seinem Gutachten Stellung zu nehmen. Die Rechtsfolgen von Gutachten sind eindeutig, ihre Qualität ist jedoch sehr unterschiedlich. Ich habe schon Gutachten gesehen, die auf weniger als einer Seite alle wesentlichen Angaben mit einer verständlichen und glaubhaften Begründung enthielten. Ich habe aber auch schon Gutachten von 20 und mehr Seiten zu Gesicht bekommen. Eines dieser Gutachten war so ausladend und unübersichtlich geschrieben, mit medizinischen Fachwörtern gespickt, dass sich der Gutachter am Ende seines "Geistesergusses" selbst genötigt sah zu schreiben: "Die drei vom Gericht gestellten Fragen können uneingeschränkt mit ja beantwortet werden." Bei einem anderen Gutachten, es war für einen transidentischen Arzt ausgestellt worden, wurde seitenlang die Lebensgeschichte wiedergegeben und auf den bereits vollzogenen sozialen Wechsel eingegangen. Statt aber die gestellten Fragen eindeutig zu beantworten schloss das Gutachten mit der Bemerkung: "... bitte ich das Gericht dem Antrag meines Kollegen möglichst rasch zuzustimmen".

Wie aber sollte ein Gutachten zustande kommen? Der sicherste und gleichzeitig einfachste Weg wäre, wenn der behandelnde Arzt, der den Transidenten ja schon einige Zeit kennt, das gerichtsverwertbare Gutachten schreibt. Er hat die Diagnose selbst gestellt oder von einem Kollegen stellen lassen, kennt sie also. Er weiß, wie lange der

Transident schon "unter dem Zwang" steht und kann es bestätigen. Er hat mit einer Behandlung begonnen, da er der festen Überzeugung ist, dass sich das Empfinden des Transidenten nicht mehr ändern wird.

Der Arzt, in diesem Fall dann als Sachverständiger tätig, muss nun sein Wissen nur noch in die Form bringen, dass ...

... der Richter die Angaben verstehen kann.

... die drei Fragen eindeutig beantwortet sind und eine nachvollziehbare Erklärung für seine Antworten abgeben.

Über seine Stellungnahme muss er schreiben: "Gutachterliche Stellungnahme zur Vorlage beim Amtsgericht" (zum Antrag auf Namensänderung nach TSG). Das war's dann schon. Die Schreibgebühren für dieses Gutachten hat der Transident zu bezahlen, denn es ist ja keine kassenärztliche Leistung, die dabei erbracht wird.

Das zweite Gutachten kann ein mitbehandelnder Kollege oder ein Psychologe, der die therapeutische Begleitung durchführt, machen. Beide sollten den Mut haben wirklich unabhängig tätig zu sein, also ihre ganz persönliche Erfahrung mit dem Transidenten zu Papier bringen, denn die ist laut Gesetz gefragt.

Liegen beide Gutachten schon bei der Antragstellung vor, dann muss der Zusatzantrag zum Verfahren gestellt werden, damit sie der Richter berücksichtigen kann. Liegen sie noch nicht vor, dann muss der Transident beantragen, dass er sie entweder nachliefern darf oder der Richter die beiden behandelnden Ärzte/Psychologen mit der Begutachtung beauftragt.

Leider kommt es in der Praxis immer wieder vor, dass Richter solche Anträge oder Gutachten ignorieren oder zumindest versuchen sie zu ignorieren. Die Ärzte des Antragstellers, die auf Grund der vorliegenden oder selbst erstellten Diagnose irreversible Behandlungen durchführen haben in jedem Fall die vom Gesetzgeber geforderte Qualifikation eines Sachverständigen nach TSG. Warum glaubt ein Richter, wie es manchmal geschieht, dass er sich beim medizinischen Dienst erkundigen müsste, ob der behandelnde Arzt wirklich geeignet sei? Auch die Vorstellung, dass ein Gutachten, von einem Assistenten an einer Universität erstellt, nur deshalb besser sei, weil es der mit der Materie vertraute Professor unterschreibt, obwohl er den Antragsteller nie gesehen hat, erscheint mir fragwürdig.

Wie kommt ein Gutachten bei solchen Antragstellern zustande, die entweder noch keine medizinische Hilfe in Anspruch genommen haben oder denen die Gutachter vom Gericht zugewiesen worden sind? Die Erfahrungen reichen von drei Gesprächen bis zu mehr als einem Jahr "Therapie". Ein Sachverständiger, der "... mit den besonderen Problemen des Transsexualismus ausreichend vertraut ist", wie es das Gesetz fordert, benötigt für die Erstellung eines Gutachtens nicht mehr als 3 bis 5 Gesprächstermine. Er hat weder die Aufgabe einer Therapie noch die einer Diagnostik. Kann er die gerichtlich gestellten Fragen in dieser Zeit nicht beantworten, dann hat er es entsprechend zu begründen, damit der Richter mit dem Antragsteller die Folgen besprechen kann. Die

Behauptung, man müsse den Antragsteller mindestens ein Jahr kennen, um die Fragen beantworten zu können, ist falsch und zeugt davon, dass der Sachverständige eben nicht sachverständig ist. Leider verstoßen mindestens 50% aller Sachverständigen, die z.Z. tätig sind, gegen diese Spielregel und lassen den Transidenten "in der Luft hängen". Er wiederum glaubt sich auf die Spielchen einlassen zu müssen, denn er will ja die Namensänderung. Ein Kreislauf des gegenseitigen Misstrauens und Taktierens beginnt, ein Härtetest, der leider schon sehr oft im Suizid endete.

Es kommt aber auch immer wieder vor, dass Richter in der Gutachterfrage selbst gegen die Spielregeln verstoßen. In einem Fall aus Schleswig-Holstein trat folgende Situation ein. Dem Gericht lagen zwei Gutachten, die es selbst in Auftrag gegeben hatte, vor. Das eine Gutachten war in allen Punkten positiv. Das Gutachten eines Professors W. aus K. machte Zweifel an der Transidentität des Antragstellers deutlich. Der Richter entschied nun nicht nach seinem Eindruck, wozu er ja vom Gesetz aufgefordert ist, er ging auch nicht auf das Angebot des Antragstellers ein, ein drittes Gutachten erstellen zu lassen. Statt dessen konfrontierte er den ersten Gutachter mit den Aussagen des Prof. W. aus K. und fragte, wie er sich dazu stelle. Der Richter verletzte eindeutig das Unabhängigkeitsgebot. Der erste Gutachter zog nun seine Aussagen auf der ganzen Linie zurück, er wagte es nicht Herrn W. aus K. zu widersprechen. Der Richter wies daraufhin den Antrag ab.

An welche Spielregeln sollten sich, angesichts solcher Fälle, Transidenten halten, die zur Wahrung ihrer sozialen Stabilität die Namensänderung viel dringender brauchen als medizinische Hilfe? Der derzeit scheinbar einzig gangbare Weg lautet, dass sie sich selbst, durch Kontakt zu Selbsthilfe- und Betreuungsvereinen, einen Gutachter suchen, ein Erstgespräch vereinbaren und dann den Antrag stellen, dass dieser Sachverständige vom Gericht beauftragt wird. Folgt das Gericht diesem Antrag ohne ausreichende Begründung, nicht, dann muss Einspruch eingelegt werden.

5.2.2.3 Allgemeine Hinweise zum Gutachten

Der Transident sollte sich klar darüber sein, dass der Antrag auf Namensänderung dann zu stellen ist und Sinn macht, wenn der soziale Umstieg kurz bevor steht oder gerade erfolgt ist. Wer in der Öffentlichkeit noch als Frau ... auftritt, aber den Vornamen auf "Peter" ändern lassen will, macht sich selbst unglaubwürdig. Wer vor hat, sich weiterhin als Mann zu verkleiden, aber schon "Petra" genannt werden möchte, wird sich wohl vorwerfen lassen müssen, dass er in seiner Lebensplanung einen Fehler macht.

Der Sinn einer Anwendung der "kleinen Lösung" liegt darin, dass sich Transidenten dadurch zumindest gegen Diskriminierung von Amtswegen schützen können. Ob sie es auch im Leben können, hängt größten Teils von ihnen selbst ab, die Namensänderung hilft dabei natürlich.

Für Gutachter sollte folgendes gelten, nicht nur dann, wenn sie zu einer positiven Stellungnahme für den Antragsteller kommen:

1. Das Gutachten wird für den Transidenten unter Verwendung seines angestrebten Namens ausgestellt. Der gesetzliche Name wird lediglich in Klammer angehängt.

2. In den Gesprächen mit dem Antragsteller verwendet der Gutachter grundsätzlich die angestrebte Anrede, gleichgültig zu welchem Ergebnis er kommt. Der Gutachter sollte damit eindeutig seinen Respekt vor der Person zum Ausdruck bringen und nicht die Ernsthaftigkeit des Antrages durch die unerwünschte Anrede in Frage stellen.

3. Es gibt derzeit keinerlei Tests, die in ihrer Auswertung Schlüsse darauf zuließen, ob jemand transidentisch ist oder nicht. Der Gutachter sollte deshalb Tests und "obskure Spielchen" unterlassen. Er hat die Aufgabe sich ein Bild vom Antragsteller zu machen, nicht dessen Belastungsfähigkeit zu prüfen.

4. Der Sachverständige stellt dem Antragsteller das Gutachten zur Verfügung und lässt es ihn lesen, bevor es an das Gericht geschickt wird.

Zum Abschluss dieses Abschnittes möchte ich kurz ein Beispiel für ein Gutachten darstellen. Ich denke es ist sowohl für den interessierten Leser wichtig, als auch für Transidenten und "Experten" aufschlussreich. Es handelt sich um ein fiktives Gutachten für einen Frau-zu-Mann-Transidenten, aus drei aktuell bekannten Fällen zusammengezogen und dadurch "verfremdet".

Köln, 18.08.1997

Gutachterliche Stellungnahme

(zur Vorlage beim Amtsgericht Köln)

Betr.: Aktenzeichen 378 III 106/97 (fiktiv)
Herr Wolfgang Büchner (amtlich noch Claudia)
geb. am 14.07.68 in Kleve
Takuplatz 15, 53117 Lohmar

Herr Wolfgang Büchner wurde als Mädchen geboren und so erzogen. Laut Auskunft seiner Gynäkologin sind keine biologischen Abnormitäten feststellbar, Hormonelle Störungen liegen ebenfalls nicht vor.

Herr Büchner war bis zu seiner Kommunion unauffällig. Er zeigte zwar stets ein recht burschikoses Verhalten, was aber im Zusammenleben mit zwei älteren Brüdern nicht weiter auffiel. Ihm kam zu Gute, dass er oft Sachen von ihnen auftragen durfte, zu Auseinandersetzungen mit den Eltern, bezüglich der Kleidung kam es erst, als ihm anlässlich der bevorstehenden Kommunion ein Kleid gekauft werden sollte. Er beugte sich dem Druck, suchte aber bei den Festlichkeiten am Nachmittag sofort eine Gelegenheit das Kleid bei einer Auseinandersetzung mit anderen Kindern zu beschädigen.

Mit der einsetzenden Pubertät wurde er immer introvertierter, konnte aber seine schulischen Leistungen steigern und legte ein hervorragendes Abitur ab. Danach löste er sich sofort vom Elternhaus und studierte Informatik. Im Studium wurde er als sehr männlich wirkende Lesbe wahrgenommen. Für ihn stand zu diesem Zeitpunkt bereits fest, dass er in Wirklichkeit ein Mann sei.

In der anschließenden beruflichen Tätigkeit, überwiegend in Zusammenarbeit mit Männern, kam es zu erheblichen Spannungen und Irritationen seiner Umgebung. Herr Büchner vereinsamte dadurch sehr. Von seinem jetzigen Arbeitgeber wurde er als Mann eingestellt und entsprechend bei der Sozialversicherung angemeldet. Seit zwei Jahren lebt er mit einer Frau in einer eheähnlichen Gemeinschaft zusammen. Von der Umwelt werden sie als Paar wahrgenommen.

Bei Herrn Büchner besteht nicht die geringste Veranlassung eine andere Geschlechtsstörung oder Krankheit zu vermuten. Es zeigen sich keinerlei Anhaltspunkte für eine manifestierte Neurose, Psychose, verdrängte Homosexualität, Persönlichkeitsspaltung oder eine Borderline-Pathologie. Herr Büchner gibt an, dass er beabsichtigt geschlechtsangleichende Behandlungen in die Wege zu leiten.

Schlussfolgerungen: Es liegt eine manifeste Transsexualität (Frau-zu-Mann) vor, der sich Herr Büchner schon seit frühester Kindheit bewusst ist, auch wenn er sie immer wieder verdrängen konnte. Sein Entschluss als Mann zu leben, steht seit über fünf Jahren fest. Nach den Erkenntnissen der medizinischen Wissenschaft wird sich sein Zugehörigkeitsempfinden zum männlichen Geschlecht nicht mehr ändern. Aus gutachterlicher Sicht wird die angestrebte Vornamensänderung ausdrücklich befürwortet.

(Unterschrift und Stempel des Sachverständigen)

Es gibt aber auch Transidenten, die ganz andere persönliche Erfahrungen machen. Ein Extremfall soll dies verdeutlichen.

Eine Mann-zu-Frau-Transidentin ist in einer sehr konservativen Familie aufgewachsen. Finanziell war sie einigermaßen abgesichert und erklärte, dass sie einen Teil ihres

Studiums im Ausland absolvieren möchte. Diese Gelegenheit nutzte sie, um eine geschlechtsangleichende Behandlung zu durchlaufen. Den Mut dies in ihrer häuslichen Umgebung und mit den deutschen Gesetzen "im Rücken" zu tun, hatte sie nicht aufgebracht. Nach drei Jahren kam, auch in der körperlichen Erscheinung, eine Frau wieder nach Deutschland. Nun beantragte sie die Namens- und Personenstandsänderung. Den direkten Kontakt zu ihrer Familie vermied sie.

Da alle Behandlungen im Ausland gemacht wurden, privat bezahlt, ohne unser deutsches Sozialsystem zu belasten, gab es für die operativen Eingriffe natürlich auch keine deutschen Stellungnahmen. Der Richter verlangte nun, dass sie durch ihre früheren Ärzte nachweist, dass sie eindeutig und zweifelsfrei ein biologisch gesunder Mann war, bevor die Behandlungen begonnen hatten. Ohne diesen Beweis könne ja nicht festgestellt werden, dass sie transsexuell sei und das TSG für sie anwendbar sei.

Außerdem verlangte der Richter, dass sie von zwei Ärzten den Nachweis erbringen ließe, dass sie fortpflanzungsunfähig sei und sich wirklich einer geschlechtsangleichenden Operation unterzogen hätte. Von zwei Sachverständigen sollte außerdem festgestellt werden, dass sie sich schon mindestens drei Jahre vor dem Eingriff dem anderen, nämlich dem weiblichen Geschlecht als zugehörig empfunden hätte, dieses Empfinden unumkehrbar sei und sich mit hoher Wahrscheinlichkeit auch nicht mehr ändern würde. (Anmerkung: Formaljuristisch hat der Richter richtig gehandelt. Dass er dabei aber gleichzeitig unterstellt hat, die Antragstellerin hätte sich ja auch aus "Jucks und Dollerei" operieren lassen können, ist ihm sicher nicht zu Bewusstsein gekommen.)

Die Eltern der Antragstellerin erfuhren durch die Nachfragen beim Hausarzt von der Entwicklung ihres Kindes. Der Vater stellte sofort einen Antrag auf Entzug der Geschäftsfähigkeit und Einweisung in eine Heilanstalt. Die Sachverständigen versuchten sich ebenso sklavisch an die gesetzlichen Vorschriften zu halten wie der Richter. Alles zusammen war für die Antragstellerin zuviel. Sie wurde sechs Monate nach der Antragstellung als Herr "xxx" begraben.

6. Standards of Care

Transidentität, eine Normvariante mit
Krankheitswert!?
Versuch eines Leitfadens für „Helfer"
- Behandlungsempfehlung -

6.0. Heilungsphantasien, für wen?

Nur der Patient weiß, ob er transidentisch ist oder nicht. Nur er weiß, welche Behandlungsschritte für ihn notwendig sind. Aufgabe des Arztes und Psychologen kann nur sein, dem Patienten zu helfen, damit er dies möglichst ohne äußeren Druck erreicht. Besonders schwierig wird sich eine Hilfe dann gestalten, wenn zwischen dem Behandlungswunsch des Patienten einerseits und seinen Phantasien über die Erwartungshaltung von Arzt und Umwelt andererseits nicht unterschieden werden kann. Das letzte Kapitel greift auch diesen Aspekt auf und versucht Lösungsansätze zu geben.

Anfang 1997 hörte ich in der Paul-Gerhard-Kirche in Köln den Vortrag von Johanna Kameramanns, „Ethnische Aspekte der Transsexualität im kulturellen Vergleich". Frau Kameramanns versuchte deutlich zu machen, dass wir bei unserer Geschichtsforschung von unseren, derzeit gültigen Moralvorstellungen ausgehen. Wenn Archäologen ein Grab finden, in dem zwei weibliche oder zwei männliche Skelette entdeckt werden, dann wird ein Geschwistergrab vermutet oder ein Grab, in dem Menschen mit homosexueller Lebensweise bestattet sind. Wenn man Transidentität kulturell verneint, obwohl sie schon immer existiert hat, dann ist es auch klar, dass man einem männlichen oder weiblichen Knochengerüst nur die Identität männlich oder weiblich zuordnet. Die Identität steckt aber nicht im Knochenbau. Archäologen wenden ihr Wissen an, Skelett Mann ist gleich männlich, Skelett Frau ist gleich weiblich. Das kann stimmen, muss es aber nicht.

Der Vortrag machte aber auch deutlich, dass Transidentität eben keine Erscheinung unserer Zeit ist, sondern ein Phänomen, das es schon immer gab. In früheren Kulturen führte das ehrfürchtige Erstaunen über die Erkenntnis, dass in einem männlichen Körper eine weibliche "Seele" leben kann, in einem weiblichen Körper entsprechend eine männliche "Seele", dazu , dass diesen Menschen besondere göttliche Gaben zugeordnet wurden. Diese Überhöhung war für die betroffenen Menschen sicher oft ebenso belastend wie unsere heutige Verneinung von Transidentität, bzw. ihre Pattalogisierung. In ihren weiteren Ausführungen sprach Frau Kameramanns über "Sonnenkult - Fruchtbarkeitskult" und stellte die Frage, ob wir heute möglicherweise in einer Zeit des "medizinischen Machbarkeitskultes" leben. Ich kann mir sehr gut vorstellen, dass in etwa 500 Jahren, später oder früher, Menschen genau zu dieser Schlussfolgerung kommen und dafür wenig Verständnis aufbringen werden.

Man kann zu diesen Aussagen stehen wie man will, eines aber wird wohl kaum weg zu diskutieren sein: "Leben wir heute in einer Zeit des wissenschaftlichen, technischen und damit auch medizinischen Machbarkeitskultes?"

Dafür, dass wir in einer Epoche des "medizinischen Machbarkeitskultes" leben sprechen sehr viele Anzeichen. Wir finden sie in allen Bereichen der Gesundheitsvorsorge und der Heilung von Krankheiten. Mit der Steigerung der Leistungsfähigkeit der Medizin, vor allem der Chirurgie und der Genforschung, zeichnen sich zwei entgegengesetzte Entwicklungen ab. Die eine ruft nach immer besserer individueller Hilfe, die andere lässt z.B. die Bereitschaft zur Organspende sinken. Der Mensch will im Fall der eigenen Betroffenheit mit "Ersatzteilen" versorgt werden, möchte sich selbst aber nicht als Ersatzteillager verstehen. Der Mensch schaut staunend auf das, was die Genforschung an Rätseln entschlüsselt, mit Angst aber auch darauf, was sich damit für Möglichkeiten eröffnen.

Alte, lieb gewonnene "Schubladen" werden zerstört. Neue Einteilungen bleiben für die Mehrheit der Menschen aber undurchschaubar. Das macht Angst. Und dann kommen sie nun, die Transidenten - Männer, geboren mit einem weiblichen Körper, Frauen, geboren mit einem männlichen Körper - und rütteln an dem ältesten Bild, durchbrechen die "Schubladen" Mann und Frau.

So wurde schon vor über 60 Jahren begonnen eine neue Schublade zu zimmern, die der "Transsexuellen". Dann wurde damit begonnen, die Menschen, die eben das Gefühl haben dem anderen Geschlecht anzugehören, einzuteilen in diejenigen, die in diese neue Schublade passen und die anderen, die sich dies nur einbilden. Wer dann das Glück (?) hatte, nach der Meinung der behandelnden Experten in die Schublade zu passen, dem wurde suggeriert, dass ein "Seitenwechsel" möglich sei. Ihnen wurde auch gesagt, dass sie die Schublade "transsexuell" wieder verlassen dürfen, wenn sie denn ganz Mann oder ganz Frau sind und somit wieder in das Bild der Gesellschaft passen. In der Zeit vom Verlassen der alten Schublade bis zu dem Zeitpunkt, zu dem sie in die neue Schublade passen, waren sie mehr oder weniger entmündigt, der Gnade oder Ungnade von Experten ausgeliefert.

Es wurden Standards für die Diagnose, die Begutachtung und die Behandlung entwickelt. Es wurden gesetzliche Regeln für das Namensrecht und den Personenstand geschaffen. Bei manchen Maßnahmen oder Vorlagen wurden Transidenten sogar angehört, durften ausgewählte Transidenten mitarbeiten. Doch alle Ergebnisse die dabei bisher heraus kamen, basieren auf einem grundsätzlichen Fehler.

Wenn Transidentität schon von Geburt an gegeben ist, und davon muss nach heutigem Stand der medizinischen Wissenschaft ausgegangen werden, dann kann sie weder geheilt, noch auf irgend eine andere Art und Weise beseitigt werden. Wenn eine Mann-zu-Frau-Transidentin vor ihrem Coming-out Mann gespielt hat, danach nun Frau spielt, dann spielt sie ihr Leben. Sie lebt es aber nicht. Erst wurde die Transidentität in der Rolle Mann verdrängt, später wird sie wieder verdrängt, nun in der Rolle Frau. Transidenten sind aber Frauen mit männlicher Vergangenheit oder Männer mit weiblicher Vergangenheit. Entscheidend ist nicht, ob andere Menschen sie in der Schublade Mann oder Frau dulden, sondern ob der Transident selbst darin leben kann und sich wohlfühlt.

Ob ich nun die "Standards of Care" der Harry Benjamin International Gender Dysphoria Assoziation heranziehe oder die der Deutschen Gesellschaft für Sexualforschung, sie gehen genau auf die zuletzt von mir gemachten Feststellungen nicht ein. Sie sprechen über diagnostische Anforderungen, Hormonbehandlung und chirurgische Maßnahmen (leider vermischen sie auch medizinische Fragen mit Problemen des Personenstandsgesetzes, unzulässigerweise). Natürlich ist dies wichtig. Auf der anderen Seite, um nur ein Beispiel zu nennen, habe ich noch nie etwas darüber finden können, woher der Hass kommt, den viele Transidenten auf ihre biologischen Genitalen haben. In Kulturen, heute z.B. noch in Nordkanada lebend, die fünf Geschlechter kennen, ist davon nichts bekannt. Wird der Hass also durch unsere Auffassung von "männlich" und "weiblich" anerzogen? Mit keinem Wort gehen die deutschen Standards darauf ein, hier eventuell Hilfe zu bieten, einen Fehler der Erziehung zu überwinden. Im Gegenteil, das TSG schreibt dem Transidenten indirekt sogar transformationschirurgische Maßnahme vor.

Wie soll ein Transident angesichts dieser starren Haltung, vom Gesetz vorgegeben, von den Ärzten blind übernommen, für sich frei entscheiden können, was er zu seiner "Heilung" braucht? Wie soll er trennen, was seine Bedürfnisse sind und was Heilungsphantasien, die von außen an ihn herangetragen werden? Alle bisher vorliegenden Standards stellen nur die Fragen:

Wie mache ich aus einem biologisch männlichen Körper einen Körper der aussieht wie der einer Frau? Wie löse ich das Problem in der umgekehrten Richtung? Wie behelfe ich mir, weil es in Richtung Frau-zu-Mann doch nur recht unbefriedigend klappt? (wobei unterstellt wird, dass es in Richtung Mann-zu-Frau sehr gut geht, was jedoch nur bedingt stimmt.) *Wie stelle ich vorher fest, wem diese Hilfe zusteht und wem nicht?*

Das Schlimmste an diesen Standards ist, dass es sich nur um die Fragen von Psychologen und Ärzten handelt. Die Fragen der Transidenten bleiben praktisch unberücksichtigt (sie wurden zwar gefragt, ihre Einwendungen aber nicht berücksichtigt).

Bei allen Standards bleiben die sozialen Aspekte völlig außen vor. Dabei sind es gerade diese, die dem Transidenten ein selbstbestimmtes Leben so schwer, oft unmöglich machen. Wird dieser Aspekt zu wenig berücksichtigt, und alle bisher bekannten Entwürfe gehen darauf überhaupt nicht ein, dann kann es sogar geschehen, dass gute Hilfen keinen wirklichen Erfolg haben. Auch nach den geschlechtsangleichenden Maßnahmen wird ein selbstbestimmtes Leben dann möglicherweise verhindert.

Standards dienen generell der Qualitätssicherung. Sie enthalten Handlungshinweise und Anleitungen ebenso, wie Hinweise auf anerkannte Verfahren und Methoden. Soweit ich den Standards der Deutschen Gesellschaft für Sexualforschung zustimmen konnte, habe ich diese übernommen, ohne sie im einzelnen als Zitat kenntlich zu machen. (Ihre Originalfassung kann in der Zeitschrift für Sexualforschung, Heft 2, 10. Jahrgang Juni 1997, Ferdinand Enke Verlag, nachgelesen werden oder im Internet unter www.transidentitas.org.) Aussagen, die in diesem Buch schon gemacht wurden, werden sich teilweise wiederholen, da sie für die Standards wichtig sind. Insofern sind diese Standards auch eine Zusammenfassung und können für sich allein stehen, ohne dass der gesamte Inhalt des Buches bekannt ist.

6.1. Standards der Begutachtung und Diagnosevon Transidenten

Transidentität ist durch die dauerhafte innere Gewissheit, sich dem anderen Geschlecht zugehörig zu fühlen gekennzeichnet. Transidentität ist eine besondere Form der Geschlechtsidentität, da körperliches und seelisches Geschlecht nicht der gleichen Kategorie angehören. Transidenten sind dadurch in ihrer menschlichen und gesellschaftlichen Entwicklung eingeschränkt, werden behindert und starken psychischen Belastungen ausgesetzt.

Ebenso wie jeder Mann psychische und biologische Anteile des weiblichen Geschlechtes besitzt, umgekehrt jede Frau psychische und biologische Anteile des männlichen Geschlechtes, in verschieden starken Ausprägungen, gilt dies auch für Transidenten. Unter Berücksichtigung dieser Tatsache und der Unterschiedlichkeit der persönlichen Entwicklungsvoraussetzungen und Lebensumstände, kann eine Transidentität nicht an klassifizierbaren Merkmalen festgemacht werden. Das einzige sichere Merkmal ist das persönliche Empfinden des Transidenten.

6.1.1 Die Begutachtung

Ziel der Begutachtung darf ausschließlich den Fragen dienen, ob die gesetzlich verlangten Voraussetzungen für die Anwendung des "Transsexuellengesetzes" von 1980 gegeben sind. Um sowohl die Gesellschaft vor Missbrauch als auch den Transidenten vor Schaden zu bewahren, muss der Zugang zur "kleinen Lösung", die Änderung der Vornamen nach §4 TSG erleichtert werden. Die Anwendung des TSG in zwei Schritten sollte zum Regelfall werden.

Aufgabe des Gerichtes ist es zu prüfen, ob der Antragsteller dadurch eine Straftat vorbereiten oder verschleiern will, oder sich seinen sonstigen gesetzlichen Verpflichtungen entziehen will. Das Gericht macht sich ein Bild davon, ob der Antragsteller ernsthaft versuchen will sein Identitätsgeschlecht auch sozial anzunehmen und zu leben. Die positive Entscheidung nach §4 TSG dient der Realisierung dieses Zieles bzw. legitimiert es, wenn eine Sozialisierung im Identitätsgeschlecht bereits begonnen hat oder vollzogen wurde.

Die Aufgabe des Sachverständigen besteht darin zu prüfen, ob die Geschlechtsidentität des Antragstellers von der Geschlechtszuweisung laut Geburtseintrag abweicht. Besteht der Verdacht auf eine krankhafte Verhaltensstörung, Psychose oder Persönlichkeitsstörung, die zu einem transidentischen Verhalten als Ausweichsyndrom führt, hat der Gutachter dies festzustellen und mit dem Antragsteller zu besprechen. Der Gutachter stellt keine Diagnose.

Er nimmt Stellung zu der Frage ob:

... sich der Antragsteller, auf Grund seiner transidentischen Prägung, nicht mehr dem seinem Geburtseintrag entsprechenden Geschlecht zugehörig empfindet.

... der Antragsteller seit mindestens drei Jahren unter dem Zwang, seinen Vorstellungen, dem anderen Geschlecht anzugehören, steht.

... sich das Zugehörigkeitsempfinden des Antragstellers, nach den Erkenntnissen der medizinischen Wissenschaft, mit hoher Wahrscheinlichkeit nicht mehr ändern wird.

Kann der Sachverständige die Fragen nicht beantworten, so hat er dies in seinem Gutachten anzugeben, sowie die Gründe, warum eine Antwort nicht möglich ist. Der Sachverständige wird weder diagnostisch, noch therapeutisch im medizinischen Sinne tätig. Dies gilt auch dann, wenn er selbst Mediziner oder Therapeut ist. Das Gutachten ist nach maximal fünf persönlichen Gesprächsterminen zu erstellen. Der Sachverständige kann den Antragsteller auffordern zur Unterstützung der Begutachtung schriftliche Unterlagen beizubringen wie, problembezogenen Lebenslauf, Atteste über therapeutische oder medizinische Maßnahmen im Vorfeld, ... Das Fehlen solcher Unterlagen darf eine Begutachtung weder verhindern, noch verzögern. Das Begutachtungsverfahren ist in partnerschaftlicher Zusammenarbeit zwischen Sachverständigem und Antragsteller durchzuführen.

Dem Antragsteller muss ein gerichtliches Beschwerderecht gegen den Sachverständigen eingeräumt werden, wenn dieser vom Gericht zugewiesen wurde. (Diese Möglichkeit besteht zwar auch heute schon, ist aber nicht ausdrücklich festgeschrieben und somit weitgehend unbekannt, sowohl bei Transidenten als auch bei Sachverständigen.)

6.1.2 Die Diagnose

Wegen der weitreichenden und irreversiblen Folgen hormoneller und/oder chirurgischer Transformationsmaßnahmen besteht, auch im Interesse des Patienten, die Notwendigkeit einer sorgfältigen Diagnostik und Differenzialdiagnostik. Bevor medizinische Maßnahmen eingeleitet werden, muss die Diagnose eines "transidentischen Syndroms" weitgehend gesichert sein.

Die Selbstdiagnose ist die einzige zuverlässige Indikation für das Vorliegen einer Transidentität. Die wichtigste Aufgabe des Diagnostikers besteht gerade deshalb darin, deren Glaubwürdigkeit und Tragfähigkeit, in Zusammenarbeit mit dem Patienten, zu prüfen. Besondere Sorgfalt muss deshalb auch auf die Feststellung von anderen Krankheitsbildern gelegt werden, die zunächst zu einer Ausschlussdiagnose führen. Dabei ist zu berücksichtigen, dass auch Menschen mit anderen Krankheitsbildern transidentisch sein können.

Weder die Heftigkeit des Geschlechtsanpassungswunsches noch eine zauderhafte Einstellung dazu können als Indikatoren für oder gegen das Vorliegen einer Transidentität gewertet werden. Ebenso wenig ist die Frage nach der Stärke eines Leidensdruckes entscheidend. Die Diagnose ist zwar Voraussetzung für medizinische

Maßnahmen, zieht diese aber nicht zwangsläufig nach sich. Behandlungskonzepte müssen der individuellen Entwicklung des jeweiligen Patienten gerecht werden, wobei die scheinbare Alternative "körperliche Behandlung" verus "psychotherapeutische Behandlung" zugunsten eines integrativen Ansatzes überwunden werden sollte.

Eine zuverlässige Beurteilung, über das Vorliegen eines transidentischen Syndroms setzt eine langjährige Kenntnis über die Entwicklung des Patienten voraus. Diese Kenntnis muss der Diagnostiker nicht im direkten Kontakt mit dem Patienten erhalten haben. Sie kann auch durch die Anamnese, Bescheinigungen über frühere Behandlungsansätze und ähnliche Informationen gewonnen werden. Eine wichtige Rolle spielt dabei auch der "Alltagstest". Darunter darf aber nicht einseitig der Versuch verstanden werden in der angestrebten Geschlechtsrolle zu leben. Eine weitaus größere Bedeutung kommt den gescheiterten Versuchen zu, die im Geburtsgeschlecht festgelegte soziale Rolle anzunehmen.

Hinweis: Es kommt immer wieder zu Missverständnissen über den "Alltagstest". Jeder Mensch hat im Normalfall die Chance in einem jahrelangen Prozess in seine soziale Rolle hinein zu wachsen. Diese Chance haben Transidenten nicht. Ein Alltagstest ist nur dann sinnvoll wenn:

... die soziale Situation verbessert, nicht aber destabilisiert wird.

... es zu keiner unnatürlichen Schauspielerei kommt.

... Diskriminierungen durch den Diagnostiker unterbleiben, er im Gegenteil hilft diese auch durch die Umwelt weitgehend auszuschließen.

... eine psychische Entlastung dadurch möglich ist, entstehende neue Belastungen partnerschaftlich bearbeitet und verringert werden.

... der Alltagstest in der neuen Geschlechtsrolle als Chance und nicht als Pflicht verstanden wird.

Die Umwelt kann grausam genug sein, es darf nicht Aufgabe des Diagnostikers sein hier noch zusätzlichen Druck auszuüben.

Die Diagnostik ist, wie bei jeder anderen Krankheit, Teil einer medizinischen Behandlung. Die Kosten dafür dürfen nur Privatversicherten direkt in Rechnung gestellt werden. In allen anderen Fällen sind sie direkt mit den Krankenkassen zu verrechnen. Dies gilt auch für begleitende psychotherapeutische Maßnahmen.

6.1.2.1 Standards der Diagnostik

Für die Diagnose der Transidentität müssen folgende Kriterien erfüllt sein:

- eine tiefgreifende und dauerhafte gegengeschlechtliche Identifikation;

- ein anhaltendes Unbehagen hinsichtlich der biologischen Geschlechtszuweisung bzw. ein Gefühl der Inadäquatheit in der entsprechenden Geschlechtsrolle;

- ein klinisch relevanter Leidensdruck und/oder Beeinträchtigungen in sozialen, beruflichen oder anderen wichtigen Funktionen.

Diese Kriterien entsprechen weitgehend denjenigen, die in den international gebräuchlichen Klassifikationen der Krankheiten (DSM-IV,ICD-10) genannt werden. Ein intersexuelles Syndrom ist nicht zwingend als Ausschlusskriterium zu betrachten. Häufig wird im letzten Satz folgende Aussage ignoriert, obwohl sie auch aus den Reihen der Fachleute der Sexualmedizin mit aufgestellt wurde: "... relevanter Leidensdruck *und/oder* Beeinträchtigung in sozialen, ...". Damit wird unterschlagen, dass auch notwendige präventive Maßnahmen ein transidentisches Syndrom zur Krankheit klassifizieren.

Die genannten Kriterien verlangen folgende diagnostische Maßnahmen:

- eine Erhebung der biographischen Anamnese mit den Schwerpunkten Geschlechtsidentitätsentwicklung, psychosexuelle Entwicklung (einschließlich der sexuellen Orientierung) und gegenwärtige Lebenssituation;

(wichtiger Hinweis: Die sexuelle Orientierung darf nicht überbewertet werden, da:

a) Sexuelle Orientierung setzt voraus, dass die Identität gefunden ist.

b) Wer sich vorher gesellschaftskonform verhält wirkt heterosexuell, lebt aber real homosexuell, ohne sich dessen bewusst sein zu müssen.

c) Wer nach dem inneren Coming-out heterosexuell lebt, wirkt nach außen homosexuell.

Die Aussagen a)-c) gelten natürlich für den jeweilig umgekehrten Fall entsprechend.)

- eine körperliche Untersuchung mit Erhebung des gynäkologischen bzw. andrologischen/urologischen sowie endokrinologischen Befundes;

- eine psychiatrisch/psychologische Diagnostik, da viele Patienten mit transidentischem Syndrom erhebliche psychopathologische Auffälligkeiten aufweisen. Diese können dem Erkennen der Transidentität vorausgegangen sein, dadurch reaktiviert worden sein oder gleichzeitig bestehen.

Die psychiatrische/psychologische Diagnostik soll breit angelegt sein. Sie kann in Absprache mit dem Patienten ambulant oder klinisch erfolgen. Dabei ist vor allem die soziale Situation des Patienten zu beachten. Diagnostische Maßnahmen dürfen niemals soziale Destabilisierung billigend in Kauf nehmen. Untersucht und beurteilt werden sollen:

- das Strukturniveau der Persönlichkeit und deren Defizite;

- das psychosoziale Funktionsniveau;

- neurotische Dispositionen bzw. Konflikte;

- Abhängigkeiten und Süchte, vor allem deren Ursachen;

- suizidale Tendenzen und selbstschädigendes Verhalten;

- psychotische Erkrankungen;

- hirnorganische Störungen.

6.1.2.2 Standards der Differentialdiagnostik

Bei der Bewertung der Ergebnisse einer Diagnose und deren Bearbeitung muss größte Sorgfalt darauf gelegt werden, dass es nicht zu Verdrehungen von Ursache und Wirkung kommt. Dem Diagnostiker ist hier eine besondere Verantwortung auferlegt, der er nur in vertrauensvoller Zusammenarbeit mit dem Patienten gerecht werden kann. (Am Beispiel von Minderbegabung, das manchmal auftritt, ist genau zu prüfen ob die Transidentität zu einer Entwicklungsverhinderung führte oder die Minderbegabung zu einem transidentischen Ausweichverhalten.)

Im Bereich der Transidentität besteht eine ausgeprägte Vielfalt an Verlaufsformen, Persönlichkeitsstrukturen, assoziierten psychosozialen Merkmalen und sexuellen Partnerpräferenzen, die eine präzise Differentialdiagnostik erforderlich machen. Nur so besteht eine Chance zwischen dem Vorliegen einer Transidentität und einer medizinisch/psychologisch positiv veränderbaren Geschlechtsidentitätsstörung zu unterscheiden. Folgende Differenzialdiagnosen sind zu beachten:

- Unbehagen, Schwierigkeiten oder Nicht-Konformität mit den gängigen Geschlechtsrollenerwartungen, ohne dass es dabei zu einer überdauernden und profunden Störung der geschlechtlichen Identität gekommen ist;

- partielle oder passagere Störungen der Geschlechtsidentität, etwa bei Adoleszenzkrisen;

- eine psychotische Verkennung der Geschlechtsidentität;

- schwere Persönlichkeitsstörungen mit Auswirkung auf die Geschlechtsidentität.

In der Vergangenheit kam es immer wieder zu Verwechslungen von Ursache und Wirkung. Außerdem wurde zu wenig beachtet, dass das Eine das Andere nicht zwingend ausschließt. Für Ausschlussdiagnosen gilt dasselbe wie für Transidentität: Sie können meist nur mit hoher Wahrscheinlichkeit angenommen werden. Der Stand der medizinischen Wissenschaft bietet hier noch keine anderen Möglichkeiten.

Besondere differenzialdiagnostische Probleme ergeben sich bei gleichzeitigem Vorliegen von "Transvestismus, fetischistischem Transvestismus" oder Ablehnung einer "homosexuellen Orientierung".

Bei Transvestismus und fetischistischem Transvestismus kann es zu einem Geschlechtsanpassungswunsch kommen, der den Patienten gleichzeitig in einer krisenhaften Verfassung erscheinen lässt. Beides sind jedoch Formen eines transidentischen Syndroms. Sie können für den Menschen ein stabiler Endzustand sein, der durch äußere Einflüsse ins Wanken gerät. In diesem Fall wird eine große Chance bestehen, ihn auch wieder zu stabilisieren. Es kann aber auch sein, dass der transidentische Mensch sich durch die persönliche Weiterentwicklung bewusst wird, dass es nur ein Versuch zur persönlichen Stabilisierung war, der gescheitert ist. (Ihm kommt dann die gleiche Bedeutung zu, wie durch Heirat und Kinder Zeugen zu versuchen, an das zu glauben, was die Umwelt dem transidentischen "Mann" vorgibt. Auch dieser Versuch wird scheitern.)

Die Ablehnung einer homosexuellen Orientierung wird niemals zu Schwierigkeiten mit der geschlechtlichen Identität führen. Dieser Fall kommt nur in der Phantasie von "Experten" vor. In der Regel werden aber während des Diagnoseprozesses, Transidenten, die heterosexuell orientiert sind als homosexuell eingestuft, dagegen werden Transidenten mit homosexueller Orientierung als heterosexuell gesehen. Wenn homosexuelle Menschen einen Geschlechtsanpassungswunsch äußern, dann leiden sie mit absoluter Sicherheit an schwersten neurotischen oder psychotischen Störungen. Homosexualität führt niemals zu einer geschlechtlichen Identitätsstörung.

6.1.2.3 Qualifikation des Diagnostikers

Der Diagnostiker muss psychodiagnostische, psychopathologische und psychotherapeutische Kompetenz durch eine entsprechende Ausbildung erworben haben. Er kann sich bei seiner Arbeit auch der Fachkompetenz von Kollegen bedienen und zur Abklärung bestimmter Fragestellungen zur Mitbehandlung überweisen. Eine interdisziplinäre Zusammenarbeit wird die Regel sein. In jedem Fall muss er mit den Problemen der Transidentität vertraut und auf dem aktuellen Kenntnisstand sein, bzw. bereit sein sich mit dem Problem Transidentität vertraut zu machen. Seine Qualifikation geht über die eines Sachverständigen hinaus.

Die Tragweite einer Diagnose ist weitaus größer als die eines Gutachtens. Die Diagnose mündet in einen Behandlungsvorschlag, abgesprochen mit dem Patienten. Wurde sie vom behandelnden Arzt in Auftrag gegeben, wird dieser einen Behandlungsplan mit dem Patienten zusammen ausarbeiten. Der Diagnostiker ist jederzeit berechtigt und in der Lage ein gerichtsverwertbares Gutachten zu schreiben. Lehnt er dies ab, so stellt er sich selbst und seine Qualifikation in Frage. (Hinweis: Lehnt ein Richter den Antrag ab das Gutachten eines Diagnostikers anzuerkennen, so muss er dies sachlich begründen. Formaljuristische Fehler sind nicht ausreichend und es muss auf die Möglichkeit ihrer Behebung hingewiesen werden. Eine Ablehnung durch den Richter ist grundsätzlich anfechtbar.)

Sowohl Diagnose als auch Gutachten sind notwendige Schritte um Transidenten ein menschenwürdiges Leben in körperlicher und psychischer Gesundheit zu ermöglichen, bzw. zu erhalten.

6.2. Standards der psychotherapeutischen Begleitung

Transidentität lässt sich weder durch Psychotherapie noch durch hormonelle oder chirurgische Heilmaßnahmen beseitigen. Ziel aller Heilmaßnahmen kann es nur sein die Gesundheit transidentischer Patienten herzustellen oder zu erhalten. Der psychotherapeutischen Begleitung kommt dabei eine zentrale Rolle zu und wird in der Regel vor der Einleitung somatischer Heilmaßnahmen stehen. Hat der Patient durch sein inneres Coming-out bereits ein hohes Maß an psychischer Stabilität erreicht, und liegen keine sonstigen konkreten Anhaltspunkte für einen Therapieansatz vor, dann ist die Psychotherapie lediglich als zusätzliches Hilfsangebot für auftretende Schwierigkeiten offen zu halten, um somatische Heilmaßnahmen in ihrer Wirkung nicht zu gefährden oder falsch einzuschätzen. Eine "Pflichttherapie" ist sinnlos und grundsätzlich abzulehnen.

Die Psychotherapie ist neutral gegenüber dem transidentischen Empfinden. Sie hat weder das Ziel Bedürfnisse zu forcieren noch sie aufzulösen (auch wenn es zu einer Auflösung von Bedürfnissen, im Zusammenhang mit der Transidentität kommen kann, z.B. dem Wunsch des Patienten, es doch noch mal zu versuchen, das Geburtsgeschlecht anzunehmen). Eine begleitende Psychotherapie kann helfen, die Diagnose "transidentisches Syndrom" zu sichern. Sie ist für den Transidenten ein Hilfsangebot bei der schrittweisen Annahme des Identitätsgeschlechtes in der täglichen Wirklichkeit und kann dem Transidenten helfen adäquate individuelle Lösungen für seine spezifische Situation zu finden. Sie soll eine Bearbeitung relevanter Probleme des Transidenten ermöglichen.

Bezüglich der transidentischen Prägung müssen vor der Einleitung organmedizinischer Maßnahmen zumindest folgende Kriterien gegeben sein:

- die innere Stimmigkeit und Konstanz des Identitätsgeschlechtes und seiner individuellen Ausgestaltung;

- eine hohe Wahrscheinlichkeit für die Lebbarkeit der angestrebten Geschlechtsrolle;

- die realistische Einschätzung, vor allem auf der Seite des Patienten, der Möglichkeiten und Grenzen somatischer Behandlungen.

Im Individualfall muss dabei berücksichtigt werden, dass diese Kriterien eventuell nur erreichbar sind, wenn:

- somatische Behandlungen in Aussicht gestellt werden;

- mit somatischen Behandlungen schrittweise begonnen wird.

Werden Behandlungen in Aussicht gestellt, so darf dies in den Augen des Patienten kein leeres Versprechen sein. Es ist Aufgabe des Therapeuten sich davon zu überzeugen, dass Behandlungen auch durchführbar sind und der Patient verstanden hat, warum mit ihnen nicht sofort begonnen wird. Die körperlichen Gegebenheiten des Patienten können vor allem dazu führen, dass ohne schrittweise somatische Behandlung keine Aussage über die Lebbarkeit in der angestrebten Geschlechtsrolle gemacht werden kann.

6.2.1 Qualifikation des Therapeuten

Der Therapeut muss psychotherapeutische Kompetenz durch eine entsprechende Ausbildung erworben haben und mit den Problemen der Transidentität, vor allem in Hinblick auf die sozialen Auswirkungen, vertraut sein, bzw. bereit sein sich sachkundig zu machen. Gefordert sind seine soziale Kompetenz, sein Einfühlungsvermögen in die alltäglichen Probleme eines Transidenten und seine Urteilsfähigkeit, die es ihm ermöglicht normale von typisch transidentischen Problemen zu unterscheiden. Er muss zur interdisziplinären Zusammenarbeit mit dem Diagnostiker und dem behandelnden Arzt bereit sein. Er muss notwendige Zwischenberichte für Diagnose und/oder Behandlung abgeben.

6.2.2 Frequenz und Dauer der psychotherapeutischen Begleitung

Frequenz und Dauer der Psychotherapie sollen Patient und Therapeut gemeinsam bestimmen. Der Therapeut muss dabei die Möglichkeit haben, den Patienten so gut zu kennen, dass er das Vorliegen der drei genannten Kriterien beurteilen kann. Ist eine Indikation zur Transformationsoperation gegeben, so soll die therapeutische Begleitung bis zur Operation fortgesetzt werden. Nach einer Operation wird dem Patienten eine therapeutische Weiterbegleitung empfohlen. Die therapeutische Begleitung ist in jedem Fall eine Maßnahme der Gesundheitsfürsorge und von den gesetzlichen Krankenkassen zu bezahlen. Der Therapeut rechnet mit der Kasse entweder direkt ab, arbeitet im Delegationsverfahren oder im Erstattungsverfahren. Er klärt den Patienten auf, bevor diesem Kosten entstehen und unterstützt ihn bei der Antragstellung, wenn er im Erstattungsverfahren arbeitet.

6.2.3 Therapeutische Begleitung, Indikation und Begutachtung

Der Psychotherapeut kann sich sowohl an

- Diagnostik,

- der Indikation zur Hormonbehandlung und Transformationschirurgie, als auch

- der Begutachtung im Rahmen des TSG beteiligen.

Er kann die Begutachtung aber auch aus therapeutischen Gründen ablehnen. Seiner Mitwirkungspflicht bei der Erstellung der Diagnose und der Indikation von somatischen

Maßnahmen kann er sich jedoch nicht entziehen. Transidentität darf niemals isoliert in verschiedenen Bereichen betrachtet werden. Sie ist immer in interdisziplinären Lösungsansätzen zu sehen. Für den Fall, in dem der Therapeut die Indikationsstellung und/oder Begutachtung nicht übernimmt, sondern nur integrativ beteiligt ist, müssen diese von anderen Ärzten, Psychologen und Sachverständigen entsprechend der Standards erfolgen. Dies soll zu Beginn einer psychotherapeutischen Begleitung mit dem Patienten eindeutig geklärt sein.

Ein kassenärztlich nicht zugelassener Psychologe kann zwar eine Begutachtung nach TSG durchführen und Empfehlungen für die Indikation somatischer Heilmaßnahmen geben. Er kann aber keine Heilmaßnahmen verschreiben. Auch darüber darf der Patient nicht im Unklaren gelassen werden.

Psychotherapeutische Begleitmaßnahmen haben, wie der Ausdruck selbst schon sagt, die Aufgabe den Transidenten auf seinem Weg des erneuten Reifungsprozesses zu begleiten. Sie sind kein zeitlich verzögernder Härtetest, mit dem die Richtigkeit einer Transidentität nachgewiesen werden soll. Als begleitende Maßnahme für einen individuellen Entwicklungsprozess können sie selbst nur individuell eingesetzt werden. Die Kosten dafür trägt die private Versicherung oder die Solidargemeinschaft, wie bei jeder anderen Heilmaßnahme auch. Allgemein verbindliche Richtlinien über Art, inhaltliche Ausgestaltung und Zeitdauer können, über das Gesagte hinaus, nicht aufgestellt werden.

6.3. Standards der Indikation somatischer Behandlungen

Die Indikation für eine somatische Heilmaßnahme ist keine Empfehlung, der gefolgt werden kann, sondern die Verschreibung einer notwendigen Heilmaßnahme. Im Umkehrschluss kann eine medizinische Indikation nur stellen, wer die Berechtigung zur Verschreibung von Heilmaßnahmen hat. Er kann sich dabei auf begründete Empfehlungen von Experten stützen, die diese Berechtigung nicht besitzen. Eine Indikation lässt dem Kostenträger keine Ermessensspielräume. Sie verpflichtet ihn lediglich, entsprechend der gültigen Sozialgesetzgebung, in bestimmten Fällen den Medizinischen Dienst einzuschalten. Er hat im Auftrag der Kostenträger, da dort keine medizinischen Fachleute arbeiten, zu überprüfen, ob die Maßnahme ausreichend begründet ist, es sich um eine anerkannt wirksame Maßnahme handelt und ob deshalb ein grundsätzlicher Leistungsanspruch besteht. Die Frage der Kostenübernahme und die Wege der notwendigen Beantragungen sind für transidentische Patienten nicht anders geregelt als für jede andere medizinische Heilmaßnahme auch.

6.3.1 Indikation zur Hormonbehandlung

Vor der Indikation zur Hormonbehandlung müssen folgende Voraussetzungen erfüllt sein:

- Der Facharzt für Psychotherapeutische Medizin (im folgenden nur Therapeut genannt) kennt die diagnostischen Kriterien und hat sich ein Bild von ihrer Anwendbarkeit auf den Patienten gemacht. Er ist deshalb auch von der Richtigkeit der Diagnose "transidentisches Syndrom" überzeugt.

- Der Therapeut kennt den Patienten seit einiger Zeit, hat sich durch entsprechende Unterlagen ein über Jahre gehendes Bild vom Patienten machen können. Er muss sich sicher sein, dass dieses Bild durch die vom Patienten reflektierte Realität bestätigt wird.

- Der Therapeut ist zu dem klinisch begründeten Urteil gekommen, dass bei dem Patienten die drei genannten Kriterien der psychotherapeutischen Begleitung weitgehend gegeben sind oder individuell notwendige Abweichungen davon begründet vorliegen (siehe 2.; die innere Stimmigkeit und Konstanz des Identitätsgeschlechtes und seiner individuellen Ausgestaltung - eine hohe Wahrscheinlichkeit für die Lebbarkeit der angestrebten Geschlechtsrolle - die realistische Einschätzung der Möglichkeiten und Grenzen somatischer Behandlungen).

- Der Patient befindet sich bereits in der teilweisen oder vollständigen Erprobungsphase für ein Leben in der Rolle seines Identitätsgeschlechtes unter Wahrung seiner sozialen Stabilität bzw. dem Versuch, sie wiederzugewinnen. Eine Hormonbehandlung kann auch schon dann indiziert werden, wenn der "negative Alltagstest", die Rolle im Geburtsgeschlecht zu leben, als gescheitert betrachtet werden muss.

Sind die Voraussetzungen erfüllt, so erfolgt die Indikation zur Hormontherapie in Form einer schriftlichen Stellungnahme. Mit der Durchführung der Hormontherapie kann ein Endokrinologe, ein Internist, ein Gynäkologe oder ein Urologe beauftragt werden. (Die dauerhafte Fortführung der Behandlung kann auch der Hausarzt, nach eventuell notwendiger Einweisung durch einen Spezialisten, übernehmen.)

6.3.2 Indikation zu transformationschirurgischen Maßnahmen

Alle geschlechtsangleichenden, operativen Maßnahmen sind mit Eingriffen gleichzusetzen, wie sie von Menschen in Anspruch genommen werden, bei denen durch Unfall oder Krankheit geschlechtstypische Merkmale verloren gegangen sind oder geschlechtsuntypische Merkmale entstanden sind. Alle diese Maßnahmen sind Eingriffe der Wiederherstellungschirurgie oder der medizinisch indizierten "Schönheitschirurgie". Sie dienen der Heilung oder Verhinderung psychotisch, depressiver Störungen, hervorgerufen durch die Reflexion durch die Umwelt oder das eigene Körperempfinden.

Transformationschirurgische Maßnahmen sind:

1. Bei Frau-zu-Mann-Transidenten:

- subkutane Mastektonomie mit Mamillenreduktion (Brustamputation);

- Totaloperation mit Entfernung der Eierstöcke;

- Scheidenverschluss mit Penisplastik und Verlängerung der Harnröhre (optional).

2. Bei Mann-zu-Frau-Transidentinnen:

- Veränderung des männlichen Haarverteilungsbildes durch Entfernen der Haarwurzeln (Epilation);

- Entfernung der Hoden, ohne weitere Eingriffe;

- Abschleifen des Kehlkopfes (Adamsapfel), eventuell mit Veränderung der Spannung des Muskels für die Vorspannung der Stimmbänder;

- Bildung einer Neovagina mit Verlegung der Harnröhre (optional).

(Anmerkung: Wenn bei Transidenten die Hormontherapie bereits greift und außerdem jeweils die beiden erstgenannten Maßnahmen der Transformationschirurgie durchgeführt sind, ist die gesetzlich vorgeschriebene Grundlage für die Personenstandsänderung gegeben. Dass bei MzF-Transidentinnen derzeit noch anders gewertet wird, liegt an der Phantasie von Gutachtern, Richtern und Ärzten, nicht am Sinn des Gesetzes. Alle "Experten" sind hier zu einem raschen Umdenken aufgefordert, um nicht auf dem Umweg angeblicher gesetzlicher Forderungen einen Leidensdruck und Behandlungszwang zu erzeugen, der nicht den Maßnahmen eines individuellen

Heilungsplanes entspricht. Bei der Indikation transformationschirurgischer Maßnahmen ist dies entsprechend zu berücksichtigen.)

Bei der Indikation von transformationschirurgischen Maßnahmen sind in erster Linie solche Maßnahmen begünstigt zu berücksichtigen, die das Erscheinungsbild des sozialen Geschlechtes betreffen. Nur unter dieser Prämisse ist es dem Patienten und dem Therapeuten möglich zu entscheiden, welche sonstigen Maßnahmen nötig und sinnvoll sind. Der obige Maßnahmenkatalog wurde unter diesem Gesichtspunkt in seiner Reihenfolge festgelegt.

6.3.2.1 Voraussetzungen für eine Indikation

Vor einer Indikationsstellung muss eine gesicherte Diagnose vorliegen, d.h. schriftlich festgelegt sein. Der Patient muss die dem Identitätsgeschlecht entsprechende soziale Rolle bereits verinnerlicht haben. Ein vollständiges Leben in dieser Rolle kann nicht in jedem Fall gefordert oder erwartet werden. Die individuelle Lebenssituation ist zu berücksichtigen. Die Indikation setzt voraus:

- Der Therapeut kennt den Patienten, in der Regel über einen individuell ausreichenden Zeitraum oder durch die schriftlich fixierte Lebensgeschichte und den Verlauf der diagnostischen Tätigkeit eines Kollegen.

- Der Patient wird seit mindestens einem halben Jahr, bei einer notwendigen Epilationsbehandlung eventuell auch kürzer, mit gegengeschlechtlichen Hormonen behandelt.

- Der Verlauf der bisherigen Erprobung, in der angestrebten sozialen Geschlechtsrolle zu leben, auch wenn der Versuch noch nicht in allen Lebenssituationen erfolgte, muss Gewähr dafür bieten, dass die Annahme des Identitätsgeschlechtes zu einer Verbesserung der persönlichen gesundheitlichen Lage führt.

Darüber hinaus müssen Anhaltspunkte dafür vorhanden sein, dass eine Maßnahme, die eine deutliche Annäherung an das Identitätsgeschlecht bringt, auch zu einer weiteren Verbesserung der gesundheitlichen Situation führt bzw. eine Verschlechterung bei einer weitergehenden Integration verhindert. Transformationschirurgische Maßnahmen haben nicht nur heilende Aspekte, sondern auch präventive.

6.3.2.2 Form der Indikation

Da es weder erreichbar noch erstrebenswert ist, dass die Behandlung von transidentischen Menschen von einem einzigen Arzt, in allen Stufen und mit allen Konsequenzen, durchgeführt wird, sondern es sich immer um eine interdisziplinäre Zusammenarbeit handeln wird, müssen auch an die fachärztliche Stellungnahme zur

Indikation besondere Anforderungen gestellt werden. Diese fachärztliche Stellungnahme muss folgende Punkte beinhalten:

- Der Therapeut soll nachvollziehbar darstellen, dass im bisherigen Behandlungsverlauf die Diagnose "transidentisches Syndrom" bestätigt wurde. Es muss dargestellt werden, dass es im Erleben des Patienten zu einem stabilen Identitätsgefühl im anderen Geschlecht und im Verlauf zu einer dauerhaften Übernahme der anderen Geschlechtsrolle gekommen ist, bzw. die indizierte Maßnahme mit hoher Wahrscheinlichkeit dazu führen wird.

- Der Patient soll in Erscheinungsbild, Verhalten, Erleben und Persönlichkeit charakterisiert werden.

- Die biographische Anamnese soll den individuellen Gesamtverlauf der transidentischen Entwicklung und den sie beeinflussenden Faktoren in den wesentlichen Aspekten darstellen (ggf. unter Einbeziehung fremdanamnesischer Informationen).

- Die körperlichen Gegebenheiten für das Leben in der anderen Geschlechtsrolle sollen geschildert werden. Angegeben werden soll, wie sich die Hormonbehandlung körperlich und psychisch ausgewirkt hat, wie der Patient die körperlichen Veränderungen bewertet und ggf. wie der Patient mit möglichen negativen Reaktionen der Umwelt auf sein Äußeres oder sein Verhalten umzugehen vermag.

- Es soll erklärt werden, warum der Patient ohne die somatische Maßnahme auf Dauer unter einem größeren Leidensdruck stehen würde oder die Gefahr von psychischen Erkrankungen droht.

- Es soll eine Prognose gestellt werden, wie sich die somatische Maßnahme auf die soziale Integration, Beziehungsfähigkeit, Arbeitsfähigkeit und Selbständigkeit auswirken wird.

Unabhängig davon, ob es um eine Indikation für eine hormonelle oder somatische Behandlung geht, sollte die fachärztliche Stellungnahme dem transidentischen Patienten ebenso in schriftlicher Form zur Verfügung gestellt werden, wie auch die Diagnose. Der Transident ist Partner, nicht Opfer. Das Recht auf eine Auskunftsverweigerung gibt es nicht.

Die fachärztliche Stellungnahme muss dem behandelnden Arzt zur Verfügung stehen. Er wird mit dem Transidenten dann besprechen wo, wann und wie die indizierte Maßnahme am besten realisiert werden kann. Der für die Durchführung der Behandlung vorgesehene Arzt, oder die Kosmetikerin, wird dann entscheiden ob er/sie bereit und in der Lage ist, die indizierte Behandlung zu übernehmen. Handelt es sich um eine Maßnahme, die der Behandelnde kassenrechtlich abrechnen kann, so folgt eine Einweisung oder Überweisung. In allen anderen Fällen wird eine Verordnung der Maßnahme, eine Begründung für die spezielle Art der Ausführung und ein Kostenvoranschlag der ausführenden Stelle erfolgen.

Eine Indikation ist gleichbedeutend mit einer Verordnung. Wird sie also von einem "Experten" erstellt, der nicht berechtigt ist, Verordnungen, im Sinne der kassenrechtlichen Richtlinien durchzuführen, so ist diese wertlos oder von einem Arzt mit Kassenzulassung zu bestätigen. Es darf nicht Aufgabe von transidentischen Patienten sein sich um solche "Spitzfindigkeiten" der Sozialgesetzgebung zu kümmern. Probleme dieser Art müssen vom behandelnden Arzt, Diagnostiker oder Therapeuten berücksichtigt werden.

6.3.2.3 Tragweite und Tragfähigkeit einer Indikation

In der Praxis spricht, von begründbaren Ausnahmen abgesehen, vieles dafür, dass ein stufenweises Vorgehen, abgestimmt auf die persönlichen Verhältnisse des transidentischen Patienten, zu bestmöglichen Ergebnissen führt. Dabei kommt dem Erleben in der gesellschaftlichen Reflexion eine besondere Bedeutung zu. Um erkennen zu können, welche Bedeutung eine Annäherung an das Identitätsgeschlecht im Genitalbereich hat, muss geklärt sein, welche Entlastung von Zwängen, durch die Veränderung von anderen, üblicherweise sichtbaren Geschlechtsmerkmalen erreicht werden kann.

Neben der Indikation spielt die Behandlungsmethode eine entscheidende Rolle. Sie sollte schon im Stadium der Indikationsstellung mit dem Patienten abgesprochen werden und in der fachärztlichen Stellungnahme mit angegeben sein. Bei der Wahl der Methode spielen Qualität und Zeitfaktor und die sich daraus für den Patienten ergebende Belastung während der Behandlung, vor allem aber eine rasch und dauerhaft erzielbare Entlastung danach, die entscheidende Rolle.

6.4. Standards der somatischen Behandlung

Vor dem Beginn einer Hormonbehandlung oder geschlechtsangleichenden operativen Maßnahmen muss sichergestellt sein, dass der Patient über die Folgen und erreichbaren Ziele einer Behandlung aufgeklärt ist, soweit diese vorhersehbar sind. Eine Altersgrenze nach unten oder oben existiert nicht. In Extremfällen ist die besondere persönliche Situation sehr sorgfältig zu analysieren und zu berücksichtigen.

6.4.1 Standards der Hormonbehandlung

Voraussetzung für die Durchführung einer Hormonbehandlung ist die Indikation dafür. Wie schon beschrieben, muss zu diesem Zeitpunkt die Diagnose "transidentisches Syndrom" schon weitgehend gesichert sein. Eine zu früh begonnene Hormonbehandlung kann die Diagnostik erschweren und zu einer vorzeitigen Festlegung führen. (Bei einer bereits laufenden Hormonbehandlung darf jedoch nicht deren Abbruch verlangt werden, wenn sie unter ärztlicher Aufsicht durchgeführt wird. Auch wenn der Diagnostiker glaubt, dass mit der Hormonbehandlung zu früh begonnen wurde, so darf es trotzdem zu keinem Expertenstreit kommen, schon gar nicht auf dem Rücken des Patienten. Dies gilt auch für den Fall, dass der Patient "eigenverantwortlich" mit der Hormonbehandlung begonnen hat und dies nachvollziehbar begründet.)

Da alle Medikamente, die für die Behandlung von Transidenten verwendet werden, für andere Indikationen vorgesehen sind, teilweise für diese Indikationen wegen ihrer Nebenwirkungen nicht mehr eingesetzt werden dürfen, muss die erste Phase, mit einem Zeitraum von bis zu zwei Jahren, in jedem Fall von einem Arzt durchgeführt, zumindest überwacht werden, der bereits auf diesem Gebiet persönliche Erfahrungen hat.

Für die Behandlung gilt:

- Die Auswirkungen der hormonellen Behandlung sind zum Teil irreversibel (Stimmbruch, Behaarung - Brustwachstum, Hodenatrophie). Obwohl natürlich gerade dies vom Patienten gewünscht ist, muss er vorher darüber ausreichend aufgeklärt sein. Er muss außerdem wissen, dass die Behandlung lebenslang notwendig ist. Beim Absetzen der Hormonbehandlung können Schäden infolge eines hormonellen Defizits derzeit nicht ausgeschlossen werden. Es wird empfohlen, dass der Patient eine Erklärung unterschreibt, in der er die Aufklärung bestätigt und sein Einverständnis zum Beginn der Behandlung gibt.

- Vor Beginn der Behandlung soll eine körperliche Untersuchung mit Befunddokumentation vorgenommen werden (unter anderem auch zur Kontrolle des Therapieeffektes). Zur Beurteilung des aktuellen Thromboembolie-Risikos sollen familiäre und eigene thromboembolische Ereignisse in der Vorgeschichte des Patienten erfasst und dokumentiert werden. Gleiches gilt für die Erhebung einer Leberanamnese und die Beurteilung der aktuellen Leberfunktion.

- Die psychische Verträglichkeit der hormonellen Behandlung und ihrer Auswirkungen soll geprüft werden, ebenso die dauerhafte körperliche Verträglichkeit.

- Über die gesamte Behandlungszeit, also lebenslang, sollen die allgemeinen Blutwerte, speziell die Leberwerte, kontrolliert werden. Eine Kontrolle des Hormonspiegels ist, abgesehen von der Einstellungsphase, in zweijährigem Abstand völlig ausreichend. Erkrankungen, die auf den Hormonhaushalt Einfluss nehmen können oder entsprechende Operationen, machen Zwischenkontrollen erforderlich.

- Trotz vorliegender Erfahrungen können in Standards keine Aussagen über die Art der Hormonbehandlung gemacht werden. Sie wird immer auch vom Stand der medizinischen Wissenschaft abhängig sein. Grundsätzlich muss gesagt werden, dass eine über das notwendige Maß hinausgehende Dosierung zu keinen Verbesserungen der erwünschten Effekte führt. Die körperlichen Wirkungen sind überwiegend von den entsprechenden Rezeptoren abhängig, die lediglich durch die Hormone aktiviert werden. (Frauen, biologisch geboren als Mann, können nicht erwarten, dass sie einen "Atombusen" bekommen, wenn in der Erbfolge überwiegend "flachbrüstige" Frauen leben.)

- Der behandelnde Arzt ist verpflichtet sich über den Stand der medizinischen Wissenschaft in der einschlägigen Fachliteratur laufend zu informieren. Er ist aufgefordert sein Wissen und seine Erfahrungen in die Diskussion mit einzubringen.

6.4.2 Standards der chirurgischen Geschlechtsangleichung

Es ist ein großes Manko für die chirurgische Behandlung von Transidenten, dass aus der Sicht der Bevölkerung, der Ärzte und Richter, somit auch der Transidenten, unter Geschlechtsangleichung meist nur die genitale Operation verstanden wird. In der Regel sollte diese, wenn sie vom Patienten gewünscht und medizinisch indiziert ist, jedoch die letzte Maßnahme einer ganzen Kette sein. Chirurgische Eingriffe sind notwendig um "das Erscheinungsbild des Identitätsgeschlechtes weitgehend zu erreichen". Dieser, vom Transsexuellengesetz geprägte Satz gilt auch für die medizinische Behandlung.

Das geschlechtsspezifische Erscheinungsbild eines Menschen wird erreicht durch:

- das Auftreten der Person und ihr Verhalten;

- die Ausstrahlung der Person;

- den optischen Eindruck, den die Umwelt gewinnt.

Die beiden ersten Forderungen werden durch die Persönlichkeit des Transidenten selbst erfüllt. Somatische und psychologische Maßnahmen werden die Persönlichkeitsentwicklung ebenso stärken wie eine erfolgreiche Sozialisierung. Dabei spielen der Einstieg in die Hormonbehandlung und ihre optisch sichtbaren Folgen eine entscheidende Rolle. Behaarung und Brust kommen eine ebenso große Bedeutung zu. Biologisch bedingte geschlechtstypische, körperliche Reaktionen und Abläufe, die nur der Transident spürt, nehmen auf sein Selbstbewusstsein einen starken Einfluss (Regel bzw. Erektionen). Im Verlauf der Hormonbehandlung kann aber davon ausgegangen werden, dass auch diese Einflüsse verschwinden. Gerade in der Zeit der schrittweisen chirurgischen Geschlechtsanpassung kommt der therapeutischen Begleitung eine besondere Bedeutung zu. Der Transident muss die Chance bekommen und für sich erkennen, ein neues Körpergefühl zu entwickeln und hineinzuwachsen. Er muss Fremdvorstellungen von eigenen Vorstellungen und Bedürfnissen trennen können.

6.4.2.1 "Kleine" chirurgische Maßnahmen

Nach der Durchführung der "kleinen" chirurgischen Maßnahmen sind die Voraussetzungen für die Anwendung des TSG zur Personenstandsänderung erfüllt. Dies gilt, abweichend von der derzeitigen Rechtspraxis, nicht nur für Frau-zu-Mann-Transidenten, sondern auch für Mann-zu-Frau-Transidentinnen. Experten sind hier ebenso aufgerufen sich im Umdenken zu üben, wie Richter und Transidenten selbst.

Die Voraussetzungen für die "kleinen" Eingriffe sind gegeben wenn:

- Die Hormontherapie bereits deutliche erste Wirkungen zeigt;

- Der soziale Umstieg erfolgt ist, bzw. nur deshalb noch nicht vollständig erfolgen konnte, weil das äußere Erscheinungsbild diesen z.B. am Arbeitsplatz noch unmöglich macht;

- Die Indikation zur Durchführung der Maßnahme zweifelsfrei erfolgt ist.

Für MzF-Transidentinnen sind andere Eingriffe erforderlich als für FzM-Transidenten. Deshalb müssen auch unterschiedliche Standards vorgegeben werden. In jedem Fall muss aber der Patient über die Möglichkeiten und Auswirkungen verschiedener Maßnahmen informiert sein. Er muss klar verstehen, welche Risiken mit einem Eingriff verbunden sind und sollte eine Einverständniserklärung unterschreiben, in der er auch ausdrücklich bestätigt, dass er über die verschiedenen Methoden informiert wurde.

Empfehlungen für Frau-zu-Mann-Transidenten

Brustplastik:

- Bei kleinen Brüsten sollte eine subkutane Mastektomie mit Mamillenreduktion durchgeführt werden;

- Bei großen Brüsten wird eine subkutane Mastektomie mit Mamillenreduktion in zwei bis drei Eingriffen erforderlich sein. Eine Mastektomie mit freier Replantation der verkleinerten Mamille ist eine Alternative dazu. Sie sollte wegen der Gefahr des Gefühlsverlustes die Ausnahme sein.

Der Patient ist schon vorher über die Schnittführung und die Probleme der Narbenbildung zu informieren. Er ist auch darüber zu informieren, wie sich Bodybuilding und körperliche Arbeit auf den Oberkörper auswirken wird.

Totaloperation:

- Entfernung der Gebärmutter mit Eileitern und Eierstöcken;
- Der Eingriff sollte über den vaginalen Zugang durchgeführt werden;
- Auf einen Scheidenverschluss ist zunächst zu verzichten,
- individuelle Lösungen haben Vorrang vor Standards.

Empfehlungen für Mann-zu-Frau-Transidentinnen

Dauerhafte Haarentfernung:

- Zur Erreichung des Erscheinungsbildes "Frau" ist die dauerhafte Entfernung der Gesichtsbehaarung die wichtigste Voraussetzung. Sie sollte mit flächig wirkenden Methode begonnen werden, da nur so eine rasche Beseitigung des Bartschattens möglich ist. Für die Nachbehandlung kann eine Nadelepilation erforderlich sein. Dies wird vor allem bei hellen Barthaaren erforderlich sein.

- Zur Beseitigung einer starken Körperbehaarung kommt nur eine flächig wirkende Methode in Frage. Sie kann nur dann durchgeführt werden, wenn die Behaarung der Patientin ein eindeutig männliches Erscheinungsbild hat, also nicht einer weibliche Behaarung entspricht. Eine Nachbehandlung durch regelmäßige Enthaarung ist der Patientin in der Regel zuzumuten (auch im Hinblick darauf, dass die hormonelle Behandlung auf die Körperbehaarung mehr Einfluss nimmt, als auf den Bartwuchs).

Entfernung der Hoden:

- Der Eingriff sollte von einem Chirurgen durchgeführt werden, der Erfahrung mit der genitalen Transformationschirurgie hat. (Dadurch soll gewährleistet werden, dass die Option auf eine, eventuell später notwendige Geschlechtstransformationsplastik nicht verhindert wird.)

- Ziel der Maßnahme ist es, die Patientin in die Lage zu versetzen in normaler weiblicher Kleidung das Erscheinungsbild einer Frau abzugeben. Gewisse Einschränkungen in der Wahl der Badekleidung sind zumutbar.

Zusammenfassung

Nach erfolgten Eingriffen sind den Transidenten Bescheinigungen auszustellen, die den Charakter einer "gutachterlichen Stellungnahme" haben. Diese dienen der Vorlage bei Gericht, wenn die Personenstandsänderung beantragt wird. Sie müssen deshalb, entsprechend dem derzeit gültigen Transsexuellengesetz, folgende Angaben zwingend enthalten:

- Feststellung, dass dauernde Fortpflanzungsunfähigkeit gegeben ist;

- Feststellung, dass eine deutliche Annäherung an das Erscheinungsbild des anderen Geschlechtes durch weitgehende Annäherung an die äußeren Geschlechtsmerkmale des Identitätsgeschlechtes erreicht wurde.

Der Stand des medizinisch Machbaren kann kein Kriterium für die Frage einer Personenstandsänderung sein. Die Anwendung des medizinisch Machbaren muss immer eine individuelle Entscheidung, zum Wohl des Patienten sein und sich an seinen begründeten Forderungen orientieren. Diesen Forderungen ist dann nachzugeben, wenn es sich um notwendige Heilmaßnahmen handelt.

6.4.2.2 Genitalangleichende Operation

Wenn es in absehbarer Zeit gelingt die Gleichberechtigung von Mann und Frau auch für Transidenten durchzusetzen, dann werden genitalangleichende Operationen zu einer individuell verzichtbaren oder notwendigen Heilmaßnahme, unabhängig davon ob sie von 20% oder von 95% der Transidenten angestrebt und benötigt wird. Alle anderen somatischen Heilmaßnahmen werden dagegen von fast 100% aller Transidenten angestrebt oder benötigt, um eine persönliche Stabilisierung und soziale Integration zu erreichen.

Voraussetzungen für eine genitalangleichende Operation sind:

- Der Operateur muss sich davon überzeugen, dass die fachärztliche Stellungnahme zur Indikation den Standards entspricht.

- Der Operateur muss durch körperliche Untersuchung die technische Durchführbarkeit des Eingriffs im speziellen Fall feststellen. Die Operabilität muss unter allgemeinmedizinischen Kriterien gegeben sein. Genitale "Fehlbildungen" sind kein Ausschlusskriterium. Sie sollen in das operative Konzept integriert werden.

- Dem Patienten ist eine individuelle, ausführliche schriftliche Erklärung vorzulegen, in der die Art der Behandlung sowie die Folgen und möglichen Komplikationen für den Patienten verständlich dargelegt sind. Diese Erklärung ist vom Patienten zu unterschreiben, sowohl als Einverständniserklärung als auch ausdrücklich dafür, dass er sie verstanden hat.

- Darüber hinaus ist eine umfassende mündliche Aufklärung notwendig, die sich auf die Operation selbst, die Irreversibilität, die notwendige Nachsorge und die Folgen der Gonadektomie und die Notwendigkeit der dauerhaften hormonellen Substitution bezieht. Der Operateur darf in keinem Fall falsche Hoffnungen wecken oder überzogene Erwartungen unterstützen.

Frau-zu-Mann Operation

Operationen am äußeren Genital haben noch zu keinem Standard geführt. Der Patient ist in jedem Fall darüber aufzuklären, dass es verschiedene Methoden gibt, eventuell auch darüber wo diese durchgeführt werden. Allen Maßnahmen ist gemeinsam, dass dazu eine Verlängerung der Harnröhre erforderlich ist und dabei die Gefahr von Stenosen auftritt. Im Einzelfall stehen derzeit folgende Methoden zur Verfügung:

Der Klitorispenoid:

Die Harnröhre kann, durch Einfaltung der inneren Haut der kleinen Lapien, über einen Katheder bis zur Klitorisspitze nach vorn verlegt werden. Die Klitoris ist in der Regel hypertrophiert und kann durch einen Y-Schnitt am Mons pubis (Schamhügel) nach oben mobilisiert werden. Mit einem solchen Klitorispenoid kann der Patient stehend urinieren. Die Größe selbst ist jedoch für eine vaginale Penetration zu klein. Patienten, die sich mit diesem relativ kleinen und komplikationsarmen Eingriff zufrieden geben erreichen jedoch überwiegend einen sehr guten Stabilisierungsgrad.

Phalloplastiken:

Es sind derzeit drei verschiedene Methoden üblich. In jedem Fall stellt die Verlängerung der Harnröhre das größte Problem dar und führt zu den meisten Komplikationen.

- Für den Rollhautlappenpenoid wird die Haut aus einem diagonalen Hüftschnitt gewonnen. Der Rollhautlappen wird nach unten geklappt, über der Symphyse (Schambeinfuge) transplantiert und mit einer Silikonprothese versteift. Eine Urethra (Harnröhre) ist nur schwierig bis zur Penisspitze machbar.

- Relativ befriedigende Ergebnisse lassen sich mit einer Phalloplastik aus geradem Bauchmuskel und Leistenhautlappen erzielen. Der Hautlappen enthält zusätzlich den gefäß- und nervversorgten Bauchmuskel, in dem ein Silikonstab versteift wird. Durch einen Draconüberzug wird vermieden, dass dieser den Penis durchwandert.

- Eine Phalloplastik mit Unterarmtransplantat ist zwar relativ kompliziert, bringt derzeit aber die befriedigensten Ergebnisse. Das dem Unterarm entnommene Gewebe wird zu einem Penoid geformt, das eine Harnröhre umschließt, und frei zum Mons pubis transplantiert. Es hat eine Gefäßnervversorgung, die vorher freipräpariert wurde und nun im Genitalbereich mikrochirurgisch anastomiert wird. Dies gewährleistet eine sensible Versorgung des Penis und eine gute Durchblutung.

Alle Phalloplastiken können in einem späteren Schritt mit Methoden ergänzt werden, wie sie für die Versteifung bei somatisch bedingter Impotenz üblich sind. Ob diese notwendig oder sinnvoll sind, ist für den Individualfall zu indizieren. Auch bei Männern ist Impotenz an sich noch keine Krankheit. Droht sie aber zu krankhaften Erscheinungen zu führen oder krank zu machen, dann ist sie mit geeigneten Maßnahmen zu behandeln. Dies gilt auch für Frau-zu-Mann-Transidenten.

Mann-zu-Frau Operation

Unabhängig von der speziell eingesetzten Operationsmethode sollte für alle gelten:

- Eine funktionsfähige Neovagina muss operativer Standard sein. Dazu muss die Scheide ausreichend weit, aber auch entsprechend tief sein (vor überzogenen Phantasien über notwendige Tiefe, bei Arzt und Patient, ist aber ausdrücklich zu warnen).

- Die Ausformung der kleinen und großen Lapien (Schamlippen) ist problemlos zu erreichen und mit Sorgfalt auszuführen. Dies gilt für den gesamten äußeren Schambereich (Vulva).

- Durch die freie Transplantation eines Teils der Glanspenis mit Schwellkörpergewebeteil und Nervversorgung lässt sich eine Klitoris mit hoher Sensibilität erstellen und ist notwendiger Standard.

- Die Nachbehandlung und durch den Patienten selbst vorzunehmende Nachsorge (z.B. regelmäßiges Bougieren) sind ebenso wichtig, wie die Operation selbst. Der Operateur hat sich davon zu überzeugen, dass dieses Wissen auch beim Patienten einsichtig gegeben ist.

Die verschiedenen Operationstechniken unterscheiden sich in Nuancen. Die Auskleidung der Neovagina mit Penoskrotallappen sollte keine Anwendung finden (in diesen Fällen ist die Hinterwand der Neovagina behaart). Die Implantation der invertierten Penishaut ist die Methode der Wahl. Eine Darmscheide sollte nur als Methode der Korrektur, bei fehlgeschlagener Transformation Verwendung finden.

6.5. Standards der sozialen Integration

Um Transidenten die Möglichkeit für ein selbstbestimmtes Leben zu bieten müssen auch für das, die Betreuung und Behandlung von Transidenten begleitende Umfeld bzw. die Menschen, die dabei soziale Verantwortung zu übernehmen haben, Standards gelten. Dazu gehören in erster Linie:

- Sprechstundenhilfen in medizinischen und therapeutischen Praxen;

- Verwaltungsmitarbeiter in klinischen Einrichtungen;

- Mitarbeiter im ambulanten oder stationären Untersuchungs- und Pflegebereich;

- Sachbearbeiter bei Krankenkassen;

- Richter im Verfahren nach TSG;

- Justizangestellte dieser Abteilungen der Amtsgerichte;

- Mitarbeiter der Polizei und des Strafvollzugs;

- Mitarbeiter sozialer Einrichtungen und Behörden wie Sozialamt, Wohnungsamt, Hauspersonal für betreutes Wohnen,...

- Mitarbeiter der Arbeitsämter;

- Mitarbeiter der Personalvertretungen und der Personalabteilungen in Behörden und Betrieben.

Alleine an dieser Aufzählung sehen Sie, dass in diesem Bereich weit mehr Menschen tätig sind, als dies für die reine medizinisch, therapeutische Behandlung und Begleitung zutrifft. Ihr Verhalten nimmt aber teilweise einen viel gravierenderen Einfluss auf die Lebensqualität des Transidenten, als die "Experten". Dessen müssen sich die Transidenten bewusst sein, vor allem aber die "Experten".

Obwohl Familienmitglieder, Freunde und Nachbarn, Arbeitskollegen und Freizeitpartner zum sozialen Umfeld zählen und dadurch erheblichen Einfluss auf den Transidenten haben, können für sie keine Standards aufgestellt werden. Sie gehören nicht zum institutionalisierten Umfeld.

6.5.1 Standards im Umgang mit Transidenten

Unabhängig davon, um wen es sich bei den genannten Personengruppen handelt, haben folgende Standards zu gelten:

- Keinem Außenstehenden steht ein Urteil darüber zu, ob es sich um einen Transidenten handelt oder nicht;

- Jeder Transident ist in erster Linie Mensch. Er ist unter Wahrung seiner Menschenwürde zu behandeln. Die Überwindung der durch kulturelle Zwänge und Erziehung gegebenen Schranken ist eine anerkennenswerte Leistung und mit Respekt zu akzeptieren.

- Jeder Außenstehende hat sich zu bemühen, innere Ablehnung und Unverständnis für die Entscheidung des Transidenten als sein eigenes Problem zu akzeptieren. Die ihm daraus erwachsenden Probleme darf er weder gedankenlos, geschweige denn bewusst, auf den Transidenten abwälzen.

- Der Transident hat ein Recht, entsprechend seinem Erscheinungsbild behandelt zu werden. Dies gilt auch schon vor einer gesetzlichen Namensänderung.

- Alle genannten Personengruppen müssen sich klar darüber sein, dass sie, im Gegensatz zu Privatpersonen, bei Verstoß gegen diese Regeln unter Umständen bereits einen strafbaren Tatbestand der "Diskriminierung von Amtswegen" erfüllen.

- Vorgesetzte Dienststellen tragen die Verantwortung für ihre Mitarbeiter.

6.5.1.1 Maßnahmen im medizinisch-therapeutischen Umfeld

Die Betreuung, Diagnose und Behandlung von Transidenten erfolgt interdisziplinär. Alle Beteiligten haben die Pflicht zur gegenseitigen Information, einschließlich des Patienten. Diese Pflicht bezieht sich nicht nur auf abschließende Informationen, sondern auch auf Zwischenberichte und den Fortgang von Maßnahmen. Der Transident ist Partner und nicht Opfer. Darüber hinaus tragen alle "Experten" die Verantwortung dafür, dass:

- den im Verwaltungs-, Untersuchungs- oder Pflegebereich beteiligten Mitarbeitern Informationen zur Verfügung stehen, die geeignet sind, den Transidenten mit Respekt und unter Beachtung seiner Menschenwürde zu begegnen.

- psychischer Druck auf den Transidenten im Betreuungs- und Behandlungsumfeld unterbleibt bzw. auf ein Minimum reduziert wird.

- den Mitarbeitern Material zum Thema Transidentität zur Verfügung steht, damit diese ihre eigenen Berührungsängste abbauen können.

- den Transidenten Material und Informationen zur Verfügung gestellt werden kann, damit sie sich einen Überblick über die notwendigen interdisziplinären Schritte verschaffen können.

- den Transidenten bei der Suche noch fehlender Partner in der Betreuungs- und Behandlungskette geholfen werden kann. Dabei sind diese in jedem Fall auf die freie Arztwahl aufmerksam zu machen, entsprechend sind auch Alternativen für die Wahl der zur Verfügung stehenden Ärzte, Psychologen und Kliniken zu benennen. Dies kann auch dadurch geschehen, dass Transidenten auf bestehende Beratungseinrichtungen hingewiesen werden.

- Transidenten von der Möglichkeit der nächstliegenden Selbsthilfegruppe oder der Beratung durch Betreuungsvereine informiert werden.

- Probleme der Kostenübernahme für indizierte Heilmaßnahmen nicht auf die Transidenten abgewälzt werden. Dies gilt auch für Probleme, die sich dort ergeben können, wo der medizinische Dienst, auf Grund rechtlicher Vorschriften, eingeschaltet werden muss.

Psychologische oder somatische Maßnahmen sind mit den Transidenten zusammen sorgfältig auf ihren sozialen Einfluss zu überprüfen. Einerseits dürfen sie nicht rücksichtslos die soziale Stabilität gefährden. Auf der anderen Seite muss aber ihr Einsatz auch unter dem Gesichtspunkt der Verbesserung der sozialen Stabilität gesehen werden. Bleiben diese Gesichtspunkte außen vor, dann handelt der "Experte" unverantwortlich, auch im Interesse der Gesellschaft.

6.5.1.2 Maßnahmen des medizinischen Dienstes

Aufgabe des medizinischen Dienstes (MDK) ist es, in bestimmten gesetzlich geregelten Fällen zur Leistungspflicht der Krankenkasse dieser gegenüber ein Urteil abzugeben. Der Mitarbeiter des MDK - ein Arzt - hat dabei zu prüfen:

- ob die formalen Voraussetzungen für eine Leistungspflicht gegeben sind. Dazu gehört in erster Linie, dass eine Maßnahme indiziert, also von einem Arzt verschrieben ist;

- dass die vorgeschlagene Leistung im Sinne von Heilmaßnahmen sinnvoll ist und dem Stand der medizinischen Wissenschaft entspricht,

- der vorgeschlagene Leistungserbringer die fachliche Qualifikation zur Erbringung der Leistung in ausreichendem Maße nachgewiesen hat, oder auf Grund seiner Ausbildung und Ausstattung in der Lage ist, sie entsprechend zu erbringen.

Hat der Mitarbeiter des MDK darüber hinaus den Verdacht, dass die Indikation falsch ist, so hat er die Pflicht, diesem Verdacht nachzugehen. Die Tatsache, dass es sich um eine Indikation für einen Transidenten handelt, reicht als ausreichender Verdacht nicht. Er hat alleine deswegen noch keine Sonderrechte oder besondere Pflichten. Bei dem Verdacht auf eine nicht richtige Indikation hat er die Pflicht:

- sich bei dem behandelnden Arzt um eine Begründung für die Indikation zu bemühen. Wird ihm diese vorenthalten oder erscheint sie dem MDK-Mitarbeiter nicht ausreichend, dann kann er der Krankenkasse vorschlagen, eine fachärztliche Stellungnahme zusätzlich einzuholen.

- schlägt er eine fachärztliche Stellungnahme vor, so hat er sich zu erkundigen, dass diese in zumutbarer Zeit durchgeführt werden kann und der Patient auch angenommen wird. Zusätzlich hat er Alternativen anzugeben, damit die freie Arztwahl des Patienten gewährleistet ist.

Macht der Mitarbeiter des MDK von der Möglichkeit der Beratung des Patienten Gebrauch, oder glaubt er nach persönlichem Augenschein - Gespräch mit dem Patienten - seine Stellungnahme für die Krankenkasse positiv entscheiden zu können, so muss er dafür Sorge tragen, dass:

- der Patient erkennt, dass es sich um ein Hilfsangebot handelt, das der Patient freiwillig annehmen kann;

- der Patient klar sieht, dass ihm aus der Nichtannahme dieses Angebotes keine sozialrechtlichen Nachteile entstehen;

- der Patient weiß, dass der MDK weder ihm noch der Kasse gegenüber weisungsbefugt ist, sondern nur eine prüfende und beratende Funktion hat.

Der Mitarbeiter des MDK hat sich in jedem Fall:

- jeglicher diagnostischer oder therapeutischer Tätigkeit zu enthalten. Dazu hat er weder eine Zuständigkeit noch eine Qualifikation.

- Transidenten gegenüber so zu verhalten, dass deren Menschenwürde gewahrt ist.

6.5.2 Standards für das institutionalisierte Umfdd

Zum institutionalisierten Umfeld gehören alle Bereiche der Justiz, der staatlichen Behörden im weitesten Sinn sowie die Krankenkassen und Krankenversicherungen. Alle darin beschäftigten Mitarbeiter gehören zu dem sozialen Umfeld, das sich Transidenten nicht aussuchen können. Gerade deshalb kommt ihnen eine besondere Verpflichtung zu, Transidenten nicht zu diskriminieren oder Dinge zu tun, die zu einer sozialen Destabilisierung führen oder eine soziale Integration erschweren oder verhindern. Niemandem aus diesem Bereich steht eine Entscheidung darüber zu, ob ein Mensch transidentisch ist oder nicht. Alle Mitarbeiter sind verpflichtet alles zu unterlassen, was die Menschenwürde des transidentischen Menschen verletzen kann.

Alle Vorgesetzten von Mitarbeitern des institutionalisierten Umfeldes haben deshalb die Pflicht, zur Durchsetzung der berechtigten Interessen von Transidenten und zur Hilfe für ihre Mitarbeiter, dafür zu sorgen, dass:

- psychischer Druck im sozialen Umfeld unterbleibt, bzw. auf ein Minimum reduziert wird.

- den Mitarbeitern Informationen zur Verfügung stehen, die geeignet sind den Transidenten mit Respekt und unter Beachtung ihrer Menschenwürde zu begegnen.

- den Mitarbeitern Material zum Thema Transidentität zur Verfügung steht, damit diese ihre eigenen Berührungsängste abbauen können.

- den Transidenten Material zur Verfügung gestellt werden kann, damit sie sich über die Möglichkeiten von Selbsthilfegruppen, Beratungsstellen und Betreuungseinrichtungen einen Überblick verschaffen können. (Diese Einrichtungen stehen auch Mitarbeitern des institutionalisierten Umfeldes zur Verfügung.)

6.5.2.1 Anforderungen an Mitarbeiter von Krankenkassen

Die folgenden Aussagen gelten analog natürlich auch für Mitarbeiter von Gesundheitsämtern und Krankenversicherern. Wichtig ist:

- Bei allen Krankenkassen müssen offen Listen zur Verfügung stehen, für Ärzte ebenso zugänglich wie für Transidenten, aus denen hervorgeht, welche Ärzte, Psychologen und Gutachter mit der besonderen Problematik der Transidentität vertraut sind und bereit sind Transidenten zu behandeln. Diese Infolisten müssen über den regionalen Bereich hinaus gehen, da unter Umständen der Weg zu einem Arzt der Nachbarregion (angrenzender Regierungsbezirk, Bundesland) näher ist, als der nächste innerhalb einer Region.

- Bei allen Krankenkassen muss Informationsmaterial über Behandlungsmethoden und Behandlungsrisiken zur Verfügung stehen oder kurzfristig beschafft werden können, damit eine ausreichende Patientenaufklärung möglich ist. Aus diesem Material muss auch die notwendige Mitwirkungspflicht des Patienten konkretisiert hervorgehen, ein allgemeiner Hinweis reicht nicht.

- Bei allen Krankenkassen muss eine Liste der geeigneten Beratungs-, Betreuungs- und Selbsthilfeeinrichtungen vorliegen, die im Einzugsbereich des Patienten liegen. Diese Liste ist auch Ärzten auf Anfrage zur Verfügung zu stellen.

- Die Mitarbeiter müssen über alle Möglichkeiten der Weiterbildung für Ärzte, "Helfer" und sich selbst informiert sein und zwar auch über den eigenen Krankenkassenbereich hinaus. Nur so kann eine qualitativ hochwertige und auf den neuesten Stand der medizinischen Wissenschaft basierende Behandlung und Betreuung gewährleistet werden, was in jedem Fall zu erheblichen direkten und indirekten Kosteneinsparungen führt. Dazu müssen diese Informationen allgemein zugänglich und bekannt sein, nicht nur in "Insiderkreisen".

Wenn die soziale Rolle, entsprechend dem Identitätsgeschlecht teilweise oder ganz angenommen ist bzw. eine Bestätigung vorliegt, dass sich der Patient wegen

Transidentität in der Phase der Diagnostik oder Behandlung befindet, so ist diesem eine Versicherungskarte, entsprechend dem angestrebten Namen und Geschlecht zu übergeben. Eine Ablehnung dieses Antrages würde einen unzumutbaren "Härtetest" provozieren und der Verletzung der Menschenwürde Vorschub leisten.

6.5.2.2 Anforderungen an die Mitarbeiter der Justiz

Justizbeamte, Sicherheitskräfte und Vollzugsbeamte stehen zwar zunächst vor dem Problem, nicht entscheiden zu können, ob es sich um einen Transidenten handelt oder der Versuch einer Verschleierung einer Straftat vorliegt. Auch für Transidenten gilt aber die Unschuldsvermutung bis zu einer Verurteilung. Wird bestätigt oder glaubhaft gemacht, dass medizinische Hilfe wegen vermuteter Transidentität schon in Anspruch genommen wird, so darf der Anspruch auf medizinische Hilfe auch durch den Strafvollzug nicht unterbrochen werden.

Probleme und Pflichten der Polizei

Für das Leben im Identitätsgeschlecht bedarf es für Transidenten keiner ärztlichen oder behördlichen Genehmigung. Deshalb ist die Wahrheitsvermutung bei Polizeikontrollen oder Razzien in jedem Fall anzuwenden, wenn sonst keine Anhaltspunkte für weitergehende Maßnahmen vorhanden sind. Dies gilt vor allem für Mann-zu-Frau-Transidentinnen, die Mitarbeiter der Polizei immer wieder besonders irritieren. Mitarbeiter der Polizei, vor allem der Einsatzkräfte, sind deshalb

- mit der Tatsache, dass Transidentität existiert ausreichend vertraut zu machen.

- auf die besonderen Schwierigkeiten, die Transidenten mit sozialer Entwurzelung oder Gefährdung haben, hinzuweisen.

- so zu informieren, dass sie im Umgang mit Transidenten deezskalierend wirken können.

Entsprechende Ausbildungs- und Informationsangebote sind von den übergeordneten Stellen zur Verfügung zu stellen. Jede Einsatzstelle ist von solchen Angeboten in Kenntnis zu setzen. Darüber hinaus müssen spezielle Kräfte, männliche und weibliche, geschult werden und in Zweifelsfällen auch vor Ort verfügbar sein, bzw. angefordert werden können.

Probleme und Pflichten der Justizbeamten und Richter

Die Pflicht zur Wahrung der Würde des Gerichtes haben nicht nur Angeklagte und sonstige Prozessbeteiligte, sondern auch die Richter selbst. Die Würde des Gerichtes ist mit Sicherheit nicht gewahrt, wenn ein Transident, auftretend in seinem Identitätsgeschlecht, mit seinem Geburtsgeschlecht angesprochen wird. Dies gilt nicht nur für Verfahren nach dem TSG. Für Protokolle und Akten ist zu Beginn, falls erforderlich ein entsprechender Vermerk zu machen, z.B. Frau Petra Sonntag (gesetzlich noch Bernd Sonntag), da die sonstigen Protokollinhalte dem gesprochenen Wort entsprechend geführt werden müssen. (Anmerkung: Tritt ein Transident in seinem Geburtsgeschlecht auf, dann ist dies natürlich ohne jeden Hinweis auch zu verwenden.)

Was für den Richter gilt, gilt selbstverständlich auch für alle anderen Justizbeamten. Für Schreiben, die noch mit dem amtlichen Namen oder Geschlecht versehen werden müssen, ist im Einzelfall zu unterscheiden, ob die Adresse durch einen Aufkleber so gestaltet wird, dass Diskriminierungen vermieden werden, oder ob andere Möglichkeiten zur Verfügung stehen, z.B. Verzicht auf die Anrede und die Verwendung des Vornamen. Mitarbeiter der Justiz sind verpflichtet Rechtsspielräume auszunutzen, um die soziale Stabilität zu sichern oder zu fördern.

Probleme und Pflichten im Vollzugsdienst

Die Probleme im Vollzugsdienst sind derartig vielschichtig und individuell verschieden, dass dafür keine detaillierten Standards aufgestellt werden können. Unabhängig davon, in welchem Stadium des sozialen Umstieges ins Identitätsgeschlecht oder der Hilfe dazu sich der Transident befindet, hat er ein Recht auf Wahrung seiner Menschenwürde. Ein Frau-zu-Mann-Transident mit Namens- und Personenstandsänderung, juristisch also einwandfrei Mann, der keine genitale Operation gemacht hat, stellt den Strafvollzug ebenso vor das Problem einer individuellen Lösung wie ein Transident, der gerade sein inneres Coming-out hatte.

Alle Vollzugsanstalten müssen einen Anlaufstelle kennen, die sowohl mit der Problematik des Vollzuges als auch der Problematik der Transidentität vertraut ist und kurzfristig zur Verfügung steht. Dies gilt auch für den Polizeigewahrsam und die Untersuchungshaft, im Zweifelsfall muss Einzelunterbringung vorgenommen werden.

6.5.2.3 Standards für Ämter und Behörden

Oft ist die noch nicht eingestandene Transidentität, oder das Abblocken durch das Umfeld, die Ursache für soziale Destabilisierung. Dadurch kommen Sozialämter, Jugendämter, Wohnungsämter und Arbeitsämter immer wieder mit dem Problem der Transidentität in Kontakt (und Konflikt). Oft erkennt der Mensch aber auch erst im Zusammenhang mit freiwilligem oder unfreiwilligen Kontakt mit psychiatrischer Anstalt, psychosozialen Zentren, Rehamaßnahmen oder Wohngruppen, dass Transidentität ursächlich für sein persönliches Dilemma verantwortlich ist. Die folgenden Aussagen sind deshalb auch für diese Einrichtungen von großer Bedeutung. Sie zu beachten muss Standard im Umgang mit Menschen sein:

- Transidenten konnten sich durch ihre Transidentität entweder nicht sozialisieren oder wurden dadurch entwurzelt. Eine noch nicht abgeschlossene Behandlung darf kein Hindernis für Rehabilitationsmaßnahmen sein. Sie sind möglichst rasch in Absprache mit dem Transidenten, zu erarbeiten und zu beginnen.

- Mitarbeiter müssen wissen, an wen sich ein Transident wenden kann bzw. an wen sie sich selbst wenden können, wenn sie mit einem Transidenten zusammenwirken müssen.

- Mitarbeiter müssen wissen, wie Diskriminierung von Amtswegen vermieden werden kann bzw. erkennen durch welche Maßnahmen eine solche entstehen würde (z.B. obdachlose Mann-zu-Frau-Transidentin in einer Mehrbettunterkunft für Männer).

- Alle Transidenten, auch sozial entwurzelte Transidenten, bis hin zu Obdachlosen, haben, wenn sie es wollen, einen Behandlungsanspruch.

Das Sozialamt

Über die bisher gemachten Aussagen hinaus ist gerade im Umgang von Mitarbeitern im Sozialamt zu erwarten, dass sie ihre Rechte und Pflichten ebenso kennen, wie Transidenten, die mit ihnen zu tun haben. Sie haben nicht darüber zu entscheiden, ob es Transidenten gibt oder der Antragsteller transidentisch ist. Es ist im Gegenteil ihre Pflicht, auch um Kosten für die Sozialgemeinschaft so gering wie möglich zu halten, Menschen zu helfen, die für sich in Anspruch nehmen transidentisch zu sein. Um dieses Ziel zu erreichen haben sie:

- den Transidenten in seinem Bemühen, dem Identitätsgeschlecht entsprechend zu leben, zu unterstützen und alles im Rahmen der gesetzlichen Möglichkeiten Gegebene zu tun, um ein entsprechendes Leben zu gewährleisten.

- Sonderzahlungen für die Anschaffung von Kleidung des Identitätsgeschlechtes ohne Anrechnung auf sonstige Leistungen zu bewilligen.

- den Transidenten in seinem Bemühen, sachkundigen Rat und angemessene Hilfe und Behandlung oder Begleitung zu finden, zu unterstützen.

- sich selbst aller wertenden oder diskriminierenden Bemerkungen zu enthalten. Es gibt keine Vorschriften, hinter denen sie sich mit ihrem Verhalten verstecken könnten.

- im Fall des Auftretens eines transidentischen Menschen sich bei ihren vorgesetzten Stellen zu melden und notwendige Informationen in Empfang zu nehmen. Es ist nicht Aufgabe eines Transidenten, Sachbearbeiter von der Existenz von Transidentität zu überzeugen, sondern Aufgabe des Sachbearbeiters, sich selbst sach- und fachkundig zu machen, soweit dies für die Ausübung seiner Tätigkeit erforderlich ist.

Das Jugendamt

Heute - 1998/99 - kommen Transidenten kaum aus eigener Betroffenheit mit dem Jugendamt in Kontakt (Transidentität bei Kindern und Jugendlichen wird in Deutschland noch totgeschwiegen). Meist kommen Transidenten dann mit dem Jugendamt in Berührung, wenn es um Erziehung, Sorge- oder Besuchsrechte geht. Das Vorliegen eines transidentischen Syndroms und Vater- oder Mutterschaft schließen sich nicht gegenseitig aus. Die Kinder haben auch dann ein Recht auf ihre Mutter, selbst wenn sie inzwischen Peter heißt. Umgekehrt gilt dies natürlich auch. Die Tatsache, dass ein Elternteil transidentisch ist, oder glaubt transidentisch zu sein, gibt dem Jugendamt noch kein Recht, wertend einzugreifen. Es hat sich, wie in allen anderen Fällen von Streitigkeiten über Elternrechte und -pflichten, an den Kriterien zu orientieren, die dem Wohl des Kindes an nächsten kommen. Dabei darf die Phantasie des Mitarbeiters keine Rolle spielen. Er ist verpflichtet sich selbst einen Überblick, gemessen an objektivierten Maßstäben, zu verschaffen. Das Kind ist dabei als gleichberechtigter Partner einzubeziehen.

Mitarbeiter des Jugendamtes müssen wissen und beachten dass:

- ein Antrag auf Personenstandsänderung nach derzeit in Deutschland geltendem Recht eine vorherige Scheidung erzwingt.

- dieser Zwang auch dann besteht, wenn das Paar sich einig ist und danach weiterhin zusammenleben will und die Kinder zusammen erziehen will.

- der mitbetroffene Partner sich in seinem Selbstwertgefühl schwer verletzt fühlen kann und dadurch Anschuldigungen gegen den Transidenten erhebt, die zwar aus der Sicht des Mitbetroffenen verständlich, objektiv gesehen aber unhaltbar sind.

- sie sich davor in Acht nehmen müssen eigene Entscheidungen über die Existenz oder Nichtexistenz von Transidentität in ihre Aufgabenstellung einfließen zu lassen. Im Zweifelsfall müssen sie den Mut haben einen Fall wegen persönlicher Überforderung oder Befangenheit an einen Kollegen abzugeben.

Das Wohnungsamt

Für Obdachlose die einen festen Wohnsitz anstreben, aber auch für solche, die vom Sozialamt in einer Wohngruppe untergebracht sind oder in einem sogenannten "Hotel", gibt es grundsätzlich Probleme, wenn sie eine separate Wohnung suchen. Besonders groß werden diese, wenn sie transidentisch sind, der Geburtseintrag männlich lautet. Ein Transident, untergebracht in einem "Männerhotel", im Zweibettzimmer, hat praktisch nicht die geringste Chance Versuche zu unternehmen seinem Identitätsgeschlecht entsprechend zu leben. Er bleibt zwangsläufig in seinen Phantasien stecken und wird in den meisten Fällen depressiv oder aggressiv. Werden nun noch eigene Bemühungen, sich aus seiner wohnungsbedingten Lage zu befreien, vom Wohnungsamt unterlaufen, verstärken sich die negativen Einflüsse. An Mitarbeiter, die für die Vergabe von Wohnraum zuständig sind, ist deshalb die Forderung zu stellen:

- den Transidenten in seinem Bemühen ernst zu nehmen.

- ihm zu helfen Kontakt zu erfahrenen Ärzten aufzunehmen.

- wenn der Arzt die Wahrscheinlichkeit eines transidentischen Syndroms bescheinigt, baldigst für eine menschenwürdige Unterkunft zu sorgen.

- in keinem Fall eigene Bemühungen um eine Unterkunft aus formalen Zwängen, die mit dem Geburtseintrag begründbar sind, zu unterlaufen.

Das Arbeitsamt

Häufig versuchen Transidenten, durch eine betont geschlechtsspezifisch geprägte Berufswahl, das Geburtsgeschlecht anzunehmen. In vielen Fällen funktioniert dieser Selbstbetrug eine gewisse Zeit, oft aber scheitert er bereits im Ansatz, bevor es zu einem Abschluss kommt. Wird eine Arbeit im erlernten Beruf aufgenommen, dann kommt es oft zu psychosomatisch bedingter Arbeitsunfähigkeit. Rehamaßnahmen, die dann wieder in eine geschlechtsspezifische Berufswahl/Umschulung weisen, scheitern aber ebenfalls. Arbeitsvermittler und Berufsberater sind mit den Fragen, die sich beim Vorliegen einer Transidentität zeigen, völlig überfordert. Dies führt dazu, dass der Rat gegeben wird, sich Krankschreiben zu lassen oder eine Berufsunfähigkeitsrente zu beantragen, bis die Behandlung wegen Transidentität abgeschlossen sei.

Um diesen völlig uneffektiven Weg, der noch dazu erhebliche Kosten verursacht, zu vermeiden, muss folgende Forderung an die Ausstattung der Arbeitsämter und die Mitarbeiter des Arbeitsamtes gestellt werden:

- jeder Arbeitsvermittler und Berufsberater muss wissen, in welchem Arbeitsamt ein speziell mit dem Thema Transidentität vertrauter Mitarbeiter angesiedelt ist.

- sie müssen wissen, dass eine Reintegration ins Berufsleben eine durchaus stützende Maßnahme ist. Ein Transident ohne Perspektive kann oft psychologische und medizinische Hilfsmaßnahmen nicht annehmen.

- Transidenten, die bereits in ihrem Identitätsgeschlecht leben, dürfen entsprechend geführt werden, auch wenn noch keine gerichtlichen Schritte eingeleitet oder entschieden sind. Herr ..., auftretend in weiblichem Erscheinungsbild, ist nicht vermittelbar, wohl aber Frau ...

- die Stammnummer, festgelegt von der Leistungsabteilung ist kein Hinderungsgrund.

- es gibt genügend Möglichkeiten der Berufswahl, die nicht geschlechtsgebunden sind. Der positive Effekt des Zusammenwirkens von beruflicher, sozialer, medizinischer und psychologischer Rehabilitation ist bewiesen und gilt auch für Transidenten.

Einrichtungen für zeitweise oder dauerhaft Behinderte

In einer völlig veralteten Ausgabe der "Zeitschrift für Sexualforschung" (Ferdinand Enke Verlag Stuttgart, Juni 1997) heißt es unter anderem: "Die klinisch-psychiatrische/psychologische Diagnostik soll breit angelegt sein. Untersucht und beurteilt werden sollen: ... - Minderbegabungen." Entgegen bisheriger Praxis dürfen solche Veröffentlichungen in keinem Fall ein Alibi dafür sein, dass Menschen, die durch eine Minderbegabung, Lernverhinderung oder Lernbehinderung, körperliche oder psychische Behinderung, ja selbst bei einer geistigen Behinderung, abgesprochen wird, sie könnten transidentisch sein. Bei der Diagnostik ist zwar besondere Sorgfalt geboten, es darf aber der Zugang zu diagnostischen Maßnahmen weder verhindert, noch erschwert werden.

In der Praxis ist aber gerade die letztgemachte Feststellung die Regel. Es muss daher für Einrichtungen der Behindertenfürsorge und ihre Mitarbeiter gelten:

- Transidentität ist eine gesellschaftlich und kulturell verleugnete Variante, die sich in allen Schichten der Bevölkerung zeigt. Ein ursächlicher Zusammenhang zwischen Transidentität und sonstigen "Auffälligkeiten" besteht nicht.

- Eine transidentische Prägung, die mit hoher Wahrscheinlichkeit von Geburt an gegeben ist, kann aber sehr wohl einen "Ausweg" für den Menschen finden, der bezogen auf "normale" Entwicklungen zu einer Lernverhinderung oder einem psychotischen Erscheinungsbild führt.

- Auch in beschützenden oder verwahrenden Einrichtungen gelten die Menschenrechte uneingeschränkt. Transidentische Neigungen oder transidentisches Verhalten dürfen nicht einfach als Flucht aus der von der "normalen Welt" vorgegebenen Normen gewertet werden. Ganz im Gegensatz zu bisher gängigen Meinungen muss davon ausgegangen werden, dass gerade als "behindert" eingestufte Menschen, die versuchen klar zu machen, dass sie Transidenten seien, ernst zu nehmen sind. Oft wird sich herausstellen, dass eine als dauerhaft eingestufte Behinderung in Wirklichkeit lediglich eine vorübergehende Verhinderung zum Leben war, was vor allem für psychisch Behinderte gelten kann.

Entsprechende Forderungen gelten auch für das Personal von Kliniken, die mit Suchtkranken arbeiten. Immer wieder erfahren wir davon, dass Transidenten die Flucht in eine Sucht antreten. Sie versuchen damit, oft Jahre lang, ihre Geschlechtsidentität zu verdrängen.

6.5.3 Standards für das berufliche Umfeld

In einem Grundsatzurteil stellte der Europäische Gerichtshof fest, dass Transidentität kein Kündigungsgrund sei, eine Behinderung in der Arbeitswelt durch die persönliche Situation, transidentisch zu sein, nicht hinzunehmen ist. Er geht insofern noch einen Schritt weiter, dass er ausführt, dass bei einem Transidenten, dem gekündigt wird zu unterstellen sei, dass der angegebene Kündigungsgrund nur vorgeschoben sein könnte. Auf die deutsche Rechtsprechung umgemünzt würde dies bedeuten, dass einem Transidenten nur dann ohne Widerspruch gekündigt werden kann, wenn ein Grund zur fristlosen Kündigung vorliegt. Damit wären Transidenten, sobald die Personalleitung oder der direkte Vorgesetzte, von der Transidentität eines Mitarbeiters Kenntnis hat im Sinne des Arbeitsrechtes unkündbar. Leider wissen weder die Betriebsräte, die gewerkschaftlichen Vertreter noch die Transidenten selbst von dieser Konsequenz.

Vergleicht man transidentische Mitarbeiter mit sonstigen Mitarbeitern, so zeigt sich, dass die Zahl der hochleistungsfähigen und motivierten Mitarbeiter bei Transidenten etwa 5 bis 10 mal größer ist als normal. Würde man sie nun noch vom Zwang zum Doppelleben oder Verstecken befreien, so stünden zusätzliche Energien zur Verfügung.

Für die Gruppe der sozial gefährdeten, bzw. bereits entwurzelten Transidenten hat sich in den meisten Fällen gezeigt, dass sie sehr rasch zu erstaunlichen Leistungen fähig sind, wenn sie wieder eine Perspektive für sich sehen und erhalten.

Aus beiden Beobachtungen ergeben sich für Personalleitungen und Betriebsräte, folgende Forderungen bzw. Standards der Arbeit:

- Personalleitungen und Personalvertretungen müssen wissen, wo sie sich im Bedarfsfall zum Thema "Transidentität und ihre Folgen" informieren und eigene Ängste und Vorurteile abbauen können.

- Sie müssen in die Lage versetzt werden Transidenten auf Informations- und Hilfsmöglichkeiten aufmerksam zu machen.

- In der Zusammenarbeit mit den Arbeitsämtern und Betreuungseinrichtungen müssen sie Möglichkeiten der sozialen Reintegration ebenso unterstützen, wie auch die soziale Isolation verhindern können.

- Sie müssen in die Lage versetzt werden, dass sie Berührungsängste bei anderen Mitarbeitern vermeiden oder abbauen können.

- Sie müssen Stellen kennen, bei denen sie Erfahrungen mit Transidenten, wenn möglich vor Ort, machen können. Diese können auch dadurch gemacht werden, dass bereits sozial integrierte und stabilisierte Transidenten als Berater in den Firmen zur Verfügung stehen.

6.5.4 Abschlussbemerkungen

Diese Standards umfassen, anders als die der Harry Benjamin International Gender Dysphoria Association und der Deutschen Gesellschaft für Sexualforschung, den ganzen Menschen. Meines Erachtens kann aber nichts zum Standard erhoben werden, was Teile des Menschen ausspart oder diesen auf ein von anderen Menschen festgelegtes Problem reduziert. Bei vielen Transidenten führt eine solche Reduzierung dazu, dass sie ihre Transidentität loswerden wollen statt sich darauf zu konzentrieren in ihrem Identitätsgeschlecht zu leben.

Transidenten sind Menschen.

Transidenten sind Teil unserer Gesellschaft.

Transidenten sind, darüber hinaus, natürlich auch transidentisch veranlagt

Anhang

mit Gesetzen und Auszügen daraus
Grundsatzurteilen und Leitsätzen
Literatur und Quellen
Einrichtungen der Transidentenbetreuung
Stichwortverzeichnis

Gesetze und Grundsatzurteile

Ein Sachbuch, das sich mit einem derart komplexen Thema auseinandersetzt, häufig auf gesetzliche Vorgaben verweist und teilweise die Anwendung dieser Gesetze kritisch unter die Lupe nimmt, kommt nicht ohne deren Veröffentlichung aus. Die folgende Auswahl, vor allem die Festlegung welche Auszüge verwendet werden, ist natürlich von der Einstellung der Autorin zum Thema geprägt. Sie soll es dem Leser ermöglichen sich selbst ein Bild von der Gesetzeslage zu machen, ohne sich diese Gesetze erst beschaffen zu müssen.

Die veröffentlichten Grundsatzurteile bzw. die Auszüge daraus, hält die Autorin für wegweisend. Ihre Aussagekraft geht weit über das hinaus, was im Einzelfall zu entscheiden war. Um dies deutlich zu machen hat die Autorin auch eigene Einleitungen und/oder Kommentare abgegeben. Um den Rahmen des Anhangs nicht zu sprengen verzichtet die Autorin jedoch auf Auszüge aus der Reichsversicherungsordnung (RVO), aus dem z.Z. gültigen Sozialgesetzbuch und dem Arbeitsrecht, obwohl diese Gesetze natürlich auch eine erhebliche Rolle für Transidenten spielen.

Die veröffentlichten Leitsätze sind einer Sammlung des Justizministeriums der BRD entnommen, die jedem Juristen und juristisch interessierten Bürger zur Verfügung steht bzw. auf Anfrage zur Verfügung gestellt werden kann. Bei den juristischen Fakultäten der Universitäten besteht durch das Internet auch die Möglichkeit des direkten Zugriffs darauf.

Die Autorin bedankt sich in diesem Zusammenhang für die Unterstützung vor allem bei Andrea Ottmer aus Braunschweig, Edeltraud Tempel aus Alfter, Alexander Regh von der Gruppe TransMann e.V., sowie allen Transidenten und Intersexuellen, die sie auf aktuelle Entwicklungen aufmerksam gemacht haben. Über die Internet-Seiten der dgti - Deutschen Gesellschaft für Transidentität und Intersexualität e.V. - (http://dgti.trans-info.de) kann sich der Leser darüber hinaus informieren und über Links Zugang zu weiteren Quellen erhalten. Die Autorin beteiligt sich aktiv an der Aktualisierung des Informationsangebotes.

Grundgesetz für die Bundesrepublik Deutschland
Vom 23. Mai 1949 (BGBl. S. 1)

(letzte berücksichtigte Änderung vom 3.11.1995; BGBl. I 1492)

- Auszug -

Art. 1.

Die Würde des Menschen ist unantastbar. Sie zu achten und zu schützen ist Verpflichtung aller staatlichen Gewalt.

Das deutsche Volk bekennt sich darum zu unverletzlichen und unveräußerlichen Menschenrechten als Grundlage jeder menschlichen Gemeinschaft, des Friedens und der Gerechtigkeit in der Welt.

Die nachfolgenden Grundrechte binden Gesetzgebung, vollziehende Gewalt und Rechtsprechung als unmittelbar geltendes Recht.

Art. 2.

Jeder hat das Recht auf freie Entfaltung seiner Persönlichkeit, soweit er nicht die Rechte anderer verletzt und nicht gegen die verfassungsmäßige Ordnung oder das Sittengesetz verstößt.

Jeder hat das Recht auf Leben und körperliche Unversehrtheit. Die Freiheit der Person ist unverletzlich. In diese Rechte darf nur auf Grund eines Gesetzes eingegriffen werden.

Art. 3.

Alle Menschen sind vor dem Gesetz gleich.

Männer und Frauen sind gleichberechtigt. Der Staat fördert die tatsächliche Durchsetzung der Gleichberechtigung von Frauen und Männern und wirkt auf die Beseitigung bestehender Nachteile hin.

Niemand darf wegen seines Geschlechtes, seiner Abstammung, seiner Rasse, seiner Sprache, seiner Heimat und Herkunft, seines Glaubens, seiner religiösen oder politischen Anschauungen benachteiligt oder bevorzugt werden. Niemand darf wegen seiner Behinderung benachteiligt werden.

...

Art. 12.

Alle Deutschen haben das Recht, Beruf, Arbeitsplatz und Ausbildungsstätte frei zu wählen. Die Berufsausübung kann durch Gesetz oder auf Grund eines Gesetzes geregelt werden.

Niemand darf zu einer bestimmten Arbeit gezwungen werden, außer im Rahmen einer herkömmlichen allgemeinen, für alle gleichen öffentlichen Dienstleistungspflicht.

Zwangsarbeit ist nur bei einer gerichtlich angeordneten Freiheitsentziehung zulässig.

Art. 12a.

Männer können vom vollendeten achtzehnten Lebensjahr an zum Dienst in den Streitkräften, im Bundesgrenzschutz oder in einem Zivilschutzverband verpflichtet werden.

...

Art. 17.

Jedermann hat das Recht, sich einzeln oder in Gemeinschaft mit anderen schriftlich mit Bitten oder Beschwerden an die zuständigen Stellen und an die Volksvertretung zu wenden.

Art. 19.

Soweit nach diesem Grundgesetz ein Grundrecht durch Gesetz oder auf Grund eines Gesetzes eingeschränkt werden kann, muss das Gesetz allgemein und nicht nur für den Einzelfall gelten. Außerdem muss das Gesetz das Grundrecht unter Angabe des Artikels nennen.

In keinem Fall darf ein Grundrecht in seinem Wesensgehalt angetastet werden.

...

Das Transsexuellengesetz

Aus: Bundesgesetzblatt, Jahrgang 1980, Teil I, fortlaufende Seiten 1654 - 1658

Gesetz über die Änderung der Vornamen und die Feststellung der Geschlechtszugehörigkeit in besonderen Fällen

(Transsexuellengesetz - TSG)

Vom 10. September 1980

Geändert durch Art. 49 Rentenreformgesetz 1992 vom18.12.1989 (BGBl. I S. 2261), § 8 Betreuungsgesetz vom 12.9.1990 (BGBl I S. 2002), Art. 14 § 2 Kindschaftsrechtsreformgesetz vom 16.12.1997 (BGBl. I S. 2942) und Art. 13 Gesetz zur Neuordnung des Eheschließungsrechts (Eheschließungsgesetz - EheschlRG) vom 8.5.1998 (BGBl. I S. 833)

Der Bundestag hat mit Zustimmung des Bundesrates das folgende Gesetz beschlossen:

Erster Abschnitt. Änderung der Vornamen

§ 1 Voraussetzungen. (1) Die Vornamen einer Person, die sich auf Grund ihrer transsexuellen Prägung nicht mehr dem in ihrem Geburtseintrag angegebenen, sondern dem anderen Geschlecht als zugehörig empfindet und seit mindestens drei Jahren unter dem Zwang steht, ihren Vorstellungen entsprechend zu leben, sind auf ihren Antrag vom Gericht zu ändern, wenn

1. sie Deutscher im Sinne des Grundgesetzes ist oder wenn sie als staatenloser oder heimatloser Ausländer ihren gewöhnlichen Aufenthalt oder als Asylberechtigter oder ausländischer Flüchtling ihren Wohnsitz im Geltungsbereich dieses Gesetzes hat, und

2. mit hoher Wahrscheinlichkeit anzunehmen ist, daß sich ihr Zugehörigkeitsempfinden zum anderen Geschlecht nicht mehr ändern wird, und

3. sie mindestens fünfundzwanzig Jahre Alt ist.

(2) In dem Antrag sind die Vornamen anzugeben, die der Antragsteller künftig führen will.

Anmerkung:: § 1 Abs. 1 Nr. 3 des TSG ist mit Art. 3 Abs. 1 des Grundgesetzes unvereinbar und nichtig. - Beschl. d. BVerfG v. 26.1.1993 - BvL 38/92 u.a. - (BGBl. I S. 326)

§ 2 Zuständigkeit. (1) Für die Entscheidung über Anträge nach § 1 sind ausschließlich die Amtsgerichte zuständig, die ihren Sitz am Ort eines Landgerichts haben. Ihr Bezirk umfaßt insoweit den Bezirk des Landgerichts. Haben am Orte des Landgerichts mehrere Amtsgerichte ihren Sitz, so bestimmt die Landesregierung durch Rechtsverordnung[1)] das zuständige Amtsgericht, soweit nicht das zuständige Amtsgericht am Sitz des Landgerichts schon allgemein durch Landesrecht bestimmt ist. Die Landesregierung kann auch bestimmen, daß ein Amtsgericht für die Bezirke mehrerer Landgerichte zuständig ist. Sie kann die Ermächtigungen nach Satz 3 und 4 durch Rechtsverordnung auf die Landesjustizverwaltung[2)] übertragen.

(2) Örtlich zuständig ist das Gericht, in dessen Bezirk der Antragsteller seinen Wohnsitz oder, falls ein solcher im Geltungsbereich dieses Gesetzes fehlt, seinen gewöhnlichen Aufenthalt hat; maßgebend ist der Zeitpunkt, in dem der Antrag eingereicht wird. Ist der Antragsteller Deutscher und hat er im Geltungsbereich dieses Gesetzes weder Wohnsitz noch gewöhnlichen Aufenthalt, so ist das Amtsgericht Schöneberg in Berlin zuständig; es kann die Sache aus wichtigen Gründen an ein anderes Gericht abgeben; die Abgabeverfügung ist für dieses Gericht bindend.

Anmerkungen: 1) solche Rechtsverordnungen gibt es in Baden-Württemberg, Bayern, Bremen, Hessen, Niedersachsen, Nordrhein-Westfalen und Rheinland-Pfalz. 2) betrifft Berlin und Nordrhein-Westfalen

§ 3 Verfahrensfähigkeit, Beteiligte. (1) Für eine geschäftsunfähige Person wird das Verfahren durch den gesetzlichen Vertreter geführt. Der gesetzliche Vertreter bedarf für einen Antrag nach § 1 der Genehmigung des Vormundschaftsgerichts.

(2) Beteiligte des Verfahrens sind nur

der Antragsteller

der Vertreter des öffentlichen Interesses.

der Vertreter des öffentlichen Interesses in Verfahren nach diesem Gesetz wird von der Landesregierung durch Rechtsverordnung[1)] bestimmt.

Anmerkung: 1) Eine solche Verordnung existiert in allen Bundesländern.

§ 4 Gerichtliches Verfahren. (1) Auf das gerichtliche Verfahren sind die Vorschriften des Gesetzes über die Angelegenheiten der freiwilligen Gerichtsbarkeit anzuwenden, soweit in diesem Gesetz nichts anderes bestimmt ist.

(2) Das Gericht hört den Antragsteller persönlich an.

(3) Das Gericht darf einem Antrag nach nur § 1 stattgeben, nachdem es die Gutachten von zwei Sachverständigen eingeholt hat, die auf Grund ihrer Ausbildung und ihrer beruflichen Erfahrung mit den besonderen Problemen des Transsexualismus ausreichend vertraut sind. Die Sachverständigen müssen unabhängig voneinander tätig werden; in ihren Gutachten haben sie auch dazu Stellung zu nehmen, ob sich nach den Erkenntnissen der medizinischen Wissenschaft das Zugehörigkeitsempfinden des Antragstellers mit hoher Wahrscheinlichkeit nicht mehr ändern wird.

(4) Gegen die Entscheidung, durch die einem Antrag nach § 1 stattgegeben wird, steht den Beteiligten die sofortige Beschwerde zu. Die Entscheidung wird erst mit Rechtskraft wirksam.

§ 5 Offenbarungsverbot. (1) Ist die Entscheidung, durch welche die Vornamen des Antragstellers geändert werden, rechtskräftig, so dürfen die zur Zeit der Entscheidung geführten Vornamen ohne Zustimmung des Antragstellers nicht offenbart oder ausgeforscht werden, es sei denn, daß besondere Gründe des öffentlichen Interesses dies erfordern oder ein rechtliches Interesse glaubhaft gemacht wird.

(2) Der frühere Ehegatte, die Eltern, die Großeltern und die Abkömmlinge des Antragstellers sind nur dann verpflichtet, die neuen Vornamen anzugeben, wenn dies für die Führung öffentlicher Bücher und Register erforderlich ist. Dies gilt nicht für Kinder, die der Antragsteller nach der Rechtskraft der Entscheidung nach § 1 angenommen hat.

(3) In dem Geburtseintrag eines leiblichen Kindes des Antragstellers oder eines Kindes, das der Antragsteller vor der Rechtskraft der Entscheidung nach § 1 angenommen hat, sind bei dem Antragsteller die Vornamen anzugeben, die vor der Rechtskraft der Entscheidung nach § 1 maßgebend waren.

§ 6 Aufhebung auf Antrag. (1) Die Entscheidung, durch welche die Vornamen des Antragstellers geändert worden sind, ist auf seinen Antrag vom Gericht aufzuheben, wenn er sich wieder dem in seinem Geburtseintrag angegebenen Geschlecht als zugehörig empfindet.

(2) Die §§ 2 bis 4 gelten entsprechend. In der Entscheidung ist auch anzugeben, daß der Antragsteller künftig wieder die Vornamen führt, die er zur Zeit der Entscheidung, durch welche seine Vornamen geändert worden sind, geführt hat. Das Gericht kann auf Antrag des Antragstellers diese Vornamen ändern, wenn dies aus schwerwiegenden Gründen zum Wohl des Antragstellers erforderlich ist.

§ 7 Unwirksamkeit. (1) Die Entscheidung, durch welche die Vornamen des Antragstellers geändert worden sind, wird unwirksam, wenn

nach Ablauf von dreihundert Tagen nach der Rechtskraft der Entscheidung ein Kind des Antragstellers geboren wird, mit dem Tag der Geburt des Kindes, oder

bei einem nach Ablauf von dreihundert Tage nach der Rechtskraft der Entscheidung geborenen Kind die Abstammung von dem Antragsteller anerkannt oder gerichtlich festgestellt wird, mit dem Tag, an dem die Anerkennung wirksam oder die Feststellung rechtskräftig wird, oder

der Antragsteller eine Ehe schließt, mit der Abgabe der Erklärung nach § 1310 Abs. 1 des Bürgerlichen Gesetzbuchs.

(2) der Antragsteller führt künftig wieder die Vornamen, die er zur Zeit der Entscheidung, durch die seine Vornamen geändert worden sind, geführt hat. Diese Vornamen sind

im Fall des Absatzes 1 Nr. 1 und 2 in das Geburtenbuch.

im Fall des Absatzes 1 Nr. 3 in das im Anschluß an die Eheschließung anzulegende Familienbuch einzutragen.

(3) In Fällen des Absatzes 1 Nr.1 kann das Gericht die Vornamen das Antragstellers auf dessen Antrag wieder in die Vornamen ändern, die er bis zum Unwirksamwerden der Entscheidung geführt hat, wenn festgestellt ist, daß das Kind nicht von dem Antragsteller abstammt, oder aus sonstigen schwerwiegenden Gründen anzunehmen ist, daß der Antragsteller sich weiter dem nicht seinem Geburtseintrag entsprechenden Geschlecht als zugehörig empfindet. Die §§ 2, 3, 4 Abs.1, 2 und 4 sowie § 5 Abs. 1 gelten entsprechend.

Zweiter Abschnitt. Feststellung der Geschlechtszugehörigkeit

§ 8 Voraussetzungen. (1) Auf Antrag einer Person, die sich auf Grund ihrer transsexuellen Prägung nicht mehr dem in ihrem Geburtseintrag angegebenen, sondern dem anderen Geschlecht als zugehörig empfindet und die seit mindestens drei Jahren unter dem Zwang steht, ihren Vorstellungen entsprechend zu leben, ist vom Gericht festzustellen, daß sie als dem anderen Geschlecht zugehörig anzusehen ist, wenn sie

1. die Voraussetzungen des § 1 Abs. 1 Nr. 1 bis 3 erfüllt

2. nicht verheiratet ist,

3. dauernd fortpflanzungsunfähig ist und

4. sich einem ihre äußeren Geschlechtsmerkmale verändernden operativen Eingriff unterzogen hat, durch den eine deutliche Annäherung an das Erscheinungsbild des anderen Geschlechts erreicht worden ist.

(2) In dem Antrag sind die Vornamen anzugeben, die der Antragsteller künftig führen will; dies ist nicht erforderlich, wenn seine Vornamen bereits auf Grund von § 1 geändert worden sind.

Anmerkung: §8 Abs. 1 Nr. 1 des TSG v.10.9.1980 (BGBl. I S. 1654) ist mit Art. 3 Abs. 1 des Grundgesetzes (Nr. 1) insoweit unvereinbar und daher nichtig, als auch bei Erfüllung der übrigen gesetzlichen Voraussetzungen die gerichtliche Feststellung über die Änderung der ursprünglichen Geschlechtzugehörigkeit eine Altersgrenze nichtig ist. - Beschl. d. BVerfG v. 16.3.1982 - 1 BvR 938/81 - (BGBl. I S. 619)

§ 9 Gerichtliches Verfahren. (1) Kann dem Antrag nur deshalb nicht stattgegeben werden, weil der Antragsteller sich einem seine äußeren Geschlechtsmerkmale verändernden operativen Eingriff noch nicht unterzogen hat, noch nicht dauernd fortpflanzungsunfähig ist oder noch verheiratet ist, so stellt das Gericht dies vorab fest. Gegen die Entscheidung steht den Beteiligten die sofortige Beschwerde zu.

(2) Ist die Entscheidung nach Absatz 1 Satz 1 unanfechtbar und sind die dort genannten Hindernisgründe inzwischen entfallen, so trifft das Gericht die Endentscheidung nach § 8. Dabei ist es an seine Feststellungen in der Entscheidung nach Absatz 1 Satz 1 gebunden.

(3) Die §§ 2 bis 4 und 6 gelten entsprechend; die Gutachten sind auch darauf zu erstrecken, ob die Voraussetzungen nach § 8 Abs. 1 Nr.3 und 4 vorliegen. In der Entscheidung auf Grund von § 8 und in der Endentscheidung nach Absatz 2 sind auch die Vornamen des Antragstellers zu ändern, es sei denn daß diese bereits auf Grund von § 1 geändert worden sind.

§ 10 Wirkungen der Entscheidung. (1) Von der Rechtskraft der Entscheidung an, daß der Antragsteller als dem anderen Geschlecht zugehörig anzusehen ist, richten sich seine vorn Geschlecht abhängigen Rechte und Pflichten nach dem neuen Geschlecht, soweit durch Gesetz nichts anderes bestimmt ist.

(2) § 5 gilt sinngemäß.

§ 11 Eltern-Kind-Verhältnis. Die Entscheidung, daß der Antragsteller als dem anderen Geschlecht zugehörig anzusehen ist, läßt das Rechtsverhältnis zwischen dem Antragsteller und seinen Eltern sowie zwischen dem Antragsteller und seinen Kindern unberührt, bei angenommenen Kindern jedoch nur, soweit diese vor Rechtskraft der

Entscheidung als Kind angenommenen worden sind. Gleiches gilt im Verhältnis zu den Abkömmlingen dieser Kinder.

§ 12 Renten und vergleichbare wiederkehrende Leistungen. (1) Die Entscheidung, daß der Antragsteller als dem anderen Geschlecht zugehörig anzusehen ist, läßt seine bei Rechtskraft der Entscheidung bestehenden Ansprüche auf Renten und vergleichbare wiederkehrende Leistungen unberührt. Bei einer sich unmittelbar anschließenden Leistung aus dem selben Rechtsverhältnis ist, soweit es hierbei auf das Geschlecht ankommt, weiter von den Bewertungen auszugehen, die den Leistungen bei Rechtskraft der Entscheidung zugrunde gelegen haben.

(2) Ansprüche auf Leistung aus der Versicherung oder Versorgung eines früheren Ehegatten werden durch die Entscheidung, daß der Antragsteller als dem anderen Geschlecht zugehörig anzusehen ist, nicht begründet.

Dritter Abschnitt. Änderung von Gesetzen

§ 13 Änderung des Rechtspflegergesetzes. In § 14 des Rechtspflegergesetzes vom 5. November 1969 (BGBl. I S. 2065), zuletzt geändert durch § 174 Abs.4 des Bundesberggesetzes vorn 13. August 1980 (BGBl. I S. 1310), wird nach der Nummer 20 eingefügt:

"20 a. die Genehmigung nach § 3 Abs. 1 Satz 3 sowie nach § 6 Abs.2 Satz 1, § 7 Abs. 3 Satz 2 und § 9 Abs.3 Satz 1, jeweils in Verbindung mit § 3 Abs.1 Satz 3, des Gesetzes über die Änderung der Vornamen und die Feststellung der Geschlechtszugehörigkeit in besonderen Fällen vom 10. September 1980 (BGBl. I S. 1654);".

§ 14 Änderung der Kostenordnung. In die Kostenordnung in der im Bundesgesetzblatt Teil III, Gliederungsnummer 361 - 1, veröffentlichten bereinigten Fassung, zuletzt geändert durch Artikel II § 32 Sozialgesetzbuch (SGB) - Verwaltungsverfahren - vom 18. August 1980(BGBl. I S. 1469), wird nach § 128 eingefügt:

„§ 128a Änderung der Vornamen und Feststellung der Geschlechtszugehörigkeit in besonderen Fällen

(1) In Verfahren nach dem Gesetz über die Änderung der Vornamen und die Feststellung der Geschlechtszugehörigkeit in besonderen Fällen vom 10. September 1980 (BGBl. I S. 1654) wird erhoben

das Doppelte der vollen Gebühr

für die Änderung der Vornamen nach § 1 des Gesetzes,

für die Aufhebung der Entscheidung, durch welche die Vornamen geändert worden sind, nach § 6 des Gesetzes,

für die Feststellung, daß der Antragsteller als dem anderen Geschlecht zugehörig anzusehen ist, nach § 8 oder § 9 Abs. 2 des Gesetzes; eine nach Nummer 2 entstandene Gebühr wird angerechnet,

für die Aufhebung der Feststellung, daß der Antragsteller als dem anderen Geschlecht zugehörig anzusehen ist, nach § 9 Abs. 3 in Verbindung mit § 6 des Gesetzes;

das Eineinhalbfache der vollen Gebühr für die Feststellung nach § 9 Abs. 1 des Gesetzes.

(2) Der Geschäftswert bestimmt sich nach § 30 Abs. 2."

§ 15 Änderung des Personenstandsgesetzes. Das Personenstandsgesetz in der im Bundesgesetzblatt Teil III, Gliederungsnummer 211 - 1 , veröffentlichten bereinigten Fassung, zuletzt geändert durch Artikel 11 des Gesetzes vom 2. Juli 1976 (BGBl. I S. 1749), wird wie folgt geändert:

In § 30 Abs. 1 Satz 1 werden nach den Worten „der Personenstand" ein Komma und die Worte „die Angabe des Geschlechts" eingefügt.

An § 61 wird folgender Absatz 4 angefügt: „(4) Sind bei einer Person auf Grund des Gesetzes über die Änderung der Vornamen und die Feststellung der Geschlechtszugehörigkeit in besonderen Fällen vom 10. September 1980 (BGBl. I S. 1654) die Vornamen geändert oder ist festgestellt worden, daß diese Person als dem anderen Geschlecht zugehörig anzusehen ist, so darf nur Behörden und der betroffenen Person selbst Einsicht in den Geburtseintrag gestattet oder eine Personenstandsurkunde aus dem Geburtenbuch erteilt werden. Ist die betroffene Person in einem Familienbuch eingetragen, so gilt hinsichtlich des sie betreffenden Eintrags für die Einsichtnahme in das Familienbuch und für die Erteilung einer Personenstandsurkunde aus diesem Familienbuch Satz 1 entsprechend. Diese Beschränkungen entfallen mit dem Tod dieser Person; § 5 Abs. 1 und § 10 Abs. 2 in Verbindung mit § 5 Abs. 1 des Gesetzes über die Änderung der Vornamen und die Feststellung der Geschlechtszugehörigkeit in besonderen Fällen bleiben unberührt."

In § 62 Abs. 1 Nr.1 werden nach den Worten „des Kindes" die Worte „und sein Geschlecht" eingefügt.

§ 65a wird wie folgt geändert:

Der bisherige Wortlaut wird Absatz 1.

Folgender Absatz 2 wird angefügt: „(2) Wird im Fall des § 61 Abs. 4 für die betroffene Person ein Familienbuch geführt, so kann auf Antrag des früheren Ehegatten, der Eltern, der Großeltern oder eines Abkömmlings ein Auszug aus dem Familienbuch erteilt werden, in den Angaben über die Änderung der Vornamen nicht aufgenommen werden."

§ 16 Übergangsvorschrift. (1) Ist vor Inkrafttreten dieses Gesetzes auf Grund des § 47 des Personenstandsgesetzes wirksam angeordnet, daß die Geschlechtsangabe im Geburtseintrag einer Person zu ändern ist, weil diese Person nunmehr als dem anderen Geschlecht zugehörig anzusehen ist, so gelten auch für diese Person die §§ 10 bis 12 dieses Gesetzes sowie § 61 Abs. 4 [1)] und § 65 a Abs.2 des Personenstandsgesetzes in der Fassung des § 15 Nr. 2 und 4 dieses Gesetzes.

(2) Ist die Person im Zeitpunkt der gerichtlichen Anordnung verheiratet gewesen und ist ihre Ehe nicht inzwischen für nichtig erklärt, aufgehoben oder geschieden worden. so gilt die Ehe mit dem Inkrafttreten dieses Gesetzes als aufgelöst. Die Folgen der Auflösung bestimmen sich nach den Vorschriften über die Scheidung.

(3) Hat eine Person vor Inkrafttreten dieses Gesetzes bei dem nach § 50 des Personenstandsgesetzes zuständigen Gericht beantragt anzuordnen, daß die Geschlechtsangabe in ihrem Geburtseintrag zu ändern ist, weil diese Person nunmehr als dem anderen Geschlecht zugehörig anzusehen ist, und ist eine wirksame Anordnung bei Inkrafttreten des Gesetzes noch nicht ergangen, so hat das damit befaßte Gericht die Sache an das nach § 9 Abs. 3 in Verbindung mit § 2 dieses Gesetzes zuständige Gericht abzugeben; für das weitere Verfahren gelten die Vorschriften dieses Gesetzes.

Anmerkung: 1) Nunmehr § 61 Abs. 3

§ 17 Berlin-Klausel. *(gegestandslos)*

§ 18 Inkrafttreten. § 2 Abs. 1 Satz 3 bis 5, § 3 Abs. 3 und § 9 Abs. 3 Satz 1, soweit er auf § 2 Abs. 1 Satz 3 bis 5 und § 3 Abs. 3 verweist, treten am Tage nach der Verkündung in Kraft. Im übrigen tritt das Gesetz am 1. Januar 1981 in Kraft.

(Verkündet am 10.9.1980)

Personenstandsgesetz - Vorbemerkungen
in der Fassung vom 8. August 1957
(BGBl. I S. 1125, III Nr. 211-1)

mit späteren Änderungen - Stand 1994

Das Personenstandsgesetz wurde 1875 geschaffen, veröffentlicht im Reichsgesetzblatt Seite 23 mit Wirkung vom 6. Februar 1875. Im Jahre 1937 wurde es durch eine überarbeitete Version ersetzt. Erst 1957 wurde die Grundlage für die hier veröffentlichten Teile geschaffen. Seit dieser Zeit gab es zwar 1970, 1977 und 1981 einschneidende Änderungen. Im Bundesgesetzblatt wurde jedoch nie eine verbindliche neue, z.Z. gültige Version abgedruckt oder vom Parlament verabschiedet.

Was mich als Autorin des vorliegenden Sachbuches erschüttert hat sind die Änderungen des Personenstandsgesetzes im Zusammenhang mit dem Transsexuellengesetz TSG. Die Berührungsängste der Politiker, Juristen und Beamten in unserm Staat scheinen geradezu katastrophale Dimensionen zu erreichen. Ich bin gerne bereit zu behaupten dass viele Formulierungen des Personenstandsgesetzes mit der Würde des Menschen - den Menschenrechten schlechthin - unvereinbar sind und einer Nivellierung bedürfen.

Natürlich habe ich die Auswahl der Paragraphen unter dem Blickwinkel der Transidentität getroffen. Mir wurde dabei klar, dass es einige Paragraphen gibt, die dieser Thematik zunächst nicht zugeordnet werden - sie wurden bei der Einführung des TSG nicht geändert - wohl aber einen erheblichen Einfluss auf die gesamte Situation von Transidenten in unserer Gesellschaft haben. Ich darf nur auf einen Aspekt aufmerksam machen, den die Rechtsanwältin Frau Maria-Sabine Augstein schon 1996 deutlich gemacht hat:

Für Transidenten, die nur eine Namensänderung durchgeführt haben besteht defakto ein Heiratsverbot! Dieses Heiratsverbot ergibt sich sowohl aus dem TSG, als auch aus dem PStG. Auf der anderen Seite sind Ehen zwischen gleichgeschlechtlichen Partnern verboten, also lesbische und schwule Partner können nicht heiraten. Wenn aber bei verheirateten Paaren, in denen ein Partner transidentisch ist, auf die Personenstandsänderung verzichtet wird, dann kann - unabhängig von der Frage Operation oder nicht - das Paar verheiratet bleiben. Es handelt sich dann, auch offensichtlich um ein homosexuelles Paar, formaljuristisch natürlich um ein heterosexuelles Paar. Wie lange will unsere Volksvertretung noch diese Doppelmoral aufrecht erhalten und sich nur am formaljuristischen orientieren, nicht an der

Lebenswirklichkeit? (Aus meiner Beratungspraxis weiß ich, dass es sich lohnen würde alleine darüber ein Buch zu schreiben.)

Auszüge aus dem Personenstandsgesetz PStG

Die vorliegende Veröffentlichung enthält jeweils den z.Z. gültigen Text. Wenn dieser von der ursprünglichen Fassung abweicht, so ist er kursiv gedruckt und in eckigen Klammern vermerkt wann und warum die Änderung durchgeführt wurde. Führte eine spätere Änderung zur Streichung von Textstellen, so fehlen diese hier kommentarlos. Für die vorliegende Bearbeitung lagen der Autorin die Gesetze, in denen z.B. die Frist für ein Aufgebot abgeschafft wurde, das Kindschaftsrecht und die Rechte von Vätern neu geregelt wurden, ... alles Änderungen nach 1994, nicht vor. Ihr ist aber nichts bekannt, was die Rechte von transsexuellen Menschen verändert hätte.

Erster Abschnitt

Allgemeine Bestimmungen

§ 1

Die Beurkundung des Personenstandes liegt dem Standesbeamten ob.

Der Standesbeamte führt ein Heiratsbuch, ein Familienbuch, ein Geburtenbuch und ein Sterbebuch (Personenstandsbücher).

§ 2

Das Heiratsbuch dient zur Beurkundung der Eheschließungen. Das Familienbuch ist dazu bestimmt, den jeweiligen Personenstand der Familienangehörigen ersichtlich zu machen.

Das Geburtenbuch dient zur Beurkundung der Geburten, das Sterbebuch zur Beurkundung der Sterbefälle.

Zweiter Abschnitt

Aufgebot, Heiratsbuch und Familienbuch

§ 14

Der Standesbeamte, der das Familienbuch fortführt, hat in dieses einzutragen den Tod der Ehegatten, ihre Todeserklärung oder die gerichtliche Feststellung der Todeszeit,

die Aufhebung oder die Scheidung der Ehe,

die Nichtigerklärung der Ehe,

die Feststellung des Nichtbestehens der Ehe,

die Wiederverheiratung,

jede sonstige Änderung des Personenstandes,

die Änderung oder allgemein bindende Feststellung des Namens,

den Wechsel der rechtlichen Zugehörigkeit oder die Nichtzugehörigkeit zu einer Kirche, Religionsgesellschaft oder Weltanschauungsgemeinschaft,

einen Vermerk über die Änderung der Staatsangehörigkeit, falls die Änderung nachgewiesen wird. [geändert am 1.7.1970 durch 3. PStÄndG.]

Wirkt eine Änderung oder Feststellung nach Absatz 1 Nr. 6 oder 7 auf den Zeitpunkt der Eheschließung zurück, so ist ein neues Familienbuch anzulegen, in dem nur die geänderten Tatsachen zu vermerken sind. [angefügt am 1.7.1970 durch 3. PStÄndG.]

[Der § 15 wurde in seiner Gesamtheit durch verschiedene Gesetze geändert. Da es für das Gesamtverständnis m.E. unerheblich ist, welche Änderung auf welches Detail wirkt, führe ich die Quellen nur in zeitlicher Reihenfolge an. Geändert am 1.7.1970 durch 3. PStÄndG., NEhelG.; am 1.7.1976 durch EheRG; am 1.1.1977 durch AdoptG.]

§ 15

Der Standesbeamte hat in das Familienbuch der Ehegatten einzutragen

die gemeinsam geborenen Kinder der Ehegatten,

die durch nachfolgende Ehe ehelich gewordenen Kinder der Ehegatten, sobald die Legitimation am Rande des Geburtseintrags des Kindes vermerkt ist; ist die Geburt des Kindes nicht im Geltungsbereich dieses Gesetzes beurkundet, so wird das Kind eingetragen, wenn die Voraussetzungen für die Eintragung der Legitimation in das Geburtenbuch vorliegen,

die von den Ehegatten gemeinschaftlich als Kind angenommenen Kinder,

die von einem Ehegatten angenommenen Kinder des anderen Ehegatten.

Hierbei sind der Familienname und die Vornamen der Kinder sowie Ort und Tag ihrer Geburt anzuführen. In den Fällen der Nummer 3 und 4 ist im Familienbuch auf den die Annahme aussprechenden Beschluß hinzuweisen.

(2) Der Eintrag ist zu ergänzen

wenn das Kind die Ehe schließt,

wenn das Kind stirbt oder wenn es für tot erklärt oder seine Todeszeit gerichtlich festgestellt wird,

wenn sich der Personenstand des Kindes auf andere Weise ändert,

wenn der Name des Kindes geändert oder mit allgemein bindender Wirkung festgestellt wird.

Wird mit allgemein bindender Wirkung festgestellt, daß eine der im Absatz 1 genannten Voraussetzungen für die Eintragung des Kindes in das Familienbuch nicht bestanden hat, so ist für die Ehegatten ein neues Familienbuch ohne Angabe des Kindes anzulegen; das gleiche gilt, wenn sich die Nichtehelichkeit des Kindes daraus ergibt, daß der Geburtseintrag des Kindes berichtigt, der Mann für tot erklärt, seine Todeszeit gerichtlich festgestellt oder sein Tod verspätet beurkundet worden ist. Wird für das Kind ein eigenes Familienbuch geführt, so ist auch dieses Familienbuch durch ein neues zu ersetzen.

Das Familienbuch wird für ein Kind nicht mehr fortgeführt, wenn es die Ehe geschlossen hat. Es wird jedoch im Familienbuch der Eltern auch nach seiner Eheschließung eingetragen, wenn es durch die Eheschließung seiner Eltern ehelich geworden ist oder wenn es als Kind angenommen wurde. Für ein angenommenes Kind wird nur das Familienbuch der Annehmenden fortgeführt.

Dritter Abschnitt

Geburtenbuch und Sterbebuch

a) Geburtenbuch

§ 16

Die Geburt eines Kindes muß dem Standesbeamten, in dessen Bezirk es geboren ist, binnen einer Woche angezeigt werden.

§ 20

Der Standesbeamte muß die Angaben des Anzeigenden nachprüfen, wenn er an ihrer Richtigkeit zweifelt.

[Im § 21 Abs. 1 Nr. 1 sind die Regelungen des § 5 Abs. 3 und § 7 Abs. 2 Nr. 1 des TSG seit 1.1.1981 zwingend zu beachten, obwohl der Gesetzestext des PStG. darauf keinerlei

Hinweise enthält - diese Hinweise finden wir nur in Ausführungsvorschriften und Fußnoten, die nicht in allen sonstigen Veröffentlichungen enthalten sind.]

§ 21

In das Geburtenbuch werden eingetragen

Die Vor- und Familiennamen der Eltern, ihr Beruf und Wohnort, im Falle ihres Einverständnisses ihre rechtliche Zugehörigkeit oder Nichtzugehörigkeit zu einer Kirche, Religionsgesellschaft oder Weltanschauungsgemeinschaft, *sowie ihre Staatsangehörigkeit, wenn sie nicht Deutsche sind und ihre ausländische Staatsangehörigkeit nachgewiesen ist,* [angefügt seit 1.7.1970 durch 3. PStÄndG.]

Ort, Tag und Stunde der Geburt,

Geschlecht des Kindes,

die Vornamen und der Familienname des Kindes [neu formuliert seit 1.7.1976 durch 1. EheRG.]

Vor- und Familienname des Anzeigenden, sein Beruf und Wohnort. [geändert seit 1.7.1970 durch 3. PStÄndG.]

Die Eintragung ist von dem zur Anzeige Erschienenen und von dem Standesbeamten zu unterschreiben.

§ 22

Kann der Anzeigende die Vornamen des Kindes nicht angeben, so müssen sie binnen Monatsfrist angezeigt werden. Sie werden alsdann am Rande des Geburtseintrags vermerkt.

Die Vornamen des Kindes können nachträglich auch einem anderen Standesbeamten als dem, der die Geburt des Kindes beurkundet hat, angezeigt werden.

[Anmerkung: Wir finden im PStG. nichts darüber, wie zu verfahren ist, wenn das Geschlecht des Kindes nicht festgestellt werden kann, was bei Vorliegen einer Intersexualität der Fall ist. Angesichts der Tatsache, daß Intersexualität vorkommt, erscheint es bedenklich, daß gerade diese Frage durch Rechtsvorschriften oder Handlungsanweisungen geregelt wird. M.E. wird Intersexualität damit aus dem Bewußtsein der Bevölkerung verdrängt. Eltern sehen sich dann Ärzten und Beamten ausgeliefert, wenn der Fall bei der Geburt ihres Kindes eintritt.]

[Anmerkung: Die §§ 29, 29a und 29b werden nur aufgenommen, weil der § 30 darauf Bezug nimmt. Auf die Angabe welche Veränderungen wann vorgenommen wurden, wird in diesem Fall verzichtet. Die Änderungen und ihre Quellen sind für die Bezugnahme, unter dem Gesichtspunkt Transsexualität/Intersexualität unerheblich.]

§ 29

Der Vater eines nicht ehelichen Kindes wird am Rande des Geburtseintrags vermerkt, sobald seine Vaterschaft anerkannt oder rechtskräftig festgestellt ist.

Dem Standesbeamten, der die Geburt des Kindes beurkundet hat, ist eine beglaubigte Abschrift der Anerkennungserklärung oder der Entscheidung zu übersenden. Ist die Geburt des Kindes nicht im Geltungsbereich dieses Gesetzes beurkundet, so ist die beglaubigte Abschrift dem Standesbeamten des Standesamts I in Berlin zu übersenden.

§ 29a

Die Erklärung, durch welche die Vaterschaft anerkannt wird, sowie die Zustimmungserklärung des Kindes können auch von den Standesbeamten beurkundet werden. Die etwa erforderliche Zustimmung des gesetzlichen Vertreters zu einer solchen Erklärung kann auch von den Standesbeamten beglaubigt oder beurkundet werden.

Zur Entgegennahme der Zustimmungserklärungen des Kindes und seines gesetzlichen Vertreters ist der Standesbeamte zuständig, der die Geburt des Kindes beurkundet hat. Ist die Geburt nicht im Geltungsbereich dieses Gesetzes beurkundet, so ist der Standesbeamte des Standesamtes I in Berlin zuständig.

§ 29b

Die Anerkennung der Mutterschaft zu einem nicht ehelichen Kinde wird auf Antrag der Mutter oder des Kindes am Rande des Geburtseintrags vermerkt, wenn geltend gemacht wird, daß die Mutter oder der Mann, dessen Vaterschaft anerkannt oder rechtskräftig festgestellt ist oder von dem das Kind nach Angaben der Mutter stammt, eine fremde Staatsangehörigkeit besitzt, und wenn das Heimatrecht dieses Elternteils eine Anerkennung der Mutterschaft vorsieht.

Dem Standesbeamten, der die Geburt des Kindes beurkundet hat, ist eine beglaubigte Abschrift der Anerkennungserklärung zu übersenden. § 29 Abs. 2 Satz 2 gilt entsprechend.

Die Anerkennungserklärung und die etwa erforderliche Zustimmungserklärung des gesetzlichen Vertreters der Mutter können im Geltungsbereich dieses Gesetzes von den selben Stellen beurkundet werden, die eine Anerkennung der Vaterschaft beurkunden können.

§ 30

Ein Randvermerk ist ferner einzutragen, wenn *außer in den Fällen der §§ 29, 29b* [eingefügt seit 1.7.1970 durch NEhelG.] die Abstammung oder der Name eines Kindes mit allgemein bindender Wirkung festgestellt oder wenn der Personenstand, *die Angabe des Geschlechts* [eingefügt seit 1.1.1981 durch TSG] oder der Name des Kindes geändert wird. *Außerdem ist ein Randvermerk einzutragen, wenn der Ehenamen der Eltern oder der Familienname eines Elternteils geändert worden ist und sich diese Änderung auf den Familiennamen des Kindes erstreckt oder wenn dem überlebenden Elternteil eines auf eigenen Antrag für ehelich erklärten Kindes der neue Name des Kindes erteilt worden ist.* [seit 1.7.1976 eingefügt durch 1. EheRG; am 1.4.1994 geändert durch FamNamRG.]

Dem Standesbeamten, der die Geburt des Kindes beurkundet hat, ist eine beglaubigte Abschrift der Urkunde zu übersenden, aus der sich der Vorgang ergibt.

Sechster Abschnitt

Gerichtliches Verfahren

§ 45

Lehnt der Standesbeamte die Vornahme einer Amtshandlung ab, so kann er auf Antrag der Beteiligten oder der Aufsichtsbehörde durch das Amtsgericht dazu angehalten werden.

Der Standesbeamte kann in Zweifelsfällen auch von sich aus die Entscheidung des Amtsgerichts darüber herbeiführen, ob eine Amtshandlung vorzunehmen ist. Für das weitere Verfahren gilt dies als Ablehnung der Amtshandlung.

§ 46

In einer noch nicht abgeschlossenen Eintragung kann der Standesbeamte Zusätze und Streichungen vornehmen. Zusätze und Streichungen sind am Schluß der Eintragung anzugeben.

Sind in der schriftlichen Anzeige einer Geburt oder eines Sterbefalls die Angaben unrichtig oder unvollständig und ist der richtige oder vollständige Sachverhalt durch öffentliche Urkunden oder auf Grund eigener Ermittlungen des Standesbeamten festgestellt, so trägt er den richtigen oder vollständigen Sachverhalt in das Personenstandsbuch ein.

§ 46a

Der Standesbeamte kann in einem abgeschlossenen Eintrag offensichtliche Schreibfehler berichtigen. Er kann auf Grund öffentlicher Urkunden oder auf Grund eigener Ermittlungen ferner berichtigen

die Hinweise auf Einträge in anderen Personenstandsbüchern *sowie die Angaben über die rechtliche Zugehörigkeit oder Nichtzugehörigkeit zu einer Kirche, Religionsgesellschaft oder Weltanschauungsgemeinschaft*, [ergänzt seit 1.7.1970 durch 3. PStÄndG.]

im Heiratsbuch die Angaben über Beruf und Wohnort der Ehegatten sowie die Angaben über Vor- und Familiennamen der Zeugen, ihr Alter, ihren Beruf und Wohnort,

im Geburtenbuch die Angaben über Beruf und Wohnort der Eltern sowie die Angaben über Vor- und Familiennamen, Beruf und Wohnort des Anzeigenden,

im Sterbebuch die Angaben über Beruf und Wohnort des Verstorbenen sowie die Angaben über Vor- und Familiennamen, Beruf und Wohnort des Anzeigenden.

Im Heirats-, Geburten- und Sterbebuch kann der Standesbeamte nach Abschluß des Eintrags andere Berichtigungen vornehmen, wenn der richtige oder vollständige Sachverhalt durch inländische Personenstandsurkunden festgestellt ist. [inländische Personenstandsurkunden: vergl. Beschluß des BGH vom 10.1.1979 (StAZ 1979 S. 119)]

[entfallen seit 1.1.1975 durch 4. PStÄndG.]

§ 46b

Einen Eintrag im Familienbuch kann der Standesbeamte auch dann selbst berichtigen, wenn der Eintrag auf einen Eintrag im Heirats-, Geburten- und Sterbebuch beruht und dieser berichtigt worden ist. Wird das Heirats-, Geburten- und Sterbebuch nicht im Geltungsbereich dieses Gesetzes geführt, *so gilt § 46a Abs. 1 Satz 2 Nr. 2 und Abs. 2 entsprechend*. [geändert seit 1.1.1975 durch 4. PStÄndG.]

§ 47

Im übrigen kann ein abgeschlossener Eintrag nur auf Anordnung des Gerichts berichtigt werden. Das gleiche gilt, wenn der Standesbeamte Zweifel hat, ob er einen Eintrag berichtigen kann.

Den Antrag auf Berichtigung können alle Beteiligten und die Aufsichtsbehörde stellen. Sie sind vor der Entscheidung zu hören.

§ 48

Auf das gerichtliche Verfahren sind die Vorschriften des Gesetzes über die Angelegenheiten der freiwilligen Gerichtsbarkeit anzuwenden.

Die Aufsichtsbehörde und die Beteiligten können in jeder Lage des Verfahrens diesem beitreten; sie können ihren Beitritt auch durch Einlegung eines Rechtsmittels erklären.

[Im Beitrittsgebiet - Art. 3 des Einigungsvertrages, GS Nr. 105 - gelten Übergangsvorschriften.]

§ 50

Für die in den §§ 45 und 47 vorgesehenen Entscheidungen sind ausschließlich die Amtsgerichte zuständig, die ihren Sitz am Ort eines Landgerichts haben. Ihr Bezirk umfaßt den Bezirk des Landgerichts. Haben am Ort des Landgerichts mehrere Amtsgerichte ihren Sitz, so bestimmt die Landesregierung durch Rechtsverordnung das zuständige Amtsgericht. Die Landesregierung kann diese Ermächtigung auf die Landesjustizverwaltung übertragen.

Die örtliche Zuständigkeit wird durch den Sitz des Standesbeamten bestimmt, der die angefochtene Verfügung erlassen oder die Sache dem Gericht zur Entscheidung vorgelegt hat oder dessen Personenstandsbuch berichtigt werden soll.

[Im Beitrittsgebiet - Art. 3 des Einigungsvertrages, GS Nr. 105 - gelten Übergangsvorschriften.]

Achter Abschnitt

Beweiskraft der Personenstandsbücher und-urkunden

§ 60

Die Personenstandsbücher beweisen bei ordnungsgemäßer Führung Eheschließung, Geburt und Tod und die darüber gemachten näheren Angaben. Vermerke über die Staatsangehörigkeit oder eine Änderung der Staatsangehörigkeit haben diese Beweiskraft nicht.

Der Nachweis der Unrichtigkeit der beurkundeten Tatsachen ist zulässig. Der Nachweis der Unrichtigkeit eines Eintrags im Familienbuch kann auch durch Vorlage einer beglaubigten Abschrift aus dem Heirats-, Geburten- oder Sterbebuch geführt werden.

§ 61

Einsicht in die Personenstandsbücher, Durchsicht dieser Bücher und Erteilung von Personenstandsurkunden kann nur von den Behörden im Rahmen ihrer Zuständigkeit und von Personen verlangt werden, auf die sich der Eintrag bezieht, sowie von deren Ehegatten, Vorfahren und Abkömmlingen. Behörden haben den Zweck anzugeben. Andere Personen haben nur dann ein Recht auf Einsicht in die Personenstandsbücher, auf Durchsicht dieser Bücher und auf Erteilung von Personenstandsurkunden, wenn sie ein rechtliches Interesse glaubhaft machen.

Ist ein Kind angenommen, so darf nur Behörden, den Annehmenden, deren Eltern, dem gesetzlichen Vertreter des Kindes und dem über sechzehn Jahre alten Kind selbst Einsicht in den Geburtseintrag gestattet oder eine Personenstandsurkunde aus dem Geburtenbuch erteilt werden. Ist ein angenommenes Kind im Familienbuch der Annehmenden eingetragen, so gilt hinsichtlich des dieses Kind betreffenden Eintrags für die Einsicht in das Familienbuch sowie für die Erteilung einer Personenstandsurkunde aus dem Familienbuch Satz 1 entsprechend. Diese Beschränkungen entfallen mit dem Tod des Kindes; § 1758 des Bürgerlichen Gesetzbuches bleibt unberührt. [Hinweis: Es kann sein, daß dieser Absatz durch das neue Kindschaftsrecht eine Änderung erfahren hat. Die hier vorliegende Formulierung gründet sich seit dem 1.1.1977 auf das 4. AdoptG. Dieser Hinweis gilt auch für den folgenden Absatz 3]

Ist ein Kind nichtehelich oder für ehelich erklärt, so wird bei dem Geburtseintrag auf Antrag des Kindes ein Sperrvermerk eingetragen. Ist ein Sperrvermerk eingetragen, so darf nur den Behörden, den Eltern und den Großeltern des Kindes, dem gesetzlichen Vertreter des Kindes und dem über sechzehn Jahre alten Kind selbst Einsicht in den Geburtseintrag gestattet oder eine Personenstandsurkunde aus dem Geburtenbuch erteilt werden. Diese Beschränkungen entfallen mit dem Tod des Kindes. [Hinweis: siehe Absatz 2]

Sind bei einer Person auf Grund des Gesetzes über die Änderung der Vornamen und die Feststellung der Geschlechtszugehörigkeit in besonderen Fällen vom 10. September 1980 (BGBl. I S 1654) die Vornamen geändert oder ist festgestellt worden, daß diese Person als dem anderen Geschlecht zugehörig anzusehen ist, so darf nur Behörden und der betroffenen Person selbst Einsicht in den Geburtseintrag gestattet oder eine Personenstandsurkunde aus dem Geburtenbuch erteilt werden. Ist die betroffene Person in ein Familienbuch eingetragen, so gilt hinsichtlich des sie betreffenden Eintrags für die Einsichtnahme in das Familienbuch und die Erteilung einer Personenstandsurkunde aus diesem Familienbuch Satz 1 entsprechend. Diese Beschränkungen entfallen mit dem Tod dieser Person; § 5 Abs. 1 und § 10 Abs 2 in Verbindung mit § 5 Abs. 1 des Gesetzes über die Änderung der Vornamen und die Feststellung der Geschlechtszugehörigkeit in besonderen Fällen bleiben unberührt. [eingefügt seit 1.1.1981 durch TSG]

§ 61a

Der Standesbeamte stellt auf Grund seiner Personenstandsbücher folgende Personenstandsurkunden aus:

beglaubigte Abschriften,

Geburtsscheine,

Geburts-, Heirats- und Sterbeurkunden,

3a. *Abstammungsurkunden*, [eingefügt seit 1.7.1970 durch NEhelG.]

4. Auszüge aus dem Familienbuch.

§ 61c

In den Geburtsschein werden die Vornamen und der Familienname des Kindes sowie Ort und Tag seiner Geburt aufgenommen.

Ein im Geburtenbuch enthaltener Randvermerk ist bei der Ausstellung zu berücksichtigen. Weitere Angaben, insbesondere solche, die nicht aus dem Geburtenbuch ersichtlich sind, darf der Geburtsschein nicht enthalten.

§ 62

In die Geburtsurkunde *und in die Abstammungsurkunde* werden aufgenommen [aufgenommen seit 1.1.1970 durch NEhelG.]

Die Vornamen und der Familienname eines Kindes *und sein Geschlecht*, [ergänzt seit 1.1.1981 durch § 15 Nr. 3 TSG]

Ort und Tag der Geburt,

die Vor- und Familiennamen der Eltern des Kindes, ihr Wohnort sowie die rechtliche Zugehörigkeit oder Nichtzugehörigkeit zu einer Kirche, einer Religionsgesellschaft oder Weltanschauungsgemeinschaft, wenn die rechtliche Zugehörigkeit oder Nichtzugehörigkeit im Geburtenbuch eingetragen ist.

In der Geburtsurkunde werden, wenn das Kind angenommen worden ist, als Eltern nur die Annehmenden angegeben. [neu seit 1.1.1977 durch AdoptG.]

§ 65

Ist ein Eintrag berichtigt worden, so sind in den Abstammungs-, Heirats- und Sterbeurkunden nur die sich hieraus ergebenden Tatsachen zu vermerken. Ebenso ist zu verfahren, wenn sich aus dem Eintrag im Geburtenbuch ergibt, daß ein Kind durch die Eheschließung seiner Eltern ehelich geworden, daß ein Kind für ehelich erklärt oder daß ein Kind kein eheliches Kind der Ehegatten ist. Sonstige Änderungen des Eintrages sind am Schlusse anzugeben. [neu formulierter Text seit 1.7.1970 durch NEhelG.]

In der Geburtsurkunde sind, wenn im Geburtenbuch ein Randvermerk eingetragen ist, nur die sich hieraus ergebenden Tatsachen zu vermerken. [angefügt seit 1.7.1970 durch NEhelG.]

§ 65a

In den Auszug aus dem Familienbuch werden auf Antrag Angaben über einzelne Kinder oder über die Eltern der Ehegatten nicht aufgenommen.

Wird im Fall des § 61 Abs. 4 für die betroffene Person ein Familienbuch geführt, so kann auf Antrag des früheren Ehegatten, der Eltern, der Großeltern oder eines Abkömmlings ein Auszug aus dem Familienbuch erteilt werden, in den Angaben über die Änderung der Vornamen nicht aufgenommen werden. [angefügt seit 1.1.1981 durch TSG]

Freiwillige Gerichtsbarkeit (FGG) - Rechtspflegegesetz (RPflG) - Kostenordnung (KostO)

Der Begriff "freiwillige Gerichtsbarkeit" ist in soweit im Verständnis der Bürger irreführend, da durch Gesetze festgelegt ist, wann diese zur Anwendung kommt (siehe z.B. TSG § 4, in Folge auch TSG §§ 8 u. 9). Angelegenheiten der freiwilligen Gerichtsbarkeit (FGG) sind u.a.:

Vormundschafts-, Familien-, Betreuungs- und Unterbringungssachen

Personenstandssachen

Nachlaß- und Teilungssachen

Handelssachen

Vereinssachen, Partnerschaftssachen und Güterrechtsregister

Das FGG kommt praktisch immer in Verbindung mit dem Rechtspflegegesetz (RPflG) und dem Gesetz über die Kosten der freiwilligen Gerichtsbarkeit (KostO = Kostenordnung) zur Anwendung. Auf alle Wechselwirkungen zwischen dem FGG und anderen Gesetzen einzugehen ist im Zusammenhang mit der beabsichtigten Zielsetzung: "Transsexuellen und Helfern einen Überblick zu ermögliche" falsch; es sei nur vermerkt, daß auch die Zivilprozeßordnung (ZPO) bei diesen Wechselwirkungen eine Rolle spielt.

Die Angelegenheiten der freiwilligen Gerichtsbarkeit sind in erster Linie den ordentlichen Gerichten übertragen, also den Amts-, Land- und Oberlandesgerichten sowie dem Bundesgerichtshof. Viele Aufgaben, die in erster Instanz den Amtsgerichten obliegen werden heute von Rechtspflegern wahrgenommen. Für Verfahren nach dem TSG trifft dies jedoch nicht zu. Das FGG regelt nicht alle Verfahrensvorschriften, so daß teilweise die Zivilprozeßordnung (ZPO) und das Gerichtsverfassungsgesetz (GVG) zur Anwendung kommt. Diese füllen aber nicht alle Verfahrenslücken. Das FGG ist bewußt in seinen Verfahrensvorschriften mit einer gewissen Flexibilität ausgestattet worden. Damit soll der Richter in die Lage versetzt werden den Bedürfnissen der zu erledigenden Angelegenheit Rechnung zu tragen. Dies kann für Verfahren nach dem TSG ein Vorteil sein, wenn er denn genutzt wird.

Ein Verfahren kommt durch den Eingang oder die Entgegennahme eines Antrags zustande - Antragsverfahren. Es kann auch zu einem Amtsverfahren kommen. Im Zusammenhang mit dem TSG wird dies dann der Fall sein, wenn z.B. Umstände nach §

7 TSG eintreten. Ein wesentlicher Unterschied zu Zivilverfahren nach ZPO ist die Verpflichtung des Richters erforderliche Ermittlungen zur Feststellung der Tatsachen anzustellen und geeignet erscheinende Beweise aufzunehmen. Außerdem hat das Gericht die Verpflichtung das Verfahren in Gang zu halten, zu beschleunigen und bei Entscheidungsreife abzuschließen.

Mit den folgenden Auszügen aus dem FGG, RPflG und der KostO soll versucht werden den nötigen Einblick in die Verfahrensabläufe und Entscheidungen zu geben. Im Gesetz selbst nicht enthaltene Anmerkungen und Querverweise sind kursiv gedruckt.

Gesetz über die Angelegenheiten der freiwilligen Gerichtsbarkeit

vom 17. Mai 1898 (RGBl. S 189)

letzte berücksichtigte Änderung

durch JuMiG vom 18.06.1997 (BGBl. I S. 1430)

Auszug

Erster Abschnitt. Allgemeine Vorschriften

§ 1

Für diejenigen Angelegenheiten der freiwilligen Gerichtsbarkeit, welche durch Reichsgesetz den Gerichten übertragen sind, gelten, soweit nicht ein anderes bestimmt ist, die nachstehenden allgemeinen Vorschriften.

§ 2

Die Gerichte haben sich Rechtshilfe zu leisten. Die §§ 157 bis 168 des Gerichtsverfassungsgesetzes *(GVG)* finden Anwendung.

§ 3 - § 5 *örtliche Zuständigkeiten; siehe TSG*

§ 6

Ein Richter ist von der Ausübung des Richteramtes kraft Gesetz ausgeschlossen:

in Sachen, in denen er selbst beteiligt ist oder in denen er zu einem Beteiligten in dem Verhältnis eines Mitberechtigten oder Mitverpflichteten steht;

in Sachen seines Ehegatten, auch wenn die Ehe nicht mehr besteht;

in Sachen einer Person, mit der er in gerader Linie oder im zweiten Grade der Seitenlinie verwandt oder verschwägert ist oder war;

in Sachen in denen er als Vertreter eines Beteiligten bestellt oder als gesetzlicher Vertreter eines solchen aufzutreten er berechtigt ist.

Ein Richter kann sich der Ausübung seines Amtes wegen Befangenheit enthalten.

§ 7

Gerichtliche Handlungen sind nicht aus dem Grunde unwirksam, weil sie von einem örtlich nicht zuständigen Gericht oder von einem Richter vorgenommen sind, der von der Ausübung des Richteramtes kraft Gesetz ausgeschlossen ist.

§ 12

Das Gericht hat von Amts wegen die zur Feststellung der Tatsachen erforderlichen Ermittlungen zu veranstalten und die geeigneten Beweise aufzunehmen.

§ 13

Die Beteiligten können mit Beiständen erscheinen. Sie können sich, soweit nicht das Gericht das persönliche Erscheinen anordnet, auch durch Bevollmächtigte vertreten lassen *(das TSG § 4 Abs. 2, entsprechend §§ 8 und 9, schreibt persönliche Anhörung zwingend vor)*. Die Bevollmächtigten haben auf Anordnung des Gerichtes oder auf Verlangen eines Beteiligten die Bevollmächtigung durch eine öffentlich beglaubigte Vollmacht nachzuweisen.

§ 13a ... *(Kosten)*

§ 14

Die Vorschriften der Zivilprozeßordnung *(§§ 114 bis 127 ZPO)* über die Prozeßkostenhilfe finden entsprechend Anwendung.

§ 15

Die Vorschriften der Zivilprozeßordnung über den Beweis durch Augenschein, über den Zeugenbeweis, über den Beweis durch Sachverständige und über das Verfahren bei der Abnahme von Eiden finden entsprechende Anwendung. Über die Beeidigung eines Zeugen oder Sachverständigen entscheidet jedoch, unbeschadet der §§ 393, 402 der Zivilprozeßordnung, das Ermessen des Gerichts.

Behufs der Glaubhaftmachung einer tatsächlichen Behauptung kann ein Beteiligter zur Versicherung an Eides Statt zugelassen werden.

§ 19

Gegen die Verfügungen des Gerichts erster Instanz findet das Rechtsmittel der Beschwerde statt.

Über die Beschwerde entscheidet das Landgericht.

§ 20

Die Beschwerde steht jedem zu, dessen Recht durch die Verfügung beeinträchtigt ist.

Soweit eine Verfügung nur auf Antrag erlassen werden kann und der Antrag zurückgewiesen worden ist, steht die Beschwerde nur dem Antragsteller zu.

§ 20a ... *(Beschwerde gegen Kostenentscheidung)*

§ 21

Die Beschwerde kann bei dem Gericht, dessen Verfügung angefochten wird, oder bei dem Beschwerdegericht eingelegt werden.

Die Einlegung erfolgt durch Einreichung einer Beschwerdeschrift oder durch Erklärung zu Protokoll der Geschäftsstelle desjenigen Gerichts, dessen Verfügung angefochten wird, oder der Geschäftsstelle des Beschwerdegerichts.

§ 23

Die Beschwerde kann auf neue Tatsachen und Beweise gestützt werden.

§ 27

Gegen die Entscheidung des Beschwerdegerichts ist das Rechtsmittel der weiteren Beschwerde zulässig, wenn die Entscheidung auf der Verletzung eines Gesetzes beruht. Die Vorschriften der §§ 550, 551, 561, 563 der Zivilprozeßordnung finden entsprechende Anwendung.

In den Fällen des § 20a Abs. 1 Satz 2 gilt Absatz 1 nur, wenn das Beschwerdegericht erstmals eine Entscheidung über den Kostenpunkt getroffen hat.

§ 28

Über die weitere Beschwerde entscheidet das Oberlandesgericht.

Will das Oberlandesgericht bei der Auslegung einer reichsgesetzlichen Vorschrift, welche eine der im § 1 bezeichneten Angelegenheiten betrifft, von der auf weitere Beschwerde ergangenen Entscheidung eines anderen Oberlandesgerichts, falls aber über die Rechtsfrage bereits eine Entscheidung des Bundesgerichtshofs ergangen ist, von dieser abweichen, so hat es die weitere Beschwerde unter Begründung seiner Rechtsauffassung dem Bundesgerichtshof vorzulegen. Der Beschluß über die Vorlegung ist dem Beschwerdeführer bekanntzumachen.

In den Fällen des Absatzes 2 entscheidet über die weitere Beschwerde der Bundesgerichtshof.

§ 34

Die Einsicht der Gerichtsakten kann jedem insoweit gestattet werden, als er ein berechtigtes Interesse glaubhaft macht. Das gleiche gilt von der Erteilung einer Abschrift; die Abschrift ist auf Verlangen von der Geschäftsstelle zu beglaubigen.

Die Einsicht der Akten und die Erteilung von Abschriften ist insoweit zu versagen, als § 1758 des Bürgerlichen Gesetzbuchs entgegensteht. *(BGB § 1758 regelt das Offenbarungs- und Ausforschungsverbot bei angenommenen Kindern.)*

Die restlichen Abschnitte des FGG sind für Verfahren nach TSG bzw. für die Aufklärung, nach welchen Regeln diese Verfahren abgewickelt werden, unerheblich.

Rechtspflegegesetz

vom 5. November 1969 (BGBl. I S. 2065)

Auszug

Das Rechtspflegegesetz regelt die Aufgaben und Stellung des Rechtspflegers, Angelegenheiten der freiwilligen Gerichtsbarkeit, die von einem zuständigen Amtsrichter an den Rechtspfleger übertragen werden können und klärt welche Geschäfte ausdrücklich dem Richter vorbehalten bleiben. In diesen Bereich fällt auch die im TSG § 13 genannte Ergänzung von § 14 des Rechtspflegegesetzes.

§ 14

Von den Angelegenheiten, die den Vormundschaftsgericht und im Bürgerlichen Gesetzbuch dem Familiengericht übertragen sind, bleiben dem Richter vorbehalten

20. die Genehmigung nach § 6 des Gesetzes über die freiwillige Kastration und andere Behandlungsmethoden vom 15. August 1969 (BGBL. I S 1143);

20a. die Genehmigung nach § 3 Abs. 1 Satz 2 sowie nach § 6 Abs. 2 Satz 1, § 7 Abs. 3 Satz 2 und § 9 Abs. 3 Satz 1, jeweils in Verbindung mit § 3 Abs. 1 Satz 2, des Gesetzes über die Änderung der Vornamen und die Feststellung der Geschlechtszugehörigkeit in besonderen Fällen vom 10. September 1980 (BGBL. I S. 1654);

Die Maßnahmen und Anordnungen nach den §§ 5 bis 10 des Sorgerechtsübereinkommens-Ausführungsgesetzes bleiben dem Richter vorbehalten.

Gesetz über die Kosten in Angelegenheiten der freiwilligen Gerichtsbarkeit (Kostenordnung)

vom 26. Juli 1957 (BGBl. I S. 960)

mit Änderungen bis 18.6.1997

Auszug

Die Unkenntnis über Fragen von Geschäftswert, Kosten, Auslagen und Vorschuß führen bei Transsexuellen und Menschen die sie betreuen immer wieder zu Problemen und Kopfschütteln. Die nachfolgenden Auszüge sollen helfen hier ein wenig "Licht" in die Sache zu bringen. Eine Beschränkung auf die wichtigsten Aspekte ist dabei notwendig.

Erster Teil. Gerichtskosten

Erster Abschnitt. Allgemeine Vorschriften

1. Geltungsbereich

§ 1

In den Angelegenheiten der freiwilligen Gerichtsbarkeit werden, soweit bundesrechtlich nichts anderes bestimmt ist, Kosten (Gebühren und Auslagen) nur nach diesem Gesetz erhoben.

2. Kostenschuldner

§ 2

Zur Zahlung der Kosten ist verpflichtet

bei Geschäften, die nur auf Antrag vorzunehmen sind, jeder, der die Tätigkeit des Gerichts veranlaßt, bei der Beurkundung von Rechtsgeschäften insbesondere jeder Teil, dessen Erklärung beurkundet ist;

bei Geschäften, die von Amts wegen vorgenommen werden, derjenige, dessen Interesse wahrgenommen wird.

§ 3

Kostenschuldner ist ferner

derjenige, dem durch eine gerichtliche Entscheidung die Kosten auferlegt sind;

derjenige, der sie durch eine vor Gericht abgegebene oder dem Gericht mitgeteilte Erklärung übernommen hat;

derjenige, der nach den Vorschriften des bürgerlichen Rechts für die Kostenschuld eines anderen kraft Gesetzes haftet;

der Vollstreckungsschuldner für die notwendigen Kosten der Zwangsvollstreckung.

3. Fälligkeit

§ 7

Gebühren werden mit der Beendigung des gebührenpflichtigen Geschäfts, Auslagen sofort nach ihrer Entstehung fällig.

4. Vorauszahlung und Sicherstellung

§ 8

Bei Geschäften, die auf Antrag vorzunehmen sind, hat der zur Zahlung der Kosten verpflichtete einen zur Deckung der Kosten hinreichenden Vorschuß zu zahlen. Bei Verrichtungen von Amts wegen kann ein Vorschuß nur zur Deckung der Auslagen erhoben werden. Auf die Verpflichtung zur Zahlung des Vorschusses finden die allgemeinen Vorschriften über die Zahlungspflicht Anwendung.

Bei Geschäften, die auf Antrag vorzunehmen sind, soll die Vornahme des Geschäfts davon abhängig gemacht werden, daß der Vorschuß gezahlt oder sichergestellt ist; ...

§ 9

Vorschüsse werden nur insoweit zurückgezahlt, als sie den Gesamtbetrag der für das Geschäft bis zu dessen Beendigung entstandenen Kosten übersteigen.

7. Geschäftswert

§ 18

Die Gebühren werden nach dem Wert berechnet, den der Gegenstand des Geschäfts zur Zeit der Fälligkeit hat (Geschäftswert).

§ 30

Soweit in einer vermögensrechtlichen Angelegenheit der Wert sich aus den Vorschriften dieses Gesetzes nicht ergibt und auch sonst nicht feststeht, ist er nach freiem Ermessen zu bestimmen; insbesondere ist bei Änderungen bestehender Rechte, sofern die Änderung nicht einen bestimmten Geldwert hat, sowie bei Verfügungsbeschränkungen der Wert nach freiem Ermessen festzusetzen.

In Ermangelung genügender tatsächlicher Anhaltspunkte für eine Schätzung ist der Wert regelmäßig auf 5000 Deutsche Mark anzunehmen. Er kann nach Lage des Falles niedriger oder höher, jedoch nicht über eine Millionen Deutsche Mark angenommen werden.

In nichtvermögensrechtlichen Angelegenheiten ist der Wert nach Absatz 2 zu bestimmen. In Angelegenheiten, die die Annahme eines Minderjährigen betreffen, beträgt der Wert stets 5000 Deutsche Mark.

Zweiter Abschnitt. Gebühren in Angelegenheiten der freiwilligen Gerichtsbarkeit

6. Sonstige Angelegenheiten

§ 128a

(1) In Verfahren nach dem Gesetz über die Änderung der Vornamen und die Feststellung der Geschlechtszugehörigkeit in besonderen Fällen vom 10. September 1980 (BGBl. I S. 1654) wird erhoben

das Doppelte der vollen Gebühr

für die Änderung der Vornamen nach § 1 des Gesetzes,

für die Aufhebung der Entscheidung, durch welche die Vornamen geändert worden sind, nach § 6 des Gesetzes, für die Feststellung, daß der Antragsteller als dem anderen Geschlecht zugehörig anzusehen ist, nach § 8 oder § 9 Abs. 2 des Gesetzes; eine nach Nummer 2 entstandene Gebühr wird angerechnet,

für die Aufhebung der Feststellung, daß der Antragsteller als dem anderen Geschlecht zugehörig anzusehen ist, nach § 9 Abs. 3 in Verbindung mit § 6 des Gesetzes;

das Eineinhalbfache der vollen Gebühr für die Feststellung nach § 9 Abs. 1 des Gesetzes.

(2) Der Geschäftswert bestimmt sich nach § 30 Abs. 2.

§ 130

Wird in Fällen, in denen das Gericht nur auf Antrag tätig wird, ein Antrag zurückgewiesen, so wird, soweit nichts anderes bestimmt ist, die Hälfte der vollen Gebühr, höchstens jedoch ein Betrag von 65 Deutsche Mark erhoben.

Wird ein Antrag zurückgenommen, bevor über ihn eine Entscheidung ergangen ist oder die beantragte Handlung stattgefunden hat, so wird, soweit nichts anderes bestimmt ist, ein Viertel der vollen Gebühr, höchstens jedoch ein Betrag von 35 Deutsche Mark erhoben.

Bei Zurückweisung oder Zurücknahme eines Antrags kann von der Erhebung der Kosten abgesehen werden, wenn der Antrag auf unverschuldeter Unkenntnis der tatsächlichen oder rechtlichen Verhältnisse beruht. § 16 Abs. 2 gilt entsprechend.

Zivilprozeßordnung

vom 30. Januar 1877 RGBL. S. 83)

Fassung vom 12. September 1950 (BGBL. S. 533)

mit Änderungen bis 16.6.1997)

Auszug

Anträge auf Prozeßkostenhilfe sind grundsätzlich mit dem Antrag auf Eröffnung des Verfahrens zu stellen. Der Antrag kann zunächst formlos erfolgen. Vor Eröffnung des Verfahrens muß das Gericht über den inzwischen vollständig ausgefüllten Antrag auf Prozeßkostenhilfe entscheiden. Entsprechend dem Sinn der Prozeßkostenhilfe können Vorermittlungen des Gerichtes erforderlich sein, deren Kosten jedoch dem Antragsteller nicht angelastet werden können. Bei Vorermittlungen in Verfahren nach dem TSG gehen Kosten der Vorermittlung nur dann zu Lasten des Antragstellers, wenn sich vorsätzliche Täuschung über die Voraussetzungen zur Antragstellung erweist (z.B. Vortäuschung von geschlechtsangleichenden Maßnahmen zur Erlangung der Personenstandsänderung).

Die folgenden Auszüge sollen einen Überblick über

die Fragen der Prozeßkostenhilfe und des Prozeßkostenvorschusses geben

einen Einblick in diejenigen Teile der ZPO, auf welche die freiwillige Gerichtsbarkeit Bezug nimmt, also keine eigenen Regelungen trifft.

Gerade der Teil der Prozeßkostenhilfe, vor allem in den Teilen, in denen reale Beträge festgeschrieben werden, ist einer ständigen Anpassung unterworfen. Hier genannte Zahlen beziehen sich auf das Prozeßkostenänderungsgesetz vom 10.10.1994 (BGBl. I S. 2954) und die Bekanntmachung des Bundesministeriums für Justiz vom 16.6.1997 (BGBL. I S 1357).

Erstes Buch. Allgemeine Vorschriften

Siebenter Titel. Prozeßkostenhilfe und Prozeßkostenvorschuß

§ 114

Eine Partei, die nach ihren persönlichen und wirtschaftlichen Verhältnissen die Kosten der Prozeßführung nicht, nur zum Teil oder in Raten aufbringen kann, erhält auf Antrag Prozeßkostenhilfe, wenn die beabsichtigte Rechtsverfolgung oder Rechtsverteidigung hinreichende Aussicht auf Erfolg bietet und nicht mutwillig erscheint.

§ 115

Die Partei hat ihr Einkommen einzusetzen. Zum Einkommen gehören alle Einkünfte in Geld oder Geldeswert. Von ihm sind abzusetzen:

die in § 76 Abs. 2, 2a des Bundessozialhilfegesetzes bezeichneten Beträge; *(ihre Höhe geht aus den jeweils vom Gericht erhältlichen, gültigen Antragsformulare und der Anleitung zum Ausfüllen derselben hervor)*

für die Partei und ihren Ehegatten jeweils 64 vom Hundert und bei weiteren Unterhaltsleistungen auf Grund gesetzlicher Unterhaltspflicht für jede unterhaltsberechtigte Person 45 vom Hundert des Grundbetrages nach § 79 Abs. 1 Nr. 1, § 82 des Bundessozialhilfegesetzes, der im Zeitpunkt der Bewilligung der Prozeßkostenhilfe gilt; das Bundesministerium der Justiz gibt jährlich die vom 1. Juli des Jahres bis zum 30. Juni des nächsten Jahres maßgebenden Beträge im Bundesgesetzblatt bekannt. Der Unterhaltsfreibetrag vermindert sich um eigenes Einkommen der unterhaltsberechtigten Person. Wird eine Geldrennte gezahlt, ist sie an Stelle des Freibetrages abzusetzen, soweit dies angemessen ist;

die Kosten der Unterkunft und Heizung, soweit sie nicht in einem auffälligen Mißverhältnis zu den Lebensverhältnissen der Partei stehen;

weitere Beträge, soweit dies mit Rücksicht auf besondere Belastungen angemessen ist; § 1610a des Bürgerlichen Gesetzbuchs gilt entsprechend.

Von dem nach den Abzügen verbleibenden, auf volle Deutsche Mark abzurundenden Teil des monatlichen Einkommens (einzusetzendes Einkommen) sind unabhängig von der Zahl der Rechtszüge höchstens achtundvierzig Monatsraten aufzubringen, und zwar bei einem

einzusetzenden Einkommen (DM)	eine Monatsrate von (DM)
bis 30	0
100	30
200	60
...	...
600	190
700	230

...	...
1100	400
1200	450
über 1500	600 zuzüglich des 1500 übersteigenden Teils des einzusetzenden Einkommens

Die Partei hat ihr Vermögen einzusetzen, soweit dies zumutbar ist. § 88 des Bundessozialhilfegesetzes gilt entsprechend.

Prozeßkostenhilfe wird nicht bewilligt, wenn die Kosten der Prozeßführung der Partei vier Monatsraten und die aus dem Vermögen aufzubringenden Teilbeträge voraussichtlich nicht übersteigen.

§ 116

Prozeßkostenhilfe erhalten auf Antrag

eine Partei kraft Amtes, wenn die Kosten aus der verwalteten Vermögensmasse nicht aufgebracht werden können und den am Gegenstand des Rechtsstreits wirtschaftlich Beteiligten nicht zuzumuten ist, die Kosten aufzubringen;

eine inländische juristische Person oder parteifähige Vereinigung, wenn die Kosten weder von ihr noch von dem am Gegenstand des Rechtsstreits wirtschaftlich Beteiligten aufgebracht werden können und wenn die Unterlassung der Rechtsverfolgung oder Rechtsverteidigung allgemeinen Interessen zuwiderlaufen würde.

§ 114 letzter Halbsatz ist anzuwenden. Können die Kosten nur zum Teil oder nur in Teilbeträgen aufgebracht werden, so sind die entsprechenden Beträge zu zahlen.

§ 117

Der Antrag auf Bewilligung der Prozeßkostenhilfe ist bei dem Prozeßgericht zu stellen; er kann vor der Geschäftsstelle zu Protokoll erklärt werden. In dem Antrag ist das Streitverhältnis unter Angabe der Beweismittel darzustellen. *(Für Anträge nach TSG gilt als Beweismittel die Vorlage einer Antragsbegründung nach § 1 TSG, die Vorlage von Behandlungsbescheinigungen oder ein OP-Bericht, wenn nach § 8 TSG beantragt wird. Wird nach § 9 TSG "Vorabentscheid" beantragt, so genügt es die beabsichtigten Maßnahmen glaubhaft darzulegen.)* Der Antrag auf Bewilligung von Prozeßkostenhilfe für die Zwangsvollstreckung ist bei dem für die Zwangsvollstreckung zuständigen Gericht zu stellen.

Dem Antrag sind eine Erklärung der Partei über ihre persönlichen und wirtschaftlichen Verhältnisse (Familienverhältnisse, Beruf, Vermögen, Einkommen und Lasten) sowie entsprechende Belege beizufügen. *(Die Geschäftsstelle des zuständigen Gerichtes ist zur Rechtsaufklärung verpflichtet, so daß entsprechende Belege auch nachträglich beigebracht werden können.)* Die Erklärung und die Belege dürfen dem Gegener nur mit Zustimmung der Partei zugänglich gemacht werden.

Der Bundesminister der Justiz wird ermächtigt, zur Vereinfachung und zur Vereinheitlichung des Verfahrens durch Rechtsverordnung mit Zustimmung des Bundesrates Vordrucke für die Erklärung einzuführen.

Soweit Vordrucke für die Erklärung eingeführt sind, muß sich die Partei ihrer bedienen.

§ 122

Die Bewilligung der Prozeßkostenhilfe bewirkt, daß

die Bundes- oder Landeskasse

die rückständigen und entstehenden Gerichtskosten,

die auf sie übergegangenen Ansprüche der beigeordneten Rechtsanwälte gegen die Partei

nur nach den Bestimmungen, die das Gericht trifft, gegen die Partei geltend machen kann,

die Partei von der Verpflichtung zur Sicherheitsleistung für die Prozeßkosten befreit ist,

die beigeordneten Rechtsanwälte Ansprüche auf Vergütung gegen die Partei nicht geltend machen können.

Ist dem Kläger, dem Berufungskläger oder dem Revisionskläger Prozeßkostenhilfe bewilligt und ist nicht bestimmt worden, daß Zahlungen an die Bundes- oder Landeskasse zu leisten sind, so hat dies für den Gegner die einstweilige Befreiung von den in Abs. 1 Nr. 1 Buchstabe a bezeichneten Kosten zur Folge.

§ 123

Die Bewilligung der Prozeßkostenhilfe hat auf die Verpflichtung, die dem Gegner entstandenen Kosten zu erstatten, keinen Einfluß.

Der § 393 der ZPO ist im 2. Buch, siebenter Titel "Zeugenbeweis" enthalten, der für Verfahren nach TSG keine Rolle spielt. Der § 402 im achten Titel betrifft die Probleme der Sachverständigen. Gerade in diesem Bereich führt Unkenntnis der Transidenten, der Gutachter und mancher Richter oft zu erheblichen Problemen. Kommentare zu einzelnen Paragraphen werden deshalb unvermeidlich sein, auch wenn sie "nur" die Meinung der Verfasserin wiedergeben.

Zweites Buch. Verfahren im ersten Rechtszuge

Achter Titel. Beweis durch Sachverständige

§ 402

Für den Beweis durch Sachverständige gelten die Vorschriften über den Beweis durch Zeugen entsprechend, insoweit nicht in den nachfolgenden Paragraphen abweichende Vorschriften enthalten sind.

§ 403

Der Beweis wird durch die Bezeichnung der zu begutachtenden Punkte angetreten.

§ 404

Die Auswahl der zuzuziehenden Sachverständigen und die Bestimmung ihrer Anzahl erfolgt durch das Prozeßgericht. Es kann sich auf die Ernennung eines einzigen Sachverständigen beschränken. *(Das TSG verpflichtet den Richter zwei voneinander unabhängige Sachverständige mit der Erstellung eines Gutachtens zu beauftragen. Die von den Gutachtern zu untersuchenden Sachverhalte sind im TSG eindeutig geregelt. Ebenso macht das TSG Aussagen darüber, welche Eignung Sachverständige haben müssen.)* An Stelle der zuerst ernannten Sachverständigen kann es andere ernennen.

Sind für gewisse Arten von Gutachten Sachverständige öffentlich bestellt, so sollen andere Personen nur dann gewählt werden, wenn besondere Umstände es erfordern. *(Auf diese besonderen Umstände kann sich ein Transsexueller berufen, wenn er den Antrag stellt, seine behandelnden Ärzte als Sachverständige zu berufen.)*

Das Gericht kann die Parteien auffordern, Personen zu bezeichnen, die geeignet sind, als Sachverständige vernommen zu werden. *(Macht der Richter von dieser "Kann-Vorschrift" keinen Gebrauch, so schränkt dies die Rechte des Antragstellers selbst einen Sachverständigen zu benennen nicht ein.)*

Einigen sich die Parteien über bestimmte Personen als Sachverständige, so hat das Gericht dieser Einigung Folge zu geben; das Gericht kann jedoch die Wahl der Parteien auf eine bestimmte Anzahl beschränken. *(Gerade aus dieser gesetzlichen Regelung kann abgeleitet werden, daß der Antragsteller beantragen kann bereits vorhandene Gutachten im Sinne des Gesetzes anzuerkennen. Der Richter hat dann die Verpflichtung die Gegenseite, den Vertreter des öffentlichen Interesses, zu fragen, ob er*

Einwendungen hat. Lehnt dieser die vorgelegten Gutachten ohne ausreichende Begründung ab und erbringen die nun gerichtlicherseits in Auftrag gegebenen Gutachten das gleiche Ergebnis wie die vorher abgelehnten Gutachten, dann können die Kosten, die dem Antragsteller dadurch entstanden sind nicht von ihm eingefordert werden. Dieser Sachverhalt trifft natürlich auch dann zu, wenn die Ablehnung vom Richter vorher ausgesprochen wurde.)

§ 404a

Das Gericht hat die Tätigkeit des Sachverständigen zu leiten und kann ihm für Art und Umfang seiner Tätigkeit Weisungen erteilen.

Soweit es die Besonderheit des Falles erfordert, soll das Gericht den Sachverständigen vor Abfassung der Beweisfrage hören, ihn in seine Aufgaben einweisen und ihm auf Verlangen den Auftrag erläutern. *(Bei Verfahren nach TSG verstoßen Richter, ohne daß ich damit eine Schuldzuweisung verbinden will, häufig gegen die Vorschriften des § 404a Abs. 1 und 2. Sie überlassen die Einweisung übergeordneten Stellen außerhalb der Gerichtsbarkeit, Experten aus den medizinischen Diensten oder an Universitäten, ohne sich selbst hinreichend sach- und fachkundig zu machen. Damit werden Verfahren nach dem Personenstandsgesetz patologisiert. Auf diesem Wege kommt es zu einer, vom Gesetzgeber nicht beabsichtigten Verknüpfung von Behandlung und rechtlichem Status des Antragstellers. Der Antragsteller kann dem nur dadurch entgegen wirken, daß er von dem Recht selbst Sachverständige zu benennen Gebrauch macht.)*

Bei strittigem Sachverhalt bestimmt das Gericht, welche Tatsachen der Sachverständige der Begutachtung zugrunde legen soll. *(Die vom Sachverständigen festzustellenden Tatsachen regelt das TSG eindeutig. Der Richter hat hier keinen Ermessensspielraum.)*

Soweit es erforderlich ist, bestimmt das Gericht, in welchem Umfang der Sachverständige zur Aufklärung der Beweisfrage befugt ist, inwieweit er mit den Parteien in Verbindung treten darf und wann er ihnen die Teilnahme an seinen Ermittlungen zu gestatten hat.

Weisungen an den Sachverständigen sind den Parteien mitzuteilen. Findet ein besonderer Termin zur Einweisung des Sachverständigen statt, so ist den Parteien die Teilnahme zu gestatten.

...

Die folgenden Paragraphen regeln die Fragen der Ablehnung von Gutachtern, ihre Rechte und Pflichten und die Möglichkeit des Richters eine Zeitvorgabe für die Vorlage des Gutachtens auszusprechen. Ein Sachverständiger muß in der Lage sein das Gutachten nach zwei bis fünf Sitzungen mit dem Antragsteller anzufertigen. Er darf sich in die Behandlung nicht einmischen, noch selbst aus dem Auftrag zur Begutachtung einen Behandlungsanspruch ableiten. Ist er nach spätestens fünf Sitzungen innerhalb von drei Monaten nicht in der Lage ein Gutachten abzugeben, dann hat er dies in verständlicher Art dem Gericht darzulegen, auch wenn er der Meinung ist, daß die Ursachen dafür in der Person der Antragstellers liegen. Kann er dieser Verpflichtung nicht nachkommen, dann ist er von zukünftigen Aufgaben als Sachverständiger auszuschließen. In der freiwilligen Gerichtsbarkeit, anders als für Verfahren die ausschließlich nach der ZPO ablaufen, hat der Richter die Pflicht für einen zügigen Fortgang des Verfahrens zu sorgen.

...

Drittes Buch. Rechtsmittel

Dritter Abschnitt. Beschwerde

§§ 567 - 577a

Auf Verfahren nach TSG findet das Rechtsmittel der Beschwerde und der weiteren Beschwerde Anwendung, geregelt in den angegebenen Paragraphen der ZPO. Auf ihren Abdruck wird verzichtet, da im Fall der Einlegung von Rechtsmitteln in jedem Fall ein Anwalt, der mit der Materie des TSG vertraut ist, hinzugezogen werden sollte.

Grundsatzurteile

Auszüge

Leitsätze

Die folgende Sammlung enthält ein vollständiges Grundsatzurteil zu einer Entscheidung nach § 8 TSG - Personenstandsänderung, das zwar für einen Fall von Frau-zu-Mann-Transsexualität gefällt wurde, im logischen Umkehrschluss aber auch für Mann-zu-Frau-Transsexuelle Anwendung finden müsste. Der zweite Auszug betrifft einen Fall zum § 1 TSG, die Rechtsfolgen der Namensänderung. Die Kommentare zu beiden Urteilen geben die Meinung der Verfasserin wieder.

Die Sammlung der Leitsätze ist selbstverständlich nicht vollständig, sondern stellt nur eine Auswahl dar. Sie ist in drei Abschnitte gegliedert:

Urteile zum TSG - Änderung der Vornamen und des Personenstandes in besonderen Fällen;

Urteile zum Behandlungsanspruch für gesetzlich Versicherte;

Urteile zum Behandlungsanspruch für Privatversicherte.

Weder die Auswahl der Leitsätze, noch die Kommentare zu den Grundsatzurteilen stellen dabei die Frage nach der Verfassungsmäßigkeit gewisser Gesetze oder deren Vereinbarkeit mit den Menschenrechten. Es geht nur darum die derzeitige Rechtslage und Rechtspraxis darzustellen.

Vollzug der Personenstandsänderung nach § 8 TSG

Das folgende "Grundsatzurteil" des bayrischen Oberlandesgerichts wurde von Johann Demharter, Richter am BayObLG mitgeteilt. Es betrifft, oberflächlich gelesen nur Frau-zu-Mann-Transsexuelle, die eine Entscheidung nach § 8 beantragen. Ein Gericht kann aber nur immer einen aktuell vorliegenden Fall entscheiden. Die Umsetzung der Aussagen auf die Belange von Mann-zu-Frau-Transsexuellen kann nur in einem entsprechenden Verfahren erfolgen. Dazu ist es nicht erforderlich, dass dieses über die Ebene der "normalen" Antragstellung hinaus geht.

In die Praxis umgesetzt würde es aber folgendes bedeuten:

Die Personenstandsänderung für Mann-zu-Frau-Transsexuelle kann nicht von einer "kosmetischen Operation" zwischen den Beinen abhängig gemacht werden! (siehe GG Art. 2 Abs. (2) Satz 1).

Grundsatzurteil des Bayrischen Oberladesgerichtes

Zu den Voraussetzungen der Feststellung der Geschlechtszugehörigkeit bei Frau-zu-Mann-Transsexualismus

Beschluß vom 14. Juni 1995 - 1Z BR 95194

Aus den Gründen:

1.

Der Beteiligte zu 1) ist 1952 als Person weiblichen Geschlechts geboren. Im Alter von 16/17 Jahren kam es zu einer längeren stationären Behandlung in einer jugendpsychiatrischen Klinik wegen Persönlichkeitsstörung Nach gescheiterten Versuchen, beruflich Fuß zu fassen, unterzog er sich einer mehrjährigen psychotherapeutischen Behandlung, in deren Folge 1987 eine asexuelle Unterform einer Transsexualität diagnostiziert wurde. Ab 1990 unterzog sich der Beteiligte zu 1) einer gegengeschlechtlichen Hormonbehandlung. Im Sommer 1991 wurden operativ die

Gebärmutter (Hysterektomie) und die weibliche Brust (subkutane Mastektomie) entfernt. Seither lebt er entsprechend seinem äußeren Erscheinungsbild als Mann.

Am 13.9.1991 hat der Beteiligte zu 1) beim Amtsgericht beantragt, seine bisherigen weiblichen Vornamen im Geburtsregister zu streichen und neue männliche Vornamen einzutragen sowie „den Geschlechtseintrag zu ändern". Das Amtsgericht hat die Vornamen antragsgemäß geändert und festgestellt, daß „die Antragstellerin dem männlichen Geschlecht als zugehörig anzusehen ist". Gegen diese Entscheidung, soweit sie die Feststellung der Geschlechtszugehörigkeit betrifft, hat die Beteiligte zu 2), die Staatsanwaltschaft bei dem Oberlandesgericht, als Vertreterin des öffentlichen Interesses sofortige Beschwerde eingelegt. Sie vertritt die Auffassung, daß bei Frau-zu-Mann-Transsexuellen die Feststellung der dem Geburtseintrag widersprechenden Geschlechtszugehörigkeit einen genitalverändernden operativen Eingriff mindestens in der Form des "Scheidenverschlusses" voraussetze. Es müsse nämlich sichergestellt sein, daß eine geschlechtliche Betätigung entsprechend dem Ursprungsgeschlecht unmöglich sei. Das Landgericht hat die sofortige Beschwerde zurückgewiesen. Hiergegen hat die Beteiligte zu 2) sofortige weitere Beschwerde eingelegt mit. der sie ihre Rechtsauffassung weiter(verfolgt?)

Das zulässige Rechtsmittel hat in der Sache keinen Erfolg.

1. Die sofortige weitere Beschwerde ist statthaft (§ 9 Abs. 3 Satz 1, § 4 Abs. 4 Satz 1 TSG; § 27 Satz 1, § 29 Abs. 2 FGG). Die Beteiligte zu 2) ist als Vertreterin des öffentlichen Interesses (§ 2 Nr.1 der Verordnung zum Transsexuellengesetz, BayRS 300-3-29-J) beschwerdeberechtigt (§ 3 Abs. 2 Nr.2, § 4 Abs. 4 Satz 1 TSG).

2. Das Landgericht hat zur Begründung seiner Entscheidung ausgeführt:

Alleiniger Beschwerdegegenstand sei der Antrag des Beteiligten zu 1) auf Feststellung der Geschlechtszugehörigkeit gemäß § 8 TSG (sog. „große Lösung"). Das Amtsgericht habe zutreffend die Voraussetzungen für eine Änderung der Geschlechtszugehörigkeit als erfüllt angesehen. Die verfahrensrechtlichen Voraussetzungen gemäß § 9 Abs. 3, § 4 Absätze 2 und 3 TSG seien erfüllt. Das Amtsgericht habe zu Recht auch die materiellen Voraussetzungen des § 8 Abs. 1 TSG bejaht. Zweifelhaft und zwischen den Beteiligten streitig sei, ob die Voraussetzungen der Nr.4 der Vorschrift erfüllt seien. Zwar habe sich der Beteiligte zu 1) zweier operativer Eingriffe im Sinne der Vorschrift unterzogen, nämlich der Gebärmutterentfernung und der subkutanen Mastektomie. Hinsichtlich der primären Geschlechtsorgane fehle es jedoch an einer genitalverändernden Operation, durch die eine deutliche Annäherung an das Erscheinungsbild des anderen (männlichen)

Geschlechts erreicht worden wäre. Der Wortlaut der in § 8 Abs. 1 Nr.4 TSG bezeichneten Voraussetzung sei daher nicht erfüllt Dieser beruhe aber wie sich aus den Gesetzgebungsmaterialien ergebe, auf der besonderen Situation bei Mann-zu-Frau-Transsexuellen. Die Begründung für das Erfordernis einer genitalverändernden Operation sei der Ausschluß einer Eheschließung mit einer anderen männlichen Person, solange die geschlechtliche Betätigung des Transsexuellen als Mann möglich sei. Bei Frau-zu-Mann-Transsexualismus könne entsprechendes - nämlich operative Eingriffe zur Bildung eines männlichen Geschlechtsteils - nicht verlangt werden Die Erfolge entsprechende Eingriffe seien in ästhetischer und funktioneller Hinsicht unbefriedigend und daher dem Betroffenen nicht zumutbar.

Gleiches gelte für den operativen „Scheidenverschluß", den die Beteiligte zu 2) im Anschluß an eine Entscheidung des OLG Zweibrücken vom 24.6.1991 (NJW 1992, 760) für erforderlich halte. Ein solcher Eingriff sei als Einzelmaßnahme schon wegen seiner besonderen Risiken medizinisch nicht indiziert. Zu berücksichtigen sei auch, daß die Scheide durch die mehrjährige Behandlung mit männlichen Hormonen, der sich der Beteiligte zu 1) unterzogen habe, atrophiere, so daß sie in der Regel für eine Kohabitation nicht mehr geeignet sei. Im übrigen könne sich ein Frau-zu-Mann-Transsexueller aufgrund der Identifizierung mit dem männlichen Geschlecht nicht mehr gemäß dem weiblichen Ursprungsgeschlecht betätigen, weil er sich nicht als Frau erlebe. Durch die eingeholten Gutachten sei die Ernsthaftigkeit und das starke innere Bedürfnis, dem anderen Geschlecht zuzugehören, nachgewiesen; es bestehe eine hohe Wahrscheinlichkeit, daß der Beteiligte zu 1) bei seinem Entschluß bleibe; bei seiner Anhörung durch den Amtsrichter habe er erklärt, er „denke nicht im Traum daran, sich nochmals als Frau zu betrachten". Es sei daher davon auszugehen, daß durch die durchgeführten Eingriffe die Voraussetzung einer deutlichen Annäherung an das andere Geschlecht hinreichend erfüllt sei.

3. Diese Ausführungen halten der rechtlichen Nachprüfung stand. Der Senat teilt die Auffassung, daß bei einem Frau-zu-Mann-Transsexualismus die Feststellung der Zugehörigkeit zum männlichen Geschlecht nicht notwendig voraussetzt, daß die vorgenommenen operativen Eingriffe zur Bildung eines männlichen Geschlechtsteils und/oder eines künstlichen Hodens geführt haben oder daß die Scheide "verschlossen" wurde. Vielmehr kann die Feststellung nach § 8 TSG im Einzelfall auch schon nach operativer Entfernung nur der weiblichen Brüste und der Gebärmutter erfolgen.

a) Das Landgericht ist zutreffend davon ausgegangen, daß die Voraussetzungen nach § 8 Abs. 1 Nrn. 1 bis 3 TSG im vorliegenden Fall erfüllt sind. Dies wird mit der weiteren Beschwerde auch nicht in Frage gestellt.

b) Nach § 8 Abs. 1 Nr.4 TSG setzt die Feststellung der Geschlechtszugehörigkeit voraus, daß sich die betroffene Person "einem ihre äußeren Geschlechtsmerkmale verändernden operativen Eingriff unterzogen hat, durch den eine deutliche Annäherung an das Erscheinungsbild des anderen Geschlechts erreicht worden ist".

(1) Die Vorschrift ist schon ihrem Wortlaut nach auslegungsbedürftig. Einerseits ist von einem Eingriff die Rede, der andererseits die äußeren Geschlechtsmerkmale verändert haben soll; durch den Eingriff soll eine deutliche Annäherung an das Erscheinungsbild des anderen Geschlechts erreicht werden Das Erscheinungsbild der Person insgesamt muß diese Annäherung aufweisen. Dabei unterscheiden sich die tatsächlichen Verhältnisse bei Mann-zu-Frau-Transsexuellen erheblich von denjenigen bei Frau-zu-Mann-Transsexuellen, wie schon das Landgericht zutreffend hervorgehoben hat, ging der Gesetzgeber bei der Formulierung des § 8 Abs 1 Nr 4 TSG von der bei Mann-zu-Frau-Transsexualismus gegebenen Situation aus (zur Problematik siehe auch Schneider NJW 1992, 2940), die im Hinblick auf den Straftatbestand des § 175 StGB (damaliger Fassung) besondere Probleme aufwarf. In der Gesetzesbegründung zum Regierungsentwurf (BRDrucks. 6/79 S.26) heißt es im Hinblick auf die Notwendigkeit einer genitalverändernden Operation, "daß es nicht angängig wäre, jemanden die Eheschließung mit einer anderen Person männlichen Geschlechts zu ermöglichen, so lange er sich geschlechtlich noch als Mann betätigen kann". Es müsse eine Zuordnung zum anderen (gemeint: weiblichen) Geschlecht ausgeschlossen sein, so lange „etwa ein männlicher Transsexueller in der Lage wäre, die Straftatbestände des § 175 StGB zu verwirklichen.

(2) Aus medizinischer Sicht bestehen zwischen den beiden in Betracht kommenden Formen des Transsexualismus erhebliche Unterschiede, die sowohl die Eingriffsmöglichkeiten wie insbesondere die Erfolgsaussichten betreffen. Die Einzelheiten sind bei Pfäfflin (Recht & Psychiatrie 1993, 108) eingehend dargelegt. Dort ist zusammenfassend. (S. 113) ausgeführt: „Die Scheidenoperationen bei Mann-zu-Frau-Transsexuellen sind heute technisch ausgereift Sie sind zwar nach wie vor sehr komplikationsträchtig, und nicht selten sind Nachoperationen erforderlich. Bei entsprechend kompetenter Ausführung sind die Ergebnisse jedoch gut bis sehr gut... Im Gegensatz dazu sind die operativen Verfahren zur plastisch-chirurgischen Konstruktion eines Penisäquivalentes wenig ausgereift und in extremem Maße komplikationsträchtig."

(3) Bei der Auslegung des Transsexuellengesetzes ist besonders zu berücksichtigen, daß dieses im wesentlichen auf die Entscheidung des Bundesverfassungsgericht vom 11 10.1978 (BVerfGE 49, 268 = StAZ 1979 9) zurückgeht. Darin hat das Bundesverfassungsgericht aus dem Grundrecht auf freie Entfaltung der Persönlichkeit nach Art 2 Abs. 1 GG in Verb. mit Art. 1 Abs. 1 GG hergeleitet, daß bei irreversiblen Fallen von Transsexualismus die personenstandsrechtliche Berücksichtigung nicht

versagt werden könne. Zu den tatsächlichen Voraussetzungen des vom Bundesverfassungsgericht entschiedenen Falles ist ausgeführt (a.a.O.): "Ob eine therapeutisch nicht gebotene geschlechtskorrigierende Operation als sittenwidrig anzusehen wäre, ist hier nicht zu entscheiden. Bei dem Beschwerdeführer war der Eingriff nach dem vorliegenden Gutachten medizinisch indiziert. Transsexuelle wollen nach den gesicherten Erkenntnissen der Wissenschaft ihr Geschlecht nicht manipulieren. Im Vordergrund steht für sie nicht die Sexualität, sondern das Streben nach der Einstimmigkeit von Psyche und Physis, so daß die Operation als Teil der Verwirklichung dieses Zieles anzusehen ist."

Dieser Hintergrund ist nach Auffassung des Senats bei der Auslegung der in § 8 Abs. 1 Nr.4 TSG genannten Voraussetzungen zu beachten. Als Voraussetzung für die Feststellung der Geschlechtszugehörigkeit können nur solche operativen Eingriffe verlangt werden, die nach dem Stand der medizinischen Wissenschaft unter Berücksichtigung des Wunsches des Transsexuellen sinnvoll und diesem nach Erfolgsaussichten und Komplikationsrisiko zumutbar sind. Wie Pfäfflin überzeugend dargelegt hat, sind die operativen Methoden zum Aufbau eines männlichen Geschlechtsteils nach dem derzeitigen Stand der medizinischen Wissenschaft "äußerst komplikationsträchtig und im Erfolg fragwürdig" (a. a. O.S.117). Für die Scheidenverschlußoperation (Scheidenexstirpation) als Einzeleingriff gilt im Ergebnis nichts anderes. Es kann daher dahinstehen, ob durch eine operative Veränderung der Scheide dazu beigetragen werden kann, das Erscheinungsbild einer Person an das des männlichen Geschlechts anzunähern, was das Landgericht in Zweifel zieht. Entscheidend ist, daß durch einen solchen mit dem grundsätzlichen Risiko von Blasen- und Darmverletzungen verbundenen Eingriff zur Verwirklichung des Geschlechtswunsches des Transsexuellen nichts gewonnen, die Durchführung künftiger auf die Verwirklichung dieses Wunsches gerichteter Eingriffe aber wesentlich erschwert, teils unmöglich gemacht wird (vgl. Pfäfflin a.a.O. S.117). Der "Scheidenverschluß" als Einzeleingriff kann aber unter Berücksichtigung der Entstehung und des gesetzgeberischen Ziels des Transsexuellengesetzes nicht als Voraussetzung der Feststellung nach § 8 TSG verlangt werden.

(4) Im Sinne des § 8 Abs. 1 Nr.4 TSG ausreichend ist, daß ein operativer Eingriff in die äußeren Geschlechtsmerkmale erfolgt ist und daß hierdurch unter Berücksichtigung aller Umstände des Einzelfalls „eine deutliche Annäherung an das Erscheinungsbild des anderen Geschlechts" erreicht worden ist. Hiervon sind die Vorinstanzen überzeugt. Daß dabei auch die Auswirkungen der nicht operativen Maßnahmen (hier die mehrjährige Hormonbehandlung) auf das Erscheinungsbild der Person insgesamt berücksichtigt wurden, ist sachgerecht. Denn soweit eine Annäherung des Erscheinungsbildes schon auf andere Weise erreicht ist, bedarf es nicht eines weiteren operativen Eingriffs. Es entspricht der vom Gesetzgeber im Anschluß an die Rechtsprechung des Bundesverfassungsgerichts übernommenen Zielsetzung, die individuelle Verwirklichung

der Persönlichkeit gemäß Art. 2 Abs. 1 in Verb. mit Art. 1 Abs. 1 GG in einem ordnungspolitisch angemessenen und dem Betroffenen zumutbaren Rahmen auch gegenüber der angeborenen Geschlechtszugehörigkeit zuzulassen, die Schranken für die Berücksichtigung eines entsprechenden Wunsches nicht zu hoch anzusetzen. Dies gilt insbesondere für operative Eingriffe, die aus medizinischer Sicht nicht indiziert sind.

(5) Das schon vom Landgericht vertretene Ergebnis der Auslegung des § 8 Abs. 1 Nr.4 TSG in bezug auf die Notwendigkeit einer "Scheidenverschlußoperation" steht in Übereinstimmung mit der medizinischen (vgl. Pfäfllin a.a.O. S.113) und der gerichtlichern Praxis in Fällen eines Frau-zu-Mann-Transsexualismus. Soweit das OLG Zweibrücken im Beschluß vom 24.6.1991 (NJW 1992, 760, 762) entgegen dem OLG Hamm (OLGZ 1983, 153) die gegenteilige Auffassung für möglich hielt, hat es in dem in derselben Sache ergangenen Beschluß vom 7.5.1993 (Recht & Psychiatrie 1993, 150) klargestellt, daß es sich insoweit nicht um tragende Gründe seiner Entscheidung gehandelt habe; es ist auch im Ergebnis von seiner früheren Auffassung abgerückt. Für eine Vorlage an den Bundesgerichtshof gemäß § 28 Abs. 2 Satz 1 FGG besteht daher kein Anlaß.

4. Gemäß § 13 da Abs. 1 Satz 2 FGG hat der Beteiligte zu 2) die durch das unbegründete Rechtsmittel dem Beteiligten zu 1) entstandenen außergerichtlichen Kosten zu ersetzen. Für eine weitere Kostenentscheidung besteht kein Anlaß.

(Mitgeteilt von Johann Demharter, Richter am BayObLG)

Abschlussbemerkung der Verfasserin:

Das Grundgesetz wurde im Artikel 3 [Gleichheit vor dem Gesetz] zweimal gravierend geändert. In seiner jetzigen Fassung lautet er im

Abs. (2) Männer und Frauen sind gleichberechtigt. Der Staat fördert die tatsächliche Durchsetzung der Gleichberechtigung von Frauen und Männern und wirkt auf die Beseitigung bestehender Nachteile hin.

Bei der Anwendung des TSG § 8 wird derzeit von den zuständigen Gerichten gegen diesen Grundsatz ständig verstoßen. Dabei wird stillschweigend unterstellt, dass ja für Frauen die OP machbar sei, nicht aber für Männer. Es geht aber nicht um das Machbare, sondern um den freien Willen des Transidenten/der Transidentin, garantiert durch das GG und das medizinisch sinnvolle.

Bei der Urteilsbegründung erscheinen mir einige Details besonders wichtig:

Zum einen ist es die Tatsache, dass hier eindeutig berücksichtigt wurde, dass frühere Rechtsauslegungen davon ausgingen, dass Homosexualität als unnatürlich betrachtet wurde - ja früher sogar einen Straftatbestand erfüllte, als auch homosexuelle Partnerschaften in jedem Fall vermieden werden müssen.

Die nächste wichtige Kernaussage besteht m.E. darin, dass es bei geschlechtsangleichenden Operationen immer nur um die vom Patienten/der Patientin gewünschte, notwendige medizinische Maßnahme gehen kann, niemals darum was andere Menschen - auch nicht Experten - für notwendig erachten. Das vom Gesetzgeber geforderte Erscheinungsbild des "anderen Geschlechtes" spielt sich eben nicht in erster Linie zwischen den Beinen ab, sondern, wie im Urteil deutlich gemacht, vor allem in den erlebbaren und sichtbaren Teilen der Persönlichkeit eines transidentischen Menschen. Diese Aussage gilt für Frau-zu-Mann-Transsexuelle, aber eben auch für Mann-zu-Frau-Transsexuelle.

Gleichgültig in welche Richtung das Problem betrachtet wird, geschlechtsangleichende Operationen sind nur Operationen der plastischen Chirurgie. Sie können notwendig oder verzichtbar sein. Die Entscheidung darüber kann und darf einem Patienten/einer Patientin niemals von außen aufgepresst werden. In der Folge davon kann sie auch niemals Entscheidungsgrundlage für eine Personenstandsänderung sein.

Das Fehlen einer geschlechtsangleichenden Operation darf kein für sich alleine hinreichender Grund für die Ablehnung der Personenstandsänderung sein. Im Umkehrschluss bedeutet dies aber auch, dass ihr Vorhandensein noch kein hinreichender Grund für die Personenstandsänderung ist.

Im Namen des Volkes

Grundsatzurteil zu den Rechtsfolgen einer Entscheidung nach § 4 TSG

Bundesverfassungsgericht - 2 BvR 1833/95 - 2. Kammer des zweiten Senats des BVG Richterin Präsidentin Limbach und die Richter Kruis und Winter haben gemäß § 93c in Verbindung mit § 93a, 93b BVerfGG in der Fassung der Bekanntmachung vom 11. August 1993 (BGBI I S.1473) am 15. August 1996 einstimmig beschlossen:

Einleitender Kommentar

Im vorliegenden Fall geht es zwar um einen Einzelfall, die Verfassungsbeschwerde einer Strafgefangenen, die nach vollzogener Namensänderung ihre Strafe in einem Männergefängnis absitzen muss (lebenslänglich), da sie noch keine Personenstandsänderung hat. Die Entscheidung des BVG macht aber gerade dadurch deutlich, dass zwischen dem sozialen Geschlecht, mit allen Rechten und Pflichten, und dem biologischen Geschlecht - dem Personenstand - unterschieden werden muss.

Die Klägerin forderte ein, dass auch im Strafvollzug ihre sozialen Rechte als Frau, die ihr vom OLG Karlsruhe, dem LG Mannheim, dem Justizministerium Baden-Württemberg und der JVA Mannheim vorenthalten wurden, akzeptiert werden müssen. Sie hatte mit ihrer Klage vor dem BVG Erfolg!

wörtlich aus dem Urteil des BVG

...

IV. Die Kammer nimmt die Verfassungsbeschwerde zur Entscheidung an, weil dies zur Durchsetzung der Grundrechte der Beschwerdeführerin angezeigt ist (§ 93a Abs.2 Lit. B, § 93b Satz 1 BVerfGG). Die Verfassungsbeschwerde ist offensichtlich begründet; die insoweit maßgeblichen Fragen hat das BVG in seinem Beschluß vom 11. Oktober 1978

(BVerfGE 49, 286 ff.) bereits entschieden. Die Kammer ist damit auch zur Sachentscheidung berufen (§ 93c Abs. 1 Satz 1 BVerfGG).

1.

Art. 1. Abs. 1 GG (Anmerkung: GG nachlesen) schützt die Würde des Menschen in der Individualität, in der er sich selbst begreift. Dieser Verfassungsgrundwert gewährleistet zugleich in Verbindung mit Art. 2 Abs. 1 GG die Freiheit des Individuums, sich seinen Fähigkeiten und Kräften entsprechend zu entfalten. Aus der Achtung der Menschenwürde und dem Grundrecht auf freie Entfaltung der Persönlichkeit folgt das Gebot, den Personenstand des Menschen dem Geschlecht zuzuordnen, dem er nach seiner psychischen und physischen Konstitution zugehört (vgl. BVerfGE 49, 286). Die Frage, welchem Geschlecht sich ein Mensch zugehörig empfindet, betrifft dabei seinen Sexualbereich, den das GG als Teil der Privatsphäre unter den verfassungsrechtlichen Schutz der Art. 2 Abs. 1 i.V.m. Art. 1 Abs. 1 GG gestellt hat (vgl. BVerfGE 47, 46; 60, 123; 88, 87). Jedermann kann daher von den staatlichen Organen die Achtung dieses Bereichs verlangen. Das schließt die Pflicht ein, die individuelle Entscheidung eines Menschen über seine Geschlechtszugehörigkeit zu respektieren.

2.

Auslegung und Anwendung des TSG bestimmen sich nach diesen verfassungsrechtlichen Anforderungen. *(Anmerkung: Ein Großteil der Juristen, Arbeitsrechtler und Richter, zuständig für Anwendung und Auslegung von geschlechtsspezifischen Anordnungen oder Gesetzen, hat diesen Satz scheinbar nie gelesen!)* Das TSG vom 10. September 1980 (BGBl. I, S. 1654). dessen Entstehung auf dem Beschluß des BVG vom 11. Oktober 1978 (BVerfGE 49, 286 ff.) zurückgeht, sieht für den Geschlechtswechsel eine abgestufte Regelung vor. Der eigentlichen Geschlechtsänderung auf Grund geschlechtsanpassender Operation ("große Lösung") nach den § 8 ff. TSG kann danach gemäß § 1 bis 7 TSG als Vorstufe eine Vornamensänderung vorausgehen ("kleine Lösung"), die es nach dem Willen des Gesetzgebers der transsexuellen Person erlauben soll, schon frühzeitig - seiner psychischen Befindlichkeit entsprechend - in der Rolle des anderen Geschlechts aufzutreten (vgl. die Entwurfsbegründung zum TSG unter Nr. 2.5). Die Vorwirkung der Namensänderung stellt damit einen Fall der ausdrücklich vorbehaltenen anderweitigen gesetzlichen Bestimmungen i.S. des Grundsatzes nach § 10 Abs. 1 TSG dar, der die Rechtswirkungen der Geschlechtsumwandlung von der Durchführung des Verfahrens nach § 8 ff TSG abhängig macht. Dabei kann nicht zweifelhaft sein, daß die rechtlich anerkannte Vorwirkung des § 1 TSG in vollem Umfang dem grundrechtlichen Schutz der Intimsphäre nach Art. 2 Abs. 1 i.V.m. Art. 1 Abs. 1 GG unterfällt. Für das Auftreten in einer bestimmten Geschlechtsrolle ist nach allgemeinem Verständnis die Anredeform ("Herr ..."/"Frau ...") von zentraler Bedeutung. Deshalb fordert es die Achtung vor der in § 1 TSG vorgesehenen Rollenentscheidung, eine Person nach Änderung ihres Namens ihrem neuen Rollenverständnis entsprechend anzureden und anzuschreiben. Nur dieses Verhalten wird der geschilderten gesetzgeberischen Absicht des § 1 TSG gerecht; nur diese Auslegung des § 1 TSG erscheint auch mit der Wertentscheidung der Art. 2 Abs. 1 i.V.m. Art. 1 Abs. 1 GFGT vereinbar.

- - -

Kommentar von Helma Katrin Alter, Köln

Dieses Urteil geht m.E. weit über den Bereich hinaus, der durch die Verfassungsklage angesprochen wurde. Die wichtigste Aussage ist die eindeutige Trennung zwischen den Bereichen

- soziales Geschlecht

- biologische Geschlechtszuordnung.

Unabhängig von der derzeit geübten Rechtspraxis, z.B. Ausmusterung bereits in dem Augenblick, in dem ein Mensch wegen eines "transsexuellen Syndroms" in Behandlung ist, bei gleichzeitiger Ablehnung von Männern mir transidentischer Veranlagung, wenn sie biologisch als Frau eingeordnet waren, stellt das BVG fest, dass ein Mensch das Recht auf seine persönlich empfundene Geschlechtsidentität hat.

Trotzdem bleibt das BVG auf halbem Weg stecken. Auf der einen Seite beruft es sich in seiner Urteilsbegründung auf den Art. 2 GG, gleichzeitig aber spricht es die vom TSG geforderten operativen Maßnahmen als Voraussetzung für die biologische Zuordnung an. Diese gesetzliche Vorschrift aber verstößt m.E. selbst gegen den Art. 2 GG, der die körperliche Unversehrtheit garantiert.

Für Frau-zu-Mann-Transidenten wurde der Spagat zwischen den "Forderungen" des TSG und dem GG, mit so manch kurioser Begründung, geschafft. Wann aber werden Gerichte - Richter - begreifen, dass sie bei den Verfahren zur Personenstandsänderung bei Mann-zu-Frau-Transidentinnen ständig gegen den Art. 2 GG verstoßen. Dies liegt nicht an der Formulierung des TSG, sondern an seiner Auslegung, die Gerichte für ihre Entscheidungen anwenden.

"Soziales Geschlecht"

Eine Entscheidung nach § 1 ff. TSG gibt dem betroffenen Menschen alle Rechte und Pflichten des damit zugesprochenen sozialen Geschlechtes. Viele besondere

Vorschriften und ergänzende Gesetze zum Schutz von Frauen betreffen eindeutig "nur!" diesen Bereich - z.B. Frauenquote, geschlechtsspezifische sanitäre Einrichtungen, ... - . Andere frauenspezifische Gesetze, die auf die biologische Unterschiedlichkeit "Rücksicht" nehmen wurden zunehmend abgebaut, z.B. das unterschiedliche Renteneintrittsalter, oder führen sich bei Transidenten selbst ad absurdum, z.B. der Mutterschaftsschutz. Der Schutz vor sexueller Belästigung am Arbeitsplatz wird inzwischen auch von Männern eingefordert, steht also auch Transidenten zu, wird aber aus Gedankenlosigkeit oder Neugier stets missachtet. Die Frage: "Sind Sie schon operiert?" ist m.E. bereits eine Form der sexuellen Belästigung und stellt das soziale Geschlecht in Frage.

Da es keine besonderen Vorschriften und Gesetze für "Männer" gibt (vom Wehrdienst, den ich bereits angesprochen habe, abgesehen) trifft es immer MzF, wenn es um die soziale Rolle und die Durchsetzung der ihnen zustehenden Rechte geht. Dabei ist es, kulturell bedingt, kaum verwunderlich, dass es immer Männer sind, die den "neuen" Frauen ihre Rechte vorenthalten. Sie machen dabei nicht einmal Halt vor dem ausdrücklich im § 5 TSG vorgesehenen Ausforschungsverbot. Würden es die Vorgesetzen und/oder Arbeitgeber beachten - wozu sie eigentlich verpflichtet sind - könnten mindestens 99% aller Diskriminierungen von MzF-Transidentinnen am Arbeitsplatz vermieden werden. Dabei will ich natürlich nicht verschweigen, dass es auch sehr positive Ansätze für die Integration von Transidenten am Arbeitsplatz gibt.

Köln, 18. Juli 1998

Leitsätze aus Grundsatzurteilen

Urteile zum TSG

Änderung der Vornamen und des Personenstandes in besonderen Fällen

Leitsätze und Quellenangabe

Landesarbeitsgericht Berlin, 10. Kammer

Oktober 1990

Az: 10 Sa 57/90 und 10 Sa 64/90

Anspruch eines Transsexuellen auf Aushändigung von Dienstkleidung des anderen Geschlechts

Ein Transsexueller kann schon vor Änderung seines Vornamens und vor Feststellung der Geschlechtszugehörigkeit nach dem Transsexuellengesetz Anspruch auf Aushändigung von Dienstkleidung des anderen Geschlechts haben.

Bundesarbeitsgericht 2. Senat

Februar 1991

Az: 2 AZR 449/90

Anfechtung des Arbeitsvertrages- arglistige Täuschung

Gibt eine transsexuelle Person, deren Geschlechtsumwandlung nach §§ 8, 10 TSG noch nicht erfolgt ist, bei Einstellungsverhandlungen ihr wahres Geschlecht ungefragt nicht an, so liegt darin im Hinblick auf den Schutzzweck des Transsexuellengesetzes keine rechtswidrige arglistige Täuschung (§ 123 BGB). Es kann jedoch eine Anfechtung wegen Irrtums üüber eine verkehrswesentliche Eigenschaft der Person (§ 119 Abs. 2 BGB) in Betracht kommen.

Hanseatisches Oberlandesgericht Hamburg, 2. Zivilsenat

April 1980

Az: 2 W 78/79

Berichtigung des Geburtenbuchs eines Transsexuellen nur bei Ausschluß der Fortpflanzungsunfähigkeit

Die gemäß BVerfG (11.10.1978, 1 BvR 16/72, NJW 1979,595) zur Berichtigung der Eintragung des Geschlechts eines Transsexuellen im Geburtenbuch neben dem Vorliegen von irreversiblem Transsexualismus erforderliche geschlechtsanpassende Operation muß jedenfalls auch die - noch bestehende - Fortpflanzungsunfähigkeit des Transsexuellen ausschließen.

Oberlandesgericht Zweibrücken, 3. Zivilsenat

Mai 1993

Az: 3 W 5/93

Voraussetzungen einer hinreichenden Geschlechtsanpassung bei Frauzu-Mann-Transsexualität

Jedenfalls bei dem derzeitigen Stand der medizinischen Wissenschaft ist im Falle der Frau-zu-Mann-Transsexualität die Bildung eines künstlichen männlichen Geschlechtsteils (sog. Phalloplastik) nicht Voraussetzung für den Anspruch nach § 8 Abs. 1 (TSG). Auch die Durchführung einer Scheidenoperation, die die Exstirpation der Scheide (Scheidenverschluß) bedeuten würde, ist, zumal dann, wenn sie nicht unbedenklich möglich ist, nicht zur Annäherung an das Erscheinungsbild des männlichen Geschlechts notwendig. Es ist zu beachten, daß eine Scheidenexstirpation das Risiko von Blasen- und Darmverletzungen birgt und diese Operation zudem eine Erschwernis für eine spätere eventuell durchzuführende Phalloplastik darstellen kann.

Oberlandesgericht Frankfurt/M

9. Januar 1981

Az: 3 Ws 966/80

Transsexualität eines Strafgefangenen

Transsexualität kann einen Anspruch auf ärztliche Behandlung begründen. Ein Strafgefangener, der behauptet, transsexuell veranlagt zu sein, kann im allgemeinen jedoch nicht verlangen, mit dem Ziel eines Wechsels der Geschlechtsrolle behandelt zu werden.

Urteile zum Behandlungsanspruch für gesetzlich Versicherte
Leitsätze und Quellenangabe

Sozialgericht Hildesheim, 2. Kammer

Januar 1980

Az: S 2 Kr 23/77

Übernahme der Behandlungskosten bei vorliegender Transsexualität

Transsexualität ist eine Krankheit im Sinne der Reichsversicherungsordnung.

Die geschlechtsumwandelnde Operation kann eine notwendige Behandlungsmaßnahme sein, für die die Krankenkasse leistungspflichtig ist.

Der Kostenerstattungsanspruch wird durch RVO § 216 nicht ausgeschlossen.

Landessozialgericht Niedersachsen, 4. Senat

April 1986

Az: L 4 Kr 67/83

Übernahme der Behandlungskosten bei vorliegender Transsexualität

Die (regelmäßig unheilbare) Transsexualität ist nicht generell, sondern nur im Einzelfall als Krankheit i.S. von § 184 Abs. 1 RVO anzusehen, wenn durch die Transsexualität ein so starker Leidensdruck hervorgerufen wird, daß es zur Linderung des Leidensdruckes, insbesondere auch zur Abwehr einer extremen Selbstmordgefahr, ärztlicher Maßnahmen bedarf.

Transvestitismus ist von Transsexualität deutlich abzugrenzen.

Eine Kasse hat für die Kosten einer operativen "Geschlechtsumwandlung" (hier: Geschlechtsangleichung Mann-zu-Frau) aufzukommen, wenn nach einer langfristigen vergeblichen psychologischen und/oder psychotherapeutischen Behandlung davon auszugehen war, daß die operative Behandlung als einziges Mittel eine Minderung des Leidensdrucks herbeiführen konnte.

Landessozialgericht München, 4. Senat

Juli 1986

Az: L 4 Kr 118/84

Notwendigkeit und Zweckmäßigkeit einer geschlechtsumwandelnden Operation (hier: Penisaufbau)

Sind mit der Transsexualität erhebliche psychische Störungen verbunden, die durch medizinische Maßnahmen in hinreichendem Maße gelindert werden können, so handelt es sich um eine Krankheit i.S. von § 184 Abs. 1 RVO.

Im Einzelfall kann eine geschlechtsumwandelnde Operation erforderlich, notwendig und zweckmäßig sein, insbesondere dann, wenn sie in Fortführung langfristiger operativer und hormoneller Therapien und nach vergeblicher psychiatrischer Betreuung eine Linderung des Leidensdrucks hervorzurufen vermag.

Bundessozialgericht 3. Senat

August 1987

Az: 3 RK 15/86

Kostenübernahme einer geschlechtsumwandelnden Operation- Krankheitsbegriff

Der Krankheitsbegriff umfaßt nicht nur einen regelwidrigen, vom Leitbild des gesunden Menschen abweichenden Körper - oder Geisteszustand, sondern darüber hinaus auch einen Leidensdruck, durch den sich die Regelwidrigkeit erst zur eigentlichen Krankheit i.S. von § 182 Abs. 2, § 184 Abs. 1 RVO qualifiziert.

Eine Linderung des krankhaften Leidensdruckes durch eine geschlechtsumwandelnde Operation reicht als anspruchsbegründender Umstand in dem Sinne aus, als diese Operation nicht eine Heilung erwarten lassen braucht.

Ist der Nachweis der Zweckmäßigkeit einer ärztlichen Behandlung im Einzelfall erbracht, dann ist diese Leistung selbst dann zu erbringen, wenn ihre Zweckmäßigkeit nicht allgemein anerkannt ist (vgl. BSG vom 22.7.1981 3 RK 50/79 = BSGE 52, 70, 74).

Kammergericht Berlin 6. Zivilsenat

27. Januar 1995

Az: 6 U 6696/93

Versicherungsschutz in der Krankenversicherung für geschlechtsangleichende Operationen bei Mann-zu-Frau-Transsexualität nach Selbstmedikation mit weiblichen Sexualhormonen

Eine Heilbehandlung, wie geschlechtsangleichende Operationen bei Mann-zu-Frau-Transsexualität des Versicherungsnehmers, ist zwar schon dann als medizinisch notwendig i.S. des MB/KK 76 § 1 Abs. 2 S 1 (juris: MB/KK J: 1976) anzusehen und damit vom Versicherungsschutz der Krankenversicherung umfaßt, wenn die ärztliche Entscheidung für ihre Durchführung nach den objektiven medizinischen Befunden und Erkenntnissen in dem Zeitpunkt, in dem sie getroffen wurde, medizinisch vertretbar war. Im Fall geschlechtsangleichender Operationen ist diese Art der Heilbehandlung aber nur dann medizinisch notwendig, wenn sie geeignet ist, die bei dem Versicherungsnehmer vorliegende Krankheit der Transsexualität zu beheben. Dies ist nicht anzunehmen, wenn nach Durchführung solcher Operationen allenfalls eine Verbesserung der psychosozialen Situation des Versicherungsnehmers zu erwarten steht, die eigentliche Krankheit aber nicht behoben ist.

Unabhängig von der Frage der Notwendigkeit einer Heilbehandlung in Form der Durchführung von geschlechtsangleichenden Operationen kann dem Versicherungsnehmer Versicherungsschutz für derartige Operationen nicht gewährt werden, wenn er die - nun feststehende - Krankheit einer Mann-zu-Frau-Transsexualität vorsätzlich dadurch herbeigeführt hat, daß er, nachdem er auf Grund einer - andersartigen - Operation zeugungsunfähig geworden ist, auf Grund eines frei gewählten Entschlusses (also nicht auf Grund einer genetisch und psychisch vorgegebenen Notwendigkeit) nunmehr eine Frau sein will und sich deshalb in Selbstmedikation weibliche Sexualhormone verabreicht.

Sozialgericht Frankfurt/M 25. Kammer

Januar 1997

Az: S 25 Kr 1000/94

Kostenerstattung für geschlechtsumwandelnde Operation in Privatklinik

Die Krankenkasse hat die Kosten für eine geschlechtsumwandelnde Operation in einem Nichtvertragskrankenhaus zu erstatten, wenn die Operation unaufschiebbar ist und zugelassene Krankenhäuser auf Grund der fehlenden Kostenübernahmeerklärung nicht zur Verfügung stehen.

Urteile zum Behandlungsanspruch für Privatversicherte

Leitsätze und Quellenangabe

Landgericht Köln 25. Zivilkammer

17. März 1993

Az: 25 O 326/89

Leistungspflicht bei Geschlechtsumwandlung

Der transsexuelle Versicherungsnehmer hat gegen die private Krankenversicherung einen Anspruch auf Erstattung der Kosten für eine Geschlechtsumwandlung, wenn sie medizinisch notwendig ist. Das ist der Fall, wenn der Transsexuelle sich mit seinem natürlichen Geschlecht nicht abfinden kann und sich daraus schwerwiegende gesundheitliche Störungen ergeben.

Oberlandesgericht Köln 5. Zivilsenat

11. April 1994

Az: 5 U 80/93

Versicherungsschutz in der privaten Krankenversicherung für die Geschlechtsumwandlung eines Transsexuellen und dessen anschließende Tarifeinstufung

Wenn die Transsexualität einer Person wegen des über lange Jahre hinweg bestehenden Leidensdrucks mit der Folge schwerer psychischer und physischer Beschwerden Krankheitswert hatte und es deshalb jedenfalls medizinisch vertretbar war, eine operative Behandlung (Durchführung mehrerer Operationen zur Geschlechtsumwandlung) für medizinisch indiziert zu halten, sind die dafür angefallenen Kosten von der privaten Krankenkasse zu übernehmen.

Ist eine trannssexuelle Person rechtskräftig als Mann anerkannt worden, ist er auch in der privaten Krankenversicherung als Mann zu behandeln, d.h. nach dem Männertarif einzustufen.

Literaturhinweise und Quellen:

Lebensgeschichten von Transidenten oder über Transidenten

Sammlung von Lebensgeschichten:

Daniel Fuchs, Geo Fuchs - "Im falschen Körper" - Fotoband über "Transsexuelle Menschen in Deutschland" (Mann-zu-Frau und Frau-zu-Mann)

Holde-Barbara Ulrich, Thomas Karsten - "Messer im Traum" - Lebensgeschichten und Bilder (Mann-zu-Frau und Frau-zu-Mann)

Transidentitas e.V. - "Das Leben vor dem Leben" - Lebensläufe von Frau-zu-Mann-Transsexuellen

Werke von Betroffenen zum eigenen Leben:

Renate Anders - "Grenzübertritt" - Eine Suche nach geschlechtlicher Identität

Dr. Waltraud Schiffels - "Frau werden" - von Walter zu Waltraud

Simone-Yvonne von Budzyn - "Vom Supermann zur super Frau"

Marion Holl - "Seele im Spagat" - eine Reise zwischen den Geschlechtern

Kai-Wolfgang Hansmann - "Als Mann endlich glücklich" - die erste Lebensgeschichte eines Frau-zu-Mann-Transsexuellen

Sachbücher/Zeitschriften:

Dr. Friedemann Pfäfflin - "Geschlechtsumwandlung"

Prof. Volkmar Sigusch - "Geschlechtswechsel"

Clement, Senf - "Transsexualität, Behandlung und Begutachtung"

Transidentitas e.V. - "Dokumentation zur 10. Transidentitas-Fachtagung 1995"

Zeitschrift für Sexualforschung - Heft 2 - Jg. 10, Juni 1997

Veröffentlichungen im Internet:

http://dgti.trans-info.de mit Links zu nationalen und internationalen Seiten zum Thema

http://www.transmann.de (Seite von TransMann e.V. speziell für FzM)

http://www.txkoeln.de/ (Seite der Kölner Selbsthilfegruppe)

http://home.t-online.de/home/aggpg/index.htm (Schwerpunktthema Intersexualität)

Einrichtungen der Transidenten- und Intersexuellenbetreuung

Deutsche Gesellschaft für Transidentität und Intersexualität e.V.

Präambel

Die dgti hat sich zum Ziel gesetzt, die Akzeptanz von Transidenten innerhalb der Gesellschaft zu fördern und deren Stigmatisierung entgegenzuwirken. Sie soll Betroffene und Interessierte beraten und betreuen, sofern dies gewünscht wird. Ein wesentlicher Aspekt der Arbeit sollte die (Re-)Integration von Betroffenen in den Arbeitsprozess sein, um so der Gefahr des sozialen Abstiegs zu begegnen, der heutzutage noch mit dem sozialen Wechsel verbunden ist. Sie tritt für mehr Offenheit der eigenen Identität gegenüber ein und trägt der Vielfalt menschlichen Daseins Rechnung.

dgti Nordrhein- Westfalen und Bundesgeschäftsstelle:

Leitung: Helma Katrin Alter
Godorfer Hauptstr. 60, 50997 Köln-Godorf

Tel: 02236 - 839018
Fax: 02236 - 839018

email: KatrinLive@aol.com

dgti Rheinland- Pfalz:

Leitung: Jürgen Claudia Clüsserath
Servaisstraße 50, 54293 TRIER- Ehrang

Tel.: 0651 - 69000
Handy: 0171 - 3848007
Fax: 0651 - 6900-0

email: wedernoch@aol.com

dgti Niedersachsen:

Leitung: Andrea Ottmer
Unstrutstr. 2, 38120 Braunschweig

Tel.: 0171 - 5320358

email: A.Ottmer@FH-Wolfenbuettel.de

Weitere Ansprechpartner, Gruppen und Vereine, sortiert nach Postleitzahlen:

Dresden

GEREDE e.V.-TV/ TS-Treff Sachsen
Priessnitzstr. 18
01 099 Dresden
Tel.: 0351- 80 222 50 / Fax: 0351 – 80 222 60
e-mail: gerege@gmx.net
Treffen: 2. Sa. Im Monat 20:00 Uhr

Chemnitz

ChelSI e.V.-TV/ TS-Treff Sachsen
Rößlerstraße 9
09 120 Chemnitz
Tel.: 0371-50 094 (täglich außer Samstags ab 11.00 Uhr)

Berlin

Gesprächskreis für Transsexualität und Geschlechtsidentität
c/o Sonntagsclub e.V.
Greifenhagener Str. 28
10 437 Berlin
Tel: 030 - 442 3702, Di. 18:00-21:00 Uhr

Hamburg

"Transgender" e.V.
c/o Kai J. Staupe
Ebertallee 172
22 607 Hamburg
Tel.: 040-8 904 113

Bremen

Beratungsstelle "Intersexualität und angrenzende Bereiche"
AGGPG
Brandtstr. 30
28 215 Bremen
Tel.: 0421-3 762 905

Essen

Prof. Dr. med. W. Senf
Virchowstr. 174
45 147 Essen
Tel.: 0201-722 7393 (ev. nach Frau Dr. Lorenz fragen)

Münster

Herr OA Dr. Michael
Frau OÄ Dr. Ohrmann
Albert-Schweizer-Str. 11
48 129 Münster
Tel.: 0251-835-6601 oder -6602 (Pforte/Vermittlung)

Remscheid

Prof. Dr. Klaus Windgassen
c/o Stiftung Tannenhof
Evangelische Nervenklinik
Remscheider Str. 76

42899 Remscheid
Tel.: 02191-12 1105 oder 12 1106

Köln

TransMann e.V.
Postfach 29 01 06
50 523 Köln
Tel.: 0221-9231563 (Achtung: AB läuft immer)

Aachen

Prof. Dr. med. Saß
Klinikum Aachen
Pauweltstr. 30
52 074 Aachen
Tel.: 0241-800 (Vermittlung des Klinikums, ev. Fr. Kamps verlangen)

Frankfurt/Main

Beratung und Diagnostik für Transsexuelle
Prof. Dr. Sigusch
c/o Sexualwissenschaft. Klinik
Haus 56
Theodor Storm Kai 7
60 596 Frankfurt/M
Tel.: 069-6301 7613

Offenbach

TRANSIDENTITAS e.V.
Bundesgeschäftsstelle
Frankfurter Straße 57
63 067 Offenbach Tel.: 069-8 001 008
Postfach 10 10 54, 63 010 Offenbach

München

VIVA e.V.
z.H. Lea Mokrohos
Obere Mühlstr. 22
81 247 München
Tel.: 089-8916 1965 oder Fax: 089-8100 9958

Stichwortverzeichnis:

Abschlußzeugnisse 56
Alltagstest 65, 66, 147, 155, 181, 189
Analyse 85
Anamnese 100, 101, 181, 182, 192
Änderung des Personenstandes 57, 58, 230
Antitestosteron 71
Arbeitsamt 50, 142, 210
Arbeitsrecht 212, 216, 267
Arbeitszeugnisse 56
asexuell 36, 259
Ausforschungsverbot 48, 55, 245, 269
Ausgrenzen 131
Ausschlußkriterium 182, 198

Bartschatten 73, 77, 79, 80, 168, 197
begriffliche Verwirrung 137
Begutachtungsverfahren 180
Behandlungsumfeld 202
Beratungseinrichtungen 55, 203
Berührungsängste 18, 51, 202, 205, 212, 227
bestehenden Ehe 56, 58
Betreuungsvereine 76, 83, 154, 171, 203
Betriebsräte 212
biologische Differenzierung 87, 118
biologisches Geschlecht 16
Borderline-Pathologie 173
Bougieren 78, 200
Bundesverfassungsgericht 47, 48, 55, 79, 262, 263, 266
Bürgerliches Gesetz-Buch 27

Checklisten 42, 108, 127
chirurgische Behandlung 102, 195
christlichen Kirchen 134
Coming Out 34, 39, 40, 41

Diagnose 50, 69, 74, 75, 85, 92, 107, 108, 110, 119, 141, 145, 146, 147, 148, 150, 155, 166, 169, 170, 176, 179, 180, 181, 184, 185, 186, 187, 189, 191, 192, 194, 202
Diagnostiker 108, 109, 146, 151, 180, 181, 183, 184, 187, 193, 194
Differentialdiagnostik 183
Diskriminierung der Geschlechter 133
Diskriminierung von Amtswegen 171, 202, 208

EC-Karte 63, 64
entmündigter Patient 101
Entwicklungsverhinderung 183
Entwicklungsverweigerung 38
Epilation 74, 78, 80, 148, 150, 163, 164, 190, 191

Erscheinungsbild 13, 16, 34, 42, 50, 58, 63, 65, 66, 73, 74, 75, 77, 79, 118, 138, 167, 168, 191, 192, 195, 196, 197, 198, 202, 210, 211, 223, 260, 262, 263, 265, 271
Erstattungsverfahren 142, 187
Erziehung 12, 14, 17, 19, 28, 29, 30, 31, 32, 36, 40, 47, 49, 91, 96, 97, 113, 114, 118, 119, 120, 121, 122, 124, 131, 133, 134, 168, 177, 202, 209
Europäische Gerichtshof 212

Facharzt für Psychotherapie 47
Fachärzte für Psychotherapie 85
fachärztliche Stellungnahme 18, 85, 150, 151, 152, 153, 164, 191, 192, 198, 204
fachärztliche Stellungnahmen 85, 151
Fehldiagnose 147
Fortpflanzungsunfähigkeit 161, 167, 198, 271
freie Arztwahl 147, 203, 204
freiwilligen Gerichtsbarkeit 53, 162, 165, 221, 236, 240, 242, 246, 247, 249, 257
Fremdbestimmung 23, 108

Geburtenbuch 115, 157, 158, 222, 225, 229, 230, 231, 232, 235, 237, 238, 239, 271
Geburtsschein 56, 238
Geburtsurkunde 30, 46, 53, 54, 55, 56, 60, 68, 70, 133, 158, 238, 239
gegengeschlechtliches Verhalten 119, 125
genitalangleichende Operation 198
geschlechtliche Identität 14, 16, 46, 49, 70, 71, 88, 90, 91, 119, 138
geschlechtsspezifisch 14, 30, 37, 50, 54, 69, 91, 114, 120, 124, 195, 210, 267, 269
geschlechtsuntypischen Verhaltens 123
Geschlechtszuweisung 179, 182
gesellschaftlichen Akzeptanz 92
gesetzliche Krankenversicherungen 142
Gynäkologin 61, 172

Hermaphrodit 46
heterosexuell 16, 36, 95, 182, 184, 227
Homosexualität 23, 33, 36, 137, 173, 184, 265
Hormonelle Behandlung 69
Hysterektomie 76, 260

Identitätsgeschlecht 14, 50, 58, 60, 86, 92, 125, 139, 147, 179, 186, 189, 191, 193, 195, 198, 205, 206, 207, 208, 210, 213
Indikation zur Hormonbehandlung 187, 189
interdisziplinär 134, 184, 187, 188, 191, 202, 203
Intersexualität 61, 70, 83, 115, 116, 143, 157, 216, 232, 233, 279, 280, 282
Intersexuell 30, 47, 71, 103, 116, 139, 216, 280
introvertiert 97, 173
Introvertiert 30, 35, 38, 125
Irreversibilität 198

Jugendamt 63, 209
Jugendpsychiatrie 92
Justizangestellte 201

Justizbeamte 206, 207

Kinderarzt 127, 131
Kindergarten 30, 60, 114, 122, 123, 124, 127, 130
Kindertherapeut 129
Kirche 21, 22, 23, 25, 26, 30, 134, 175, 230, 232, 235, 238
Klitoris 46, 73, 78, 92, 199, 200
Kompensationsstrategie 51
Konfirmation 135
Konformismus 95, 97
konformistischen Prinzip 96
Körperwahrnehmung 102, 138
Kostenübernahme 66, 69, 81, 139, 144, 148, 149, 150, 151, 152, 189, 203, 274, 276
Kostenvoranschlag 144, 192
Kostenzusage 145, 154, 163
Krankenhaus 67, 151
Krankschreibung 51

Lehrstuhls für Transsexualität 12
Leibesvisitation 68
Leistungspflicht der Kasse 81, 144
Leistungspflicht der Krankenkassen 74, 85

Machbarkeitskult 83, 176
Mastektomie 75, 76, 196, 260
MDK 149, 150, 151, 152, 153, 154, 164, 203, 204
medizinischen Dienst 81, 151, 152, 153, 154, 164, 170, 203, 256
Menschenwürde 47, 68, 147, 202, 204, 205, 206, 207, 267
Minderbegabung 183, 211
Mitwirkungspflicht 141, 152, 153, 154, 155, 187, 205
Modifikation 91, 92, 93, 166

Neovagina 78, 168, 190, 200
Neurologen 85, 110
notwendige Heilmaßnahmen 148, 198

Obdachlose 143, 208, 209
Östrogen 71, 74

Pathologisierung 175
Penoid 76, 77, 82, 199
Personalabteilung 201
Personalvertretung 201, 212
Personenkontrollen 59
Personenstandsgesetz 46, 54, 116, 157, 158, 225, 226, 227, 256
Persönlichkeitsentwicklung 37, 38, 89, 195
Persönlichkeitsstörung 179, 183, 259
Phalloplastik 76, 199, 271
Polarisierung 32, 33, 95

Polizei 59, 67, 68, 201, 206, 207
Polizeigewahrsam 67, 68, 207
privat Versicherte 142
Privatversicherung 72, 85, 143
Prozeßkostenvorschuß 160, 251
psychosomatisch 40, 51, 62, 69, 82, 87, 103, 109, 110, 120, 210
Psychotherapeuten 42, 45, 69, 85
psychotherapeutische Begleitung 186, 187, 188, 189
psychsozialen Begleitung 99
Pubertät 16, 29, 35, 39, 69, 70, 72, 73, 88, 92, 102, 103, 109, 115, 125, 131, 173

Qualifikation des Therapeuten 187

Rechtliche Möglichkeiten 53
Regeln der freiwilligen Gerichtsbarkeit 159
Rehabilitation 75, 81, 208, 211
Reisepaß 56
rollentypisch 30, 33, 35

Sachbearbeiter bei Krankenkassen 201
Sachverständige 53, 57, 58, 79, 107, 137, 157, 160, 161, 164, 166, 167, 169, 170, 171, 172, 173, 174, 179, 180, 184, 188, 221, 243, 254, 255, 256
Schamgefühl 58, 59, 65, 67, 168
Scheidung 38, 56, 58, 209, 226, 230
Schöpfungsbild 135
Schubladendenken 17, 138, 139
Schule 30, 36, 56, 62, 64, 93, 124, 127, 128
Schulpsychologe 60, 125, 127, 128, 129
Selbstbestimmung 23
Selbsterhaltung 91
Selbstwahrnehmung 39, 40, 41, 102
Selbstwertgefühl 168, 209
Sexualmedizin 13, 137, 138
Sexuelle Kontakte 36
sexuelle Orientierung 16, 39, 138, 182
somatische Behandlung 186, 187, 192
Sozialamt 47, 49, 50, 63, 143, 201, 208, 209
soziale Destabilisierung 51, 182, 207
soziale Integration 49, 75, 192, 198, 204
soziale Situation 181, 182
soziale Stabilität 51, 106, 203, 207
soziales Geschlecht 16, 268
Sozialgericht 142, 154, 273, 276
Sozialgesetzgebung 53, 109, 140, 141, 189, 193
Sozialhilfeempfänger 49, 143
Sozialisierung 38, 42, 56, 179, 195
Sozialversicherungsausweis 55, 62
Sprechstundenhilfen 18, 201
Standards of Care 18, 58, 140, 155, 175, 177

Standesamt 46, 157, 233
Strafvollzug 64, 67, 68, 201, 206, 266
Suizid 33, 37, 39, 41, 129, 171

Taufurkunde 134
Testosteron 62, 70, 71, 73, 74
Totaloperation 76, 148, 190, 197
transformationschirurgische Maßnahmen 190, 191
Transformationsplastik 78
transidentischem Verhalten 92, 93, 107, 109, 116
transidentisches Syndrom 74, 107, 141, 186, 189, 192, 194
transidentisches Verhalten 92, 93, 107, 108, 109
Transsexuellengesetz 13, 18, 53, 54, 55, 58, 85, 107, 139, 152, 157, 158, 169, 179, 195, 197, 219, 227, 260, 262, 263, 270
transsexuelles Syndrom 145, 147, 148
unabhängige Gutachten 166

Unabhängigkeitsgebot 171
Untersuchungshaft 67, 68, 207

Verdrängung 29, 31, 51, 89, 90, 91, 101, 103, 110, 115, 119, 121
verfassungswidrig 45, 46
Verhaltensmuster 89, 93, 101, 108
Versicherungskarte 55, 63, 144, 146, 206
Vertreter des öffentlichen Interesses 158, 159, 160, 220, 255
Verwaltungsmitarbeiter 201
Vollzugsbeamte 206
vorläufiger Reisepaß 56

Wahrheitsvermutung 206
Wehrdienst 64, 269
Wohnungsamt 201, 209, 210

Zugehörigkeitsempfinden 57, 161, 169, 173, 180, 219, 221